바다여, 바다여 1

The Sea, The Sea

THE SEA, THE SEA
by Iris Murdoch

세계문학전집 235

바다여, 바다여 1

The Sea, The Sea

아이리스 머독

최옥영 옮김

민음사

로즈메리 크램프에게

차례

2권 차례

역사 이전

글을 쓰는 나의 눈앞에 펼쳐진 바다는 온화한 5월의 햇빛에 빛난다기보다 타오르듯 밝은 광채를 낸다. 조류가 바뀌면 바다는 잔잔한 파도나 거품으로 얼룩지지 않고 조용히 육지에 기대어 온다. 수평선 부근은 현란한 자색과 아름다운 초록색이 뒤섞여 있다. 수평선은 남색이다. 울퉁불퉁한 누런 바위 언덕이 있는 해변 근처는 연초록색이다. 차갑고 순수하지만, 찬란하지도 않고 빛나지도 않는 불투명한 색이다. 북극에 가까운 이곳에서는 밝은 햇빛도 바다에 침투하지 못한다. 잔잔한 물결이 바위에 찰랑대는 곳은 수면의 색만 보인다. 구름 한 점 없는 하늘은 짙은 남색 수평선에 비해 매우 엷은 색을 띠고 있어서 마치 은색 연필로 은은하게 칠해 놓은 듯하다. 하늘은 높이 올라갈수록 제 색을 보이고 천정(天頂)에서 진동한다.

...

내 회고록의 첫 번째 단락이 될 앞의 글을 완성했을 때 너무나 이상하고 무서운 일이 일어났는데, 시간이 한참 지난 뒤에도 나는 그것을 제대로 묘사할 수가 없었다. 그 뒤 전적으로 확신할 수는 없지만 가능한 설명이 떠오르긴 했다. 또 한 번 휴식 시간을 가지면 마음도 안정되고 머리도 더 맑아질 것이다.

...

회고록이라고 말했지만 이 기록이 과연 그렇게 될까? 아마 시간이 증명해 줄 것이다. 지금은 한 쪽밖에 안 되니 회고록이라기보다는 일기에 가깝다. 그럼 일기라고 해 두자. 왜 좀 더 일찍 일기를 써 두지 않았는지 후회막급이다. 훌륭한 기록이 되었을 텐데……. 이제 내 인생의 주요한 사건은 다 지나갔고 '고요 속의 회상'만 남아 있을 뿐이다. 이기적인 인생을 후회하기 위해서냐고? 반드시 그렇지는 않다. 그러나 그와 비슷한 것이다. 물론 이런 말을 연극계의 신사 숙녀 들에게 말한 적은 없다. 만일 말했다면 그들은 웃음을 금치 못했을 것이다.

확실히 연극계란 인간에게 주어지는 영광의 덧없음을 배우는 장소다. 아, 그 모든 훌륭하고, 화려하고, 전적으로 사라져 버린 무언극들이여! 이제 나는 마술을 포기하고 은둔자가 되리라. 내가 할 일은 선(善)을 추구하는 것뿐이라고 정직하게 말할 수 있는 곳으로 돌아가리라. 인생의 끝이 명상의 시기라는 것은 옳다. 내가 일찍이 그렇게 생각하지 않았던 것을 후회할 것인가?

글은 필연코 써야 한다. 그것만은 확실하다. 그러나 이전에 쓰던 방법과는 아주 다른 방법으로 써야 한다. 이전에 쓴 글들은 모두 일시적인 것이었고, 일부러 그렇게 썼다. 그러나 이 글은 오래 남아야 할, 영원한 것이다. 그렇다. 이미 나는 이 작은 책자에 인격을 부여하고 생명을 불어넣고 있다. 그러자 이것이 금세 자신의 의지를 지닌 것처럼 보인다. 이것은 살고 싶어 하며, 살아남고 싶어 한다.

나는 수상록을 쓸 생각을 해 보았다. 사건은 일어나지도 않을 테니까 그냥 일련의 사건을 기록하는 것이 아니라, 여러 가지 생각과 매일의 관찰을 남기고 싶다. '나의 철학', 다시 말하자면 날씨나 그 밖의 다른 자연 현상에 대한 간단한 묘사를 배경으로 펼쳐지는 나의 pensées*를 기록하고 싶다. 이것도 멋진 생각이라 여겨진다. 바다! 바다를 생생하게 묘사함으로써 한 권의 책을 쓸 수 있다. 주위 환경과 동식물에 대해서도 이야기하고 싶다. 물론 내가 셀본의 화이트 박사**는 아니지만 꾸준히 노력하면 흥미 있는 글이 될 것이다. 이 순간에도 나는 바다를 향해 난 창문으로 세 종류의 갈매기와 제비와 가마우지를 볼 수 있고, 또 누런 바위에서 기적적으로 자란 꽃들 위로 날아다니는 수없이 많은 나비들도 볼 수가 있다…….

그러나 '미문'을 쓰려고 애쓰지는 말아야 한다. 그렇게 했다

---

* '사색', '명상'이라는 뜻의 프랑스어.

** 1720~1793, 영국의 박물학자. 셀본의 동식물, 자연현상 등을 관찰하여 『셀본의 박물관』을 펴냈다.

가는 계획을 망칠 뿐만 아니라 그대로 웃음거리만 될 것이다.

아, 축복받은 북쪽 바다여! 악취가 풍기고 질퍽한 지중해와는 너무나 다른, 맑고 자비로운 진정한 바다여!

이곳에는 물개가 있다고 하는데 나는 아직 보지 못했다.

· · ·

물론 '회고록'을 '일기'나 '철학적 수상록'과 구분할 필요는 없다. 독자들이여, 나는 내 과거 인생이나 '세계관'에 대하여 두서없이 글을 쓸 수도 있다. 못 할 것도 없지 않겠는가? 회고하다 보면 그런 요소들은 자연스럽게 떠오를 것이다. 따라서 나는 아무 걱정 없이 (이제 걱정은 하지 않기로 했잖은가?) 나만의 '문학 형식'을 찾을 것이다. 어쨌든 지금 당장 정할 필요는 없다. 다소 산만해도 나중에는 좀 더 일관성을 갖출 글의 초고쯤으로 여길 수 있을 것이다. 일단 글을 쓰기 시작하면 내 지난 인생이 얼마나 흥미로운지 알 수 있지 않겠는가. 아마도 나는 과거에서 현재까지 점진적으로 내 이야기를 써 내려갈 것이다. 내 과거 위에 내 현재가 떠다니는 것처럼 써 볼까?

이기주의를 후회하는 데는 자서전이 가장 적합한 방법일까? 글쎄다. 철학자가 아니니 난 자신의 모험을 회고함으로써만 세상을 관찰할 수 있을 것이다. 이제는 자신에 대하여 생각할 때가 된 것 같다. 인기 있는 신문에서 '폭군', '타타르인',* 또는 (내 기억에) '권력에 미친 괴물'이라고 묘사된 사람이 여태까지

* 포악한 사람을 비유적으로 이르는 말.

자신에 대하여 그렇게 생각하지 않았다는 것은 이상한 일이다! 그러나 사실이 그렇다. 나는 내 정체성에 대하여 별로 생각해 보지 않았다.

최근에 이르러서야 개인적이면서도 반성에 찬 글을 써야 할 필요성을 느꼈다. 덧없는 글을 쓰던 시절에 나는 내가 출판할 수 있는 책이란 요리책뿐일 거라고 생각하곤 했다.

• • •

이제 누구보다도 먼저 나를 자신에게 소개해야겠다는 생각이 든다. 자서전이란 얼마나 기묘한 분야인가. 가까운 장래에 이 글이 출판된다면 이것은 외견상 사람들이 모임에서 누군가를 만날 때 하는 말처럼 '소개할 필요 없어요.'라는 뜻이 될 것이다. 인간의 명성은 얼마나 계속되는가? 나 같은 사람의 명성은 별로 오래가지 못할 것이다. 그러나 내게는 충분하다. 그렇다. 나는 찰스 애로비고, 이 글을 쓰고 있는 지금 나이는 예순 살이 넘었다고 해 두자. 나는 아내도, 자식도, 형제자매도 없고, 꽤 알려진 유명 인사지만 명성 때문에 빛나기도 하고 상처도 받았다. 오래전에 나는 예순 살이 넘으면 연극계에서 은퇴하기로 마음먹었다. (윌프레드는 나에게 "자넨 결코 은퇴하지 않을 거야. 그럴 수가 없을 거야."라고 말했다. 하지만 그는 틀렸다.) 나는 연극에 싫증이 났다. 이제는 신물이 날 지경이다. 시드니나 페러그린이나 프리치처럼 나를 잘 알고 있는 사람들, 또는 윌프레드나 클레멘트가 살아 있을 때는 전혀 예측하거나 상상하지 못한 일이다. 그렇다고 행운의 절정에서 현명하게 떠나려는 것도 아니다. (얼마나 많은 배우와 연출가들이 애처로울 만큼 지나치게 오래 머물러 눈총을 받았는가!) 난 모든 것에 염증이 났다. 내게 도덕적인 변화가 일어난 것이다.

그들은 "좋아, 그럼 떠나라. 하지만 다시 돌아올 수 있다고는 생각하지 마."라고 말했다. 난 돌아가지 않을 것이다! "일을 하지 않고 혼자 살면 넌 조용히 미쳐 갈 거야."(이 말은 시드니가 했다.) 그와 정반대로 나는 생전 처음으로 정신이 말짱하고 자유롭고 행복하다!

어머니가 끊임없이 비난하였기에 내가 연극계를 못마땅하게 여기게 된 것은 결코 아니다. 그냥 계속해서 연극계에 몸담고 있으면 정신적으로 시들어 갈 뿐만 아니라, 이제까지 꾹 참고 나와 동행한 그 무언가를 보살피지 않으면 결국 잃어버리고 말 것이라는 사실을 알았기 때문이다. 그것은 중대 관심사는 아니지만 내게 귀중하게 구별되는 것이다. 제임스가 동굴에서 인생을 마감하는 사람들에 대하여 이야기하던 것이 생각난다. 자, 여기가 나의 동굴이다. 나는 나와 동행해 준 귀중한 것과 함께 여기에 도착했다. 그것은 이제 열어 보아도 괜찮은 부적 같은 것이다. 얼마나 위대하고 당당하게 들리는가! 그러나 나는 내가 한 말의 의미를 잘 알지 못한다. 잠시 이 엄숙하고 신중한 반성으로부터 떠나 있자.

·····

앞에서 적은 글은 제각기 다르고, 놀랍고도 텅 빈, 고독했던 여러 날 동안에 써 두었던 것이다. 나는 이런 날들을 간절히 원했지만 결코 얻을 수 없을 것이라고 믿었다.

다시 수영을 하러 갔다. 그러나 아직도 적당한 장소를 찾지 못했다. 오늘 아침에는 집에서 가장 가까운 바위에서 깊은 물속으로 뛰어들었다. 바위는 거의 수직으로 깎아지르듯 가파르지만 울퉁불퉁한 바위가 위험한 계단처럼 튀어나와 있었다. 썰물일 때도 겨우 7미터 높이밖에 되지 않지만 나는 그 바위를 '절벽'이라고 부른다. 물론 바닷물은 매우 차가웠지만 몇 초 후에는 마치 인어 비늘처럼 따뜻하고 부드러운 표면으로 내 온몸을 감쌌다. 도전받은 혈관은 새로운 힘으로 뛰었다. 그렇다. 이것이 내 본래 모습이다. 열네 살이 되기 전까지 내가 바다를 보지 못했다는 것은 너무 이상한 일이다.

나는 요령이 있고 두려움이 없어 수영을 잘한다. 거친 물결도 두렵지 않다. 오늘 바다는 내가 돌고래처럼 헤엄을 치던 남반구의 대양에 비교하면 매우 잔잔하다. 문제는 기술적인 부분이었다. 파도가 비교적 잔잔했음에도 바위 위로 다시 올라오기가 무척 어려웠던 것이다. '절벽'은 너무 경사가 급했고 돌출부는 좁았다. 잔잔한 파도는 나를 바위 위로 밀어 올렸다가도 다시 끌어 내렸다. 손가락으로 틈을 찾았지만 번번히 놓치곤 했다. 몹시 지친 나는 쉴 새 없이 파도가 치는 다른 쪽으로 헤엄쳐 갔다. 그러나 그곳은 바위 위로 올라가기가 더욱 어려웠다. 바위는 덜 가팔랐지만 바위에 붙은 해초 때문에 미끄럽고 반질반질하여 붙들 곳이 없었고, 수심은 더욱 깊었다. 나는 손발을 모두 동원한 뒤에야 마침내 나의 절벽에 겨우 매달릴 수 있었다. 그러고는 돌출부에 옆으로 올라앉아 그곳을 기어올랐다. 꼭대기에 올라가서 햇볕을 받으며 헐떡거리고 누워 있을 때 내 손과 발에서는 피가 흐르고 있었다.

여기 도착한 이래 나는 알몸으로 수영을 즐겼다. 다행히도 이 해변은 바위투성이라서 여행객들이 아이들을 데리고 오지 않는다. 모래는 찾아보려야 찾아볼 수 없다. 이곳을 불길한 해변이라고 부르는 소리도 들린다. 오랫동안 그렇게 보이기를 바란다. 양편으로 뻗어 나간 바위들은 사실상 아름답지 않다. 바위는 누런 모랫빛에 여기저기 석영이 박혀 있고, 볼품없이 커다란 덩어리를 이루고 있을 뿐이다. 조수가 지나가는 자리에는 번들거리고 물거품이 가득한 짙은 갈색 해초가 들러붙어 자라는데, 냄새가 좀 불쾌하다. 그러나 바위 위 좁은 공간에 가까스로 기어올라간 사람들은 놀라운 기쁨을 맛볼 수 있다. 바위들이 만들어 낸 V 자 모양의 좁은 골짜기가 여러 개 있는데, 그곳에는 웅덩이가 있거나 굉장히 다양하고 예쁜 조약돌 더미가 있다. 작은 틈 사이로 애써 뿌리를 내리려는 꽃도 있다. 분홍색 아르메리아, 보라색 당아욱, 땅에 기듯 붙어 자라는 흰색 석죽, 양배추 잎 모양의 청록색 식물 그리고 잎과 꽃이 너무나 작아서 눈에 잘 보이지 않는 범의귀 등이 여기저기 자란다. 확대경을 구해서 자세히 관찰해 봐야겠다.

이 해안선의 특징은 바닷물이 바위를 닳게 하여 여기저기 구멍이 뚫려 있다는 것이다. 동굴이라고 허울 좋은 이름을 붙이기는 좀 그렇지만, 수영하는 사람의 눈에는 놀랍고도 약간은 불길한 모습으로 보인다. 집에서 가까운 바위 하나는 아치형 다리 모양인데, 바닷물이 그 아래를 지나 구멍 속으로 깊이 빠르게 흘러 들어간다. 그 다리 위에 서서 바위에 만들어진 좁은 공간 사이로 파도가 몰려왔다 몰려가며 맹렬한 위력을 떨치는 것을 바라보고 있노라면 묘한 쾌감을 느낀다.

■ ■ ■

위의 글을 쓴 후 또 하루가 지났다. 날씨는 계속해서 완벽할 정도로 화창하다. 이곳에 온 이후로 편지를 한 장도 받지 못했다. 좀 이상한 일이다. 친절하게도 내 비서였던 코프먼 양이 런던에서 점점 줄어드는 내 편지들을 보관하고 있다. 사실 여행 중일지도 모르는 리지를 제외하고 딱히 소식이 궁금한 사람은 없다.

나는 탑 쪽에 있는 바위를 계속 탐색했다. 그렇다. 이제 나는 한 채의 집과 그 주위의 바위들을 소유했을 뿐 아니라, 황폐한 '원형 포탑'도 소유하게 되었다. 하지만 이 탑은 껍데기에 불과하다. 이곳을 복구하여 나선형 계단과 멋진 서재를 만들 것이다. 항간에 알려진 사실과는 달리 나는 부자가 아니다. 해변에 집을 마련하느라 저축한 돈을 거의 다 사용했다. 그러나 나는 오래전에 발휘된 클레멘트의 사업 감각 덕택에 넉넉한 연금을 받는다. 그래도 저축은 할 필요가 있다. 탑 근처에서 고고학적으로 중요한 유물 하나를 발견하였다. 그것은 바다에서 빠져나오는 데 어려움을 겪은 사람이 나 혼자가 아니라는 증거였다. 탑 아래쪽에 조그만 비밀 계단이 있었다. 바로 위에서만 보였는데 바위 옆에서 끊긴 계단은 바다로 통하게 되어 있었다. 계단에는 철제 난간이 둘러져 있었지만 불행히도 아래쪽 난간은 떨어져 나가고 없었다. 바위 표면은 반들반들하고 계단은 미끄러워서 조수가 높을 때가 아니라면 강한 파도가 몰려

올 때는 사용할 수 없을 것 같았다. 파도가 사람을 단숨에 잡아채 가기 때문이다. 장난기 심한 바다가 얼마나 조용히, 그리고 단호하게 힘을 보일 수 있는지 놀라울 따름이다! 그러나 나는 곧 멋진 생각을 했다. 난간을 확장할 것이다. 그리고 철제 기둥 두서너 개를 '절벽'의 정면에 세우면 파도가 심할 때도 잡고 올라올 수 있으리라. 마을에 가서 일꾼을 물색해 봐야겠다.

나는 '탑 계단'에 앉아 있다가 밀물 때에 내려와 수영을 한 뒤, 탑 옆에 있는 풀밭 위에 벌거벗은 채 누웠다. 무척 편안하고 행복했다. 유감스럽게도 탑은 가끔 다른 여행자의 눈에 뜨이지만, 굳이 여기에 '사유지'라는 푯말을 붙이기는 싫다. 이 자그마한 잔디밭은 집 뒤에 있는 조그만 땅을 제외하고 내가 소유한 유일한 풀밭이다. 풀은 강한 바닷바람 때문에 길이가 매우 짧고, 선인장처럼 단단한 이파리는 둥글게 퍼져 있다. 탑 밑동에는 쥐오줌풀이 분홍색과 흰색으로 꽃을 피워 둘러싸고 있으며, 자주색 꽃이 피는 백리향이 잡초와 섞여 육지 쪽 바위 사이에 여기저기 무더기로 피어 있다. 나는 확대경으로 백리향과 범의귀를 관찰했다. 열 살 때 나는 식물학자가 되고 싶었다. 아버지는 잘 알지 못했어도 식물을 좋아했고, 그 덕택에 우리는 많은 식물을 함께 관찰했다. 만일 내가 연극에 미치지 않았더라면 내 인생은 어떻게 되었을까?

집으로 돌아오면서 여러 웅덩이를 눈여겨보았다. 웅덩이 속에 아름답고 신비스러운 생명체가 얼마나 많이 살고 있는가! 이들에 대한 책을 몇 권 사야겠다. 나 스스로 이 고장의 화이트 박사가 되기 위해서라면 말이다. 나는 아름다운 돌멩이를 몇 개 주워서 집 뒤 잔디밭으로 가져다 놓았다. 주로 매끈매끈

하고 타원형이며 만지기에 좋은 돌을 골랐다. 그중 흰 선이 정교한 무늬를 그리는, 얼룩덜룩한 분홍색 돌멩이를 앞에 두고 글을 쓰고 있다. 아버지는 이곳을 사랑하였을 것이다. 아직도 아버지 생각이 나고 그가 그립다.

.....

점심 식사 후다. 이제는 집에 대하여 설명해야겠다. 점심에는 앤초비 페이스트를 바른 따뜻한 버터 토스트에 베이컨을 섞은 콩 요리, 그리고 잘게 자른 셀러리와 토마토와 레몬 즙과 올리브기름을 넣고 버무린 강낭콩 샐러드를 먹었다. (아주 질 좋고 맛있는 올리브기름이 꼭 있어야 한다. 이것은 런던에서 구입해 왔다.) 피망이 있으면 좋았을 텐데 마을 상점(3킬로미터쯤의 상쾌한 산책 거리)에는 없었다. (아무도 멀리 떨어진 슈러프엔드까지는 배달해 주지 않는다. 그래서 우유를 포함해서 무엇이든지 직접 마을에 가서 사 와야 한다.) 그러고 나서 크림 얹은 바나나에 흰 설탕을 뿌려 먹었다. (바나나는 절대로 으깨지 말고 잘라야 하며 연한 크림을 끼얹어야 제맛이 난다.) 그런 뒤에 뉴질랜드 버터를 바른 비스킷과 웬즐리데일 치즈를 먹었다. 물론 나는 외국산 치즈는 입에 대지도 않는다. 우리나라 치즈가 세계에서 최고다. 식사에 곁들여 몇 병 안 되는 포도주 중에서 뮈스카데 한 병을 거의 다 마셨다. (다행히) 아무와 대화도 하지 않고, 책도 읽지 않고, 천천히 먹고 마셨다. ("요리는 빨리, 식사는 천천히"라는 말이 있듯이.) 먹는 일은 참으로 즐거운 일이므로 누구나 먹을 때는 생각을 말아야 한다. 물론 책을 읽거나 생각하는 것도 중요하다. 그러나 음식도 중요하다. 인간이 음식을 섭취하는 동물이라는 것이 얼마나 다행한 일인가! 매끼 식사는 즐거움이어야 하며, 소화가 잘 되어 배가 고픈 매일을 축복해야 한다.

어쩌면 내가 『찰스 애로비의 4분 요리책』을 쓸지도 모른다. 4분이라는 것은 음식이 익기를 기다리는 시간을 뺀 실제로 준비하는 시간만을 의미하는 것이다. 나는 소위 '단시간 요리법'이라는 책을 여러 권 읽어 보았는데, 이들은 속임수를 쓴다. 이들 책에서 '15분'은 실제로 30분을 의미하며, '묽은 반죽 만들기' 등의 지시가 있다. 내 책을 읽을 성실한 사람들은 묽은 반죽을 만들거나 그것이 무엇인지 알아야 할 필요가 없다. 그러나 그들은 향락주의자가 될 것이다. 음식과 음료는 다른 많은 것들과 마찬가지로 단순한 기쁨을 주는 최고의 것들이다. 지적인 이기주의자들은 그 사실을 잘 알고 있다. 시드니 애시가 고급 포도주의 즐거움을 언젠가 내게 가르쳐 주려고 한 적이 있다. 나는 그를 나무라면서 거절했다. 시드니는 보통 포도주는 싫어하고, 생산 햇수가 적힌 값비싼 포도주를 마시지 않으면 기분이 좋지 않다고 한다. 왜 싸구려 포도주를 함부로 마심으로써 입맛을 버리겠는가? (내가 말하는 싸구려 포도주는 바나나 맛이 나는 술은 아니다.) 행복한 인생의 비결 중 하나는 계속하여 맛있는 음식을 잘 먹는 것이다. 이런 것을 값싸게, 빠르게 준비할 수 있으면 더욱 좋다. 연극계에서는 정찬을 챙기지 못하는 경우가 허다하다. 과거에는 음식을 천천히 먹지 못했다. 대신 빨리 조리하는 법을 배웠다. (특히 통조림을 자주 쓰는) 내 요리법은 어리석은 자들에게 충격을 줄 것이다. 진, 도리스, 로즈메리, 리지 같은 여자들, 그러니까 나에게 요리책을 출판하라고 부추긴 여러 사람들은 짓궂게 내 이름 덕분에 책이 팔릴 것이라고 말했다. "찰스의 음식은 소풍용이야."라고 리타 기번스가 말한 적이 있다. 그럼, 아주 훌륭한 소풍이지. 여기서 내가 한마디해 둘 것은, 내 손님들은 항상 사각 탁자에 반듯하게 앉고, 무릎에다 절대로 접시를 얹지 않으며, 항상 종이 냅킨이 아닌 정식 냅킨을 사용해야 한다는 것이다.

음식은 의미심장한 주제고, 덧붙여 말하자면 작가는 음식에 대하여 거짓말을 하지 않는 법이다. 내가 어디에서 독특한 음식 조리법을 배웠는지 모르겠다. 검약에 익숙한 어린 시절 덕분에 나는 음식을 낭비하는 것을 무척 싫어했다. 그리고 집에서 먹는 소박한 음식을 즐겼다. 어머니는 '훌륭하고 평범한 조리사'였으나 그녀의 음식에는 영감을 느낄 수 있는 간소함이 없었다. 나는 그것이 음식을 잘 먹기 위한 필수적인 요소라고 생각한다. 이러한 계몽적인 생각은 마치 성 아우구스티누스처럼 너무 무절제한 것을 혐오하는 데서 온 것 같다. 내가 젊은 연출가였던 시절 사람들을 대접하려면 유명한 식당에서 해야만 한다는 인습적이고 어리석은 면이 있었다. 그러나 나는 비싸고 고급인 것처럼 보이지만 실상은 형편없는 음식을 공공장소에서 대량으로 게걸스럽게 먹는 것이 오히려 부도덕하고 건강에 좋지 못하며, 보기 흉할 뿐만 아니라 기분도 좋지 않다는 것을 점차 분명히 알게 되었다. 그 뒤 나는 손님들을 chez moi* 초대하여 간소하게 대접했다. 훈제 청어가 있든 없든 갓 구워서 버터를 바른 따뜻

* '내 집으로'라는 뜻의 프랑스어.

한 토스트보다 맛있는 것이 어디 있겠는가? 혹은 삶은 양파에 찬 콘비프*를 곁들여 먹는 것은 어떤가? 잘 끓인 오트밀에 흑설탕과 크림을 넣은 것도 굉장한 성찬이다. 그런데도 어떤 사람들은 취향이 아주 나빠서 나의 지적인 쾌락주의를 일부러 꾸민 괴벽스러운 태도, 혹은 속임수라고 여겼다. (어떤 기자는 내 요리를 『버드나무에 부는 바람』**에서나 나오는 음식이라고 불렀다.) 또 어떤 사람들은 실제로 화를 내기도 하였다.

haute cuisine***에 대한 거짓 신화를 내가 알게 된 것은 식당이 아니라 만찬 파티에서였다. 나는 오랫동안 친구들에게 거창하게 요리를 하지 말라고 설득했으나 모두 헛수고였다. 어리석은 시간 낭비일 뿐이다. 실제로 어떤 불행한 여인들에게는 요리 말고 다른 일이 없다고 해도 그렇다. 매우 공들인 요리법이 간단한 요리법보다 더욱 창조적이라는 착각이 존재한다. 물론 (분명히 해 두겠는데) 나는 야만인이 아니다. 프랑스 시골 음식은 매우 훌륭하다. 아직도 우리는 그 복 받은 나라에서 그런 음식들을 가끔 맛볼 수 있다. 그러나 이런 훌륭함은 전통과 본능에 속하는 것이며, 그 누구도 흉내 낼 수 없는 것이다. 점잖은 체하는 영국 여주인은 정교함과 의식(儀式)을 미덕으로 잘못 알고 있다. 그뿐 아니라 그녀는 자신이 착각한 그 기술을, 음식을 전혀 즐기지 않는 사람들을 위해 행사한다. 하지만 아마 그들은 음식을 즐길 줄 모른다는 것을 절대 스스로 인정하지 않을 것이다. 연극계에 종사하는 내 친구들 대부분은 정찬

---

* 아일랜드 사람들이 즐겨 먹는 음식으로, 소금물에 절인 쇠고기를 말한다.

** 영국 작가 케네스 그레이엄의 동화로, 숲 속 동물들의 이야기를 그렸다.

*** '고급 요리'라는 뜻의 프랑스어.

에 초대받을 때면 으레 만취해 있기 때문에 식욕도 없고, 그들 앞에 무슨 음식이 놓였는지조차 모른다. 그렇다면 이런 식으로 음식을 먹는 (혹은 음식을 가지고 놀다가 남기는) 사람들을 위해서 왜 하루 종일 음식을 준비하느라 시간을 낭비한단 말인가? 음식을 감상할 줄 아는 미식가는 술을 절제하여 마시는 사람이다. 또한 억지로 대화를 이끄는 만찬 파티에서도 음식은 맛을 잃는다. 최고로 바람직한 상황은 양옆에 앉은 손님들이 열심히 다른 일에 빠져 있을 때 혼자 자기 앞에 놓인 음식에 집중하는 것이다. 그렇다. 나는 '형식적인' 면에 매달려 허영과 위선과 잘못된 사회적 범절을 참된 환대보다 더 중요하다고 여기는 사람들의 생각에 동의하지 않는다. haute cuisine조차 환대를 방해할 수 있다. 고급 요리를 만들지 못하거나 만들지 않을 사람들은 자신들이 불손해 보이거나 손님 대접을 잘 못 한 것으로 여겨질까 봐 식도락가를 초대하기를 주저하기 때문이다. 음식은 '사회적 참작'에 동요하지 않는 친구들과 함께 먹을 때 가장 좋다. 물론 때로는 혼자서 먹는 것이 최고로 좋다. 나는 거창한 만찬 파티의 허위를 증오한다. 서로 키스를 하고 친근한 척을 하지만 실제로는 아무런 진심도 없다.

이렇게 장광설을 늘어놓다 보니 아무래도 집 묘사는 다음날로 미루어야 할 것 같다. 여기서 덧붙여 말하자면 (이미 분명해졌지만) 내가 채식주의자가 아니라는 것이다. 사실 나는 육류를 거의 먹지 않는다. 그리고 '스테이크 집의 육식 동물'에 대해서 혐오감을 느낀다. 그러나 몇 가지 음식들(앤초비 페이스트, 간, 소시지, 생선 등)은 내 식단에서 전략적인 위치를 차지하고 있다. 그것들이 없으면 견디기 어렵다. 여기서는 쾌락주의가

까다롭고 좌절당한 도덕심을 이긴다. 아마도 육류 섭취를 포기해야 할지도 모른다. 그러나 오랫동안 말만 하고 여기까지 왔으니 고기 먹는 것을 포기할 수 있을지 의문이다.

· · · · ·

이제 집을 묘사하겠다. 이름은 슈러프엔드다. 엔드는 말 그대로 끝이란 뜻이다. 슈러프엔드는 반도라고는 할 수 없지만 작은 갑(岬) 위에 위치하고 있으며, 바위 위에 우뚝 서 있다. 어떤 미친 사람이 지었을까? 집을 지은 해는 아마 1910년인 것 같다. 그런데 왜 '슈러프'라고 이름을 지었을까? 이 고장에 사는 두 사람에게 물어보았다. 한 사람은 상점 점원이고 또 한 사람은 술집 주인이다. 그런데 두 사람 모두 '슈러프'가 '검다'는 뜻을 가진 것 외에는 아는 게 없다고 했다. 아직까지 이 집에 대한 내력은 아무것도 찾아내지 못했다. 나는 이 집을 내게 판 초니 부인이라는 나이 많은 여인을 만난 적이 없다. 집 가격은 싸지 않았으며, 별로 가치도 없는 가구와 붙박이장까지 억지로 구입해야만 했다. 거주할 집으로 슈러프엔드는 분명히 불편한 점이 많았다. 나는 부동산 중개인에게 그 점을 즉시 지적하였다. 이 집은 이상스럽게 습하고 위험한 위치에 고립되어 있었다. 다행히도 상수도와 하수도는 설치되어 있었지만 (난 미국에서 이런 것들 없이 살았다.) 전기도 없고 난방 장치도 없었다. 음식은 캘러 가스로 조리했다. 건물 구조도 이상한 점이 있었는데, 이것은 나중에 기록하겠다. 부동산 중개인은 내가 이 집을 마음에 들어하며 불편한 점들은 큰 문제가 되지 않는다는 것을 확신하고 미소를 지었다. 그는 "이 집은 특이한 집입니다."라고 말했다. 정말 특이한 집이긴 했다.

마을 '이웃들'은 이 집이 겨울에는 춥고 바람이 심할 거라고 약 올리듯 말했지만, 나는 집의 위치가 대단히 마음에 든다. 그들은 내가 얼마나 열렬히 폭풍을 고대하며, 또 큰 파도가 내 집 문을 두드리기를 얼마나 고대하는지 알지 못한다. (이제 겨우 2~3주밖에 되지 않았지만) 내가 여기 온 이래로 날씨는 비참할 정도로 고요했다. 어제는 바다가 너무도 잔잔하여, 수면 위로 기어 다니는 것처럼 보이는 푸른 파리 무리를 바다가 떠받치고 있는 것처럼 보였다. (내가 지금 앉아 있는) 위층의 바다 쪽 창가에서 보이는 경치는 온통 바다뿐이다. 아래쪽에 보이는 바위를 주의해서 보지 않는다면 말이다. 그러나 아래층 창에서는 바다를 볼 수가 없다. 보이는 것이라곤 이 집을 둘러싼 코끼리같이 큰 해변의 바위뿐이다. 주방을 통해 뒷문으로 나가면 선인장과 백리향 정원이 작은 바위로 둘러싸인 것을 볼 수 있다. 나는 그것을 자연에 맡겨 두기로 했다. 어차피 나는 정원사가 아니다. (이곳은 내가 최초로 소유한 땅이다.) 자연이 나에게 바위 의자를 마련해 주었고, 나는 그 위에 방석을 깔았다. 그 옆 바위 그릇에는 내가 수집한 예쁜 돌들을 넣었다. 그리하여 나는 그곳에 앉아 돌을 구경할 수 있다.

집 앞에 난 작은 길은 거친 바위로 이루어진 둑길을 따라 '해변 도로'라는 거창한 이름이 붙은 도로로 연결된다. 둑길은 일종의 자연 도개교인 셈이다. 해변 도로는 아스팔트 길이지만 군데군데 풀이 자라 있다. 5월에도 자동차가 거의 다니지 않는다. 부언하자면, 내 인생의 행복 비결 중 하나가 운전을 배우는 실수를 하지 않았다는 것이다. 내가 원하는 곳이라면 어디든 차를 몰아 줄 사람들, 특히 여자들이 많았기 때문이다. 개들을 집에서 기르면서 내가 직접 짖을 필요가 있겠는가? 둑길 아래 양쪽으로는 작고 울퉁불퉁한 바위들이 질서 없이 널려 있어서 바다로 접근할 수가 없다. 이쪽은 그다지 정경이 좋은 곳이 아니다. 녹슨 깡통과 깨진 병들을 언젠가 하루 내려가서 치워야겠다. 도로 너머로 울퉁불퉁하고 엄청나게 큰 바위들이 질긴 잡풀과 노란 가시금작화 덤불 사이에서 다시 모습을 드러낸다. (인위적인 것인지 혹은 자연적인 것인지는 모르겠으나) 가냘픈 수령초와 베로니카도 만발해 있고, 회색 잎이 꽤 아름다운 세이지도 있다. 이 '수풀'을 지나면 더욱 황량한 황무지가 나오는데, 그곳은 가시금작화와 히스로 뒤덮여 있다. 하지만 고약한 냄새를 풍기고 녹색과 붉은색의 해로운 이끼로 뒤덮인 늪도 있다. 나는 아직 이곳 육지 안쪽을 다 둘러보지 못했다. 산책을 그리 즐기지 않기 때문에 해변의 낙원에 몰두하고 만족하고 있다. 말이 나온 김에 덧붙이자면 약 2.5킬로미터 떨어진 황무지에는 집이 한 채 있는데, 슈러프엔드에서 가장 가까우며 아몬 농장이라고 불린다. 밤에는 위층 창에서 그 집의 불빛을 볼 수 있다.

해변 도로를 따라 오른쪽으로 돌아가면 바로 작은 만이 나오는데, 갑에 위치한 탑에서만 볼 수 있고 슈러프엔드에서는 보이지 않는다. 5~6킬로미터 정도 떨어진 이곳에는 레이븐 호텔이 있다. 나는 이 호텔에서 관광객을 끌기 위해 의도적으로 해 놓은 겉치장을 별로 좋아하지 않는다. 만 자체는 꽤 멋진 둥글둥글한 바위가 둘러싸고 있어서 매우 아름답다. 이 고장에서는 이 만을 두고 호텔 이름을 따서 레이븐 만이라고 부른다. 실제로는 이곳 사투리로 해안이라는 뜻의 '샤호어' 같은 다른 이름을 가지고 있긴 하지만. (해안 만이라고? 왜 그렇게 부를까?) 슈러프엔드에서 해변 도로를 따라 왼쪽으로 돌면 기이한 좁은 길을 지나게 되는데 나는 이곳에 '카이버 고개'라는 별명을 지었다. 거대한 바위가 길 위로 튀어나와 있는데, 이 큰 바위는 상당히 멀리까지 뻗어 나와 있다. 이 길을 지나면 이 지역에 단 하나뿐인 해변, 매우 작은 자갈 해변이 있다. 처음 이 바닷가로 나를 유혹한 것도 바로 이 해변이다. 간조 때든 만조 때든 바위 위까지 물이 차오른다. 해변을 지나 비스듬히 나 있는 오솔길이 육지 안쪽에 있는 마을로 이어진다. 그러나 도로를 계속 따라가면 아주 조그맣고 아담한 항구에 도달하는데, 여기에는 울퉁불퉁한 석제 부두가 웅장하게 자리 잡고 있다. 그러나 부두는 개흙으로 막혀 있고 거의 폐허가 된 상태다. 옛날에는 이곳에 고기잡이배들이 드나들었을 테지만 지금 배들은 북쪽으로 더 올라간 곳에서만 작업을 한다. 바다 위에는 그 배들 말고는 아무것도 없고, 그 배들도 가끔만 보인다. 항구 저편 바위 위에 꽤 길고도 넓은, 완만한 비탈이 있는데, 그곳이 '여성용 수영장'이다. 그러나 나는 그곳에서 여자들을 한 번도 보지 못했다. 가끔 소년 두세 명을 목격했을 뿐이다. (이 고장 사람들은 수영을 거의 하지 않는다. 그들은 수영이 미친 짓이라고 여기는 것 같다.) 사실 여성용 수영장에는 미끄러운 갈색 해초들이 무성하고, 주변에 많은 표석(漂石)들이 널려 있어서 다른 곳보다 더 위험하다. 여기에서 해변 도로는 좁은 비포장도로로 바뀌어 불모지로 연결된다. (안타깝게도 자동차로만 올라갈 수 있다.) 나는 아직 그곳에 가 볼 시간이 없었다. 그곳에서는 내 누런 바위들이 꽤 크고 아름다운 절벽으로 보일 것이다. 포장도로는 육지 쪽으로 돌아 마을로, 그리고 그 너머로 이어진다.

마을 이름은 내로딘이다. 옛날식 이름으로는 네로덴이며, 해변 도로 위 깔끔한 이정표에는 아직도 옛날식으로 적혀 있다. 이 조그만 마을에는 돌로 지은 작은 집이 몇 채 길을 따라 나란히 늘어서 있고, 방갈로가 언덕에 얼마간 있으며, 잡화상이 하나 있다. 따라서 《더 타임스》나 트랜지스터라디오용 건전지를 구할 수 없다. 그러나 이런 것은 전혀 걱정거리가 아니며 정육점이 없는 것도 상관없다. 블랙라이언이라는 술집도 하나 있다. 조그만 가옥들은 이 지방의 누르스름한 석재로 아담하고 튼튼하게 지어졌다. 건축학적 특징이 있는 건물은 18세기 건축양식으로 지은 회랑이 있는 훌륭한 교회뿐이다. 물론 나는 교회에 열심히 다니는 사람이 아니지만, 한 달에 한 번뿐이지만 그래도 예배가 있다는 것을 알고 기뻤다. 교회는 잘 운영되었고, 정기적으로 꽃 장식을 했다. 가끔 멀리서 들려오는 종소리는 아몬 농장 너머에 있는 다른 마을에서 시작된 것이리라. 그곳 땅은 평지이고 양을 위한 목초지가 있다. 내로딘에는 사제관이나 영주의 저택은 없다. 물론 내가 교구 신부나 이곳 영주와 친하게 지낼 계획이 있는 것은 아니다. 도리어 여기에는 '지식인'들이 모여 살지 않는다는 것을 알고 기뻤다. 왜냐하면 요즘에는 이들이 오히려 위험 요소이기 때문이다. 교회 이야기로 다시 돌아가서, 교회 안에는 매우 아름다운 cimetiére marin*

* '바닷가의 묘지'라는 뜻의 프랑스어.

이 있다. 이것은 이 자그마한 마을이 생각보다 훨씬 풍부한 과거사를 지니고 있다는 점을 말해 준다. 수많은 묘비에는 돛단배, 화려한 닻, 묘하게 감동적인 고래 들이 조각되어 있다. 사람들이 여기에서 고래잡이를 떠났을까? 그중 비석 하나가 내 시선을 끌었다. 거기에는 '엉클어진 닻'과 간결한 비문이 새겨져 있었다. 멍청이 1879~1918. 이 비문을 보고 처음에는 어리둥절했다. 나중에야 나는 '멍청이'라는 사람이 귀머거리이자 벙어리 뱃사람이었고 다른 이름으로는 알려지지 않았다는 것을 깨달았다. 가엾은 사람!

이제 다시 슈러프엔드 이야기로 돌아오자. 도로를 향해 있는 건물 앞면은 그 자체만으로는 별로 특별한 점이 없지만, 외딴 이곳에서는 이상하게도 어울리지 않는다. 이 벽돌 빌라의 현관문은 두 짝의 여닫이문이 양쪽으로 열리는 구조였고 아래층에는 내민창이 있고 지붕은 뾰족하게 솟은 부분이 두 군데나 있다. 벽돌은 검붉은 색이다. 이 집이 버밍엄 교외에 있다면 아무 주의도 끌지 못할 것이다. 그러나 이 황량한 해변에 홀로 서 있으니 이상하게 눈에 띈다. 건물 뒷벽은 작은 자갈들로 코팅 처리를 했다. 틀림없이 험한 날씨에 대항하기 위해서일 것이다. 전문가라면 방마다 걸린 담황색 블라인드를 보고 이 집의 연대를 알 수 있을 것이다. 끈에 매달린 번쩍이는 목제 막대단추와 실크 장식 술, 그리고 맨 아랫단의 레이스 장식 등 블라인드는 최상의 상태를 유지하고 있었다. 이 블라인드를 내리면 길가에서 봤을 때 슈러프엔드는 괴상하고 신비스러운 분위기를 풍긴다. 반면 내부에서는 '블라인드를 내린' 방은 약간 슬프게도 내 유년기를 회상시킨다. 아마도 링컨셔에 있는 할아버지 댁 분위기와 닮아서인 것 같다.

내민창이 있는 방 두 개 중 하나는 서재로(아직 풀지도 않은 책 상자를 넣어 두었다.) 또 하나는 식당으로 정했다. 식당에는 포도주를 보관해 두었다. 그러나 나는 대부분 바다 쪽을 향한 방에서 기거한다. 위층에서는 침실과 응접실이라고 정한 방에서, 아래층에서는 주방과 그 옆의 조그만 방에서 주로 지낸다. 이 조그만 방은 '작은 붉은 방'이라고 부르기로 했다. 여기에는 장작을 땐 흔적이 남아 있는 훌륭한 벽난로가 있고, 괜찮은 대나무 탁자와 안락의자가 하나 있다. 벽의 아랫부분은 흰색 나무 판자로 둘러져 있고, 윗부분은 토마토 색으로 칠해져 있다. 이 방은 집 안의 다른 어느 곳과도 어울리지 않는 이국적인 냄새를 풍긴다. 주방에는 캘러 가스 난로가 있고, 내가 본 것 중 가장 큰 판석으로 바닥을 깔아 놓았다. 물론 냉장고는 없다. 이것은 생선을 즐겨 먹는 사람에게는 매우 실망스러운 일이다. 식료품 저장실이 있긴 한데 쥐며느리가 판을 치고 있다. 아래층에 있는 목조 시설은 모두 습기가 차 있다. 나는 현관의 리놀륨을 억지로 걷어 냈다가 몸서리를 치며 다시 덮어 버렸다. 찝찔한 냄새가 풍겼다. 건물 아래 숨어 있는 수로를 통해 바닷물이 스며든 것은 아닐까? 측량사의 보고서를 살펴봐야 했는데 너무 서둘렀다. 현관문에는 구식 초인종이 있는데, 구리 손잡이와 긴 전선이 달려 있었다. 종소리는 주방에서 들리게 되어 있었다.

이 집의 가장 특이한 점은 아래층과 위층에 각각 내실이 있다는 것이다. 이 점에 대하여 나는 논리적인 설명을 할 수 없다. 다시 말하면 앞방과 뒷방 사이에, 외부로 향한 창문이 없는 방이 하나 있는 것이다. 그나마 바다 쪽 옆방(위층 응접실과 아래층 주방)으로 통하는 창문 때문에 겨우 빛이 들어온다. 따라서 이 이상한 두 방은 매우 어둡고 거의 텅 비어 있다. 아래층 내실에는 바닥이 푹 꺼진 커다란 소파가 있고, 위층 내실에는 조그만 탁자와 이 집에 하나뿐인, 눈에 띄게 화려한 주철 벽 램프가 있다. 이 내실들에서 지내는 일은 없을 것이다. 나중에 벽을 헐면 응접실과 주방을 넓힐 수 있을 것이다. 전체적으로 집 안에는 가구가 별로 없다. 내 가구도 별로 들여놓지 않았다. (침대도 하나뿐이다. 나는 방문객을 바라지 않는다!) 나는 제임스와 달리 사람이 모이는 것도, 왁자지껄 떠드는 것도 싫어한다. 텅 빈 것이 마음에 든다. 새로 구입해야 해서 불평했던 이곳 물건들까지도 이제는 좋아하게 되었다. 특히 현관에 걸려 있는 커다란 타원형 거울에 애착이 간다. 초니 부인의 물건들이 이곳에 '속해' 있는 것 같고, 몇 개 안 되는 내 물건들은 여기에 어울리지 않는 것 같다. 반스에 있는 큰 아파트를 떠날 때 나는 많은 물건들을 팔아 버렸고, 나머지 물건들은 대부분 셰퍼드부시의 작은 pied-à-terre*에 처박아 두고 자물쇠를 채워 버렸다. 그곳에 돌아가기가 두렵다. 이제 와서 생각해 보니 내가 왜 런던에 집을 가지고 있으려 했는지 알 수 없다. '반드시' 런던에 집이 있어야 한다고 친구들이 충고했기 때문인 것 같다.

'친구들'이라고 했지만 사실 일생을 연극계에서 보낸 것치고 친구는 몇 명 안 된다. 연극계란 매우 다정하고 '마음 따뜻한'

* '임시 숙소'라는 뜻의 프랑스어.

곳 같지만 사실은 매우 비참한 곳일 수도 있다. 위대한 배우들은 모두 나를 떠나갔다. 클레멘트 메이킨은 죽었고, 윌프레드 더닝도 죽었으며, 시드니 애시는 캐나다 온타리오 주의 스트랫퍼드로 갔고, 프리치 에이텔은 캘리포니아에서 성공해서 정착했다. 그리하여 한 줌 남아 있는 것이라고는 페리, 앨, 마커스, 길버트 그리고 여자들이 떠나며 남긴 것들……. 너무 두서없이 지껄여 댄 것 같다. 저녁이다. 황금빛으로 빛나는 바다 위로 흰 불빛이 점점이 찍힌다. 바다는 연초록색 하늘 아래서 일종의 기계적인 자기만족으로 출렁이고 있다. 내가 일생 동안 그리워해 온 이 거창한 공간은 얼마나 망망한가! 얼마나 공허한가!
아직 편지 한 장 오지 않았다.

■ ■ ■ ■ ■

바다가 오늘은 더 시끄럽다. 갈매기들이 시끄럽게 울고 있다. 극장 안을 제외하고 나는 침묵을 좋아하지 않는다. 바다는 짙푸른 파도에 흰 물마루를 일으키며 출렁이고 있다.
나는 떠내려온 나뭇가지를 찾아 작은 자갈 해변까지 걸어갔다. 조수가 밀려 나가고 있어서 높은 바위 밑에서는 수영을 할 수 없었다. 손으로 잡을 수 있는 뭔가를 만들기 전까지는 날씨가 얌전할 때가 아니라면 '절벽'을 피해야겠다. 그 대신 해변에서 수영을 했지만 별로 재미가 없었다. 돌 때문에 발이 아팠고 해변의 사주(沙洲)에서 이는 파도가 자꾸 나에게 자갈을 내던지는 바람에 바다에서 나오는 데도 애를 먹었다. 나는 너무 춥고 기분이 언짢아서 모아 둔 나뭇가지도 잊어버린 채 집으로 돌아왔다.

방금 점심을 먹었다.(녹두 수프에 이어 삶은 양파를 곁들인 가느다란 소시지, 홍차 물에 삶은 사과와 말린 살구, 쇼트케이크 비스킷을 먹었고 보졸레산 포도주 한 잔을 곁들였다.) 조금 기분이 풀렸다. (신선한 살구가 최고지만 말린 살구를 스물네 시간 물에 불렸다가 건진 것도 달콤한 비스킷이나 케이크와 함께 먹으면 일품이다. 살구는 아몬드로 만든 것이면 무엇과도 잘 어울리고 적포도주와도 그만이다. 나는 복숭아는 별로 즐기지 않지만 살구는 과실의 왕이라고 생각한다.)

이제 가서 오후 휴식을 취해야겠다.

. . . . .

밤이다. 석유 램프 두 개가 조용히 타들어 가는 소리를 내며, 흠이 나고 때가 낀 탁자 위로 크림색 불빛을 고요하게 비추었다. 초니 부인의 소유물이었을 때에는 이 탁자도 훌륭한 자단 탁자였을 것이다. 나는 응접실 창가에 있는 이 탁자를 주로 작업용으로 사용한다. 접이식 탁자도 가끔 사용하지만 책과 신문을 펼쳐 두기 위해서 내실에 있던 것을 이곳으로 옮겨 놓은 것이다. 큰 날개를 가진 베이지 색이나 주황색 나방들이 마치 헬리콥터처럼 돌진해 들어오는 것을 막기 위해 나는 창문을 닫아 두지 않으면 안 되었다. 램프는 네 개가 있는데, 모두 불이 잘 들어온다. 이것들 역시 초니 부인의 것이다. 멋스럽고 고풍스러우며, 놋쇠로 만들어져 무겁긴 하지만 우아한 반투명 유리 갓이 씌워져 있었다. 석유 램프를 사용하는 데는 선수가 되었다. 미국에 있었을 때 프리치와 함께 오두막에서 석유 램프를 오랫동안 사용했기 때문이다. 그러나 아래층에 있는 석유 난로는 손을 대지 못한 채 그대로 두었다. 밤이 더 추워지기 전에 새 난로를 구입해야겠다. 어젯밤에는 꽤 추웠다. 작은 붉은 방에서 나뭇가지로 불을 지펴 보았으나 젖은 나무는 타지 않았고 굴뚝에서는 연기만 나왔다.

겨울이 되면 아래층에서 지내야겠다. 그때가 기다려진다. 응접실은 방이라기보다 전망대 같다. 이 방에는 높다란 검은색 목조 벽난로가 있고, 그 위에 조그만 선반과 거울이 놓여 있다. 수집가의 목록에 속할 물건임에는 틀림없으나, 약간 기이한 종파의 제단 같아 보인다. (식물성의 동양적 특성을 지녔다.)

오늘 밤에는 램프를 켜기 전에 달빛을 보며 시간을 보냈다. 도시인에게는 항상 이 시간이 놀라움이며 기쁨이다. 바위 위가 매우 밝아서 그 옆에서 책도 읽을 수 있을 정도다. 다만 이상하게도 여기 온 이래로 독서를 할 충동을 느끼지 못했다. 좋은 징조다. 글쓰기가 독서를 대치한 것 같다. 그럼에도 나는 내 이야기(19세기 말에 어느 도시에서 태어났다거나 하는 이야기들)를 쓰기 시작할 순간을 계속 미루고 있다. 내 인생을 충분히 반성하였을 때 그에 대하여 기록할 시간과 동기가 충분히 생길 것이다. 나는 아직도 내 감정을 표현하기 수줍고, 어떤 추억의 강렬한 힘에 대하여도 수줍다. 클레멘트와 같이 지낸 세월만으로도 책 한 권은 쓸 수 있을 것이다.

나를 조용히 둘러싼 이 집에 대하여 나는 잘 안다. 일부는 내 식민지로 개척하였지만 일부 지역은 여전히 남의 땅처럼 생소하다. 현관은 전에 언급한 큰 타원형 거울을 제외하고는 어둡기만 하고 별 특징이 없다. (이 아름다운 물건은 스스로 빛을 내어 반짝인다.) 나는 대체로 계단을 싫어한다. (과거의 망령이 계단에 남아 있기 때문이다.) 좁은 계단을 반쯤 올라가면 놀랄 만큼 넓은 욕실이 나온다. 욕실은 도로를 향해 있다. 욕실에 있는 이상한 작은 문 뒤로 몇 계단을 더 올라가면 지붕 밑 방이 있다. 욕실 바닥에는 백조와 구불구불한 모양의 백합꽃이 그려진 고급 타일이 깔려 있고, 손때가 잔뜩 낀 큰 욕조에는 사자 발 모양 다리가 달려 있다. 욕조에는 멋지고 큼직한 황동제 수도꼭지도 달려 있다. (그러나 물을 데우는 시설은 없다. 아래층 벽장에 들어 있는 좌식 욕조를 보면 사정을 알 만하다.) 화장실 사용법은 유럽식 글씨체로 경고문처럼 씌어 있다. 큰 계단은 안쪽으로 돌아 위층 층계참 공간으로 연결된다. '공간'이라고 부르는 이유는 그만의 고유한 분위기를 갖고 있는 구역이기 때문이다. 즉 무대의 묘한 기대감을 지닌 듯한 분위기를 풍긴다. 오래전에 꿈속에서 이곳을 본 것 같은 느낌이 가끔 든다. 내실 반대 쪽에 위치한 이 타원형 공간은 창문이 없어서 낮에는 열린 문을 통해 빛이 들어오며, 단단한 참나무로 만든 작은 탁자가 장식으로 놓여 있다. 탁자 위에는 보기 흉한 큰 녹색 꽃병이 놓여 있는데, 이 꽃병은 목이 굵고 가장자리가 가리비 무늬로 장식되어 있으며 가지에 혹이 생긴 분홍색 장미가 꽂혀 있다. 나는 이 흉물에 애착을 느낀다. 꽃병 뒤에는 얕은 벽감이 있는데 그곳에 동상이라도 놓아 두어야 할 것 같지만 비어 있어서 문처럼 보인다. 그다음에는 층계참에서 가장 매력 있는 곳이 나온다. 바로 구슬 커튼을 달아 놓은 아치형 통로다. 이 커튼은 지중해 근방 국가의 상점에 있을 법한 파리 쫓는 커튼과 비슷하다. 구슬은 나무로 만들어졌으며 노란색과 검은색으로 칠해져 있는데, 사람이 지나가면 가볍게 찰랑거린다. 아치형 통로를 지나면 침실과 응접실의 문이 나온다.

취침 시간이다. 내 뒤에 있는 벽 위쪽에는 내실을 향한 옆으로 기다란 창문이 있다. 내가 일어나서 그쪽을 보면 거울처럼 검은 유리에 반사된 내 얼굴을 볼 수가 있다. 예전에는 결코 밤을 두려워한 적이 없다. 내가 기억하기로는 어렸을 때에도 어둠을 두려워해 본 적이 없다. 어머니는 일찍이 나에게 어둠에 대한 두려움이란 신을 믿는 사람들은 경험하지 않는 미신이라고 일러 주었다. 나는 신의 보호를 받을 필요가 거의 없었다. 왜냐하면 부모님이 어떤 공포에서든지 나를 전적으로 보호해 주었기 때문이다. 이런 생각은 슈러프엔드가 약간 '소름 끼치는' 곳이라서가 아니다. 갑자기 생각이 난 것인데, 아마 생전 처음으로 밤에 혼자 있기 때문일 것이다. 유년기의 내 집, 연극하던 때의 시골 하숙집, 런던의 아파트, 호텔, 대도시에서 세 들어 살던 집 등에서 나는 항상 벽 뒤에 있는 다른 사람들에게 둘러싸여 생활해 왔다. 그리고 (프리치와 함께) 그 오두막에서 살 때도 나는 결코 혼자가 아니었다. 이 집은 내가 처음으로 소유한 집이고, 또 이 같은 진정한 고독을 맛보는 것도 처음이다. 이것이 내가 원하던 것이 아니던가? 물론 이 집에서는 삐걱거리고 신경을 건드리는 작은 소음이 들리고, 틈이 벌어진 창틀과 잘 맞지 않는 문을 통해 외풍이 들어온다. 그래서 밤에 침대에 누워 있으면 지붕 밑 방에서 발소리가 들린다거나, 층계참에 걸린 구슬 커튼 밑을 누군가가 살짝 지나간 것처럼 조용히 찰랑거리는 소리를 들은 듯한 느낌이 들 때도 있다.

아마도 이런 늦은 밤중에 두려움에 대한 주제를 선택하는 것은 어리석은 짓이리라. 그러나 갑자기 생생하게 그 생각이 머릿속에 떠올랐다. 만일 독자가 지금 이 글을 읽고 있다면 내가 바닷가에서 겪었으나 묘사하지 못했던 '무서운 경험'에 대하여 왜 다시 언급하지 않는지 의아해할 것이다. 내가 '잊어버렸다'고 여길지도 모르겠다. 사실 이상하게도 나는 그것을 잊어버렸다. 이것은 아마도 그 사건을 설명할 수 있는 한 가지 관점에 대한 증거가 될 것이다. 이제 어떤 일이 일어났는지를 기록하겠다.

나는 옆에 이 공책을 놓고 '절벽' 위 바위에 앉아서 바닷물을 바라보고 있었다. 햇빛은 찬란하고 바다는 고요했다.(이 공책의 첫 번째 단락에 기록했듯이.) 바로 전에 나는 바위 웅덩이 속을 열심히 관찰하고 있었다. 굉장히 길고 불그레하며 가시가 돋친 바다 벌레가 이상한 고리형으로 몸을 비틀더니 구멍 속으로 사라져 들어가는 것이 보였다. 그런 뒤 나는 몸을 일으켜 바다를 보며 햇빛에 눈을 깜박거렸다. 그러고 나서 2분쯤 뒤 눈이 햇빛에 익숙해질 때쯤 나는 파도를 뚫고 괴물이 쑥 올라오는 것을 목격하였다.

이 광경을 다른 식으로는 도저히 기록할 수가 없다. 400미터쯤 멀리 떨어진 곳에서 고요하고 아무것도 없는 바다 위로 거대한 괴물이 해수면을 부수고 솟아올라 아치 모양을 그리는 것을 두 눈으로 똑똑히 보았다. 처음에는 검은 뱀처럼 보였는데, 곧이어 등에 비늘이 있는 길고 두툼한 몸체가 길게 늘어난 목을 따라 올라왔다. 아마도 물갈퀴나 지느러미가 있었던 모양이다. 괴물의 온몸을 볼 수는 없었다. 몸통의 나머지 부분, 혹은 긴 꼬리 부분이 6미터에서 8미터 높이로 솟구치며 물기둥을 헤치고 있었다. 그런 뒤에 괴물은 몸통을 꼬아서 긴 목으로 원을 두 번 겹쳐 나선 모양을 그렸고 곧 머리를 드러낸 뒤 수면 위로 내려놓았다. 나는 나선 모양으로 휘감긴 괴물의 몸통 사이로 하늘을 보았다. 머리도 분명히 볼 수 있었는데, 벼슬이 달린 뱀 머리에 녹색 눈이 달려 있었다. 이빨과 분홍색 입안도 보였다. 머리와 목은 윤이 나는 청색이었다. 그러더니 갑자기 커다란 물보라와 함께 꼬인 몸통이 아래로 향하고 구불구불한 등이 물살을 갈랐다. 괴물이 사라진 곳에는 커다란 소용돌이만 거품을 일으키며 남아 있을 뿐 모든 것이 순식간에 없어졌다.

충격과 공포가 너무나 커서 나는 한참 동안 움직일 수가 없었다. 도망치고 싶었다. 무엇보다도 그 괴물이 육지 가까이에 다시 나타나 내 발치까지 올까 봐 무서웠다. 그러나 내 발은 제구실을 하지 못하고 내 심장은 두방망이질을 쳐서 뭔가를 억지로 하려 했더라면 그만 의식을 잃었을 것이다. 바다는 다시 고요해지고 더 이상 다른 일은 일어나지 않았다. 그제야 나는 일어나서 천천히 집으로 향했다. 위층 응접실에 들어가 얼마 동안 가슴을 부여잡고 조심스레 숨을 가누고 앉아 있었다. 늘 가던 창가 자리에도 앉을 수가 없었다. 그래서 내실 벽에 붙여 둔 작은 탁자에 앉아 머리를 벽에 기대고 있었다. 반 시간쯤 후에야 나는 이 공책에 두 번째 단락이 된 글을 쓸 수 있었다.

그동안에 나는 여전히 숨을 가누며 떨고 있었지만 정신을 차리고 차차 무슨 일이 일어났는지를 생각할 수 있게 되었다. 조금 전까지는 아무것도 생각할 수 없었으나 이제 이성적인 사고가 나를 건져 올렸다. 그리고 어떤 일이 일어났는지 설명할 수 있게 되었다. 몇 가지 가능한 설명이 떠올랐다. 설명에 번호를 매기고, 설명을 분류하고 연결시켜 본 뒤에야 약간은 마음이 놓이고 개념화되지 않았던 공포가 사라졌다. 내가 보았던 것은 '단순히' 상상이었을 가능성도 크다. 물론 사람은 그렇게 무서운 것을 '단순히' 상상하지는 않는다. 돌이켜 보니 그 괴물이 매우 놀랍거나 흥미롭다기보다 엄청 두려웠다는 것이 내게는 의미가 있었다. 나는 엄청나게 두려웠다. 나는 과음하는 사람도 아니고, 이성을 잃고 미칠 만큼 '상상력이 풍부한' 사람도 아니다. 또 하나의 가능성은 내가 또 '단순히' 과학적으로 알려지지 않은 어떤 괴물을 보았다는 것이다. 그것도 가능하다. 내가 목격한 것이 거대한 뱀장어였을까? 그렇게 큰 뱀장어가 있을까? 뱀장어들이 바다 위로 치올라서 몸뚱이를 비틀고 공중에서 균형을 잡을 수 있을까? 그것이 뱀장어라고 생각하지는 않는다. 불가능하다. 그것은 거대한 몸통을 가지고 있었고, 실제로 나는 그 등을 보았다. 아무리 거대한 뱀장어일지라도 하늘을 솟구쳐 오르거나 똬리를 튼 몸통 사이로 하늘을 볼 수 있을 만큼 크지는 않을 것이다.

그 괴물이 얼마나 멀리 있었고, 또 얼마나 높이 수면 위로 올라왔는가? 더 곰곰이 돌이켜 보니 첫인상이 확실치 않다. 물론 내가 엄청 놀라운 것을 목격한 것은 분명한 사실이다. 떠다니는 해초나 흘러다니는 나뭇가지라는 설명은 고려하지 않기로 했다. 다른 가능성도 탐색해 보았다. 그 거대한 괴물을 보기 직전에 나는 바위 웅덩이 속에 있는 조그만 괴물을 관찰했다. 붉고 털이 난, 꿈틀거리는 그 벌레는 길이가 13~15센티미터 정도였으나 비좁은 웅덩이 속에서는 더 크게 보였다. 순전히 어떤 시각적 작용이나 망막의 비정상적인 착각으로 내가 벌레의 영상을 바다의 수면에 '옮겨 놓았을' 수도 있을까? 이것은 재미있는 생각이지만 전혀 있을 법하지는 않다. 왜냐하면 두 괴물이 모두 몸통을 꼰 것을 제외하고는 붉은 벌레와 검푸른 괴물은 닮은 데가 전혀 없기 때문이다. 뿐만 아니라 망막의 그런 현상을 들어 본 적도 없었다. 돌이켜 생각해 보니 그 괴물의 시각적인 인상은 아주 명확하게, 상세하게 기억하고 있는 반면에 괴물이 내게서 얼마나 먼 거리에 있었는가에 대해서는 기억이 점점 희미해진다는 사실에 매우 놀랐다.

이제 가장 근접한 해답은 다음과 같다. 이 해답이 확실하다고 계속해서 생각할지는 두고 봐야겠지만, 약간의 부끄러움을 무릅쓰고 기록해 보겠다. 나는 술주정뱅이도 아니고 마약 중독자도 아니다. 위스키나 진 같은 화주는 입에 대지도 않는다. 미국에서 가끔 대마초를 피워 보긴 했다. 그리고 몇 년 전에 어리석게도 딱 한 번(여자를 즐겁게 해 주기 위하여) LSD를 흡입한 적이 있다. 나는 소위 말하는 '환각 증상'을 경험했다. 그것은 매우 나쁜 환각 증상이었다. 그 더럽고 수치스럽던 경험을 여기에 기록하지는 않겠다. (그저 내장과 관계가 있었다고만 덧붙이겠다.) 사실 이것을 적당한 말로 표현하기는 매우 어렵다. 거의 불가능하다고 할 수 있다. 이것은 도덕적으로도, 정신적으로도 불결하다. 마치 인간의 악취 나는 내부가 외부로 나와 우주를 만든 것 같았다. 정신적인 악이 반쯤 형태를 갖추고 시커멓게 파도처럼 밀려와 거기서 빠져나올 수가 없었다. '떼어 놓을 수 없다'라는 말이 그 상황을 가장 잘 표현해 준다. 사실 시각적인 이미지는 매우 선명하고 믿을 만한 것이었고, 이 순간에도 내 눈앞에 떠오른다. 그러나 그것을 기록하지는 않겠다. 물론 그 뒤로는 LSD에 결코 손을 대지 않았다. 후유증도 없었다. 그리하여 마치 사람이 꿈을 잊는 것 같은 특이한 방식으로 다행히 그 경험을 잊기 시작했다. 그러나 내가 '목격한' 바다 괴물은 어리석게도 그 흉측한 마약을 시험해 본 데서 얻은 환각일 수도 있을 것이다.

몸통을 뒤틀면서 치솟아 오른 괴물은 내가 처음 목격한 것과 실제로 닮지는 않았다. 또한 바위 사이 웅덩이 속에 있던 붉은 벌레와도 닮지 않았다. 그러나 공포의 느낌은 같았다. 어쨌든 사건 직후에는 그렇게 느꼈다. 또한 두 경우 모두 잊고 싶은 마음이 드는 것도 같았다. 나쁜 환각 증상은 이런 식으로 다시 나타날 수 있다고 들었다. 독자들이여, 경계하길! 그러나 지금 그 모든 것을 돌이켜 보니 그나마 이것이 가장 분명한 설명 같다. 왜냐하면 다른 모든 것이 전혀 가능하지 않기 때문이다.

가슴이 다시 심하게 두근거린다. 잠자리에 들어야겠다. 이 이야기는 내일 아침까지 기다렸다가 했어야 하는 건데……. 수면제를 먹어야겠다.

■ ■ ■ ■ ■

윗글을 쓴 지 이틀이 지났다. 괴물에 대해 기록한 뒤에 잠을 잘 잤고, 지금도 내 설명이 옳다고 생각한다. 아무튼 괴물은 내 기억에서 멀어지고 공포도 물러갔다. 아마 글로 써 둔 것이 내게 도움이 되었나 보다. 지붕 밑 방의 발소리는 쥐들이라고 결론을 내렸다. 화창한 날이다. 아직 편지가 오지 않았다.

작은 자갈 해변에서 수영을 다시 했다. 바다는 상당히 잔잔했지만 물에서 나오기가 어려웠다. 돌들이 굴러 떨어지는 가파른 자갈 기슭을 기어올라와야 했는데 뒤에서 파도가 나를 물속으로 자꾸 끌어당겼기 때문이다. 나는 바닷물을 흠뻑 먹고 발까지 베었다. 버려 두었던 나뭇가지를 집으로 오는 길에 발견하고 가져왔다. 매우 추웠지만 너무 피곤해서 주철로 만든 좌식 욕조를 사용할 자신이 없었다. 욕실까지 뜨거운 물을 들고 올라가는 것도 할 만하지 않았다.

탑으로 통하는 철제 계단에 밧줄을 매 두면 날씨가 험악할 때도 그곳을 이용할 수 있을 것이라는 생각이 들었다. 밧줄을 늘어뜨려 놓으면 물속에서 밧줄을 잡고 '절벽' 위로 올라갈 수 있을 것이다. 마을에서 밧줄을 파는지 알아봐야겠다. 또한 캘러 가스 통을 더 살 수 있는지도 알아봐야겠다.

.....

친할아버지는 링컨셔에 살며 채소 재배업을 하셨다. (이것 봐, 느닷없이 자서전을 쓰기 시작했는데도 첫 문장이 얼마나 훌륭한가! 기다리기만 하면 이렇게 될 줄 알았다.) 할아버지는 샥스턴이라고 불리는 집에서 살았다. 이름을 가지고 있는 집을 소유한다는 것은 매우 대단한 것이라고 생각한다. 외할아버지는 내가 아주 어렸을 때 돌아가셨으므로 무슨 일을 하셨는지 모르겠다. 아마 우리 아버지처럼 '사무실에서 일하는' 평범한 사람이었을 것이다. 틀림없이 일종의 사무원이었을 텐데, 아버지도 그랬지만 집에서는 '사무원'이라는 말을 결코 사용하지 않았다.

친할아버지에게는 아담과 아벨이라는 두 아들이 있었다. 내가 보기에 할아버지는 상상력이 풍부한 사람 같지는 않았지만 이런 이름을 지은 걸 보면 약간 시적인 풍미가 있었던 것 같다. 숙부(아벨)는 일찍부터 우리 아버지(아담)보다 더 많은 사랑을 받았고 운이 좋았던 것이 분명하다. 어린아이는 어떻게 그런 것들을 감지하며, 또 그런 것들은 어린아이에게 그렇게 분명히 감지되는가? 어린아이는 어른들 세계의 관습에서는 보이지 않는 이런 편애를 어른들의 속임수라고 눈감아 줄 수도 있다. 나는 두 형제 중 약간 나이가 많은 아버지가 운이 없는 실패자라는 사실을 일찍부터 알 수 있었다. 그때는 실패가 무슨 뜻인지도 몰랐고, 돈이나 계급, 권력이나 명성 등 이런 탐이 나는 상에 대하여 아무것도 몰랐다. 그 여러 가지 형태의 상들은 일생 동안 내가 미친 듯이 춤을 추게 만들었지만, 이제 모두 끝난 일이었다. 물론 내가 아버지를 실패자라고 할 때 그것은 아주 세속적인 부분만을 의미하는 것이다. 아버지는 지적이고 착했으며, 마음이 순결한 사람이었다.

외할아버지와 외할머니는 칼라일에 살았는데, 그들에 대해서는 거의 알지 못한다. 어머니의 언니들도 칼라일에 살았는데, 둘 다 창백한 '아주머니들'이었다. 친할머니는 젊어서 돌아가셨다. 샥스턴에 대한 기억을 더듬자면 친할머니는 사진으로만 기억한다. 친할아버지는 내가 싫어하고 두려워한 대상이었는데, 웰링턴 장화를 신고 큰 목소리를 냈다고만 기억한다. 아버지와 숙부는 내 소년기를 마치 쌍둥이 신처럼 꽉 채우고 지배하였다. 어머니는 독립적인 사람이었다. 그리고 사촌 제임스가 있었다. 그는 나처럼 외아들이었다.

아버지와 숙부는 서로 다른 길을 갔다. 아버지는 워릭셔로 떠났고 '지방 행정부'에서 일했다. 그는 뗏목 위에 앉은 것처럼 이리저리 흘러다녔다. 아벨 숙부는 링컨셔에서 성공한 변호사가 되었고 램즈덴스라고 불리는 시골 저택에서 살았다. 이름을 가진 또 하나의 유명한 집이다. 램즈덴스는 샤스턴보다 컸다. 아직도 나는 꿈속에서 그 두 집을 종종 본다. 그 뒤에 아벨 숙부는 가족을 데리고 런던으로 이사를 갔으나 램즈덴스는 여전히 '시골 별장'으로 가지고 있었다. 아벨 숙부는 부유하고 예쁜 미국인 아가씨 에스텔과 결혼했다. 어머니가 에스텔 숙모를 '여상속인'이라고 부르던 것이 생각난다. 아버지는 농장에서 비서로 일하던 어머니와 결혼했다. 어머니의 이름은 마리안이었다. 아버지는 어머니를 '마리안 아가씨'라고 불렀다. 어머니는 엄격한 복음주의 기독교 신자였다. 아버지 역시 기독교 신자였으며 나도 그랬다. 아벨 숙부도 에스텔 숙모가 광명의 세계로 인도하기 전까지는 기독교 신자였다. 나는 어머니가 '워릭셔 숲길의 마리안 아가씨'라고 불릴 만큼 예쁘다고는 생각하지 않는다. 어릴 때 기억으로 어머니의 얼굴은 걱정을 애써 숨기려는 모습이었다. 어머니는 강한 사람이었고, 아버지와 나는 남몰래 서로 사랑하고 복종하고 위로했다. 아니, 우리 셋은 서로를 사랑하고 위로했다. 우리는 다 같이 가난한 편이었고, 외롭고, 입장이 난처했다.

. . .

오늘 아침 나는 식료품 저장실에서 나오는 유난히 크고 살

찐 거미를 보고 기절할 뻔했다. 그러나 자세히 보니 무척 붙임성 있는 두꺼비였다. 나는 그 녀석을 쉽게 잡아서 숲을 지나 바위 너머에 있는 습기 찬 웅덩이로 데려갔다. 거기서 그 녀석을 풀어주자 아주 느리게 기어갔다. 어떻게 저런 유순하고 방어력 없는 동물이 살아남을 수 있을까? 두꺼비가 사라진 뒤에도 나는 잠시 그곳에 머물러 있었다. 그리고 붉은 이끼, 꽃, 어린 시절에 본 듯한 쇠뜨기말, 파리를 잡아먹는 괴상한 노란 꽃을 구경했다. 아몬 농장 쪽 높은 지대에는 히스가 자라고 있었다. 부동산 중개인이 나에게 그 근처에 난초가 있다고 말해 주었으나 하나도 보이지 않았다. 아마 난초도 물개들처럼 전설에나 나오나 보다.

잠시 후에 나는 냉동 청어(가난한 사람들의 훈제 연어)를 사러 마을로 갔다. 물론 온 동네 사람들이 나에게 자신 있게 말했듯이 여기서 신선한 생선을 사기는 불가능했다. 나는 세탁소에 대해서도 물어보았으나 제대로 된 답을 얻지 못했다. 여태까지 나는 모든 것을 손수 세탁했다. 시트까지 빨아서 풀밭 위에 널어 놓았다. 아마 계속해서 그렇게 할 것이다. 나는 그런 단순한 일을 하면서 상당한 만족감을 얻는다. 내가 마을에서 두 번째 상점을 찾은 것을 깜빡 잊고 기록하지 않았다. 술집 뒤쪽 작은 집들 사이에 위치한 일종의 철물점이었다. '어부들의 가게'라고 불리는 것을 보면 옛날에는 어부들에게 여러 가지 장비를 팔았던 것이 틀림없다. 오늘 아침에 그곳에서 석유와 캘러 가스를 파는 것을 알아냈다. 나는 양초와 새 석유 램프와 밧줄도 샀다. 물건들을 들고 집으로 오는 길에 블랙라이언에 들렀다. 이 술집은 내가 들어가면 조용해지고 내가 나오면 귀에 거슬리게 재잘거리는 소리가 들린다. 그러나 나는 무시하고 계속 해서 드나든다. 마을 사람들의 가벼운 적대감에 신경 쓰지 않는다. 물론 텔레비전 덕분에 그들은 내가 누구인지 잘 알고 있다. 그러나 그들은 애써 무관심한 척했다. 아니, 어쩌면 정말로 모르는 건지도 모르겠다. 아마 그들에게는 매체의 비현실성 때문에 내가 일종의 '비현실적' 존재로 보일지도 모른다. 다행히 아무도 나와 사귀려 하지 않았다.

점심으로는 햇볕에 거의 다 녹은 저민 냉동 청어를 끓는 물에 데친 뒤 레몬 즙과 기름과 말린 허브를 살짝 뿌려서 먹었다. 썩 좋은 훈제 연어가 아닐 바에야 저민 청어가 훨씬 낫다. 여기에 통조림 햇감자를 튀겨서 곁들여 먹었다. (진짜 햇감자는 아니지만.) 내게 감자는 매일 먹는 단조로운 음식이 아니라 즐거움을 주는 특별 요리다. 그러고 나서 치즈 토스트와 따끈한 비트 뿌리를 먹었다. 빵집에서 썰어 준 빵은 별로지만 토스트를 하고 고급 뉴질랜드산 가염 버터를 바르면 맛이 괜찮다. 다행히도 나는 여러 종류의 바삭바삭한 스칸디나비아 비스킷을 좋아한다. 이 비스킷을 먹으면 살이 빠진다고 들었다. (물론 다 그렇지는 않다. 뚱뚱해질 운명을 타고 난 사람은 뚱뚱해질 수밖에 없다. 그러나 나는 체중에 대한 걱정은 전혀 없다.) 이제 땅을 소유했으니 허브 밭을 가꾸어야겠다. 미식가인 나로서는 항상 신선한 허브를 직접 조달하는 것이 문제였다. 물론 어렸을 때 부모님의 정원에 허브를 재배할 생각은 한 번도 해 보지 않았다. 아마 그때는 어려서 음식을 이해하지 못했나 보다. 그런데 어디에 밭을 만들까? 내 자그마한 잔디밭을 파내기는 싫다. 게다가 그곳은 바다에 너무나 가깝다. 도로 건너에 있는 땅을 몰래 쓰면 농부나 동물 들이 채소를 가져 가진 않을까? 그 문제도 잘 생각해 보아야겠다. 과거의 고민과는 전혀 다른 행복하고 순수한 생각이다.

점심 식사 후 사다 놓은 밧줄을 잘라서 탑 계단의 철제 난간에 잡아매었다. 이제 편리하게도 밧줄은 바다로 늘어뜨려져 파도 속에서 시커멓게 움직이고 있다. 바닷속에서도 밧줄 끝을 잡기 편하도록 매듭을 만들었다. '절벽' 쪽은 밧줄을 잡아맬 곳이 전혀 없어서 난처했다. 바위들은 매우 울퉁불퉁하고 미끄러웠고 밧줄은 집에 닿을 만큼 길지도 않았다. 더 긴 밧줄을 사다가 주방 문이나 계단 맨 밑의 기둥에 잡아매어서 매일 밤 젖은 밧줄 끝을 주방으로 끌어당기는 건 어떨까? 이런 문제들은 제법 흥미롭다. 밧줄은 아름답고 윤기가 나며, 그리스산 포도주 향기가 난다. 밧줄은 이 지방의 특산물이라고 한다.

오후에는 집과 탑 사이에 있는 바위 '다리' 위에 누워서 파도가 내 밑으로 깊이 몰려왔다가 뭍을 둘러싼 바위에 부딪혀 성난 듯이 부서지는 것을 바라보았다. 밀려오는 파도의 거품을 보고 있노라니 머리가 빙빙 도는 것 같았다. 마치 현기증이 나서 넘어지기나 한 것처럼. 아찔한 느낌이었다. 그러나 상점에서 그림엽서를 살펴보다가 '다리'와 소용돌이가 이 지방의 명소라는 사실을 알고는 약간 실망했다. 다행히도 그림엽서들은 모두 오래되고 구겨진 것이어서 1파운드도 안 되는 돈으로 몽땅 살 수 있었다. 여행자들이 '명소'를 찾아 이곳에 오는 것을 원치 않았기 때문이다. 사실상 다리는 그다지 볼 것이 없는 바위 언덕 같은 것일 뿐이다. 바위에는 구멍이 하나 있고 구멍 뒤로 움푹 들어간 구덩이가 있다. 조수가 밀려 들어온 어떤 때에는 바닷물이 구멍을 통해 밀려 나오며 크고 공허한 굉음을 낸다. 그 소리가 사람들의 관심을 끌지 않았으면 좋겠다. 소용돌이가 '민의 큰 가마솥'으로 불린다는 것도 그림엽서를 보고 알았다. 상점 여점원에게 민이 누구냐고 물었지만 그녀는 모른다고 했다.

멀리서 들려오는 종소리를 듣고 나서야 일요일인 줄 알았다. 오늘은 하늘에 구름이 많다. 나는 구름을 한참 동안 자세히 바라봤다. 그리고 내 생전에 이렇게 가만히 앉아서 물끄러미 구름만 쳐다봤던 적이 한 번도 없음을 깨달았다. 어렸을 때에는 이런 식의 '시간 낭비'를 매우 걱정했다. 그리고 어머니도 하지 못하게 하였을 것이다. 이 글을 쓰면서 나는 집 뒤에 있는 잔디 위에 의자와 방석과 담요를 놓고 앉아 있다. 저녁때다. 회색이 도는 푸른색을 띤 큼직한 뭉게구름은 가운데 불룩한 부분이 엷은 하늘색이다. 칙칙해진 도금품처럼 우중충하면서도 밝은 금색을 내는 하늘을 구름이 천천히 가로지른다. 수평선에는 현대 보석 장식처럼 약간 들쭉날쭉한 은색 선을 그리며 반짝이는 빛이 출렁이고 있었다. 그 밑의 바다는 생기 있게 찰랑대는 열정적인 금갈색에 흰 반점을 일으키고 있었다. 공기는 따뜻하다. 또 하나의 행복한 날이다. (사람들은 "도대체 거기 내려가서 무엇을 하려고 합니까?"라고 내게 물었다.)

조용하고 은밀하게 나 혼자 즐겁게 지내고 있다.

■ ■ ■ ■ ■

또 하루가 지났다. 날짜를 적으면 명상의 지속성이 끊기기 때문에 일부러 써 넣지 않기로 결심했다. 내 자서전의 첫 부분을 다시 읽었다. 유년기에 대하여 서술한 부분은 무서울 정도로 울림이 있고 너무나 기묘하며 갑작스레 권위가 부여되어 있었다! 내가 그토록 재미있는 존재인 줄 몰랐다. 사실은 클레멘트에 대하여 쓸 생각이었다. 나는 진정 내 유년기에 대하여 묘사하고 싶은 것일까?

오늘은 수영을 하지 않았다. 수영을 하려고 오후에 탑 계단을 내려갔으나 짜증스럽게도 난간에 매어 둔 밧줄이 그만 풀어져서 떠내려가 버리고 없었다. 나는 매듭을 잘 맬 줄 모른다. 게다가 그 밧줄은 매듭을 묶기에는 너무 굵었다. 기다란 나일론 헝겊이 더욱 쓸모 있을 것 같다.

약간 우울했지만 저녁으로 버터와 말린 바질 가루를 넣은 스파게티를 먹고 나니 기분이 좀 나아졌다. (바질은 식용 향료 식물 중 최고다.) 그런 뒤에 딜*을 넣어 천천히 조리한 어린 양배추, 달걀을 풀어 넣고 밀기울과 향료와 콩기름과 토마토를 곁들인 삶은 양파, 통조림 콘비프 한두 조각을 먹었다. (고기는 야채를 먹기 위한 것이다.) 경의를 받을 자격 없는 밧줄을 위하여 그리스산 포도주를 한 병 다 마셨다.

이제 밤이 깊었다. 나는 오래된 석유 램프와 새 램프를 켜고 위층에 앉아 있다. 새것은 빛이 덜 아름답지만 가지고 다니기는 편하다. 촛불도 필요하지만 그래도 이런 램프를 더 사야겠다. 초니 부인이 양초를 열두 자루 정도 남겨 두었다. 초는 아름답지는 않지만 편리한 물건이다. 그래서 나는 집 안의 필요

---

* 미나릿과 식물로, 열매나 잎을 향미료로 사용한다.

한 곳곳에 양초와 성냥을 전부 비치해 두었다. 새 램프의 냄새가 프리치를 생각나게 한다. 이제 내 자서전을 이어 쓰겠다.

나는 스트랫퍼드어폰에이번에서 태어났다. 정확히 말하면 그 근처에서, 아니 좀 더 정확히 말하면 아든 숲 가까운 곳에서 태어났다. 나무가 울창한 영국 중부에서 자랐으므로 바다에서는 아주 멀리 떨어져 있는 셈이었다. 그래서 나는 열네 살이 될 때까지 바다를 보지 못했다. 물론 내 전 생애는 셰익스피어와 함께였다. 만일 내가 그 위대한 극장 가까이 살지 않았더라면 그 어떤 연극도 보지 못했을 것이다. 부모님은 한 번도 연극을 보러 가지 않았으며, 어머니는 연극을 적극적으로 비난하였다. 또 '외출'을 할 만한 여유가 없었으므로 우리 가족은 나들이를 한 번도 하지 않았다. 고등학교를 졸업할 때까지 식당에도 가 본 적이 없다. 호텔에 들어간 건 그보다 훨씬 뒤다. 우리는 휴일에 샤스턴이나 램즈덴스, 혹은 어머니가 비서로 일하던 농장에 갔다. 만일 셰익스피어가 '공부'와 상관이 없었더라면 나는 극장에 가지 못했을 것이다. 학교의 맥도웰 선생님은 셰익스피어광이었다. 맥도웰 선생님은 내 인생을 열어 준 사람 중 한 사람이다. 우리는 연극을 자주 보러 갔고 상연되는 모든 연극을 하나도 빼지 않고 보았다. 가끔은 맥도웰 선생님이 내 표 값도 지불했다. 물론 우리도 연극을 공연했다. 맥도웰 선생님은 무대 생활을 동경했다. 그는 manqué* 배우였다. 연극을 너무나 좋아했던 나는 곧 선생님의 총아가 되었다. (일주일 동안 나와 몇 명의 아이들을 웨일스 바다에 데려간 것도 맥도웰 선

* '되다 만'이라는 뜻의 프랑스어.

생님이다. 그때가 내 일생에 가장 중요하고 행복했던 날이라고 생각한다. '행복하다'라는 것만으로는 그 일주일을 다 표현하지 못한다. 나는 일주일 내내 기뻐서 미칠 것 같았다.) 어머니는 극장에 가는 것이 '학교 수업의 일부'였기 때문에 허락해 주었다. 나는 교활하게도 일부러 연극을 즐기지 않는 체하면서 그냥 시험 때문에 꼭 필요하다고만 했다. 영악하고 못된 거짓말쟁이. 나는 천국에 있는 것처럼 즐거웠다. 아버지는 그것을 잘 알고 있었다. 그러나 아버지와 나는 어머니를 속이고 있다는 것을 서로 입 밖에 내지 않았다.

아버지는 조용하고 책을 좋아하는 사람이었고, 아마도 내가 아는 사람 중 가장 온화한 사람이었을 것이다. 수줍음을 탔다는 뜻은 아니다. 물론 그가 실제로 수줍음을 타는 사람이기는 했지만. 아버지는 긍정적인 도덕적 온화함을 지녔다. 지금도 나는 아버지가 항상 미소를 띤 채 조심스럽게 종이 위에 거미를 올려 창밖으로 살짝 버리거나 집 안의 다른 구석에 옮기는 모습을 분명히 기억한다. 나는 아버지의 친구이자 독서 동료였고 아마도 그가 진지한 대화를 나눌 수 있는 유일한 사람이었을 것이다. 나는 항상 우리 둘이 한 배를 타고 모험을 떠나는 것처럼 느꼈다. 우리는 같은 책을 읽고 토론하였다. 어린이 동화, 모험 이야기, 소설, 역사책, 자서전, 시집 그리고 셰익스피어. 우리는 함께 있기를 서로 즐기고 원했다. 얼마나 좋은 시금석인가! 이것은 깊은 헌신이나 존경이나 정열보다 더 훌륭하다. 만약 어떤 사람이 다른 사람들과 함께 있기를 갈망한다면 그는 그들을 사랑하는 것이다. 나는 먼 훗날 우리 아버지가 얼마나 좋은 사람인지를 아는 사람이 하나도 없으리라 생각했던 것을 기억한다. 어머니도 알지 못했을 것이다. 물론 나는 어머니도 사랑했다. 그러나 어머니는 아버지에게는 없는 단호한 면이 있었다. 어머니는 신앙심이 깊었다. 아마 그런 신앙심이 다소 실망스러운 그녀의 인생을 견디게 해 줬는지도 모르겠다.

부모님은, 적어도 내 견해로는, 아무 데도 가고 싶어 하지 않았고 아무것도 하고 싶어 하지 않았다. 어머니는 어디 가거나 무언가를 하려면 돈을 써야 하기 때문에 거부했고, 또 한편으로는 세속적인 허영에 물들까 봐 걱정했다. 아버지는 어머니가 반대하기 때문에 어디 가거나 무엇을 하려고 하지 않았다. 또 한편으로는 수줍은 성격과 나태함 때문이기도 했다. 아버지를 너무 처량하게 묘사했는지 모르겠으나 실제로 그렇지는 않았다. 아버지는 소박한 생활의 즐거움을 알고 있었고, 작은 기쁨을 기대할 줄도 알았다. 그는 직장에서 부지런히 일했고 집 안에서도 잔일을 열성적으로 했다. 아버지는 나를 붙잡고 공부를 가르치지 않을 때에는 소설과 모험 이야기를 즐겨 읽었다. 중병에 걸렸을 때에도 아버지가 『보물섬』을 돋보기로 읽었던 것이 기억난다. 아버지는 어머니와 나를 사랑하고 아꼈다. 그리고 그것이 아버지 세계의 전부였다. 그는 정치에도, 여행에도, 또는 다른 여흥에도 관심이 없었고, 문학을 제외한 다른 예술에도 무관심했다. 아버지는 친구가 없었다. (나를 제외하고는.) 그는 동생 아벨을 좋아하였지만 얼마나 좋아했는지는 알 수 없다. 아버지는 내 사촌 제임스는 별로 좋아하지 않았는데, 아마도 제임스가 내 경쟁자라고 생각했기 때문인 것 같다. 에스텔 숙모는 아버지를 늘 당황하게 했다. 어머니는 숙부의 식구들을 모두 싫어했지만 매우 점잖게 행동했다.

내가 연극에 발을 들여놓게 된 것은 셰익스피어 때문이었다. 세월이 흐른 뒤에 나를 '셰익스피어 전문 감독'으로 알게 된 사람들도 셰익스피어가 처음부터 나를 신처럼 이끌었다는 사실은 모른다. 물론 나에게는 다른 동기도 있었다. 부모님의 솔직하고 단순한 생활로부터, 조용하고 정체된 듯한 내 집으로부터 예술의 속임수와 마술의 세계로 도망쳐 나오고 싶어 했다. 나는 반짝이는 빛, 움직임, 곡예, 소음 등을 갈망했다. 그리하여 공중을 나는 기계에 대한 전문가가 되었고, 싸움을 조장하였다. 또 비평가들이 말하듯이, 연극의 기술적인 속임수에 거의 어린아이같이 지나치게 기쁨을 느꼈다. 나는 연극을 공부했다. 처음부터 내가 연극을 하리라는 사실을 알고 있었다. 왜냐하면 나도 재미를 느끼고 또 아버지에게도 재미를 주고 싶었기 때문이다. 아버지 스스로도 재미를 느꼈는지 혹은 내 열정적인 인도하에 그럭저럭 재미를 느꼈는지는 잘 모르겠다. 내가 재미를 느낀 것에 대하여 말하자면 나는 일생 동안 계속해서 성공한 셈이다. 부모님은 내가 설복시켰지만 그리 즐기지는 못했다. 사실 나는 부모님을 파리로, 베니스로, 아테네로 모시고 다녔지만 그들은 항상 불안해하고 어서 집에 가고 싶어 했다. 그러나 나중에는 그런 곳에 가 보았다고 생각하며 만족했을 것이다. 그들은 항상 자기 집에, 자기 정원에 있기를 원했다. 아버지와 어머니는 그런 사람들이었다.

나는 온순하고 조용하고 사랑스러운 아이였다. 그러나 큰 싸움이 다가올 것을 감지했고, 그 싸움에 이기고 싶었고, 되도록이면 빨리 이기고 싶었다. 결국 나는 둘 다 해냈다. 아버지는 내가 열일곱 살 때 대학에 입학하기를 원했다. 어머니도 학비를 걱정했지만 그러기를 바랐다. 하지만 나는 런던에 있는 연극 학교에 입학했다. (나는 장학금을 받았다. 맥도웰 선생님이 헛수고를 하지는 않았다.) 내 일생에 가장 슬펐던 일 중 하나는 그것 때문에 아버지를 거역한 일이었다. 그러나 나는 기다릴 수가 없었다. 어머니는 놀라 펄쩍 뛰었다. 연극을 죄의 온상이라고 생각했기 때문이다. (어머니가 옳았다.) 어머니는 내가 결코 성공하지 못하고 빈털터리가 되어 집에 돌아오리라 생각했다. (어머니는 제 밥벌이도 못 하는 사람을 멸시했다.) 하지만 그 점은 어머니가 옳지 않았다. 세월이 지나자 어머니는 돈을 버는 내 능력을 존경하지 않을 수 없었다. 연극은 그때, 그리고 그 이후로 내 집이 되었다. 전쟁 중에도 나는 연극을 할 수 있었다. 왜냐하면 곧 낫기는 했지만 폐에 문제가 생겨서 군대에서 일찍 제대를 했기 때문이다. 그러나 훗날 나는 이 점을 꽤 유감스럽게 생각했다.

· · · · · · · ·

"아크라이트 씨, 이 근처에서 아주 커다란 뱀장어를 본 적이 있습니까?"

직접 화법이다. 오늘 아침에 블랙라이언에서 말한 것을 기록한 것이다. 나는 거기서 이 지방 사과주를 샀다. 불행히도 사과주는 너무 달았다. 얼마 안 있으면 내가 가져온 몇 병 안 되는 포도주가 동이 날지도 모른다. 블랙라이언에는 포도주를 들여놓은 적이 없단다. 그러나 똑똑한 여점원이 레이븐 호텔에서 '진짜 포도주'를 판다고 알려 주었다.

블랙라이언의 주인 이름은 아크라이트인데, 내가 한창 잘나갈 때 부리던 운전기사와 이름이 같아서 조금 불편했다. 그 운전기사는 원한에 차서 나를 혐오했다. 운전기사와 그를 부리는 사람 사이의 관계는 이상하게도 늘 그렇다. 블랙라이언의 아크라이트도 사실상 남을 꽤 불편하게 하는 사람이다. 그는 덩치가 큰 편이고 길고 검은 머리에 검은 수염이 나 있다. 마치 빅토리아 시대의 상스러운 놈팡이처럼 생겼다. 그는 나를 당황하게 하는 데 재미를 느끼는 게 틀림없다. 이제 그는 내 질문을 분석한다. "뱀장어요? 커다란? 아주 커다란? 근처에서요? 육지에서 말입니까?" 그가 물었다. "기어 다니는 벌레를 말하는 건가." 손님 중 한 사람이 말했다. 손님들은 대부분 은퇴한 농부들이다. 물론 여자는 없다. "바다에 있는 뱀장어 말입니다." 모두들 우울하게 머리를 흔들었다. "봤을 리가 없어요. 뱀장어는 바다 깊이 사니까요." 누군가가 말했다. 그러자 또 다른 사람이 덧붙였다. "뱀장어는 좋지 않아." 질문은 끝났다. 나는 아무 도움도 안 되는 사과주를 예의상 사 들고 집으로 돌아왔다.

그러나 오늘 한 가지 성공한 것은 있다. 도로 쪽을 향하는 위층 작은 방(내실과 응접실 옆에 붙어 있다.)에는 튼튼한 무명 커튼이 두 개 있다. (다른 벽면의 앞 창문과 욕실 앞 창문은 건물 정면에 나란히 있다.) 이 커튼의 한가운데를 자른 뒤, 두 끝을 잡아매어 그 '줄'을 계단에 있는 철제 난간에 맸다. 그리하여 오늘 아침 썰물이 빠질 때 바다에는 파도가 쳤지만 나는 기분 좋게 수영을 할 수 있었다. 점심에는 프랑크푸르트식 소시지에 스크램블드에그, 마늘을 약간 넣은 구운 감자를 먹었다. 그리고 가게에서 산 당밀 타르트에 레몬 즙을 약간 뿌리고 요구르트와 진한 생크림을 끼얹어 먹었다. 그 위에 심술궂게 사과주를 마셨다. 점심 식사 후에는 그동안 수집해 놓은 돌로 잔디밭 가장자리에 경계선을 만들었다. 꼴불견은 아닌지 모르겠다. 구름이 상당히 많이 꼈고 시원한 바람까지 분다. 바다 위로 얼핏 커피빛이 보인다. 저녁때가 되자 평상시처럼 구름이 멋있게 떠 있는 것을 구경했다. 거대한 절벽 같은 연한 황갈색 구름과 험준한 곶처럼 생긴 구름이 웅장하게 높이 솟아올랐다. 그 옆에는 순금색 거품 구름이 걸려 있었다. 나는 작은 붉은 방에서 나뭇가지에 불을 붙이려고 했으나 굴뚝에서 다시 심한 연기가 났다.

집 안을 청소하고 정돈했다. 물건들을 깨끗이 하는 데서 이렇게 놀라운 만족감을 느낄 수 있다니! (만족감은 소유에 대한 주인 의식에서 오는 것일까? 아마 그럴 것이다.) 현관과 계단을 쓸었다. 그런 뒤 주방에 있는 커다란 판석을 씻었다. (매우 보람이 있었다.) 층계참에 있는 크고 못생긴 꽃병도 씻었다. 그리고 형편없이 못 쓰게 된 자단 탁자도 반짝반짝하게 닦았다. (기분이 무척 좋았다.) 응접실에 있는 맨틀피스에 쌓인 먼지도 털려고 했지만 그곳에 사는 정령이 나에게 대항해 그만두었다. 지금은 현관에 있는 (그전에 말했던) 큰 타원형 거울을 닦고 있다. (1890년대쯤 만들어졌나?) 이 아름다운 물건이야말로 이 집에서 가장 훌륭한 '부분'일 것이다. 유리는 비스듬히 휘고 얼룩이 있지만 매우 빛나는 은빛이어서 거울 그 자체가 빛의 원천인 것 같았다. 거울의 틀은 회색 금속으로 만들어졌는데(주석 합금인가?) 잎사귀와 가지와 열매로 둘러싸인 화관 같았다. 금속 광택제로 닦자 좀 더 빛이 나고 금속 식물의 모습이 자세히 드러났다. 헝겊에 시커먼 먼지가 묻어났다. 거울에 비친 내 모습을 바라보았다. 이제 내 외모를 묘사할 때가 된 것 같다.

내 외모를 묘사하는 것은 불필요한 일인지도 모른다. 그렇다. 물론 나는 과거에 사진을 많이 찍히긴 했다. 그렇다고 카메라와 친하다고 말할 수는 없다. (내가 영화배우가 되기를 원하지 않았던 것이 얼마나 다행인가!) 진짜 내 모습을 그려 보겠다. 나는 마른 체형에 키는 중간이다. 얼굴은 타원형이고, 코는 짧고 반듯하며, 입술은 가늘다. 그리고 살결은 맑고 희지만 붉은색이 살짝 돈다. 화가 나거나 모욕을 당하면 얼굴이 새빨개진다. 이것 때문에 은근히 고민이었는데, 나중에는 그것이 오히려 나의 트레이드마크가 되었다. 업계에서 '타타르인'이라는 별명이 붙자 그것은 사람들을 놀라게 하는 데 의도치 않게 유용했다. 내 눈은 차가운 연푸른색이다. 독서할 때는 작은 타원형 무테 안경을 쓴다. 머리카락은 다소 색이 빠진 밝은 금발 직모다. 길게 기르지는 않는다. 윤이 나지 않고 색이 흐려지거나 희미해지긴 했지만 반백이 되지는 않았다. 염색은 하지 않기로 했다. (몇 년 전에 머리카락이 빠지기 시작했을 때 의학의 도움을 받았다. 결과는 대단히 만족스러웠다.) 카메라가 내 얼굴에서 잡아 내지 못하는 것은 말끔히 면도한, 소녀 같은 피부와 다소 빈정대는 교활한 표정이다. (직설적으로 말해 영리해 보이는 얼굴이다.) 사진사들은 사람을 쉽사리 바보처럼 보이게 만들 수 있다. 나는 가끔 내가 아버지를 닮았다고 생각한다. 그러나 아버지는 온화하고 꾸밈없이 보이는 반면에 나는 그렇지 않다.

뜨거운 물주머니를 안고 일찍 잠자리에 들었다. 몹시 피곤했다.

▪ ▪ ▪ ▪ ▪

연극에 대하여 기록하는 것이 그리 쉽지는 않을 것 같다. 아마 그 거창한 주제를 다루는 것만으로도 또 한 권의 회고록이 만들어질 것이다. 클레멘트 메이킨에 대하여 즉시 기록하는 것이 좋겠다. 결국 클레멘트 때문에 내가 여기 있는 것이니까. 이곳은 그녀의 고향이고, 그녀는 이런 쓸쓸한 해변에서 자랐다. 하지만 우리는 한 번도 이곳에 와 본 적이 없다. 내가 미신에 사로잡혀서 그랬나? 그녀의 고향은 우리를 헛되이 기다렸다.

클레멘트는 내 첫 애인이었다. 우리가 처음 만났을 때 나는 스무 살이었고 그녀는 서른아홉 살이었다.(그녀가 그렇게 말했다.) 내가 사랑에 실패했기 때문에, 그리고 청교도적인 교육을 받고 자랐기 때문에, 클레멘트가 독수리처럼 잽싸게 덮칠 때까지 나는 숫총각이었다. 그녀가 훌륭한 여배우였느냐고? 그렇다. 나는 그렇게 생각한다. 물론 여자들은 항상 연극을 한다. 차라리 여자보다는 남자를 판단하는 것이 더 쉽다.(예를 들면 윌프레드 같은 남자.) 단순히 클레멘트의 배경을 설명하기 위하여, 또 클레멘트가 옷자락을 끌며 나타나는 장면을 아름답게 묘사하기 위하여 극장 이야기를 해야겠다. 그녀는 사람들이 생각하는 그런 여자가 아니었다. 그녀의 팬이나 그녀의 적대자 들은 모두 그녀를 똑바로 판단하지 못했다. 물론 팬과 적대자 들이 바로 알고 있는 것도 있다. 그녀는 사랑하는 사람들을 위해서 항상 무자비하게 싸웠으며, 그 뒤에는 전적으로 부도덕하게 행동하였다. 그녀는 거짓말을 하고 그들을 속이고 권리를 짓밟고 심장을 난도질했다. 그녀가 나를 사랑했고 나를 만들었다는 것은 인정한다. 물론 나 스스로 자신을 만들기도 했지만. 그녀의 불안정한 영혼을 쉬게 하소서.

감정이란 정말로 인격의 밑바닥에 존재한다. 혹은 맨 위에 존재한다. 그 중간에서 감정은 연기를 한다. 그러므로 온 세상이 무대인 것이다. 이 때문에 연극이 항상 인기가 있고 또 존재하는 것이다. 연극은 인생과 같다. 모든 예술 중에서 가장 비천하고 터무니없이 인위적인 것이지만 그래도 인생과 같다. 이류 소설가라도 꽤 많은 진실을 진술할 수 있다. 그의 겸손한 예술은 진실 편에 있다. 반대로 연극은 가장 '현실적'이라고 해도 우리가 날마다 일상생활에서 거짓말을 하는 수준이다. 일반적으로 연극을 인생과 비슷하다고 하는 것이 바로 이러한 뜻이다. 극작가들은 일류가 아닌 이상 형편없는 거짓말쟁이들이다. 그 반면에 형식으로만 따지자면 연극은 모든 예술 가운데 시와 가장 가까운 예술 형식이다. 만일 내가 시인이 될 수만 있었다면 결코 연극을 하지 않았을 것이라고 생각한 적도 많다. 물론 이것은 터무니없는 소리다. 내 굶주린 침묵하는 영혼에게 필요한 것은 바로 그 특별한 방법으로 세상에 외치는 것이었다. 연극은 마술적 힘으로 인류에게 퍼부어 대는 공격이다. 매일 밤 관객을 희생시켜 그들을 웃기고, 울리고, 고통을 주고, 기차를 놓치게 한다. 물론 배우들은 관객을 적으로 생각한다. 그래서 관객을 속이고, 마약을 먹이고, 가두고, 마비시킨다. 왜냐하면 관객은 항소할 수 없는 법정이기 때문이다. 예술과 고객의 관계가 연극에서는 시간적으로나 공간적으로 가장 가깝다. 다른 예술에서는 고객을 탓할 수 있다. 즉 그가 어리석고 순진하고 주의를 기울이지 않으며 둔하다고 책망할 수 있다. 다른 예술가들은 마음 편히 더 멀리 돌아서 관객과 소통할 여유가 있다. 그러나 연극은 그렇게나 직접적이고 그렇게나 보편적으로 관객과 소통하기 위해 필요하다면 고개를 숙여야 한다. 따라서 연극에는 기습, 소음 그리고 특징적인 성급함이 있게 마련이다. 이 모든 것이 내 복수의 일부였다.

그 복수가 얼마나 야비하고 잔인했던가. 이제 나는 마침내 그 모든 것에서 벗어난 기분을 만족스럽게 맛보고 있다. 이제 태양 아래 앉아 고요한 바다를 바라볼 수 있다. 이 고독과 고요는 모든 실없는 재잘거림과 지나치게 자극적인 언쟁 뒤에 오는 깊고 정적인 것이다. 이것은 연극의 멋진 극적 침묵과는 매우 다르다. 「폭풍」 2막이나 피터 팬이 등장할 때의 침묵과는 매우 다른 것이다. 또한 낯설면서도 낯익고, 그러면서 마음 설레게 하는 텅 빈 극장의 조용함과도 매우 다르다. 연극배우들은 그들이 사랑하고 미워하는 암흑 같은 동굴에 사는 사람들이다. 기대에 찬 침묵 속에서 소음을 일으키는 것을 내가 얼마나 즐겨했던가. 구조의 소음, 색의 소음. (나는 언젠가 긴 침묵으로 시작하였다가 그 뒤에 비명을 지르는 스릴러를 연출한 적이 있다. 그 음향 효과는 유명해졌다.) 그러나 그 때문인지 음악은 별로 좋아하지 않게 되었다. 소음은 좋지만 음악은 싫다. 미묘하면서도 본질적으로 고요한 발레의 음악적인 요소는 찬양하지만 오페라는 질색이다. 클레멘트는 이것을 시기심 때문이라고 했다. 나는 바그너를 부러워한다.

극장은 강박관념의 공간이다. 부드러운 꿈나라가 아니다. 실업, 가난, 실망, 고통스러운 우유부단(이것을 지금 잡으면 저것은 나중에 놓치리라는) 등의 현실이 얼굴에 나타난다. 그리고 가정 생활에서처럼 인간 영혼의 좁은 한계를 배우게 된다. 모든 것이 강박관념이다. 훌륭한 극작가, 감독, 그리고 대부분의(모든 그런 것은 아니다.) 일류 배우 들은 강박관념에 사로잡힌 사람들이다. 다만 셰익스피어 같은 천재들만이 그 사실을 감출 수 있다. 혹은 그것을 정신적인 것으로 변형시킨다. 이 강박관념은 사람을 열심히 일하게 한다. 나 역시 항상 악마처럼 열심히 일했다. (다른 사람들도 그렇게 일하도록 했다.) 어쩌면 어머니의 교육이 나를 저도 모르게 억지로 열심히 일하게 만들었는지도 모른다. 어머니는 전혀 게으르지 않았고 다른 사람들이 게으른 것도 용납하지 않았다. 아버지는 집 안의 물건을 고치고 정리하는 것을 즐겼다. 그러나 가끔은 느긋하게 앉아서 세상 돌아가는 것을 보고 싶어 했다. 그러나 그럴 수가 없었다. 어머니는 아버지가 세속적인 야망을 갖기를 원하지 않았고, 아벨 숙부와 에스텔 숙모의 성공적인 세계를 경멸하였다. 그러나 겉으로 드러나지는 않았지만 항상 그런 세계에 대한 기대가 그녀를 괴롭히긴 했다. 어머니는 그저 아버지가 항상 유용한 사람으로서 일하기를 바랐다. (다행히도 나와 책에 대해 토론하는 것은 유용하다고 여겼다.) 그녀는 아버지의 일을 이해하려 하지 않았고 관심을 보이지도 않았다. 그가 무엇을 하는지도 전혀 몰랐다. 집 안에서는 어머니가 아버지를 조종했다. 어머니는 나도 조종했지만 그것은 매우 쉬운 일이었다. 왜냐하면 나는 매우 부지런하게 일할 준비가 되어 있었기 때문이다. 기자들은 내가 어떻게 처음 희곡을 쓰게 되었는지 가끔 물었다. 사람들이 불친절하게 암시하듯이 배우가 되지 못한 실망 끝에 글을 쓰게 된 것은 아니다. 나는 아주 어렸을 때부터 글을 쓰기 시작했다. 왜냐하면 일이 없을 때 시간을 낭비하는 것을 참을 수 없었기 때문이다. 나는 일이 없는 많은 친구들이 기가 죽어 지내는 것을 일찍부터 보아 왔다. '휴식'이라는 것은 배우의 인생에서 가장 쉴 수 없는 시간이다. 이런 시기가 나에게는 대학이나 마찬가지였다. 나는 독서하고, 글을 쓰고, 스스로 전공을 공부했다.

연극이란 주제에 대하여 제대로 알려지지도 않았을 뿐 아니라 항상 악의 섞인 추측이 분분하므로 내 희곡에 대하여도 몇 마디 해야겠다. 내 희곡은 사실 무언극처럼 항상 단명하기 마련이어서 내가 그것을 감독할 때에만 존재했다. 나는 결코 다른 사람이 내 작품을 건드리지 못하게 하였다. 사람은 엄청난 재능이 있지 않는 한 순박하든가 냉소적이지, 그 중간은 없다. 냉소의 응보는 부조리다. 나는 내 한계를 알고 있었다. 내 희곡들은 오로지 윌프레드 더닝을 위한 작품에 지나지 않는다는 이야기도 들었다. 왜 '오로지'인가? 윌프레드는 위대한 배우였다. 사람들은 이제 윌프레드와 같은 배우를 만들어 내지 못한다. 윌프레드는 에지웨어 로(路)에 있던 오래된 뮤직홀에서 연기를 시작했다. 그는 눈꺼풀 한 번 깜빡이지 않고 서 있으면서 극장이 떠나갈 정도로 관객을 웃길 수 있었다. 그런 위력은 거의 초인적이다. 사람의 몸과 얼굴이 가진 신비란! 윌프레드의 얼굴은 빛이 났다. 또한 페러그린 아블로를 제외하고는 내가 본 사람 중 가장 얼굴이 컸다. 어느 면에서 보면 그는 극작가로서의 내 작품이 있게 해 준 사람이다. 그가 죽고 나는 더 이상 작품을 쓰지 않았다. 내 희곡은 과거에 속해 있고, 누구에게도 물려주지 않을 거라고 후회 없이 말할 수 있다. 내 작품들은 마술에 걸린 망상이며 불꽃이었다. 다만 지금 내가 쓰는 것만을 영원한 기념물로 내 뒤에 남기고 싶다. 누군가 나에게 안무가가 되어야 했다고 말했는데 나는 그 이유를 알 수 있었다. 사람들은 내가 일본에서 매우 인기가 있다는 사실에 놀라움을 금치 못했다. 그러나 나는 그 이유를 알고 있었고, 일본인들도 알고 있었다.

사람들은 나를 '실험주의자'라고 묘사하지만 사실 나는 고전 연극 애호가다. 나는 환상을 좋아하고 소외를 좋아하지 않는다. 무대 위에서 안절부절못하며 어지럽게 왔다 갔다 함으로써 사건의 명확성을 흐리는 것을 싫어한다. 또한 '관객 참여'라는 말도 안 되는 생각을 혐오한다. 소동이나 다른 공동 행위가 나름대로 가치가 있을지 모르나 극예술과 혼동해서는 안 된다. 연극은 인위적인 마술에 걸린 현 순간을 새롭게 창조하여 관객을 그 안에 가두어야 한다. 연극은 우리가 단지 현재에만 존재할 수 있으며, 시간 위에서 연장된 실존적 존재라는 엄숙한 진실을 모방한다. 이것은 인위적인 현재다. 왜냐하면 자유로운 개인의 회상이 결핍되어 있고, 그 자신의 한계와 결론을 가지고 있기 때문이다. 그래서 인생은 희극적이다. 매우 불행할지라도 그것은 비극이 아니다. 비극은 무대의 교묘한 기술이 만든 것이다. 물론 대부분의 연극은 조잡하고 순간적인 헛소리일 뿐이다. 위대한 시인이 쓴 희곡만이 읽을 가치가 있고 나머지는 감독의 지시 사항에 불과하다. '위대한 시인들'이라고 말했지만 실제로 내가 말하는 사람은 셰익스피어뿐이다. 모든 진지한 예술 중에서 본질적으로 가장 경박하고 근거 없는 것이 최고의 작가를 낳았다는 것은 역설이다. 셰익스피어는 다른 사람들과 다르다는 사실, 그냥 primus inter pares*가 아니라 질적으로 전혀 다르다는 사실을 나는 고등학교에 다닐 때 스스로 발견했다. 그리고 그 비밀에서 나는 영양분을 받고 발전하였다. 그리스 희곡을 계산에 넣지 않는다면 이 세상에 다른 희곡은 존재하지 않는다. 나는 그리스어를 읽을 줄 모른다. 그리고 제임스의 말에 따르면 그리스 희곡은 번역이 불가능하다고 한다. 나는 많은 번역 작품을 보고 나서야 제임스의 말이 옳다는 것을 알았다.

물론 극장은 본질적으로 희망과 실망이 엇갈리는 곳이다. 그리고 그 순회에서 사람들은 보편적인 세계의 순회 형식을 따르게 된다. 새 희곡의 짜릿함, 실패의 충격, 장기 상연으로 인한 피곤, 상연이 끝나고 느끼는 집을 잃은 듯한 공허. 끊임없이 건설하고 끊임없이 파괴하는 것이다. 연극은 종말과 이별, 짐 싸기와 짐 풀기, 그리고 가족 단위의 해체다. 이런 것들이 모두 연극하는 사람들을 유목민으로 만든다. 혹은 어떤 자연스러운 감정(예를 들면 영속성에 대한 욕망)을 억눌러야 하는 방랑하는 수도승처럼 만든다. 우리는 수도승 같은 '무정함'을 지녔다. 이런 면에서 우리는 평범한 삶의 특질이 달라지는 변화를 고차원적인 상징 안에서 겪는다. 배우로서, 감독으로서, 그리고 극작가로서 나는 충분히 실망했고, 시간도 많이 허비했으며, 방향도 잃었다. 내 '성공적인' 생애에는 많은 실패와 절망이 있었다. 예를 들면 내 모든 희곡이 브로드웨이에서 큰 실패

* '동료들 중 일인자'라는 뜻의 라틴어.

로 끝나던 때가 있었다. 나는 배우로서 실패했고 극작가로서도 끝장이 났다. 다만 감독으로서의 내 명성이 그런 사실을 덮어 주었다.

만일 절대적인 권력이 절대적인 부패를 뜻한다면 나는 가장 부패한 사람이다. 연극 감독은 독재자다. (만일 그렇지 않다면 자기 일을 못하는 것이다.) 나는 무자비함으로 내 명성을 드높였고, 그것은 매우 유용했다. 배우들은 내가 나타나면 눈물을 흘릴 준비가 되어 있었고, 조심스럽게 꿇어 엎드릴 자세가 되어 있었다. 대부분의 배우가 이것을 좋아했다. 그들은 나르시시스트인 동시에 마조히스트다. 길버트 오피언이 처음부터 끝까지 병적으로 흥분하고 즐거워하던 것이 기억난다. 물론 여자들은 모두 울었다. (성공한 후에 내가 클레멘트의 연출자가 되었을 때에 우리는 둘 다 울었다. 정말이지 얼마나 많이 싸웠던가!) 나는 술주정뱅이에게 항상 무자비했다. 페러그린 아블로와도 로시나의 사건이 있기 전에는 긴장 관계였다. 페리는 아일랜드 출신 술주정뱅이로서는 최악의 예다. 윌프레드는 고래처럼 술을 퍼마셨지만 무대 위에서는 결코 취태를 보이지 않았다. 정말로 그가 보고 싶다.

나는 사람들이 나를 '타타르인'이라고 하는 것이 편하고 좋았다. 나에 대해 알려진 다른 평판은 더 좋지 않거나 옳지 않았다. 나는 결코 내 권력을 이용하여 여자를 침대로 유인하지 않았다. 물론 연극계는 어머니가 생각했던 것과 같았고, 어머니가 상상조차 할 수 없는 일이 너무도 많았다. 그러나 연극도 일이고, 다수의 '전형적인' 배우들은 규칙적으로 일하는 중년 남자들이며 교외에서 아내와 아이들과 함께 충실한 가정생활을 한다. 이런 사람들이 연극의 주축을 이루고 있다. 물론 연극은 섹스, 섹스, 섹스로 꽉 차 있다. 그러나 이 주제가 전문가들에게 얼마나 큰 영향을 주겠는가? 어머니는 '연극하는 나쁜 사람들'을 생각하고 그들이 나를 타락시킬까 봐 걱정했다. (사실 어머니는 학교 연극을 제외하고는 내가 연극하는 것을 거의 본 적이 없다.) 실제로 그런 타락이 일어날 수 있을까? 이 질문은 물어볼 가치가 있다. 사람은 악역을 하려면 자신이 어느 정도 악한이 되어야 한다. 그러나 이렇게 악한이 되는 데는 한계가 있다. 왜냐하면 악은 매우 전문적이기 때문이다. (배우는 제각기 어떤 인물을 연기하지 못하는 한계가 있다. 그는 그 이상이나 이하로 연기할 것이다.) 그리고 우리는 가면을 쓴 사람들이고, 이상적으로는 그 가면이 우리에게 영향을 주지 못한다. (이것이 내 견해다. 그러나 어리석은 자들은 나와 의견을 달리 할 것이다.) 어떤 늙은 배우가 노인 역을 맡았을 때 이렇게 말했다. "하지만 난 한 번도 노인 역을 해 본 적이 없소!" 바로 이런 것이 전문가다운 기질이다.

▪ ▪ ▪

다시 내 이야기로 돌아가자. 나는 '아주 성욕이 강하지' 않다. 요즘 이렇게 말하는 것은 유행과 동떨어진 것이다. 하지만 '성 관계' 없이도 나는 아주 잘살 수 있다. 나를 관찰하기 좋아하는 사람들은 내가 꾸준히 애인을 두지 않는다는 이유로 내가 동성애자일 것이라고 넘겨짚기도 했다. 나는 난잡한 것을 싫어한다. 아마 도덕적으로 청렴한 어머니의 교육 때문인가 보다. 그리고 추잡한 이야기와 음담패설을 공모하는 남자들의 세계도 결코 좋아하지 않는다. 물론 나는 꽤 여러 차례 연애를 했다. 그러나 결코 한 번도 여자를 유혹해 잔 적은 없다. 어떤 한 여자(로시나)가 이렇게 말한 적이 있다. "당신은 여자들보다 연극을 더 중요하게 생각해." 그것은 사실이다. 나는 결혼을 진지하게 생각해 본 적이 없다.(젊었을 때 한 번을 제외하고.) 그리고 클레멘트, 한없이 훌륭하고 누구와도 비교할 수 없는 클레멘트가 항상 내 곁에 있었다. 나는 그녀에게 '홀딱 반해 있었다'. 그리고 아주 상냥한 다른 여자들이 주위에 있었다. 그러나 나는 여자와 놀아나는 사람은 아니었다. 나는 항상 일에 전념하는 프로였다. 이 점에 있어서는 다른 사람에게도, 나 자신에게도 매우 엄격했다. 특히 폐쇄적인 조직 안에서 어리석고 복잡한 연애를 하는 것은 진지한 작업을 방해한다. 나는 매우 질투심이 강했고, 또 질투심이 아주 강한 사람들과 어울렸다. 시기심은 내게 큰 문제가 되지 않았다. 연극을 할 때 시기심이 없다면 무능한 것이나 다름없다. 그래서 나는 시기심을 극복하는 것이 성공의 선행 조건이라는 것을 일찍이 깨달았다.

일류 배우가 되지 못한 것을 내가 유감스럽게 여겼을까? 많은 사람들이 이 질문을 나에게 얼마나 여러 번 했던가! 물론 그렇다. 감독들은 항상 배우들을 부러워한다. 대부분의 감독들이 은근히 위대한 배우가 되기를 바란다고 생각한다. 어떤 사람들은 내가 영화나 텔레비전에서 더 성공적인 배우 생활을 할 수 있을 것이라는 견해를 가지고 있었고, 또 그것으로 나를 유혹하기도 했다. 그러나 나는 여러 번 재미난 시도는 했어도 대중 매체에는 전혀 관심이 없었고, 항상 진정한 드라마는 관객과 호흡하는 연극에 있다고 생각했다. 특히 셰익스피어 극에 대한 포부가 컸다. 그러나 늘 리어 왕 역을 겁먹고 피했으며, 햄릿 역을 맡았던 것은 말을 안 하는 것이 더 낫다. 리지가 에어리얼 역을 했을 때 나는 프로스페로* 역을 훌륭히 해냈다. 이미 매우 오래전 일이지만 그것이 내가 마지막으로 맡은 주역이었다. 그 후에 나는 허영심을 접었다. 연극을 하면 짓밟히는 일이 많기 때문에 사람들은 그것이 사라지리라고 생각하지만, 배우들은 대부분 허영심을 여전히 지니고 있다. 직업병으로서만이 아니라 살아남기 위해 필요한 수단으로서 말이다. 진정으로 아낌없이 보내는 찬사는 정말로 큰 도움이 되고 상처를 치유한다. 나는 좋은 배우들, 그리고 위대한 배우들을 많이 만났다. 예를 들면 윌프레드, 시드니 애시, 마커스 헨티(클레멘트의 애인 중 한 명), 페이비언 긴즈버그, 페리 그리고 앨까지. 배우로서 나는 조용히 뒷자리에 물러앉았다. 그것은 쉬운 일이었다. 왜냐하면 나는 그때 연출에 전념했기 때문이다. 그리고 내가 연출한 작품에서 하찮은 조역을 맡아 자신과 대중을 즐겁게 했다. 한번은 「갈매기」**에서 제이컵 역을 하여 인기를 독차지하기도 했다.

그러고 보니 한꺼번에 뒤죽박죽으로 모든 이야기를 써 내려가는 것 같다. 이 일기를 정말로 초고로 여겨야겠다. 아무튼 현재로서는 내 작품을 회고하지는 않을 것이다. 나는 셰익스피

---

* 셰익스피어의 희곡 「폭풍」의 주인공으로, 추방당한 밀라노의 공작이다. 에어리얼은 프로스페로를 주인으로 섬기는 공기의 요정이다.

** 러시아 작가 체호프의 희곡.

어 전문 감독이라고 알려져 있다. 그러나 나는 모든 연극을 다 해 보았다. 무엇이든지 말해 보라. 나는 그것을 다 해 보았다. 그래서 자랑은, 이 정도로 해 두겠다. 클레멘트 메이킨을 소개하려다 두서 없는 잡소리만 늘어놓았다. 그러나 가엾게도 클레멘트는 기다릴 수 있다. 그녀는 기다릴 수밖에 없다. 그 위대한 의지의 투쟁은 영원히 끝났다. 그리고 나는 여기 앉아서 자신에게 놀라고 있다. 내가 그 마술을 포기하고 내 저작을 물에 처넣어 버렸나? 내 원수들을 용서했나? 권력을 포기하고 마지막 순간에 마술을 유령으로 변화시켰는가? 시간이 가면 알게 될 것이다.

· · · · ·

이상스럽고 고민스러운 일이 방금 일어났다. 이제까지 이야기를 나는 잔디밭의 바위 그릇 옆 바위 의자에 앉아서 쓰고 있었다. 아침 햇살이 뜨거워져서 나는 안으로 들어가 모자를 가져오려고 했다. 약간 두통이 났다. 아마 새 안경이 필요한 모양이었다. 나는 집 안으로 들어가 어두운 곳에서 눈을 깜박이며 계단을 올라갔다. 위층 층계참에 도달했을 때 무슨 일인지는 알 수 없었지만, 무슨 일이 일어난 것을 직감할 수 있었다. 나는 흉하면서도 멋진 큰 꽃병이 탁자 위에서 사라진 것을 알아냈다. 꽃병은 마루에 떨어져서 산산조각이 나 있었다. 어떻게 이런 일이 일어났을까? 탁자는 전혀 움직이지 않았고 흔들리지도 않았다. 바람도 없었고 구슬 커튼도 움직이지 않았다. 어제 먼지를 털다가 꽃병을 약간 움직였을까? 아니면 지진이 있었나? 내 탓이라고 생각하기 싫었고, 내 탓이 아닌 것이 확실했다. 보기 흉하지만 나는 이 꽃병을 늙은 개를 사랑하듯 좋아했다. 깨진 조각을 붙여 볼까 막연히 생각하며 조각을 집어 들었다. 그러나 그것은 불가능한 일이었다. 어째서 이 탁자에서 떨어졌을까? 정말 알 수 없는 일이다.

....

"애로비 씨, 편지는 모두 개집 안에 있어요."

나는 마침내 굴복하고 말았다. 그리고 우체국에 가서 물어보았다. 내가 굴복한 것은 마을에서 체면을 잃었기 때문이 아니라 (그 이유도 마음속에는 있었지만) 자신에게 체면이 서지 않았기 때문이다. 왜 이제 와서 편지가 필요하며, 편지를 받고 싶어 하며, 또한 아무도 내게 편지를 쓰지 않는다고 놀라야 하는가? 코프먼 양에게 사업상 편지는 런던에서 보관하고 있으라고 이미 일러두지 않았는가? 친구들에게서 오는 편지만 이리로 보내 주기로 되어 있다. 그리고 나에게는 사실 친구가 별로 없다. 그러나 꼭 받고 싶은 편지가 있다. 나는 그 편지를 기다렸다. 그건 그렇고, 이제 개집에 대하여 이야기하겠다.

"개집이라뇨?" 나는 우편 취급소 여직원에게 물었다. (그녀는 상점 여주인의 동생이었다. 우편 취급소는 상점의 일부였다.)

"선생님 댁으로 둑길을 건너기 전에 돌로 된 개집이 하나 있어요. 초니 부인은 편지를 늘 그곳에 두기를 원했어요."

둑길 끝에 있는 그것이 내 땅의 경계선이라고 부동산 중개인이 가르쳐 주었다. 물론 나는 그것을 보기는 했지만 안을 살펴보지는 않았다. 그것은 상당히 큰 개집 모양을 하고 있었다. 그러나 내 의견으로는 돌로 만든 개에게나 어울리는 집이었다. 원래는 다른 목적이 있었던 모양인데, 그것이 무엇인지는 알 수가 없었다.

나는 불만을 표시했다. 내가 어떻게 그걸 알았겠는가? 추측을 했어야 했나? 왜 아무도 나에게 그 말을 해 주지 않았는가? 집배원은 왜 내가 편지를 꺼내 가지 않는지 알지 못했는가? 비가 오면 편지는 어떻게 되겠는가?

우편 취급소 여직원은 위엄 있는 목소리로 초니 부인은 항상 그 개집에 편지를 두고 가기를 원했고 덕분에 집배원이 덜 걸을 수 있었다고 했다. 또 그녀는 편지가 없어졌는지 개집 속을 들여다보기를 집배원에게 바랄 수도 없는 일이고, 내가 외출 중일 수도 있지 않느냐고 되풀이해 말했다.

나는 냉동 검정대구를 사서 집으로 급히 돌아왔다. (검정대구가 대구보다 훨씬 낫다.) 그렇다. 기다리던 편지가 다른 여러 통의 편지와 함께 개집에 있었다. (비가 왔다면 물에서 헤엄치고 있었을 것이다.) 나는 편지를 모두 집으로 가져갔다.

내가 기다리는 편지는 리지 셰러가 보낸 것이었다. 이 편지를 옮겨 적으면 어느 면에서 내가 솔직하지 못했는지 분명해질 것이다. 사실 나는 리지에 대하여 더 일찍 거론하기를 꺼렸는데, 그것은 내가 최근에 그녀에게 한 행동에 대하여 어떤 기분인지 확실치가 않았기 때문이다. 화가 났거나 걱정이 되어서가 아니다. 여기 왔을 때 나는 사적인 대인 관계에 대하여는 더 이상 마음 쓰지 않기로 마음먹었다. 그런 걱정은 대개 허영심의 한 형태일 뿐이다. 내가 무슨 일을 했느냐면, 뭐랄까, 일종의 시험, 혹은 게임이나 도박의 성격이 강한 편지를 리지에게 보냈다. 아주 진지한 게임이었다. 나는 늘 리지와 진지한 게임을 해 왔다. 편지 보낸 것을 후회했는가? 후회하나? 후회할 것인가? 먼저 그녀에 대하여 한마디해야겠다.

클레멘트 메이킨은 위대한, 아니 위대할 뻔했던 여배우였다. 거기에 비하면 리지 셰러는 여배우라고도 할 수 없을 정도였다. 그녀가 성공했다면 그것은 내가 그렇게 만들어 주었기 때문이다. 나는 그녀를 그녀의 한계 너머로 밀어 주었고, 이제 고백하지만 어느 면으로는 내가 그녀를 사랑했기 때문에 그렇게 애를 써 주었다. '어느 면으로'라고 말한 것은 내가 딱 한 번 진정으로 사랑을 했기 때문이며(그 상대가 리지는 아니었다.) 때가 되자 그녀를 떠나는 것이 놀랍게도 쉬웠기 때문이다. 나는 리지에게는 내가 다른 여자들(로시나, 진)에게 종종 그랬던 것처럼 결코 '미치지' 않았다. 나는 내 인생에서 유례 없는, 조용하고 꿈같은 방법으로 리지를 돌봐 주었다. 그러나 나는 그녀와 헤어졌다. 그녀는 나보다 훨씬 더 열렬히 나를 사랑했다. 왜냐하면 리지에게는 내가 단 하나뿐인 진정한 사랑이었기 때문이다.

리지는 스코틀랜드 태생으로 반은 스페인계인 유대인이다. 함께 잔 여자 중 리지는 가장 아름답고 사랑스러운 젖가슴을 가지고 있었다. 그녀는 그다지 미인은 아니었고, 젊었을 때에도 그다지 예쁘지는 않았지만, 그래도 매력이 있었다. '사람의 마음을 사로잡는' 매력과 젊음을 간직하고 있을 때에는 그녀도 연극계에서 한몫을 했다. 그녀는 열심히 일했고 스코틀랜드인답게 변치 않는 믿음직스러움이 그녀에게는 도움이 되었다. 그녀의 외모는 묘사하기 힘들다. 이마는 크고 넓었으며, 옆얼굴은 강하고 매력 있었다. (누구나 그녀의 옆모습에 반할 것이다.) 그녀의 이마에서 부드러운 굴곡을 타고 내려오면 작고 예쁜 코가 뻗어 있었다. 코에서 똑바로 내려오면 튼튼한 턱이 있는데, 여기에 보일락 말락 한 보조개가 있었다. 단단한 입술은 통통하지는 않으나 예쁘고 섬세하게 생겼다. (입술은 사람마다 얼마나 다른가!) 인위가 아니라 자연이 그녀의 입술을 적갈색이 도는 분홍색으로 칠해 놓아 매우 매력적이었다. 윗입술은 길고 가운데가 아름답게 움푹 들어가 있었다. (입과 코를 연결하는 부드러운 실개천을 일컫는 단어가 있을까?) 천진한 수줍음이 없다면 사람들은 그녀의 얼굴을 보고 이지적이라 했을 것이다. 이 부드럽고 간청하는 듯한 수줍음이 리지의 매력이었다. 그녀의 눈은 연갈색이었다. 내가 키스할 때 그 연갈색 눈이 얼마나 반짝거렸는지! 근시인 그녀는 뭐든 뚫어지게 보는 경향이 있었다. (예쁜 여자들은 허영심 때문에 안경을 끼지 않아 사물을 잘 보지 못한다고 페러그린이 말한 적이 있다.) 오렌지색 눈썹은 거의 보이지 않았으나 그녀는 내 앞에서는 눈썹을 그리지 않았다. 그녀의 얼굴은 건강한 혈색이 돌았고 분홍빛이며 반짝였다. 그녀는 화장을 그다지 하지 않았으므로, 많은 연극배우들같이 놀라울 정도로 인위적인, 다시 말해서 에나멜이나 래커를 칠한 것 같은 외모는 아니었다. 물론 그런 인위적인 면에도 매력이 있긴 하다. 그것은 나를 매혹시킨다. 나는 여자의 외모에 나타나는 인위적인 기술을 좋아한다. 그렇다고 꼭 모든 화장술을 보고 싶은 것은 아니다. 이제는 염색을 해서 리지의 머리 색은 계피색을 띤 갈색이지만, 원래는 붉은색을 띤 오렌지색이었고, 머리

숱이 많았다. (이제 그녀의 머리카락은 약간 솜털 같고, 구불구불하기보다는 나사처럼 꼬불꼬불하다.) 행복할 때 그녀의 얼굴은 눈에 띄게 빛나고 명랑하다. (무대 위에서 열연할 때 그녀의 얼굴은 관객에게 즐거운 한숨을 내쉬게 할 수도 있다.) 얼굴을 단정하게 꾸미지 않을 때도 있지만, 아직도 그녀의 얼굴은 상당히 매력이 있다. 어떤 연극 학교에서든지 체력 단련을 시킨다. 연극을 하는 것은 체력 단련이다. 연극을 하는 여자들은 단정함과 젊음을 유지해야 한다. 그런데 리지는 그렇지 못했다. 또한 그녀는 영리하지도 않았다. (똑똑한 여자가 주는 특유의 즐거움에 나는 무관심하지 않다.) 그리고 나이가 들어감에 따라, 솔직히 말하면 뚱뚱해졌다. 맙소사, 지금 그녀는 쉰 살에 가까워 간다.

자, 여기 개집에서 꺼내 온 리지의 편지가 있다. 그다지 달리 설명할 필요가 없는 내용이다.

찰스, 당신의 아름답고 너그러운 편지를 받았으나 나는 이해하지 못하겠어요. 아마 이해하고 싶지 않아서인가 봐요. 편지를 받은 것으로 충분해요. 당신 글씨를 보고서 너무 기쁘고도 두려워서 기절할 것 같았어요. 그런데 왜 두려운 거죠? 당신을 사랑한 것 외에 내가 당신에게 다른 무엇을 했나요? 편지를 읽고 울고 또 울었어요. 그림엽서보다 긴 편지를 보낸 것이 얼마나 오랜만인지 알아요? 당신이 내게 편지를 쓰니 이제 나는 앞으로 영원히 행복할 것 같고 편지에 대해 생각하거나 답장 걱정을 하지 않아도 될 것 같아요. 그런데 이제 나는 근심과 두려움에 빠져들고 있어요.

찰스, 무엇을 원하는 거예요? 이 글을 쓰는 내 마음속에 당신이 가득 존재해요. 하긴 내가 처음 당신을 사랑했을 때부터 당신은 내 마음속에 존재해 왔고 살고 있어요. 당신의 편지를 읽고 특히 반가웠던 것은 아직 내가 당신을 사랑한다는 사실을 당신이 의심하지 않는다는 점이었어요. '아직'이라는 말이 여기에서 큰 의미는 없어요. 당신을 향한 내 사랑은 영원한 현재로 존재하고, 이것은 시간의 의미와 같죠. 너무 지나치게 주장하진 않을게요. 그런 사랑은 절망과 고요함과 체념과 일상과 피로함과 침묵과 함께하잖아요. 찰스, 당신을 사랑해요. 죽을 때까지 당신을 사랑할 거예요. 이 점은 마음에 새기고 확신해도 좋아요.

당신의 편지는 너무 냉정하고, 의도적일 정도로 냉담한 농담으로 가득 차 있어요. (온통 '간호사'를 원한다는 소리뿐이더군요!) 좋아요. 나를 만나고 싶다고요? 그렇게 해요. 우리는 오랜 친구잖아요. 그러나 이 특별한 옛 친구 사이에서는 그저 '안녕'이라고만 할 수는 없지요. 적어도 나는 그렇게는 못 해요. 편지를 보고 글 속에 숨은 뜻을 찾아보려 했어요. 무슨 뜻이 숨어 있나요? 내가 당신의 기분을 알아맞춰야 할 것 같은 기분이었어요. 아, 맙소사! 당신의 기분이라니! 짧은 정사를 위해서 잠깐 들르기를 원하나요? 거슬리는 단어를 용서해요. 하지만 당신이 나를 그런 상황으로 몰아넣은 장본인이에요. 아마도 편지는 별 의미가 없는데 나만 부풀려서 상상하는지도 모르지요. 아마 당신은 자신이 무슨 뜻으로 그렇게 썼는지도 모르고 또 개의치도 않겠지요. 그게 바로 당신이니까요. 나를 용서해요.

잘 들어요, 찰스. 나는 감사하다고 했고, 정말 감사해요. 오랫동안 당신도 알고 있었다시피 당신이 손가락으로 한 번만 신호를 보냈어도 나는 당신과 결혼했을 거예요. 우리가 함께였을 때 나는 매일 당신에게 구혼했어요. 물론 그 편지가 구혼에 대한 것이 아니란 건 잘 알아요. 그럼 무엇에 대한 거죠? 주말 방문에 대한 것? 당신은 나를 사랑한다고 말하지 않아요. 이제 시간 여유가 있으니까 실험해 보고 싶은 건가요? 찰스, 나는 살고 싶고, 살아남고 싶고, 두 번 다시 미치고 싶지 않아요. 이 모든 것을 생각하면 당신 곁에 가기가 두려워요. 나를 확신시켜 줘요. 하지만 당신은 그럴 수가 없을 거예요. A가 B를 얼마나 사랑하는지는 마치 비어져 나온 속치마처럼 다 보인다고 언젠가 당신이 말했지요. 우리는 1년이 넘도록 만나지 않았어요. 마지막으로 만난 게 시드니 애시를 위한 오찬 때였어요. 나는 얼마나 그 시간을 고대했는지 몰라요. 그런데 당신은 내게 몇 마디 하지도 않았어요. 오찬 뒤에 둘이만 택시를 타고 떠나고 싶었는데 당신이 갑자기 넬 피커링에게도 함께 가자고 청했지요.(아마 잊어버렸겠지요?) 그 이후로는 내게 아무 연락을 하지 않았고요. 내가 당신 소식을 들으면 기뻐서 날뛸 것을 알면서도 전화도 걸지 않고 편지도 한 통 보내지 않았어요. 내가 어디 사는지도 몰라서 편지를 내 대리인 주소로 보냈더군요! 이 모든 것이 그 증거예요, 찰스. 그런데 갑자기 이제 와서 이 이상하고 모호한 편지를 보내는군요. 이것은 당신의 생각에 지나지 않아요. 편지에는 어딘가 추상적인 면이 있어요. 당신은 이미 이보다 더 나은 생각을 했는지도 모르겠군요.

만일 당신이 그저 나를 보고 싶은 기분이 들었다고 해서, 그리고 다시 나와 함께하기를 원한다고 해서 내가 당신을 만나러 간다면, 나는 예전의 미친 상태로 돌아가 버릴 거예요. 결코 내가 예전의 상태를 극복하였다는 뜻은 아니에요. 그러나 나는 열심히 살아왔고 지금까지 그럭저럭 지낸 데다 마침내 질서를 약간 회복했어요. 당신이 나를 버리고 떠난 후 오랫동안 견뎌야 했어요! 당신은 그 당시 내가 얼마나 미쳐 있었는지 전혀 모를 거예요. 나는 복수의 일편으로 내 고통을 내보임으로써 당신 마음을 아프게 하고 싶지 않았어요. 우리가 함께 지내는 동안에도 매분 매초마다 언젠가는 우리 관계가 끝나리라는 것을 알았죠. 당신이 그런 말을 자주 했으니까요! 그러나 어찌 된 일인지 나는 그 고통을 받아들였어요. 만일 내가 더 큰 고통을 받았더라면 그만큼 더 고통을 견뎠을 거예요. (나는 그만큼 미쳐 있었어요.) 당신도 이처럼 누군가를 사랑해 본 적이 있나요? 어쩌면 무대 위에서만 그런 사랑을 이해했겠지요. (당신이 로미오와 줄리엣에게 "서로 접촉하지 마!"라고 외칠 때 나는 사랑에 빠지게 되었어요.) 당신은 사람이 젊었을 때에야 이런 위대한 사랑을 할 수 있는 것이라고 내게 계속 말했어요. 이것은 당신이 나를 충분히 사랑하지 않았기 때문에 나를 위로하기 위해 한 말이었다고 생각해요. 어쨌든 당신은 나를 충분히 사랑하지 않았어요. 그리고 이제 난 기적을 믿지 않아요.

찰스, 나는 그동안 지옥 같은 고통 속에서 지냈고, 이제 그 고통에서 빠져나왔어요. 다시 그곳으로 돌아가기 싫어요. 질투는 지옥과 같고 내 상처는 치료되지 않았어요. 내가 당신에게 그 옛 사랑을 가지고 다가가면 당신이 미소를 지으며 뒤돌아 걸어가 버리는 상상을 해요. 당신은 자유로워요. 그 편지가 그 점을 분명히 말해 주고 있어요. 용서해요. 그러나 사람들이 얼마나 말이 많은지 알죠? 그들은 모든 일을 다른 사람들에게 말하고 다니지요. 당신과 로맨틱한 연애를 했다고 말하고 다니는 여자들을 여전히 만나게 되는데 그들이 누군지 당신이 아는지조차 모르겠군요. 물론 거짓말을 하고 있는지도 모르지요. 당신이 여자들 없이 못 산다는 걸 잘 알아요. 그리고 나도 이제는 젊지도 아름답지도 않아요. 당신은 가질 수 없는 것을 쫓아다니기를 좋아하지만 누구와도 오랜 관계를 유지하고 싶어 하지 않지요. 그리고 결국 모두를 차 버리지요! 언젠가 당신은 결혼하는 것이 인형을 사는 것과 같다고 했지요. 그것이 당신의 결혼관을 잘 보여 줘요. 나는 당신이 진정으로 은퇴했다고 믿지 않아요. 길버트는 당신이 은퇴하는 것은 마치 신이 은퇴하는 것과 같다고 말하더군요. 당신은 잠시도 쉬지 못하는 사람이에요. 당신은 내가 연극을 하게 해 주었고, 다른 사람들에게도 연극을 하게 해 주었어요. 당신은 매우 훌륭한 무용수 같아서 다른 사람들을 춤추게 도와주지만 다들 당신과만 춤추게 하지요. 하지만 당신은 사람들을 존중하지 않고, 그들을 똑바로 보지 않아요. 당신은 진짜 선생이 아니에요. 당신은 강탈하는 마술사와 같아요. 이 모든 것이 끝났다고 내가 어떻게 상상하겠어요? 나를 인내심이 강한 친구로, 뜨개질하는 샤프롱으로, 침착하고 현명하고 나이 많은 아내로 원하나요? 다른 여자들에 대한 불평을 나에게 털어놓고 싶나요? 찰스, 그렇게는 못해요. 나는 침착하지도, 현명하지도 않아요. 난 모든 것을 원해요. 당신은 아직 아이를 가질 수 있어요. 당신이 아들을 얼마나 원하는지 나에게 여러 번 말하던 것이 기억나요. 당신은 아직도 아들을 가질 수 있어요. 그러나 나는 낳아 줄 수가 없어요. 아, 찰스, 왜 오래전에 나와 결혼하지 않았나요? 당신을 그토록 사랑했는데……. 당신을 무척 사랑하지만 그 올가미 속에 다시 내 머리를 넣을 수는 없어요. 당신을 향한 내 사랑은 마침내 조용히 가라앉았어요. 이 사랑이 다시 활활 타오르는 용광로가 되기를 원치 않아요.

그리고 또 한 가지 말할 게 있어요. 나는 길버트 오피언과 살고 있어요. 당신은 모르고 있었나 봐요. 만일 알았다면 편지에 언급했을 테니까. 내가 언젠가 누군가와 지속적으로 교제를 하게 되면 당신에게 알려 달라고 약속시킨 것이 생각나요. (리타 기번스가 당신이 그녀에게도 그런 약속을 시켰다는 것을 내게 말했을 때 나는 너무나 가슴이 아팠어요. 내가 한 약속에 대해서는 그녀에게 말하지 않았어요. 그녀는 그 약속이 협박하에 이루어졌기 때문에 지킬 필요가 없다고 말하더군요.) 나는 길버트와 그런 식으로 살고 있지 않기 때문에 당신에게 길버트에 대해 말하지 않았어요. 무슨 말이냐면, 우리는 애인 사이가 아니에요. 갑자기 길버트가 양성애자가 된 것은 아니니까요. 우리는 그냥 서로 사랑하고 돌봐 주고 한집에서 같이 살고 있어요. 찰스, 난생처음으로 나는 행복하게 지내고 있어요. 배우 생활보다 훨씬 더 창조적인 일을 하는 셈이지요. 시드니의 오찬에서 만났을 때도 나와 길버트는 이미 이렇게 살고 있었어요. 그때 당신이 내게 조금이라도 흥미를 가지고 물어봤더라면 말해 주었을 거예요! 나는 연극계를 떠났고, 그 후 훨씬 기분이 후련하고 좋아요. 솔직히 말하면 연극은 나에게 항상 고통이었어요. 나는 다만 당신을 위해서만 빛이 났고 당신이 떠나자 그 빛은 사라졌어요. (어쨌든 나는 그리 대단한 존재가 아니었어요!)

돌이켜 생각해 보면 내가 얼마나 오랫동안 비참하고 어리석고 엉망인 존재로 살아왔는지, 그리고 어떻게 그런 생활을 받아들였는지 알 수가 없어요. 나는 충분히 행복할 수 있었는데 어째서인지 항상 행복하지 못했어요. 남자들은 하나같이 나에게 못되게 굴었어요. 그런데 길버트는 달랐어요. 이 말에 코웃음치지 마세요. 나는 이제껏 못된 남자들에게 괴롭힘을 당했어요. 하지만 이제는 품위 있고, 질서 있고, 기분 좋은 삶을 누리고 있지요. 나는 쓸모 있는 사람이에요! 병원에서 시간제 근무를 하거든요. 그림을 배우고, (아직 출판은 되지 않았지만) 동화도 쓰고 있어요. 당신에게는 이것이 안쓰럽게 들릴지 모르지만 나에게는 행복이고 자유예요. 그리고 길버트도 행복해요. 그는 성공하지 못했다고 불안해하지도 않고, 스타가 되지 못했다고 초조해하지도 않아요. 그는 조역을 맡기도 하고 텔레비전에도 가끔 출연해요. 우리는 부유하진 않지만 돈을 벌 수 있고 서로를 돌봐 줄 수 있어요. 다정함, 전적인 신뢰, 대화, 진실, 이런 것들은 나이가 들어 감에 따라 더 중요하게 생각되지요. 길버트는 '사냥'을 포기했어요. 그가 항상 원하던 것은 사랑이었고, 내 사랑을 얻었다고 말해요. 어떻게 된 일인지 갑자기 모든 것이 단순하고 순수해졌어요. (이제 와서 보니, 우리 모두 '섹스'에 대해 세뇌당한 것 같아요!) 사랑하는 찰스, 제발 이해해 줘요. 그리고 화내지 마요. (이 이야기는 당신을 늘 화나게 했기 때문에 더 말하지는 않을 테지만) 길버트가 얼마나 당신을 사랑하는지 알죠? 정말이지 그는 당신을 숭배하지만 지금은 두려워하고 있어요. 당신이 삼두마차를 타고 와서 나를 집시들에게 데려갈 것이라고 하더군요.(이것은 인용이에요. 당신은 나더러 셰익스피어를 제외하고 아무 작품도 읽지 않는다고, 그것도 내가 맡은 역 부분만 읽는다고 말하곤 했지요!) 그는 아직 당신을 두려워해요. 나도 그래요. 당신에게 복종하던 버릇이 우리 둘에게 아직도 많이 남아 있어요! 당신의 힘으로 우리를 해치지 말아 줘요. 당신은 우리에게 무서운 압력을 행사할 수 있어요. 제발 그러지는 마요. 사랑하는 찰스, 제발 관대하게 대해 줘요. 당신은 우리를 둘 다 미치게 할 수도 있어요. 우리는 이 문제를 해결하기 위하여 오랫동안 고민했어요. 남들이 이것을 이상한 해결법이라고 생각한다면 그것은 그들이 상상력과 사고력이 부족하기 때문이에요. 당신은 둘 다 지녔잖아요.

찰스, 지금은 당신을 만나고 싶지 않아요. 아직은 아니에요. 나는 그대로 굴복하고 말 거예요. 당신 편지에서 벗어나 스스로 회복되어야 해요. 제발 화내지 않는다고 답장해 줘요. 내가 더 침착해지면 그때 만나요. 당신이 여기로 와서 길버트도 만나요. 무슨 방법이 있겠지요. 당신 편지를 읽고 나는 깊은 공허와 결핍을 느끼고 있어요. 나는 이전과 같을 수가 없어요. 난 여기서 행복하고, 길버트도 나를 필요로 해요. 우리가 함께 만든 집도 있지요.(사실 집의 절반뿐이지만요.) 만일 내가 그를 버리고 떠난다면 그것은 우리 둘에게 엄청난 파멸이 될 것이고, 우리는 산산조각이 나고 말 거예요. (어쨌든 나는 당신이 무엇을 원하는지 모르겠어요. 그리고 무엇을 원하든 지금은 내가 그것을 원하지 않아요. 아, 하느님 맙소사!) 길버트는 결국 당신이 우리를 자식처럼 받아 줄 것이라고 했어요. 아, 찰스, 내가 잠재운 그 힘의 막강한 위력에 나는 놀라고 있어요. 그것은 아직 그대로 있어요. 당신을 향한 내 옛 사랑 말이에요. 어쨌든 우리의 사랑을 낭비하지 마요. 아주 귀한 사랑이니까요. 당신은 나를 생각하고, 나에게 편지를 써 주었어요. 매우 다정하게 그리고 매우 너그럽게. 우리는 이제 늙어 가고 있으니 무서운 소유욕이나 폭력이나 두려움 없이 서로를 자유롭게 사랑할 수 없을까요? 진정 우리가 서로를 사랑하기를 원해요. 그러나 나를 파괴시키는 방법으로는 안 돼요. 몇 년 동안 당신에 대하여 생각할 때마다 무척 슬펐어요. 당신을 향한 내 사랑은 항상 슬픈 얼굴이에요. 아, 사랑의 나약함이여! 당신은 사랑하는 사람에게 강요할 수 있다고 생각하지만 그것은 잘못된 생각이에요! 이 편지를 쓰면서 나는 울고 있어요. 제발 당장 답장을 써 줘요. 그리고 시간이 좀 지나면 우리가 다시 만날 수 있으며, 나를 계속 사랑하겠다고 말해 줘요. 그 사랑을 잃지 마요. 그것이 무엇이든, 당신에게 이 편지를 쓰게 한 그 사랑을 말이에요. 그래야만 우리가 만날 수 있을 거예요.

당신의 영원한 리지로부터

■ ■ ■

나는 작은 붉은 방에 얼마 동안 가만히 앉아 있었다. 벽난로에 불을 지피는 데 마침내 성공했다. 굴뚝에서 이제 연기가 나지 않는다. 아마 전에는 장작이 너무 젖어 있었나 보다.

나는 리지의 편지를 두 번이나 읽었다. 물론 이것은 어리석고 두서없는 여인의 편지다. 그녀는 반쯤은 자기가 뜻하는 것과는 반대의 말을 하고 있다. 리지는 자신을 드러내지 않고는 못 배기는 사람이다. 그리고 물론 고의적이라고 할 수 있는 나의 냉정한 편지에 지나치게 항의하고 있다. 더 영리한 여자라면 혹은 덜 성실한 여자였다면 냉정하게 답장해서 글 속에 숨은 뜻을 내가 알아내도록 했을 것이다. 리지의 편지는 나름대로 모호한 태도를 보이고 있다. 그러나 너무 빤히 들여다보인다. 가엾은 리지. 길버트 오피언에 대한 이야기는 진지하게 받아들일 수 없다. 그녀가 내게 말하지 않은 점에 대하여는 화가 났고, 그녀가 약속을 지키지 않았다고 생각한다. 그들의 관계는 어떤 것인가? 리지와 가까이 지내면 누구든지 이성애자로 변할 수가 있다. (그녀의 젖가슴이라면 충분히 그렇게 할 수 있다.) 그들은 드레싱가운을 입고 코코아를 함께 마시려나? 모든 것이 도대체가 마음에 안 든다. 물론 길버트는 아무것도 아니다. 그는 가는 가지와 같은 사람이라 한 손으로 때려 눕히고 다른 손으로 리지를 차지할 수도 있다. 나는 이상적인 사랑의 삼각관계는 상상조차 할 수 없다. 날짜를 보면 편지가 개집에 일주일은 더 있었던 것 같다. 생각해 보니 그것이 꼭 나쁜 것 같지는 않다. 만일 내가 곧바로 편지를 받아 보았더라면 받는 즉시 고약하고 괴팍한 답장을 썼을 것이다. 사정이 이런 덕분에 그녀는 돌이켜 생각해 볼 조용한 시간을 가졌을 것이다. 그 조용한 시간을 더 연장시키는 것이 최상의 길이었는지도 모르겠다.

그러나 리지의 전적으로 이성적인 질문을 되풀이하자면 내가 원하는 것은 무엇인가? 아, 왜 여자들은 모든 일을 그렇게 열성적으로 받아들이고 부산을 떠는가! 왜 그들은 항상 정의와 해답을 요구하는가! 그녀의 편지를 보면 사실상 꽤 날카로운 부분도 있고, 원망의 소리가 조용히 폭발하고 있는 것도 감지할 수 있다. 여러 가지 상처와 전적으로 부당하다고만 할 수 없는 이 발언들은 틀림없이 그녀에게 오랫동안 쌓여 있었던 것들이다! 아마도 나는 친구가 되어 버린, 하렘의 늙은 옛 첩처럼 뒤로 물러앉은 '나이 많은 아내' 같은 여자를 원하는지 모르겠다. 동료로서 가까운 사이지만 친구 관계 외에는 아무런 속박이 없는 여자. (그렇다고 사랑의 행위가 배제되는 것은 아니다. 사실 하렘 제도는 나에게 가장 적합할 것이다.) 왜 리지는 내 편지를 이해할 만큼 지적이지 못한가? 편지에서 나는 시간이나 장소는 언급하지 않았고, 그저 그녀 생각이 나서 만나고 싶다고만 했다. 그런데 그녀는 절대적인 질문을 하기 시작한 것이다. '실험'이라고? 그래, 안 될 게 뭐 있나? 그녀는 내가 감정 표현을 싫어한다는 것을 잘 알고 있다. 그러나 그럼에도 감정을 모두 퍼붓는다. 그녀는 '모든 것을 원한다.' 정말 그렇다. 하지만 모든 것을 가질 수는 없다. 틀림없이 그렇다.

길버트에게 질투심 같은 건 느끼지 않는다. 그러나 일종의 시기심은 느낀다. 그는 똑똑한 사람이고, 순진한 리지를 착하고 애정 깊은 가정부로 삼았다. 그가 '사냥'을 포기했는지는 매우 의심스럽다. 고백하건대 나에게는 아직도 리지를 소유하고 싶은 욕망이 있다. 그녀는 내 마음속에 '여전히 남아 있다'. 그러나 사랑은 비어져 나온 속치마가 보이듯이 눈에 띄게 마련이다. 이 말은 내가 그녀의 속치마가 보였을 때 그녀에게 한 말이다! (여자들은 사람이 한 말을 어쩌면 그렇게 잘 기억하는가.) 나는 그녀에게 무관심한 것처럼 잔인하게 굴었다. 물론 잔인함은 사랑의 표시고, 무관심은 신뢰의 표시라고 할 수 있지만. 사실 나는 시드니의 오찬 파티 이후에 있었던 택시 사건을 기억한다. 리지가 나와 함께 떠나려는 것을 나는 알아차렸다. 그렇지만 마지막 순간에 일부러 넬 피커링을 데리고 왔다. 넬은 뮤지컬 코미디의 새로운 스타였다. 나는 오찬 내내 그녀와 시시덕거렸다. 넬은 스물두 살이다. (내 하렘에 그녀를 데리고 있어도 좋을 것 같았다.) 가엾은 리지. 내가 왜 갑자기 그녀를 괴롭히듯 농담 섞인 편지를 썼는지 모르겠다. 바다가 나에게 준 외로움과 죽음에 대한 두려움 때문이었을까?

리지 셰러에 대한 이야기가 나왔으니 그녀에 대해 좀 더 자세하게 설명하겠다. 그녀가 나를 얼마나 사랑하는지 안 이후부터 나는 그녀를 사랑하기 시작했다. 흔히 있는 일처럼 그녀의 사랑이 나에게 깊은 인상을 남겼고 그 후에는 나를 매료시켰다. 셰익스피어의 작품을 한창 공연하던 때였다. 「로미오와 줄리엣」 때 리지는 나에게 반했고, 「십이야」 때 자신의 사랑을 드러냈다. 「한여름 밤의 꿈」 때 우리는 가까워졌다. 그런 뒤에 (이것은 훨씬 뒤의 일이다.) 「폭풍」 때 나도 그녀를 사랑하기 시작했으며, 그리고 (훨씬 뒤에) 「법에는 법대로」 때 그녀와 헤어졌다. (앨로이시어스 불이 공작 역을 할 때다.) 리지가 나를 사랑한다는 것을 내가 처음 알아차린 순간을 분명히 기억한다. 그녀는 비올라 역을 하고 있었다. (이때가 리지가 '반짝거리던 시기'다. 그녀의 annus mirabilis*였다.) 이것은 윌프레드 더닝도 함께한 공연 이었다. 그는 보통 때라면 토비 벨치 경 역을 하는데, 갑자기 말볼리오 역을 하겠다고 고집을 부렸다. 아무튼 그가 계속 고집을 부리지는 않았지만 나는 그냥 그렇게 하라고 했다. 그의 연기는 경탄할 만했지만 작품을 망쳐 놓았다. 그때 리지와 나

* '경이로운 해'라는 뜻의 라틴어.

는 외풍이 많은 교회당 홀에 같이 있었다. 어떤 이유에서인지 그 당시에 연습할 수 있는 장소는 거기뿐이었다. 어느 겨울 저녁이었는데, 그곳에 가스등이 켜져 있던 것이 기억난다. (이제 2막 4장에 들어선) 리지는 "그녀는 자기 사랑을 결코 고백하지 않았어요."라는 대목까지 왔다. 하지만 그녀는 말을 멈추고 목이 메어 더 잇지 못했다. 처음에 나는 그녀가 나름대로 그 대목을 매우 효과적으로 연기하고 있다고 생각했다. 그리고 그녀가 계속하기를 기다렸다. 그녀는 나를 물끄러미 바라보았다. 그녀의 눈에 커다란 눈물방울이 반짝이며 맺혀 있었다. 무슨 일인지를 알게 된 나는 어처구니가 없어 웃고 또 웃었다. 그러자 잠시 후에 리지도 웃고 또 웃으면서 눈물을 흘렸다. 그녀의 그 웃음 때문에 나는 그녀를 사랑하게 되었다. 리지는 착한 여자였다. 그리고 지금도 착한 여자다.

왜 그런지는 모르지만 나는 항상 반바지를 입은 리지를 머릿속에 그린다. 그녀는 지방에서 작은 무언극에 주인공 소년으로 출연하여 명성을 조금 얻었다. 그 당시 그녀는 매우 날씬했고, 장화를 신고 돌아다녔으며, 머리를 짧게 깎아 외모도 소년처럼 보였다. 결코 실현되지는 못했지만 그녀의 야심은 피터 팬 역을 하는 것이었다. (잠시 동안) 그녀는 셰익스피어 극에 등장하는 남장 소녀 역을 꽤 잘해 냈다. (시드니는 나중에 그녀에게 로잘린드 역을 시켰다.) 나는 사랑스러운 비올라 역을 그녀에게 맡겼다. 그러나 그 역사적인 셰익스피어 시즌에서 그녀가 가장 큰 성공을 거둔 것은 퍽* 역이었다. (「로미오와 줄리엣」

* 「한여름 밤의 꿈」에 등장하는 장난꾸러기 요정.

에서 그녀는 대사 없는 여인 역을 하였다. 누가 줄리엣 역을 맡았는지 잊어버렸으나 연기가 형편없었던 것은 기억난다.) 나는 리지의 사랑과 절대적인 복종에 감명을 받았다. 그러나 그 당시에 나는 로시나와 사귀고 있었고, 리지는 가냘프고 매력적인 천진난만한 요정으로만 보였다. 그녀를 만날 때마다 나는 웃었고, 그러면 그녀도 따라 웃었다. 우리는 식당에서 건너다보고 서로 웃었고, 또 연습할 때 갑자기 이유 없이 웃었다. 그녀가 얼마나 깊이 나를 사랑하는지는 말하지 않아도 알 수 있었다. 물론 그녀는 처음 그 순간에도 사랑에 대하여 아무 말도 하지 않았다. 이것이 그녀의 방식이다. 「한여름 밤의 꿈」을 공연하는 내내 그녀의 빛나는 눈은 내게서 떠나지 않았고, 그녀의 의지가 내 의지를 감동시키고 전율케 했다. 그녀는 나를 이해했고 복종했다. 그리고 (뒤에 나에게 말하기를) 그녀는 로시나에 대하여 알았지만, 그냥 말없이 천국 같은 고통 속에 머물러 있었다고 한다. 이 말을 듣고 내가 매우 만족했던 것을 고백하지 않을 수 없다. 이런 만족감은 내가 얼마 후에 그녀에게 느낀 사랑으로부터 나온 예언적인 섬광이었는지 모른다. 그 즈음 나는 완전히 로시나에게 싫증을 느끼기 시작했다. 「한여름 밤의 꿈」에서 앨 불(연기 기복이 가장 심한 배우다.)은 오베론* 역을 매우 적절치 않게 연기하였다. 내가 그 역을 하지 않은 것을 후회할 정도였다. 내가 그 역을 맡았더라면 리지는 기뻐서 어쩔 줄을 몰랐을 것이다! 그 시즌을 끝으로 나는 미국으로 갔다. 그리고 할리우드에서 굉장한 사건이 뒤따랐고, 프리치 에이텔과 최

---

* 「한여름 밤의 꿈」에 등장하는 요정의 왕.

초로 큰 사고를 쳤다. 한편으로는 로시나로부터 도피하기 위해 미국으로 갔을 것이다. 하여튼 나는 도피했다. 로시나는 내가 리지 때문에 자기를 떠났다고 생각하고 있었지만 그렇지는 않았다.

내가 영국으로 돌아왔을 때 갑자기 평화로운 시기가 찾아왔다. 다시 회복된 순수와 기쁨이 공기를 가득 채웠다. 때는 여름이었다. 클레멘트는 그 당시 어리석은 한 젊은 청년과 놀아나고 있었지만 나는 그녀와 사이가 좋았다. 캘리포니아에서 끔찍한 시간을 보내고 난 후에 나는 자유와 행복을 만끽했다. 미국에서 오물을 헤치고 다닌 뒤라서 나는 다시 셰익스피어 연극으로 돌아오고 싶었다. 무책임한 미국인 연출가 아이제이어 맘센이 내게 프로스페로 역을 맡겼다. 이것이 내가 마지막으로 맡은 꽤 중요한 역이었다. 리지는 에어리얼 역이었다. 이때 그녀는 가장 훌륭한 요정이었고 가장 묘하게 정확한 에어리얼이었다. 나를 향한 그녀의 사랑이 그렇게 만들었고 그 마술 속에서 나도 그녀를 사랑하게 되었다. 이상하게도 그때 나는 그녀를 마치 내 아들처럼 사랑했다. 그 감정은 아직까지 그대로 남아 있다. 그녀는 가끔 스스로 자신을 나의 시동(侍童)이라고 말했다. 그녀의 목소리는 가늘고 아름다웠다. 나는 아직도 그녀가 「다섯 길 깊은 곳에」*를 가는 목소리로 부르던 것이 귓가에 생생하다. 이렇게 오랜 세월이 지났는데 지금도 나의 장난꾸러기 요정이라니! 그녀가 언젠가 아마추어 작품 「피가로」에서 체루비노 역을 맡은 것을 기억한다. 이 작은 성공을

* 「폭풍」 1막 2장에 나오는 에어리얼의 노래.

리지는 가장 가치 있게 생각한다. 이제 생각해 보니 길버트 오피언이 리지를 소년으로 여기고 있는지도 모르겠다!

어쨌든 리지에 대한 내 사랑은 순결했다. (맙소사! 리타와 로시나와 진과 도리스, 그리고 나머지 다른 여자들과는 얼마나 복잡한 관계였나!) 순결함은 리지가 가진 천부적인 재능이다. 그녀의 사랑은 무척 신중하고 이해심이 깊다. 그녀는 나에게 도덕적 굴레를 조금도 강요하지 않았다. 하지만 독자들은 굴레가 존재했다고 말할 것이다. 그렇다고 볼 수도 있다. 그러나 리지의 타고난 헌신이 그런 구속을 없애 버렸고, 그 덕분에 우리는 최상의 세계에서 살았다. 물론 그녀는 나를 책망한 적이 없다. 아니, 어쩌면 내가 그녀에 대한 의무감을 갖지 않기를 적극적으로 원하는 것 같았다. 그저 내 행복을 위해서 그녀를 이용해 주기를 원했다. 이렇게 쓰고 보니 아주 잔인하게 들린다. 그러나 우리는 그렇게 살았고, 그것이 그녀 편에서는 가장 심오하고 겸손한 대처였으며, 내 편에서 사랑이란 부드러운 감사의 마음이었다. 우리는 서로에게 친절했다.

그러나 동시에 서로를 죽이는 참혹한 상태이기도 했다. (왜 나는 이것을 기록하기를 즐기고 있는가?) 처음부터 나는 그녀에게 결혼할 생각이 없다고 말했다. 그런데도 그녀가 나에게 한없이 친절하게 대한 것은 맹목적이고 어리석은 희망 때문이었을까? 이것은 감사를 모르는 행동이다. 그녀는 확실히 희망을 갖지 않았다. 나는 우리 관계가 잠정적이고, 그녀에 대한 내 사랑도 잠정적이고, 나를 향한 그녀의 사랑도 틀림없이 잠정적인 것이라고 말했다. 그리고 인간은 어차피 죽어야 할 운명이고, 인간의 계획은 깨어지기 쉬운 헛된 것이며, 인간의 마음은 혼란스럽고 실재하지 않는 것이라고 말했다. 그러나 그러는 동안에도 그녀의 큰 연갈색 눈은 나에게 영원을 말하고 있었다. 그녀는 나를 위해 스스로 완전하고 싶어 했으며, 그래서 내가 고통 없이 그녀를 떠날 수 있으면 좋겠다고 말했다. 그런 완전한 사랑의 표현은 나를 더 초조하게 했다. 그녀는 "나는 영원히 기다리겠어요. 내가 아무것도…… 기대할 수 없다는 것을…… 알고 있지만……."이라고 말했다. 엄청난 사랑의 이중창이다. 그 말을 듣고 내가 얼마나 즐거워했던가. 물론 그녀가 고통스러워해서 나도 약간 고통스럽기는 했다. 확실히 그녀는 자기 아픔을 최대한 숨기려고 애썼다. 그러나 결국에는 그것이 불가능했다. 그녀는 내 앞에서 두 눈을 크게 뜨고 소리 내어 울었다. 그녀의 눈물은 내 소매에, 내 손에 폭풍우처럼 떨어졌다. 그리고 마침내 내가 그녀에게 가라고 말하자, 조용히 그리고 재빨리 그림자처럼 사라졌다. 그 후 나는 일본을 두 번째로 방문했다. 일본 '사케'의 맛은 아직도 리지의 눈물을 기억나게 한다.

내가 떠난 뒤에 리지는 연극계에서 성공하지 못했다. (로시나를 제외한 모든 여자들이 내가 그들을 떠났을 때 내리막길을 갔다. 물론 나는 클레멘트와는 완전히 헤어지지 않았다. 각자 다른 애인이 있었으면서도 말이다. 이것은 다른 애인들에게는 아주 못된 짓이었다.) 리지가 에어리얼 역을 이상적으로 해내고 난 2년 뒤쯤, 사람들은 리지 셰러가 어떻게 됐는지 궁금해했다. 나는 그녀에게 매우 고마운 마음이 있었고, 그 때문에 그녀는 내 마음속에 계속 남아 있었다. 이 사랑스러운 아가씨는 나로 하여금 한 번도 죄책감을 느끼게 하지 않았다! 내 기억 속에는 용기와 진실의 빛이 그녀를 밝게 비춘다. (한 사람을 제외하고) 그녀는 내게 거짓말을 하지 않은 단 하나의 여인이다. 그리고 그녀의 고통은 가끔 아름다운 기쁨으로 내 마음을 채웠다. 반면에 다른 여자들의 고통에 나는 무관심할 뿐 아니라 성가시다고까지 생각하는 경향이 있었다.

...

젊었을 때는 나도 아내를 원한 적이 있지만 여자가 사라져 버렸다. 그 이래로는 결코 결혼에 대하여 신중히 생각해 본 적이 한 번도 없다. 주위의 결혼한 사람들을 관찰해 보건대 결혼이 결코 좋다는 생각이 들지 않았다. 행복한 결혼 생활을 하는 부부는 나의 케임브리지 친구 빅터와 줄리아 반스테드뿐이다. 연극계에서는 시드니와 로즈메리 애시 부부뿐이다. 그러나 누가 알겠는가……. 사람들은 서로 숨기기를 좋아하니까. 또 윌과 애덜레이드 보스를 꼽을 수 있겠다. 그러나 그들이 결혼을 유지할 수 있는 것은 애덜레이드가 항상 양보하기 때문이다. 이것도 한 방법일 수 있겠다. 나에게 가장 잘 어울리는 드라마는 이별을 하고, 밀회의 약속을 나누고, 랑데부를 고대하는 장면이 있는 것이다. 나는 마술과 같은, 만남과 이별을 지긋지긋하고 영원한 결혼보다 더 좋아한다. 또한 나는 쉽게 동침을 하지만, 동침한 여자와 밤새도록 같이 있고 싶었던 적은 별로 없다. 다음 날 아침에 그녀는 내게 창녀처럼 보인다. 결혼은 많은 혐오를 받아들이도록 마음을 꺾어 놓는 일종의 세뇌 작용이다. 결혼한 부부들은, 흔히 자기들은 의식하지 못하지만, 얼마나 단정치 못하고 보기 흉하고 매력 없게 변해 버리는가.

나는 가끔 그런 두려운 상황을 떠올려 보고 내가 그런 것을 아주 잘 피했다는 생각에 기뻐하기도 한다!

그런 면에서 클레멘트는 나를 완전히 이해해 준 사람이었다. 아마 그녀가 '내 어머니가 될 만큼 나이가 많다'고 항상 지나치게 의식했기 때문인지도 모른다. 그렇게 말하면서도 그녀는 그 유명한 미모와 매력으로 나를 얼마나 자주 꼼짝 못 하게 만들었던가! 그녀는 미모와 매력을 오랫동안 유지했다. 우리는 우리가 결코 결혼하지 않을 것이며 서로를 괴롭힐 것이라는 걸 잘 알았었지만 우리의 행복을 계획하였고 행복하기 위하여 머리를 쥐어짰다. 물론 어떤 면으로는 희망이 전혀 없었고 한심한 경우였지만, 놀랍게도 우리의 관계는 클레멘트가 살아 있는 동안 계속됐다. 그러니까 그 멋지고 나를 미치게 하는 여인과 그리 나쁘게 지내지는 않았다. 나는 한 번도 그녀에게 사랑한다고 말하지도 않았고, 항상 그녀를 초조하게 하고 당황하게 하고 좌절시켰으며 불리한 입장에 놓이게 했다. 내가 약간 잔인했을까? 아마 그럴 것이다. 나는 그녀에게 압도당할까 봐 두려웠다. 그래서 나는 떠났다가 다시 돌아갔고, 또다시 떠나 버렸다. 그녀도 혼자 있지는 않았다. 그녀는 늘 남자들에게 둘러싸여 있었다. 마커스에게 잠시 동안 질투를 느낀 것을 제외하고 나는 결코 심하게 질투한 적이 없다. 왜냐하면 그녀가 내 어머니라도 되는 것처럼 클레멘트와는 정말로 가까웠기 때문이다. (어머니라는 단어는 그녀에게 한 번도 사용하지 않았다.) 말년에 가서 그녀는 매우 초조해하고 소유욕이 강해졌다. 그녀는 나를 즐겁게 해 주려고 애처로울 정도로 노력하였다. 그리고 과도할 정도로 애교를 부렸다. 아파서 죽음이 가까워졌을 때에는 매우 보기 흉하게 되어서 그녀의 외모에 대해 거짓말을 하지 않으면 안 되었다. 그녀는 아름다운 몸매를 잃었고, 코르덴 바지에 헐렁한 재킷을 입고 다녔다. 그녀는 노총각처럼 보였고 그녀의 옷은 온통 술과 코담배로 얼룩져 있었다. 그러나 그때까지도 그녀는 '화장을 하는 데' 한 시간 이상씩 시간을 보냈다. 아마 그것이 여자가 죽을 때까지 갖는 마지막 즐거움인가 보다. 그렇다. 나는 결코 결혼을 고려해 보지 않았다. 첫사랑의 소녀가 모든 다른 여자들을 열등하게 보이게 했다. 아니면 셰익스피어 극의 여주인공들과 비교해서인지도 모르겠다.

· · ·

나는 이 글을 저녁을 먹은 후에 쓰고 있다. 저녁은 수란과 검정대구 구이였는데, 검정대구를 양파와 함께 구운 후 카레가루를 뿌리고 토마토케첩과 겨자를 조금 쳐서 먹었다. (오직 바보만이 토마토케첩을 업신여긴다.) 그런 뒤에 환상적인 라이스푸딩을 먹었다. 맛좋은 라이스푸딩을 만들기는 상당히 쉽다. 그러나 그만큼 맛있는 푸딩을 사 먹기는 얼마나 힘든가? 나는 뫼르소 반 병을 검정대구를 위해 건배한 후 마셨다. 포도주가 점점 동이 나고 있다.

리지, 그렇다. 그녀는 마지막까지 버텼다. 나는 다른 곳에서 더 열정적이었지만 마음은 덜 편안했다. 알 수 없는 이유로 눈이 멀어 다른 누군가보다 서로를 더 좋아하는 것, 어둠 속에서 촉각을 곤두세우고 재빨리 탐색하는 것, 딱 부러지게 설명할 수는 없으나 확실히 A를 사랑하고 B에게는 무관심한 이유라는 것들이 그렇다. 나는 리지와 같이 있으면 마음이 편했다. 그녀의 부드럽고 영리한 투정이 나를 자유롭게 해 주었다. 그렇다. 결정적인 문제는 한 사람이 다른 사람과 같이 지내기를 얼마나 갈망하느냐 하는 것이다. 그것은 더욱 본질적인 것이며, 정열이나 찬양이나 '사랑'보다 더 중요한 것이다. 그러면 나는 내가 늙고 두려움에 빠졌을 때 누가 나를 소중히 여겨 줄 것인지 궁금한 것일까? 그녀의 편지는 대체적으로 거절의 뜻으로 받아들이는 것이 속 편하다. 더 걱정하거나 무엇인가 결정할 필요가 없다. 그 일은 그냥 흘러가게 내버려 두겠다. 그 날파리 같은 길버트에 대하여 말하자면, 그는 내 양심에 조금도 거리낄 게 없다. 감동적일 만큼 리지가 그를 신뢰하고 있다는 것이 이상스러울 뿐이다. 내가 그들 둘에게 무서운 압력을 행사할 수가 있다는 것은 사실이다. 그러나 물론 나는 그러지 않을 것이다. 가엾은 리지에게 내 존재를 상기시킨 것만으로도 틀림없이 충분히 고통을 주었을 테니까!

▪ ▪ ▪ ▪ ▪ ▪ ▪ ▪

"아크라이트 씨, 폴터가이스트가 무엇인지 아십니까?"

아크라이트 씨는 잠시 시간을 끌며 천천히 카운터를 닦는다. 그의 침묵은 주저하는 것이 아니라 비웃는 것이다. "네, 선생님." 선생님이라고 부르는 것은 존경의 뜻이 아니라 비꼬기 위한 것이다.

"슈러프엔드에도 있다는 얘기를 들은 적이 있나요?"

"아니요, 선생님."

"뭐라고? 뭐라는 거요?" 손님 중 한 사람이 묻는다.

"폴터가이스트 말이에요. 그것은 일종의……."

아크라이트 씨가 얼른 대답하지 못하자 내가 대신 말을 잇는다. "물건을 깨뜨리는 유령 말입니다."

"유령이라고요?" 의미심장한 침묵이 흐른다.

"슈러프엔드에 유령이 출몰한다는 소문을 혹시 듣지 못했나요?"

"어느 집이든지 유령이 나타날 수 있지요." 다른 사람이 끼어들며 말한다.

"초니 부인이 그 집에 있었지요." 또 다른 사람이 말한다.

"그녀는 마치…… 마치……." 아리송한 미소다. 나는 그쯤에서 유령이야기를 그만둔다.

내가 아크라이트 씨에게 그것을 질문한 이유는 내 보기 흉한 꽃병이 깨졌기 때문만은 아니다. 어젯밤에 또 무서운 사건이 일어났다. 새벽 5시 30분경에 나는 아래층에서 무언가 요란스럽게 깨지는 소리에 잠이 깼다. 이미 날이 밝았어도 현관과 계단은 깜깜해서 나는 촛불을 켰다. 고백하건대 나는 굉장히 겁에 질린 채로 아래층으로 내려갔다. 현관에 걸려 있던 커다란 타원형 거울이 바닥에 떨어져 있었다. 거울은 산산조각이 나 있었다. 그런데 이상하게도 거울 뒤에 달린 철사와 벽에 박힌 못은 감쪽같이 그대로 있었다. 나는 너무나 무섭고 정신이 없어서 자세히 조사해 보지도 못했다. 그리고 바람이 너무 강하게 불어서 촛불이 꺼질까 봐 걱정이 되었다. 나는 급히 침대로 돌아왔다. 그리고 오늘 아침에 벽에서 못을 뽑아서는 그것을 자세히 조사해 보지도 않고 바보처럼 던져 버렸다. 물론 거울의 무게 때문에 못이 점점 휘어져서 결국에는 철사가 못에서 벗겨져 거울이 떨어진 게 분명했다. 나는 이상하게도 그 사건에 대하여 자세히 생각하기가 싫었다. 거울이 깨진 것은 매우 유감스러웠다. 틀은 망가지지 않아서 다시 거울을 끼울 수 있을 것이다. 그러나 원래의 거울은 신비한 은빛이 나고 아름다웠다. 거울이 깨진 후 나는 한참 뒤에야 잠이 들 수 있었다. 촛불은 새벽빛 속에 그대로 켜 두었다. 드디어 잠이 들었을 때 꿈에 초니 부인이 골방 문을 통해 들어와 내게 자기 집에서 무엇을 하고 있느냐고 물었다. 그녀의 모습은 마치…….

. . . .

허브 밭을 만들 곳을 찾다가 도로 건너 땅에서 어린 쐐기풀 덤불을 발견했다. 오늘 아침에는 마을에 가서 가정에서 직접 만든 신선한 스콘을 살 수 있었다. 솜씨 좋은 이 고장 여자가 가끔 스콘을 만들어 상점에 내다 팔았다. 그녀가 빵도 만든다고 해서 몇 개 주문했다. 점심으로는 설탕에 절인 찬 베이컨과 쐐기풀과 수란을 먹었다. (쐐기풀은 시금치처럼 삶으면 된다. 나는 보통 녹두와 함께 갈아서 퓌레로 만든다.) 후식으로는 스콘에 버터와 산딸기 잼을 발라서 먹었다. 이 지방에서 만든 사과주도 애써 마시며 좋아하려고 노력했다. 포도주 문제는 아직 해결이 안 되었다.

개집에서 편지 몇 통을 더 발견했다. 편지는 불규칙적으로 배달되는 것 같다. 아직 집배원을 본 적은 없다. 리지에게서도 아무 반응이 없다. 사촌 제임스에게서 편지가 왔다. 그의 편지는 특징이 있다.

사랑하는 찰스 형에게

바닷가에 집을 하나 샀다고 들었어. 그 말은 형이 연극계를 떠났다는 뜻이야? 만일 그렇다면 이제는 '마감' 때문에 급히 서두를 필요가 없어서 마음이 느긋하겠네. 어쨌든 형이 바닷가 집에서 잘 쉬고 있고, 형의 '물건들'도 만족스럽게 배치했으며 즐거운 주방에서 형의 미각을 만족시킬 만한 요리법을 실천하고 있으리라 믿어! 형의 런던 아파트는 그대로 가지고 있어? 난 형이 충실한 런던 사람이라고 생각했는데 이렇게 런던을 떠나 버리다니 놀라워. 바다 경치를 볼 수 있어? 바다는 항상 정신을 상쾌하게 해 주지. 깨끗한 선으로 떨어지는 수평선을 볼 수 있는 것도 참 좋은 일이야. 나도 해안의 상쾌한 공기를 마시고 싶어. 런던의 날씨는 참기 어려울 정도로 더워. 높은 기온 때문에 도로의 소음이 더 커지는 것 같아. 아마 음파와 관계 있는 어떤 물리적 원인이 있는지도 모르지. 거기서는 해수욕을 많이 하겠네. 늘 형이 광적으로 수영을 즐긴다고 여겼어. 제발 시간 나면 안부 좀 적어 보내. 그리고 런던에 오거든 한잔하자. 그곳에서 행복하게 정착했기를 바라고 집이 마음에 들기를 바라. 형이 사는 집의 이상한 이름이 참 흥미롭게 느껴져! 그럼, 잘 있어.

제임스

제임스의 편지를 보면, 자신이 내 사촌 동생이 아니라 마치 형이라도 되는 것처럼 나를 보호하려 드는 어투가 있다. 정말

때때로 그의 편지는 부모의 호의적인 엄격함까지 내포하고 있어서 내 행동이 스스로 미숙해 보일 때도 있다. 제임스의 편지는 1년에 두세 번 규칙적으로 받는데, 약간 형식적이면서도 살짝 스스로 도취한 듯한 면이 있다.

이 시점에서 좀 더 길고 솔직하게 내 사촌에 대해 설명하는 게 좋을 것 같다. 내 인생에서 제임스가 결정적인 인물이었던 것도 아니고, 이제 그가 그렇게 되리라고 생각해서 그런 것도 아니다. 지난 20년 동안 우리는 서로 만나는 횟수가 점점 줄어들었고, 최근에는 그가 런던에 머물러도 거의 만나지 않았다. 그의 편지에서 "한잔하자."라는 말은 물론 예의상 하는 말에 불과하다. 나는 내 친구들에게 제임스를 거의 소개하지 않았고(특히 여자들에게는 항상 가까이 오지 못하게 했다.) 친구가 있는지는 모르겠지만 그도 자기 친구에게 나를 소개하지 않았다. (어떻게 나의 '바닷가 집'에 대하여 알게 되었을까? 그것도 신문에 났나 보다. 맙소사! 내가 여기 있는 것까지 알려 괴롭히면 어쩌란 말인가?) 그렇다. 사촌 제임스는 내 인생에서 결코 중요하거나 활발하게 움직인 인물은 아니었다. 그의 중요성은 전적으로 내 마음속에만 자리하고 있다.

우리는 거의 만나지 않는다. 그러나 만날 때는 오래된 이야기를 깊이 나누었다. 우리는 둘 다 외아들이고 나이도 비슷하다. 아버지는 숙부 외에 다른 형제가 없었다.(아벨 숙부는 우리 아버지보다 나이가 약간 적다.) 과거를 자주 회상하지는 않지만 유년기의 기억은 다른 사람과는 나눌 수 없는 우리만의 공통된 화제다. 매우 소중한 사람이지만 기분 나쁜 과거의 증인으로 남아 있는 사람들이 있다. 제임스는 나에게 그런 사람이다. 우리가 서로 좋아하는지도 분명치 않다. 오늘 제임스가 죽었다는 소식을 듣는다 해도 내 첫 번째 감정은 즐겁다는 것일지도 모르겠다. 이것이 무엇을 의미할지는 모르겠지만. Cousinage, dangereux voisinage,* 우리 경우에는 이 말이 매우 특별한 의미를 지녔다. 나는 지금 과거 시제를 사용했는데, 돌이켜 보면 진실로 이 모든 것이 이제는 과거에 속한다. 마음 깊은 곳에서만 시간 개념이 없다. 세월이 지나감에 따라 제임스의 위협적인 존재로서의 이미지는 점점 줄어들었다. 어느 날 그를 우연히 만난 한 친구가(윌프레드였다.) "네 사촌은 절망을 많이 겪은 사람처럼 보여."라고 말했다. 빛이 밝아왔고, 나는 갑자기 기분이 훨씬 좋아졌다.

■ ■ ■

어렸을 때 나는 제임스가 실제로 존재하고 나는 존재하지 않은 것인지, 혹은 그 반대인지 분간할 수가 없었다. 어쩐지 우리 둘 다 실재하지 않는 것 같았다. 우리 중 한 사람은 실제 세상에서 살고 다른 한 사람은 그림자의 세계에서 살았을 것이다. 제임스는 언제나 일종의 지독한 불사신처럼 보였다. 자, 이제 맨 처음으로 거슬러 올라가서 얘기해 보자. 내가 설명했듯이 일찍이 나는 어린이들이 흔히 잘 느끼는 심리적인 투시로 아벨 숙부가 우리 아버지보다 더 '유리한' 결혼을 했으며, 인생의 신비스러운 역학 관계가 만들어 낸 계급 체제에서 숙

* '사촌은 위험한 이웃이다.'라는 뜻의 프랑스어.

부네가 우리 집보다 더 상위 계급에 속해 있음을 알 수 있었다. 어머니는 이 점을 매우 깊이 의식했으며, 깊은 신앙의 힘으로 '개의치 않으려고' 무진 애를 썼다. (어머니는 에스텔 숙모를 언급할 때 '여상속인'이라는 단어를 특히 강조했다.) 내 기억에 아버지는 나 때문이 아니라면 이 점에 대해 개의치 않았다. 아버지가 언젠가 매우 초라한 어조로 "제임스처럼 네가 조랑말을 가질 수 없는 것이 미안하구나……."라고 말한 것을 생생하게 기억한다. 그 당시에 나는 아버지를 정말로 깊이 사랑했다. (아마 내가 열 살 혹은 열두 살쯤 되었을까?) 그리고 동시에 내 사랑을 표현할 수 없다는 것과, 내가 얼마나 많이 아버지를 사랑하는지 아버지가 알지 못하리라는 것을 인지했다. 나중에라도 아버지가 이것을 알았을까?

생활의 물질적인 면을 고려해 보면 두 가족은 확실히 다른 운명을 가지고 있었다. 제임스는 앞에서 언급한 조랑말 말고도 다른 동물을 여러 마리 자랑스럽게 가지고 있었고, 대체적으로 조랑말을 소유한 집안의 자식처럼 살았다. 그놈의 조랑말들 때문에 내가 얼마나 마음이 상했던가! 내가 램즈덴스를 방문했을 때 제임스는 가끔 나에게도 말을 타게 해 주겠다고 했다. (역시 승마를 했던) 아벨 숙부도 말고삐를 잡아끌면서 나를 말에 태우고 싶어 했다. 물론 나는 무척 말을 타고 싶었지만 언제나 자존심과 무관심을 가장하여 말타기를 거절했다. 그리고 이날까지 한 번도 말을 타 본 적이 없다. 더 강렬하지는 않으나 더 심각하게 시기심을 느꼈던 때는 그들이 유럽 여행을 떠났을 때다. 아벨 숙부네는 방학 때마다 거의 매번 외국 여행을 떠났다. 그들은 유럽 각지를 돌아다녔다. (물론 우리에게는 자동차가 없었다.) 그들은 에스텔 숙모의 친척들과 지내려고 미국에도 갔다. 그들에 대하여 나는 일부러 알려고 하지 않았다. 전쟁 후에 클레멘트와 파리에 갈 때까지 나는 영국을 떠나 본 적이 없었다. 나는 그들의 조랑말과 여러 종류의 자동차뿐 아니라 그들의 모험심을 시기했다. 아벨 숙부는 훌륭한 기획자이며, 모험가이며, 발명가이며, 쾌락주의자이기도 했다. 사랑하는 내 착한 아버지는 이중 아무것에도 해당되지 않는다. 숙부와 숙모는 이런 호화스러운 여행에 결코 나를 초대하지 않았다. 훨씬 뒤에야 깨닫고 마음이 찌르듯이 아팠지만 (아직도 어딘가를 찌르고 있다.) 그들이 나를 초대하지 않은 것은 제임스가 반대했기 때문인지도 모른다.

이미 말했듯이 이런 상황은 나 때문에 아버지에게도 걱정거리였다. 또한 나에게도 걱정거리였으며, 또 아버지 때문에도 걱정을 하였다. 나는 아버지를 위해서 아버지의 가난한 처지를 대신 원망하였다. 너그럽고 착한 성품 때문에 아버지 자신이 분함을 느끼지 못하는 것이 나는 몹시 마음 아팠다. 그 때문에 나는 어린 나이에도 내가 아버지보다 도덕적으로 열등한 사람이라고 느꼈다. 나는 아주 행복한 가정에서 애정 깊은 부모와 살고 있었지만 동시에 내가 멸시하는 물건들을 무척 가지고 싶어 했다. 나는 아벨 숙부와 에스텔 숙모를 매혹적인 신 같은 존재로 흠모하지 않을 수 없었다. 그들에 비하면 우리 부모는 보잘것없고 무미건조한 사람들이었다. 그렇게 비교하면 우리 부모가 실패작이라는 생각을 떨쳐 버릴 수가 없었다. 그러나 한편으로 나는 아버지가 덕이 높고 세속적이지 않은 사람이란 것을 알고 있었다. 그 반면에 아벨 숙부는 매우 멋쟁이지만 철저하게 이기적이고 평범한 사람이었다. 물론 숙부가 상스럽다거나 비신사적인 사람이라는 뜻은 아니다. 확실히 그렇지는 않다. 아름다운 아내를 사랑했으며, 내가 아는 한 그녀에게 충실했다. 또한 내가 아는 한 그는 애정이 깊고 책임감이 있는 아버지였다. 그는 자기 일과 수입에 정직했으며 사실상 양심적인 모범 시민이었다. 그러나 그는 자기중심적인 수완가였으며 평범한 쾌락주의자였다. 그 반면에 우리 아버지는 나와 어머니를 제외하고는 아무도 모를 특별한 사람이고 특이한 사람이었다.

그럼에도 나는 아벨 숙부를 숭배하지 않을 수 없었으며 마치 즐거워 날뛰는 개처럼 그의 주위를 맴돌았다. 적어도 어렸을 때에는 그랬다. 그 뒤로는 제임스 때문에 약간 위엄을 지키고 거리를 두었다. 내가 아벨 숙부를 멋있고 재미난 사람이라고 생각해서 아버지가 마음 상했을까? 그럴지도 모르겠다. 뼈에 사무치는 슬픔으로 글을 쓰자니 그런 생각이 나를 더 슬프게 한다. 아버지는 세속적인 소유물에 대하여 개의치 않았다. 하지만 내색은 하지 않았어도 자신이 숙부보다 못한 인물이라는 사실을 역시 나 때문에 스스로 유감스럽게 생각했는지도 모르겠다. 어머니는 이런 아버지의 생각을 직감적으로 알아차렸다. (혹은 아버지가 어머니에게 말했는지도 모르겠다.) 그래서 숙부 부부 이야기가 나왔을 때나 그들이 우리 집을 방문했을 때마다 초조함을 감추지 못했다. 숙부네 식구가 실제로 우리 집을 자주 방문하지는 않았다. 왜냐하면 어머니는 우리가 그들에게 훌륭한 대접을 하지 못할 것이라고 느꼈고, 그들이 왔을 때 우리의 초라한 생활에 대한 공격적인 변명으로 그들을 당황시켰기 때문이다. 덧붙여 말하자면 우리 가족은 고독과 동시에 사생활의 결핍이 묘하게 조화를 이룬 공동 주거 공간에 살았다. 나무로 둘러싸인 석조 건물인 램즈덴스 저택을 방문할 때 나는 으레 혼자 갔다. 어머니는 숙부네 집 지붕 아래 있기를 두려워했으며, 아버지 또한 자기 집이 아닌 다른 집 지붕 아래에 있기를 두려워했기 때문이다.

어머니 이야기를 하려면 에스텔 숙모 이야기를 먼저 해야 한다. 이미 말했듯이 숙모가 어디 출신인지는 기억할 수 없지만 그녀는 미국인이었다. 그 당시 나에게 미국은 거대한 미지의 나라였다. 숙부가 어디서 어떻게 숙모를 만났는지도 나는 모른다. 숙모는 그저 자유와 즐거움과 소음이 있는 미국을 포괄적으로 대표하는 사람이었다. 에스텔 숙모가 있는 곳에는 언제나 웃음이 있고, 재즈 음악이 있고, (충격적이지만) 술이 있었다. 이것은 잘못된 인상을 줄 수도 있지만, 나는 어린아이의 꿈에 대하여 이야기하고 있다. 에스텔 숙모는 '술주정뱅이'가 아니었고 그녀의 '방종'은 건강, 젊음, 아름다움, 돈을 즐기는 좋은 기질이었다. 그녀에게는 매우 운이 좋은 사람들의 타고난 관대함이 있었다. 그래서 분명치는 않지만 내가 어린아이였을 때 나에게 노골적으로 깊은 애정을 보여 주었다. 감정 표현을 잘 하지 않는 어머니는 그런 감정 표현이 의미가 없다며 냉정하게 봤을지도 모르겠으나 나에게는 큰 감동을 주었다. 에스텔 숙모의 목소리는 작고 예뻤는데, 1차 대전 당시의 노래와 낭만적인 최신 유행가를 부르곤 했다.(예를 들면 「피카르디의 장미」, 「튤립 사이로 살금살금 오세요」, 「오, 너무도 우울해서」, 「비행기 속의 나와 제인」 따위의 유명한 노래들이다.) 언젠가 램즈덴스에서 잠자리에 들 때에 숙모가 "달밤에 담 위에 혼자 앉아 있어도 소용없어요."라고 노래를 불러 주던 것이 생각난다. 나는 이 노래가 매우 우스꽝스럽다고 생각되어 부모님을 재미있게 해 주려고 되풀이해 부르는 잘못을 저질렀다.("나무 밑에 혼자 앉아 몸부림을 쳐도 재미없어요.") 그 이후 사람이 노래하는 소리를 들으면 나는 어느 정도는 에스텔 숙모 때문에 언제나 마음 깊숙이 찾아오는 무서운 감정에 당황하게 되었다. 가수들이 노래할 때 비뚤어지는 입을 보면 묘하고 오싹하다. 특히 여가수들은 하얀 이와 축축한 입안이 보여 더욱 그렇다. 대체로 숙모는 나에게 상징적인 인물이며, 현대적 인물이며, 또한 미래의 인물이며, 나의 미래를 보여 주는 일종의 예언자적인 존재였다. 그녀는 내가 꼭 발견하고 정복하기로 마음먹은 장소에서 살았다. 어느 면에서 보자면 나는 그것을 실현했으나, 내가 그곳에서 왕이 되었을 때 그녀는 이미 죽고 없었다. 우리가 서로 잘 알지 못했다는 것을 생각하면 이상한 일이다. 진정한 대화를 서로 한 번도 나누지 못했다. 세월이 지난 후에 우리가 얼마나 간단히 나이를 뛰어넘어 서로 같이 있기를 즐겼을 것인가. 나는 가끔 숙모 이야기를 클레멘트에게도 했다. 그녀는 우리 친척 중 숙모만이 만나고 싶은 사람이었다고 말했다. (물론 부모님은 클레멘트를 만나지 못했다. 내가 두 배나 나이가 많은 여자와 공공연하게 동거한다는 사실을 부모님이 알았다면 매우 불행해했을 것이다. 그러나 나는 그녀를 숙모에게는 소개할 수 있었을 것이다.) 에스텔 숙모가 자동차 사고로 죽었을 때 나는 열여섯 살이었는데 생각했던 것보다는 충격을 덜 받았다. 그때 나에게는 다른 고민거리가 있었다. 나에게 친절하긴 했지만 숙모가 나를 제임스의 성가시고 촌스러운, 그리고 평범한 사촌으로밖에 여기지 않았을지 모른다는 생각에 조금 슬펐다. 그녀는 나에게 경이로운 사람이었다. 이틀 전에 슈러프엔드에서 물건을 정리하다가 우연히 숙모의 사진을 발견했다. 어머니의 사진은 발견할 수 없었다.

어머니는 에스텔 숙모가 즐기는 소음과 술에는 몸서리를 쳤지만 그녀를 아주 싫어하거나 비난했다고는 할 수 없다. 그렇다고 그녀를 부러워하지도 않았다. 왜냐하면 어머니는 에스텔 숙모를 기쁘게 하는 세속적인 물건들을 부러워하지 않았기 때문이다. 전에도 말했듯이 어머니는 그저 그녀가 곁에 있으면 완전히 기가 죽고 그녀가 방문하면 우울함과 초조함에 시달렸을 뿐이다. 숙부와 숙모는 우리 부모가 나를 너무 엄격하게 양육하고 있다고 느꼈을지도 모른다. 흔히 규율만 보고 규율 속에 숨은 사랑을 보지 못하는 외부인들은 다른 사람들을 '죄수'라고 쉽게 단정해 버린다. 실제로 영리한 아벨 숙부와 자유분방한 에스텔 숙모는 아버지와 나를 동정했고, 어머니가 억압적인 체제인 것처럼 그들 나름대로 비난했을 수도 있다. 만일 어머니가 그런 생각을 눈치챘다면 고통과 분노를 참지 못했을 것이고, 그런 분노는 우리를 더욱 엄격하게 다루는 결과를 초래했을 것이다. 또한 에스텔 숙모가 상징하는 '미국'에 대한 나의 어리석은 환상을 간파하고 심한 질투를 느꼈을 수도 있다. 훨씬 뒤에 나는 혹시 아버지가 발랄한 숙모에게 매료되었다고 어머니가 의심했을지도 모른다는 생각이 들었다. 사실 아버지는 나와 관련해서가 아니면 에스텔 숙모에게 아무런 감정도 갖고 있지 않았다. 어머니도 그 점을 알고 있었음이 틀림없다. (나 자신이 부모님 세계의 중심이라고 기록하는 것이 얼마나 이기적인가. 그러나 나는 그들 세계의 중심이었다.) 에스텔 숙모가 방문하면 나는 항상 재미있었지만 어머니가 우울해하고 화를 냈기 때문에 결국에는 그런 방문을 기대하지 않게 되었다. 우리 집은 숙모가 방문할 때면 항상 분위기가 좋지 않았고 이것을 회복하는 데도 시간이 좀 걸렸다. 숙부의 롤스로이스 자동차가 길을 미끄러져 사라지면 어머니는 그때부터 입을 굳게 다물고 단음절로만 대답하였다. 그러면 아버지와 나는 서로 눈길을 피하며 살금살금 걸어 다녔다.

나는 학교에서는 행복했다. 그러나 가까운 친구는 없었고, 극적인 사건도 없었으며, 좋아하는 선생님도 없었다. 맥도웰 선생님처럼 영향력이 있는 선생님을 만나기도 했지만. 이렇게 이상하게 텅 빈 듯한 내 어린 시절에 숙부와 숙모는 대단히 의미 있고, 낭만적인 인물로 내 앞에 다가왔으며, 알 수 없는 내 감정들의 초점이 되었다. 그러나 역시 그들은 내게 멀리 있었고, 희미하고 막연한 존재였다. 왜냐하면 그들은 나에게 최소한의 관심만 가지고 있었기 때문이다. 그들은 진정으로 나를 보거나 자세히 관찰하지 않았다. 그러나 제임스는 달랐다. 말은 하지 않았어도 제임스와 나는 어렸을 때부터 줄곧 예민하고 조심스럽게, 그리고 끊임없이 서로를 의식하고 있었다. 우리는 서로를 관찰했고, 긴밀한 이런 상호 간의 관심을 본능적으로 부모들에게 숨겼다. 우리가 서로를 두려워했다고는 말할 수 없다. 두려워한 쪽은 나였다. 그 두려움은 제임스에 대한 것이라기보다 제임스가 대표하는 어떤 것이었다.(그 어떤 것은 내 인생이 실패, 아니 전적으로 매우 불행해질 것이라는 예언적이며 베일에 싸인 상념이었다.) 우리는 서로에게 자유롭지 못하고 불편한 관계로 살아왔다. 물론 모든 것은 침묵으로 이어졌다. 우리 사이의 그런 이상스러운 긴장에 대해서는 서로 말하지 않았다. 그것을 표현할 적당한 단어를 찾지 못했기 때문일 것이다. 우리 부모들은 그 점을 전혀 눈치채지 못했을 것이다. 내가 제임스를 부러워하는 것을 알았던 아버지도 이 점만은 몰랐다.

이미 언급했듯이 내 사촌에 대하여 내가 불안을 느낀 이유 중 하나는 그는 인생에서 성공하고 나는 실패할 것이라는 두려움 때문이었다. 조랑말 때문에 벌어졌던 일과 더불에 그러한 두려움은 내게 너무 가혹했다. 내 '권력에의 의지'가 제임스를 이기고 그를 감동시키려는 근원적인 의도에서 나온 것이라는 사실을 말하지 않을 수 없다. 제임스는 나를 감동시키려는 특별한 욕망은 없었던 것 같다. 혹은 그럴 필요조차 없다고 느꼈는지 모른다. 그는 모든 유리한 조건을 갖추고 있었다. 그는 나보다 더 훌륭한 교육을 받았고, 이 점 때문에 나는 이를 갈기 시작했다. 나는 고장의 인문계 고등학교에 다녔다.(재미는 없어도 좋은 학교였는데, 지금은 폐교가 되었다.) 제임스는 윈체스터* 로 갔다. (아마 이것은 기쁨과 슬픔이 엇갈린 축복이었는지도 모른다. 어떤 면에서 제임스는 그곳에서 자신의 자리를 찾지 못했다. 그런 일은 거의 없다고들 하는데 말이다.) 나는 상당히 건전한 교육을 받았고, 특히 셰익스피어를 공부할 수 있었다. 제임스도 내가 보기에는 모든 것을 배우는 것 같았다. 그는 라틴어와 그리스어 그리고 다른 현대어 몇 개를 더 구사할 수 있었다. 나는 프

---

* 영국의 일류 사립 고등학교.

랑스어와 라틴어를 아주 조금 배웠다. 제임스는 미술에 대하여 조예가 깊었고, 정기적으로 유럽과 미국의 미술관들을 방문했다. 그는 여러 외국 도시를 잘 아는 것처럼 이야기했다. 그는 수학에도 뛰어났으며, 역사에서는 상을 받았다. 또한 시를 썼는데, 교내 잡지에도 발표했다. 그는 그야말로 빛이 났다. 제임스는 뽐내지 않았지만 그와 함께 있으면 나는 점점 촌스러운 야만인 같은 느낌을 갖게 되었다. 우리 사이의 틈이 점점 넓어지는 것을 느꼈고, 자세히 관찰해 보니 그 틈이 나의 절망으로 채워지고 있었다. 분명히 내 사촌은 성공의 길을 걷도록 운명지어져 있었고 내 운명은 실패로 향해 있었다. 우리 아버지가 이런 것들을 얼마나 이해했을까?

▪ ▪ ▪

이 글을 다시 읽으려니 내가 다소 잘못된 인상을 주고 있는 것 같다. 자서전이라는 것이 얼마나 어려운 형식인가! 제임스가 무의식적으로 나에게 느끼게 한 슬픔과 강렬한 야망은 점진적으로 나타났으며 간헐적으로 나를 화나게 하였다. 어렸을 때, 그리고 나이가 들어서도 제임스와 나는 보통 남자아이들처럼 같이 놀았다. 나는 친구가 별로 없었다. 어머니가 친구들을 집에 초대하는 것을 싫어했기 때문이다.(나는 다른 아이들을 별로 좋아하지 않았기 때문에 이것을 개의치 않았다.) 제임스는 나로부터 자기의 친구들을 멀리 떼어 놓았다. 우리는 함께 놀았고 서로를 관찰하였다. 그러나 위의 글이 내포하듯이 항상 서로를 의식하지는 않았다. 평범하게 놀 때에 제임스는 애쓰지 않아도 우월성이 나타나곤 했다. 그는 나보다 새나 꽃에 대하여 훨씬 많이 알고 있었으며, 또 나무를 잘 탔다. (나는 어린 시절에 제임스가 진심으로 날고 싶어 했던 것을 기억한다!) 그는 여우처럼 어디에서든 시골 길을 찾을 수 있었다. 또 사물과 장소에 대하여 일종의 초자연적인 본능을 가지고 있었다. 공을 잃어버리면 찾을 수 있는 사람도 언제나 제임스였다. 한번은 내가 헌 장난감 비행기를 잃어버렸다고 말한 적이 있는데, 그가 순식간에 그것을 찾아냈다.

내가 런던에서 극예술을 배우며 부모님을 불행하게 하고 있을 때 제임스는 옥스퍼드 대학에서 역사학을 전공하며 황금시대를 누렸다. 그때 나는 그와 연락을 하지 않았다. 나는 승승장구하는 제임스의 소식을 더 이상 듣고 싶지 않았고 그가 무엇을 하려는지에 대하여 솔직히 알고 싶지 않았다. 무엇을 원했는지 모르겠지만 전쟁 때문에 제임스는 그것을 이루지 못했다. 그는 뒷날 '녹색 재킷'이라고 불린 소총 부대에 들어갔다. 그리하여 그 당시에는 제임스가 미처 알지는 못했겠지만 군인으로서의 그의 삶이 시작되었다. 사실 지금은 군인이 아닌 제임스를 상상할 수 없다. 내가 버스를 타고 다니며 광부들 앞에서 셰익스피어 극을 공연하고 있을 때 제임스는 흥미로운 전쟁을 겪었다. 얼마 후 나는 그가 인도의 데라둔에 있다는 소식을 들었다. 나에게도 골치 아픈 일이 있었다. 특히 첫사랑과 그 후유증을 겪었고, 그 뒤에는 클레멘트와의 오랜 싸움이 시작되었다. 얼마 후에 나는 제임스의 모험에 대한 이야기를 대강 들었다. 그는 여러 산을 올랐다. 그는 티베트에 대하여 관심이 생겼고, 티베트어를 배웠으며, 자신의 조랑말을 타고 끊임없이 국경에서 사라졌다. (어렸을 때 했던 말타기 훈련이 유용했나 보다.) 그런 뒤에 그는 사절단의 일원으로 독일 전쟁 포로에 관한 일을 처리하기 위하여 티베트 통치자를 만나러 갔다. 그는 영화 같은 화려한 생활을 했지만 실제로 그런 전투를 치른 것 같지는 않았다. 그가 빅토리아 십자 훈장을 받았다는 얘기를 나는 항상 듣기 싫어했다. 물론 나와는 달리 그가 용감한 사람이라는 것을 한 번도 의심해 본 적은 없다.

전쟁이 끝난 뒤에 제임스가 직업 군인이 되기로 결심했다는 소식을 듣고 우리 부모님은 매우 놀랐다. 그들은 아벨 숙부가 그 결정에 몹시 실망했다고 말했다. 아벨 숙부는 제임스가 총리라도 될 줄 알았다. (에스텔 숙모는 그때 이미 죽은 후였다.) 나는 제임스가 길을 잘못 택했다는 것을 직감하고 은근히 기뻐했다. 그 당시 나는 연극계에서 일이 잘 풀리고 있었고, 내 '권력에의 의지'가 좋은 결과를 가져오고 있었다. 클레멘트는 순회 공연처럼 내 생활에 들어왔다. 그리고 사촌 제임스는 군인이 될 예정이었다. 아벨 숙부는 이것은 잠정적인 결정이며, 제임스가 시를 쓸 시간을 더 갖기 위해서라고 말했다. 어머니는 숙부가 패배에 직면해서도 허세를 부리는 것이라고 말했다. 그 당시에 우리는 그 누구도 군대가 전통적인 권력과 영광의 길이라는 것을 알지 못했다.

전후 생존자들 간의 재회가 펼쳐지는 감동적인 시대에 나는 제임스를 잠깐 만났지만 그는 다시 사라졌다. 그는 항상 어디론가 사라지곤 했다. 그는 인도에서 귀국한 후 다시 독일로 전임되었다. 그 뒤 영국에서 참모 대학을 다닌 뒤에 다시 인도로 발령이 났다. 그런 뒤에는 소련의 움직임을 조사하기 위하여 비밀 정보원 신분으로 티베트에 갔다고 누군가가 말해 주었다. 물론 제임스는 자기 일에 대하여 전혀 입을 열지 않았다. 그래도 나는 최소한 그의 여행지에 대해서는 알았다. 크리스마스와 생일에 그가 점차 규칙적으로 내게 그림엽서를 보내왔기 때문이다. 나는 그에게 그런 관심은 보이지 않았지만 그가 편지를 보내면 언제나 짤막한 답장을 보냈다. 그의 편지는 단조로운 내용에 정보도 그다지 없었다. 그러더니 중국이 티베트를 침공한 직후에 그가 런던에 나타났다. 그가 그렇게 격한 감정을 표현하는 것을 나는 그전이나 그 이후에 본 적이 없다. 중국이 티베트를 침공한 것은 그에게 분명히 개인적으로 큰 비극이었다. 그는 러시아가 아니라 중국이 진짜 위협적인 존재라는 사실을 알지 못한 사람들의 어리석음을 통탄하였다. 그러나 그를 정말로 슬프게 한 것은 자기의 충고를 무시해서가 아니라, 그가 사랑한 것이 파괴되었기 때문이었다. 이런 감정은 곧 가라앉았고, 그는 결코 이 사건을 다시는 나에게 이야기하지 않았다.

그다음에 내가 받은 그림엽서는 싱가포르에서 보낸 것이었다. 그다음 편지도 싱가포르에서 왔는데, 아버지의 죽음에 조의를 표하기 위해서였다. (어떻게 알았을까?) 그 뒤로는 제임스의 흔적을 잃어버렸다. 왜냐하면 한동안 나는 모든 것을 잃어버렸고, 내 인생에서 불빛이 사라졌기 때문이다. 아버지를 위해서 나는 오랫동안 조의를 표하고 슬퍼하였다. 사랑하는 착한 아버지를 잃은 슬픔은 아직도 내 마음속에 깊게 남아 있다. 그러고 나서 마치 모든 일이 덩달아 움직이듯 잘못되어 갔다. 나는 클레멘트와 헤어지고 다른 여자들과 비참한 관계를 맺었으며, 회복 불가능한 파국을 맞게 되었다. 얼마 안 되어 어머니가 죽은 것은 개별적인 사건이라기보다 아버지의 죽음에 연결된 운명적인 확장 같았다. 또 얼마 안 가서 아벨 숙부가 죽었다. 그에 대해서는 오래전부터 걱정하지 않았고 생각조차 하지 않은 때였다. 제임스에게 조의를 표할 생각은 있었으나 결국 편지를 보내지는 못했다. 어릴 때 그의 훌륭한 어머니가 죽었을 때 제임스가 어떤 느낌일지 궁금해하던 기억이 난다. 그때는 나 자신도 깊은 슬픔에 잠겨 있었으므로 에스텔 숙모의 죽음에 크게 영향 받지 않았다. 따라서 제임스에게 숙모의 죽음이 어떤 영향을 주었을지도 결코 생각해 보지 않았다.

티베트에서 벌인 제임스의 '비밀 임무'에 대하여 내게 알려 준 사람의 이름을 진작 말했어야 했다. 그의 이름은 토비 엘즈미어다. 이 사람은 다른 면으로는 전혀 주목할 것이 없는데, 가끔 나에게 사촌의 소식을 전해 주었다. 그들은 학교를 같이 다녔고 또 '녹색 재킷'에도 같이 있었다. 엘즈미어는 주식 중개일을 하다가 출판업자가 되었으며, 또한 연극계에 투자를 하기도 했다. 내가 그를 만난 것도 그 때문이다. 내 불행한 시기가 지난 뒤 얼마 되지 않은 어느 날 밤 파티에서 엘즈미어는 "당신 사촌이 불교 신자가 된 건 알아요?"라고 말했다. 나는 그 소식에 흥미를 느꼈고 놀라기도 하였다. 나는 제임스를 종교와는 전혀 연관 지어 생각하지 않았다. 우리는 둘 다 성공회의 신앙이 몸에 배어 있었다. 물론 사춘기에는 사라지고 만 모호한 신앙이지만. 어머니는 그녀의 특별한 복음 신앙을 아버지와 나에게 강요하지 않았다. 아마 어머니는 '소용없다'는 것을 알고 있었나 보다. 그러나 어머니는 우리 두 사람을 으레 기독교 신자라고 생각했다. 우리는 성공회 교회를 다녔다. 자연히 제임스와 나는 종교에 대하여 토론하지 않았다. 우리가 어렸을 때 그 문제에 대하여 고민했다면 제임스의 인생의 기본이 되는 정신적 원칙은 세속적인 것을 피하는 것이라고 말했을 것이다. '훌륭한 형식'으로서의 종교인가? 사람은 더 나쁜 짓을 할 수도 있다. 나는 제임스가 동양의 이국적 신비함을 추구하는 열성가라고는 한 번도 상상해 본 적이 없었다. 대단히 이상한 일이다!

내 놀라움은 곧 사라졌다. 결국 이것은 무엇을 뜻하는가? 분명히 제임스는 윤회를 믿지 않았을 것이다. 내가 그를 다시 만났을 때 우리 인생은 또 다른 시대를 맞고 있었다. 아버지의 죽음, 직업상의 실패, 할리우드에서 겪은 불운, 이런 것들은 이제 모두 과거가 되었고 나는 클레멘트와 화해를 한 시점이었다.(우리는 일본에 같이 있었다.) 나는 매우 성공한 사람이었고 에스텔 숙모의 나라에서 왕이 되었다. 나는 제임스에게 말했다. "그래, 소문을 듣자니 네가 불교 신자가 되었다던데?" 제임스는 미소를 지으며 "아, 그렇지!"라고 대답했으나, 그 어조는 '그렇다.' 혹은 '무슨 허튼소리냐!'라는 두 가지 의미를 모두 품고 있었다. 나는 주제를 바꿨다. 그 뒤에 제임스는 한참 동안 런던에 살면서 국방부에서 근무했고, 지금도 거기에서 근무하고 있다. 펌리코에 있는 그의 아파트에는 불상들이 가득 차 있고 그것들 대부분이 동양의 잡동사니이거나 힌두교의 물건 들이다.

제임스는 이제 장군이다. 별이 몇 개인지는 잊어버렸다. 그도 나름대로 성공한 셈이다. 내가 '게임에서 이겼다'고 느끼는 이유는 그는 인생에 실망한 반면 나는 그렇지 않다는 데서 오는 것이다.

. . . .

"사람은 거기서 1초 만에 익사할 수도 있어요."

"3초."

"아니야, 1초."

"3초라니까."

블랙라이언에서 이루어지는 대화는 주로 이런 주제고 이런 수준의 토론이다. 이곳 단골 손님들은 내가 사람들이 자주 빠져 죽는 바다에서 수영을 한다는 사실에 불쾌해한다. 그러면서도 그들은 바다의 이런 성질을 자랑처럼 말한다. 내가 술집에 나타나면 이런 종류의 대화가 오간다. 물론 내게 직접 하는 말은 아니다.

나도 대화에 끼어든다. "나는 수영을 아주 잘해요."

"그런 사람들이 꼭 익사를 합니다."

"선생은 입지 않고 수영을 하더군요." 어떤 사람이 덧붙이듯 말한다.

"입지 않고라니요?"

"입지 않고 수영하잖아요."

"아, 알몸으로 한다는 말이군요!" 그래서 사람들이 나를 관찰했던 것이다.

그들은 어리석고 말없는 적의로 나를 쳐다본다.

"물개를 본 적이 있습니까?" 아크라이트 씨가 밝은 목소리로 물어본다.

"아직 보지 못했는데요."

오늘 아침 탑 계단에 갔다가 커튼으로 만든 내 '밧줄'이 무슨 이유에서인지 다시 풀어져 사라진 것을 보고 속이 상했다. 그래도 나는 수영을 했다. 내 근육은 더욱 강해졌고 나는 기어 나오는 데도 숙달이 되었다. 그러나 매번 살이 찢기거나 긁힌다. 먼 곳에서 보면 매끄러워 보이는 누런 바위 표면은 사실 매우 거칠고 우툴두툴해서 수백만 개의 작고 날카로운 소라 껍질로 촘촘히 덮여 있는 것 같다. 어제는 밀물 때 슈러프엔드의 절벽에서 다이빙을 했다가 무사히 바다에서 나왔지만 약간 걱정이 되어 수영을 즐길 수는 없었다. 그래도 '여성용 수영장'으로 가서 블랙라이언에서 체면을 잃을 수는 없다!

오늘은 하늘 전체가 약간 뿌옇고, 바다는 온순한 은빛으로 보인다. 큼직한 파도는 마치 거품을 만들지 않고 바위들을 어루만지려고 결심한 듯하다. 오늘 바다는 조밀하고, 빛나고, 태평스럽고, 매우 아름답다. 물개들이 틀림없이 있을 것만 같다. 파도가 오늘은 물개 같다. 망원경으로 물결을 살펴보지만 허사다. 커다란 노란부리갈매기들이 바위에 올라앉아 투명한 유리알 같은 눈으로 나를 빤히 바라본다. 가마우지가 글리세린을 바른 것 같은 바다 위를 미끄러지듯 날아간다. 바위 위에는 나비들도 날고 있다. 온도는 높다. 나는 옷을 빨아서 잔디 위에 말린다. 매일 수영을 해서인지 기분이 아주 상쾌하고 몸에서 소금기가 느껴진다. 아직 리지에게서는 소식이 없다. 그러나 나는 걱정하지 않는다. 고요 속에서 나는 행복하다. 신이 나와 리지를 위해서 크게 한턱 내려고 준비하고 있다면, 잘된 일이다. 그렇지 않다면, 그래도 괜찮다. 나는 순결하고 자유롭다. 아마 수영을 한 덕분인지 모르겠다.

산문 작가가 된 이후 나는 지금 얼마나 엉뚱한 야심을 품고 거만을 떨고 있는가! 많은 극작가들이 산문을 일종의 낯선 언어처럼 여기고, 자기들은 결코 그런 언어를 숙달할 수 없다고 생각한다. 나도 한때 그렇게 생각했던 적이 있다. 하지만 내가 이미 몇 쪽이나 써 내려갔는지 보라! 제임스를 묘사한 부분을 되돌아보면 상당히 멋진 글이다. 그러나 이것이 정말일까? 글쎄, 전적으로 틀렸다고 말할 수는 없다. 그러나 이 글은 너무 짧고 지나치게 맵시를 부렸다. 어떻게 실제 인물을 묘사할 수 있을까? 내가 묘사한 제임스는 너무 완벽하고 딱딱하다. 나는 그의 이가 작고 네모나며, 그의 미소는 어린애처럼 순수하다는 사실을 생략했다. 그는 가끔씩 입을 헤벌쭉 벌리고 있다. 매부리코에 안색은 검은 편이다. 에스텔 숙모도 검은 편이었다. 아메리칸인디언의 피를 물려받았을까?

인물 묘사에 더 신경을 써야겠다. 내가 알고 지낸 사람들의 묘사를 통해서 내 인생을 묘사하는 글이 될지도 모르기 때문이다. 얼마나 이상하고 이질적인 사람들의 집단인가? 클레멘트, 로시나, 윌프레드, 시드니, 페러그린, 리타, 프리치, 진, 앨불……. 클레멘트에 대해서는 꼭 언급해야겠다. 그녀는 가장 중요한 주제다. 말년에 가서 그녀가 아름다움과 제정신을 잃어가고 있을 때 그녀가 얼마나 미친 짓을 했으며 못되게 굴었던가. 욕설로 가득한 지긋지긋한 이야기를 여러 번 되풀이하여 늘어놓는 그녀는 정말로 늙고 진절머리 나는 계집이었다. 그녀의 아파트에서 풍기는 추잡한 분위기, 술 냄새, 눈물 냄새,

그리고 신경질적인 행동. 술에 취한 그녀는 깊고 낭랑한 목소리로 끊임없이 책망의 소리를 늘어놓았다. 그것을 내가 잘 참아 주었나? 그랬던 것 같다. 그녀에게 운명의 날이 다가온 것을 알자마자 나는 쉽사리 그녀를 용서하고 자비를 베풀 수 있었다. 이렇게 말하니 무척 냉소적인 것 같다. 나는 언제나 그녀를 사랑했다. 그리고 그 보답이 있었다. 마지막에는 우리 둘 다 서로에게 완전하였다. 가엾은 클레멘트. 노년, 그것은 두려운 곳이다. 나 자신도 머지않아 그곳에 다다를 것이다. 그 때문에 내가 리지를 필요로 하는 것일까?

■ ■ ■ ■ ■

이 글은 다음 날 아침에 쓰고 있다. 어젯밤 늦게까지 응접실에 앉아 위의 글을 쓰고 있었는데, 그때 아주 당황스러운 일이 일어났다. 내가 얼굴을 들었을 때, 한순간 내실 유리창을 통해서 어떤 얼굴이 나를 바라보고 있는 것을 확실히 보았다. 나는 지독한 공포로 마비되어 꼼짝 못 하고 앉아 있었다. 그 환영은 아주 순간적이었으며, 얼굴을 묘사할 수는 없지만 매우 선명했다. 얼굴을 기억하지 못하는 것이 무슨 의미가 있는 것일까? 잠시 후에 나는 그것을 조사하기 위하여 몸을 일으켰다. 새로 산 석유 램프가 들고 다니기 편해서 촛불을 들고 가서 응시하지 않아도 되었다. 하지만 아무것도 보이지 않았다. 나는 집 안을 둘러보기까지 했다. 고백하건대, 매우 이상한 기분이 들었다. 나는 일부러 계단을 천천히 올라간 뒤 침대로 가서 수면제를 먹었다. 밤에 구슬 커튼이 찰랑거리는 소리를 들은 것 같았다. 그러나 그것은 자연 현상일 것이다. 오늘은 바람이 조금 불었고, 바다는 푸른색과 흰색이다.

내가 본 유령에 대하여 두 가지 가능한 추론을 해 보았다. 하나는 검은색 유리창에 비친 나 자신의 얼굴이라는 것이다. 그러나 (내가 무의식중에 일어나지 않았다면) 나는 얼굴이 반사될 수 있는 높이보다 훨씬 아래에 앉아 있었고, 그 얼굴은 유리창에서도 상당히 높은 위치에 나타났다. 그러므로 (더 생각해 보니) 그 얼굴은 매우 키 큰 사람의 것이었거나 무엇인가에 올라선 사람의 것이 틀림없었다. (다만 내가 접이식 탁자를 여기로 옮겼기 때문에 밖에는 아무것도 올라설 것이 없었다.) 또 한 가지 추론에 대해서는 오늘 밤에 조사해 보겠다. 바다 쪽 유리창에는 커튼이 없어서 보름달을 볼 수 있었다. 내가 안쪽 유리창에 반사된 달을 본 것일까?

"모든 것에는 신들이 존재한다."라고 제임스가 언젠가 다른 사람의 말을 인용하여 말한 적이 있다. 나는 일생 동안 작은 신들과 정령들로 둘러싸여 있었지만 연극이라는 마술이 그들을 쫓아 버리고 흡수해 버렸던 것일까? 연극에 종사하는 사람들은 미신을 믿는 것으로 유명하다. 이제 우리는 모두 같이 있다! 나는 여태까지 한 번도 피해망상에 걸린 적이 없었다. 이제 와서 그렇게 될 생각도 없다.

곧 레이븐 호텔에 가서 포도주를 더 구입해야겠다. 하지만 블랙라이언에서 귀신이나 괴물 이야기는 하지 말아야겠다.

오늘은 수영을 하지 않기로 마음먹었다.

■ ■ ■ ■ ■ ■

장을 보러 나갔다. 상점에서는 양상추를 갖다 놓겠다고 약속했지만 아직까지 소식이 없다. 물론 신선한 생선도 없다. 돌개집에는 편지가 몇 장 와 있었다. 리지에게서는 아무 소식도 오지 않았다. 그러나 페러그린 아블로에게서 소식이 왔다. 점심으로는 기막히게 맛있는 야채 스튜를 만들었다. 양파, 당근, 토마토, 밀기울, 녹두, 보리쌀, 식물성 단백질, 갈색 설탕, 그리고 올리브기름을 섞어 만들었다. (식물성 단백질은 런던에서 가지고 온 것이다.) 먹기 직전에 레몬 즙을 약간 넣었다. (야채 스튜는 아주 가벼운 음식이므로) 스튜와 함께 크림치즈를 곁들인 구운 감자도 먹었다. 그리고 바텐베르크 빵과 말린 자두를 먹었다. (정성 들여 조리한 말린 자두는 아주 맛있다. 자두를 말린 후 레몬 즙과 오렌지 꽃물을 첨가해야 한다. 크림을 넣으면 맛을 버린다.) 내가 식사 때 왜 사과를 먹지 않는지 궁금하다면 내 입맛이 귀족 계급에 속해서 사과라면 콕스오렌지피핀*만 먹기 때문이라고 말해 줄 수 있다. 그러므로 4월부터 10월까지는 사과를 입에 대지 않는다.

페러그린을 소개하기 위해 그의 편지를 여기 옮겨 놓겠다.

찰스, 어떻게 지내나? 우리는 모두 자네가 어떻게 지내는지 궁금하다네. 자네에게 초대받은 사람은 아무도 없다고 하더군. 하지만 우리가 보고 싶지 않나? 아마 새 아파트로 몰래

* 1825년경 리처드 콕스가 처음 재배한 영국산 사과.

숨어들어 전화도 받지 않고 밤에만 외출하는 것은 아닌가? 어떤 사람은 자네 집이 파도 치는 외딴 벼랑에 있다고 하던데, 그게 사실이라고는 믿을 수 없어. 바닷가의 아늑한 방갈로에 살고 있는 자네의 모습을 생각해 보네. 어떻게 믹서도 없는 곳에 살 수 있는가? 자네가 인생을 진정으로 달리 살기로 했다면 나는 견딜 수가 없어. 그것은 나도 항상 바랐지만 결코 그럴 수가 없었고, 또 앞으로도 그럴 수 없을 거야. 난 그냥 내가 하던 일을 하면서 편안히 죽을 거라네. 벨파스트라는 지옥에서 돌아온 후 일주일 동안 계속 술을 마셨어. 문명이란 무섭고 괴로운 것이야. 그러나 찰스, 자네가 그로부터 도망칠 수 있다고 상상하지 말게. 무얼 하고 지내는지 궁금하군. 나로부터 숨어 살 수 있다고 생각하지 마. 난 자네 그림자니까. 성신 강림 축일에 자네를 만나러 가겠네. (누군가가 감히 가 보라고 했고, 자네도 알다시피 난 그런 것을 거절하지 못하잖나.) 내가 편지를 쓰는 줄 알면 여러 사람들이 안부를 전할 거야. 그러나 그것은 안부라기보다 건방진 호기심이라네. 찰스, 자네에게 가치 있는 자는 거의 없어. 나는 가치가 있을까? 시간이 가면 알게 되겠지. 수영복을 챙겨서 갈까? 산타모니카에서 보낸 영웅적인 시절 이래로 나는 수영을 해 보지 못했네. 어떤 사람들은 자네가 영국에 없고 여자와 에스파냐로 갔다고도 하던데, 그걸 부인하고 싶다면 답장을 하게. 자네의 그림자가 경배를 보내며.

페러그린

점심 식사 후다. (믹서가 없어서 아쉬운 것은 진짜 사실이다.) 나는 바다 쪽 위층 창가에 앉아 있다. 날씨는 흐리고, 바다는 파도가 일어 진한 청회색이다. 공격적이고 불쾌한 색깔이다. 갈매기들이 배의 후미를 뒤따르고 있다. 집은 습기가 차 있다. 어쩌면 아직도 어젯밤의 경험으로 기분이 우울한지도 모르겠다. 물론 단순한 시각적 환영에 지나지 않겠지만. (그러나 달에 대해서는 다시 조사해 보겠다.) 그러면 적어도 '무섭다'라기보다 '우울하다'라고 적을 수 있을 것이다.

페러그린에 대한 인물 묘사에는 주석을 약간 달아야겠다. 그렇게 하자면 로시나에 대해 이야기해야 한다. 하지만 그 여자에 대해서는 기억하고 싶지 않다. 그렇지만 자서전이라고 해서 처음부터 끝까지 자기 멋대로의 즐거움만 기록할 수는 없지 않은가.

페러그린은(남들이 나를 '찰리'라고 부르는 것을 싫어하는 만큼 그도 남들이 '페리'라고 부르는 것을 싫어했다. 나를 모르는 사람들만이 나를 '찰리'라고 부른다.) 자신이 원하고 이끌어 갈 인생이 어떤 모습인지, 그리고 거기서 자신이 원하는 역할이 무엇인지 확고한 생각을 갖고 있는 사람 중 하나다. 이들 부류는 그런 인생을 누리고, 그런 역할을 하기 위하여 자기와 가장 가깝고 귀중한 사람까지도 희생시킨다. 이상한 것은 어느 면에서는 그런 사람들이 옳지 못하고 부적당한 역을 맡은 것처럼 보이나, 그래도 그들이 끝까지 싸워서 성공한다는 것이다. 그들의 '희생자'들이 비판적 사고 때문에 느끼는 고통보다는 명확하고 간결한 느낌을 더 좋아하기 때문인지도 모른다. 페러그린은 다방면으로 점잖고 친절한 남자지만 자신이 시끄러운 곰 역을 맡는 것을 꺼리지 않았다. 이 '역할 연기'는 어리석게도 적을 많이 만들었다. 나는 연극계에서, 혹은 인생에서 불필요한 적을 만든다는 것은 직업적 기술이 결핍되어 있는 것이라고 생각한다. 페러그린은 항상 실수를 저지르고 다녔다. 그는 진정한 예술가의 세심한 자질을 갖지 못했다. 나는 무대 위에 멀쩡한 정신으로 오르도록 그를 협박해야만 했다. 그는 훌륭한 배우가 될 소질이 있었다. 그러나 너무 자만에 빠져 있었으며 신중한 구석이 없었다. 그는 아일랜드인다운 무모함을 드러냈고 제대로 일을 하지 못하는 날이 많았다.

페러그린은 북아일랜드 가톨릭교도이며 벨파스트의 퀸스 대학교에서 의학 공부를 시작했지만, 그 뒤에는 더블린의 게이트 극장으로 도망쳤다. 아일랜드인답게 그는 아일랜드를 매우 증오했다. 그는 일찍이 가톨릭을 버리고 마르크스주의를 신봉했지만, 다시 마르크스주의를 버렸다. 나는 처음에 그를 돈 많은 플레이보이로 보았고(옛날에는 날씬했다.) 즉시 그의 재주를 탐냈다. 몇 년 전에 그는 나와 함께 극단을 떠났고, 이제는 텔레비전에서 매력 있는 뚱보 악역을 도맡아 하고 있다. 그는 내가 자신의 활동을 어떻게 생각하는지 안다. 그리고 내가 그의 아내를 빼앗았어도 우리는 여전히 친구로 남아 있다. 그는 불행하게도 파멜라 해키트라는 전직 여배우와 재혼했다. 그녀에게는 '진저' 고드윈과의 불행한 결혼에서 얻은 어린 딸이 있었다. (아, 그는 지금 어디에 있을까?) 도대체 왜 사람들은 결혼을 하는 것일까?

자, 이제 로시나에 대하여 이야기해야겠다. 몇 권을 써도 그녀의 이야기는 다 쓸 수 없지만 아마 모든 것을 글로 쓰면 내 마음이 조금 가벼워질지도 모르겠다. 로시나는 나에게 커다란 사건이었다. 내가 그녀를 처음 만났을 때 그녀는 이미 페리와 결혼한 사이였다. 내가 페리를 게이트 극장에서 처음 발견한 후 얼마 있다가 그들은 미국에서 만났다. 나는 극작가와 감독으로서 점차 알려지고 있었지만 아직 상당히 젊은 나이였다. 내가 다시 클레멘트와 함께 살다가 그 뒤 로시나를 쫓아다녔으니 또 몇 년이 흐른 뒤일 것이다. (내가 일기를 계속 썼더라면 좋았을걸!) 여자를 피해 다니느라고 인생에서 얼마나 많은 에너지를 소모했던가! 리타 기번스도 이 이야기에 등장한다. 그러니까 아마 훨씬 더 나중 일이겠다. 클레멘트는 리타와 리지와 진을 참아 주었다. 그러나 로시나는 증오했다. 물론 나는 그녀에게 거짓말을 했지만(그녀도 나에게 거짓말을 했다.) 여러 사람이 클레멘트에게 정보를 제공했다.

로시나는 물론 로시나 밤버러고, 나 다음으로 이 글에서 가장 중요한 인물이다. 그녀의 본명은 존스(혹은 데이비스, 혹은 윌리엄스, 혹은 리스, 혹은 아무개.)인데 그녀가 비밀로 해 두고 싶어 했다. 그녀는 웨일스 출신이며 할머니는 프랑스계 캐나다 사람이다. 나는 결코 그녀와 사랑에 빠지지는 않았다. 이 표현은 내가 한 여자를 절대적으로 사랑했던 단 한 번의 기회를 묘사할 때 쓰기 위해 아껴 두고 싶다.(클레멘트는 물론 아니다.) 그러나 나는 로시나에게 정말로 홀딱 반해 있었다. (더군다나 아름답고 기지에 찬 여인이 당신을 정열적으로 연모한다면 그녀에게 분명히 뭔가가 있다고 느끼게 된다.) 그녀가 나를 '사랑'했는지는 확실치 않다. 다만 서로를 향한 불같은 소유욕이 연애하는 동안 지속되었다. 한때 그녀는 분명히 나와 결혼하고 싶어 했다. 반면 나는 조금도 그럴 의사가 없었다. 나는 그저 그녀를 원했고, 그것을 만족시키기 위해서 그녀를 남편으로부터 영원히 떨어지게 하였다. 더 젊었을 때의 클레멘트는 내가 아는 여성들 중에서 가장 아름다운 여성이었다. 그러나 로시나 역시 가장 멋있고 맵시 있고 사랑스러운 여자였다. 그녀의 매력에는 어딘가 인위적이고 여성적이고 연약한 면이 있었고, 그런 매력 때문에 나는 그녀를 부서뜨리고 씹어 버리고 싶었다. 그녀의 한 쪽 눈은 사팔눈이어서 사물을 볼 때 이상할 정도로 강하게 집중했다. 실제로 빛을 발하듯이 반짝거렸다. 그녀는 강렬한 느낌을 주는 여자다. 그리고 아주 높은 하이힐을 신고도 내가 아는 어느 여자보다 빨리 뛸 수 있었다.

그녀는 훌륭한 여배우였으며(현재도 그렇다.) 또 매우 영리한 여자였다.(이 두 가지 자질을 다 갖춘 경우는 드물다.) 그녀는 켈트족과 프랑스인의 피가 섞인 미모와 푸른 눈, 구불거리는 검은 머리, 그리고 크고 촉촉하고 관능적인 입술을 가졌다. 정말이지 키스가 그렇게 다를 수 있을까! 리지의 키스는 무미건조하고 순결하나 착 감겼다. 로시나의 키스는 암호랑이의 키스 같았다. 로시나는 동화 속에서 왕자를 차지하지는 못해도 왕자를 차지하는 소녀보다 더욱 재미있고, 또 흥미진진한 대사를 뱉는 고약한 소녀처럼 강렬한 매력이 있었다. 그녀는 훌륭한 희극 배우였고, 시시한 왕정복고 시대 희극에서 탁월한 연기를 선보였다. 나는 그런 식의 극에는 전혀 관심이 없었다. 그녀는 헤다 가블러* 역을 인상 깊게 해냈으며, 「시골에서의 한 달」**의 나탈리아 페트로브나 역을 감동적으로 해냈다. 불행히도 그녀

* 노르웨이 극작가 입센의 대표작 「헤다 가블러」의 주인공.

** 러시아 작가 투르게네프의 희곡.

는 오너 클라인* 역은 하지 못했다. 그녀와 같이 일할 때 나는 그녀와 반대되는 유형의 인물을 연기하도록 역을 맡겼다. 다른 배우들과도 그렇게 하여 자주 성공을 거두었다. 그녀는 시드니가 각색한 「위험한 관계」**에서 여사장 역을 잘 해냈다. 나는 결코 그녀에게 맥베스 부인 역을 맡긴 적이 없었으나, 훨씬 뒤에 아이제이어 맘센이 그 역을 그녀에게 맡겼다가 큰 실패를 맛보았다. 내가 로시나를 떠나자 그녀는 길을 잃고 졸작 영화와 텔레비전에 출연했다. 나는 반가웠다. 그녀와 헤어진 후 섀프츠베리 대로*** 불빛에 그녀의 이름이 빛나는 것을 보기 싫었다. 혹은 누가 그녀를 연출하는지에도 관심이 없었다. La jalousie naît avec l'amour, mais ne meurt pas toujours avec lui.****

그녀를 소유했던 즐거운 때로부터 그녀와 헤어진 지옥처럼 고통스러운 시간까지는 짧았으나 황홀했다. 로시나는 '한바탕 크게 싸우면 공기가 맑아진다.'라고 믿는 여자들 중의 하나다. 하지만 내 경험으로는 큰 싸움은 공기를 맑게 할 뿐 아니라 평생의 원수도 만들 수 있다는 것이다. 극장에서 싸움은 격렬해질 수 있어서 나는 되도록이면 마찰을 피했다. 로시나는 그것 때문에 나를 여러 번 비겁자라고 불렀다. 그녀는 어떤 싸움이라도 즐겼으며, 싸움 뒤에 사랑을 할 수 있다고 믿었다. 나는

---

* 머독의 소설 『잘려진 머리』의 등장인물.

** 프랑스 작가 라클로의 소설 『위험한 관계』는 연극, 영화 등으로 여러 차례 각색되었다.

*** 영국 런던의 유명한 극장가.

**** 프랑스의 모럴리스트 라로슈푸코의 『잠언과 성찰』에서 인용했다. '질투는 사랑과 함께 태어나지만 항상 사랑과 함께 죽지는 않는다.'라는 뜻.

점점 피곤해졌다. 나는 때가 되면 떠나가는 애인을 위한 황금 퇴각로를 항상 준비해 주었다. 로시나는 내가 냉담해지는 것을 눈치채고 그러한 자비로운 장치를 무시했다. 그녀는 더 바싹 다가오고, 더 크게 소리를 질렀다. 그녀는 나보다 더 질투가 심해서 미친 듯이 발악했다. 지독한 질투와 그로 인한 보기 흉한 광경, 그리고 그 고통은 내 전반적인 인생의 특징이라고 할 수 있다. 나는 그것과는 전혀 다르지만 똑같이 두려운 무언가를 떠올렸다. 그것은 에스텔 숙모가 떠난 후 어머니가 지켰던 침묵이었다.

마침내 우리는 둘 다 거의 미친 상태가 되고 말았다. 내 사촌 제임스가 어떤 철학자의 말을 인용하면서 "손가락을 긁는 것보다 세계를 파괴하는 것을 더 좋아하는 것이 이성에 반대되는 것은 아니다."라고 말하던 것이 기억난다. 로시나와 나는 확실히 (이것이 이성적인 상태라고 말할 수는 없지만) 세계의 파멸을 원하는 상태에까지 이르렀다. 한번은 로시나가 갑자기 분노하여 아래층으로 뛰어내린 적이 있었다. 여러 번에 걸쳐 나는 그녀가 2층 창문 밖으로 뛰어내릴 것을 대비하고 있었고, 차라리 그녀가 뛰어내리기를 바랐다. 언제나 그랬듯이 다시 프랑스인의 말을 빌리자면 다음과 같다. Elle n'a qu'une faute, elle est insupportable.* 가끔 한밤중에 잠에서 깬 나는 어쨌든 그녀가 내 인생에서 떠나 버린 것이 천만다행이라고 생각한다. 물론 내가 그녀를 떠난 후에 그녀는 페러그린에게 돌아가지 않았다.

* '그녀의 단 한 가지 결점은 남들이 그녀의 행동을 참아 줄 수 없다는 것이다.'라는 뜻.

나는 페리의 행동에 대하여 진정으로 고맙게 생각하고 그를 찬양한다. 냉소적인 사람들은 로시나가 그의 곁에서 떠난 것을 페리가 반가워할 거라고 했다. 하지만 나는 그를 잘 안다. 그는 괴로워했다. 그와 로시나는 끊임없이 싸우며 살았지만, 불행하지 않은 많은 부부들도 그런 식으로 산다. 나는 그가 그녀를 사랑했다고 생각한다. 아마도 내가 그랬듯이 그도 단순히 그녀를 견디기 힘들어했던 것이다. 그러므로 그의 의지 없이 문제를 해결하게 되어 깊은 안도감을 느꼈을 수도 있긴 하다. 그 후 그는 남성과의 연대를 눈에 띄게 과시했다. 그는 여전히 나를 좋아하고 나도 이 점을 높이 평가한다. 그가 진실로 관대하고 친절하다는 분명한 증거는 객관적으로 내가 못되게 행동했는데도 그에게 실제로 죄책감이 들지 않는다는 것이다. 이것은 페리가 결코 나를 책망하지 않았기 때문이다. 반면에 나는 항상 내 운전기사 프레디 아크라이트에 대하여 죄의식을 느꼈다. 왜냐하면 내가 코노트 호텔에서 몇 시간이나 술을 퍼마시는 동안 그는 굶주린 상태로 나를 기다려야 했고, 그는 화가 나서 나에게 분을 터뜨렸기 때문이다. 죄책감은 흔히 죄 때문이라기보다 비난에서 일어난다.

■ ■ ■ ■ ■

나는 밖으로 나가 바위 위에 있는 꽃을 꺾었다! 쥐오줌풀과 아르메리아와 흰 장구채 꽃을 섞어 아름답게 꽃 다발을 하나 만들었다. 장구채는 매우 강하고 달콤한 향기가 난다. 나는 계속해서 돌을 모았기 때문에 바위 그릇이 넘치게 되었다. 그래서 가장 좋은 돌들은 잔디밭 가장자리에 옮겨 놓아야만 했다. 이 경계선은 약간 '기묘해' 보인다. 좋은지 어떤지는 다 마무리되면 알게 될 것이다. 돌을 전시하는 데는 이 방법이 가장 좋은데 혹시 흙이 돌 밑의 색을 변화시키지는 않을까?

오늘 아침에는 비가 오는데도 자갈 해변 쪽에서 수영을 했다. 해변은 집에서 마을 쪽으로 1.6킬로미터 정도 떨어져 있다. 수영복을 가지고 갔지만 사람들이 없어서 입지는 않았다. 비가 오면 바다는 잔잔하게 파도치고 빛이 나기까지 한다. 물 밖으로 나오는 데는 어려움이 없었다. 나는 돌을 더 주웠다. 그런 뒤에 '민의 다리' 위에 벌거벗은 채로 앉아 따뜻한 비를 맞으며 반짝이는 물이 깊은 구덩이로 흘러 들어가는 것을 보았다. 파도가 없는 조용한 날에도 물은 해일처럼 그곳을 드나든다.

어젯밤에는 내게 나타났던 유령 같은 '얼굴'이 달이 비친 것이라는 추측을 확인할 수 없었다. 하늘에 구름이 끼어 있었기 때문이다. 그러나 이제는 그것이 시각적 환영이었고, 더 설명이 필요 없다는 것이 확실해졌다. 저녁에는 작은 붉은 방에 불을 지피며 시간을 보냈다. 굴뚝에서 다시 연기가 나왔다. 아마 바람의 방향 때문이리라. 반쯤 타오른 장작 위를 올라가는 거미를 구해 주면서 나는 아버지 생각이 났다. 여기 이사 온 이래로 몇 년 만에 처음으로 장작불 앞에서 시간을 보내고 있다.

클레멘트는 늘 이런 벽난로 불을 좋아하였다. 불이 타는 과정은 참으로 신비하다. 얼마나 완벽하고 고요하게 사물을 깨끗이 변형시키는가! 마치 죽음처럼 깨끗하다. (나는 화장을 해 달라고 할까? 누가 그 준비를 해 줄까? 죽음은 생각지 말자.) 여태까지는 장작을 식료품 저장실에 두었는데, 거기는 장소가 넓지 않고 바닥이 알 수 없이 축축한 게 흠이다. 아래층 내실을 장작 창고로 사용할까 보다. 떠내려오는 나뭇가지들은 바다에 씻겨 부드러워지고 연회색으로 바래서 매우 아름답다. 태우기가 아깝다. 몇 토막을 골라 두고 넋을 잃고 그 결을 바라보았다. 떠내려온 나무토막 '조각품'을 수집해 볼까?

차를 마신 후 나는 빗방울이 꾸준히 바닷물 위로 떨어지는 것을 응접실 창가에 앉아서 바라봤다. 이 회색빛 광경에는 무섭고 엄연한 단순성이 있다. 진회색 수평선을 제외하면 바다와 하늘은 똑같이 연한 회색이며, 마치 금방이라도 무슨 일이 일어날 것만 같다. 벼락이 내리치거나 괴물이 파도를 뚫고 올라올 수도 있다. 나는 환각을 더 이상 보지 않는 것을 다행으로 여겼다. 그리고 내가 목격한 것을 잊어버린 것을 보면, 그 환영은 내가 어리석게 취했던 마약의 후유증이 아니었을까 생각한다. 아니면 내가 정말로 이렇게 많은 설명을 요하는 어떤 것을 '목격'한 것일까? 나는 비가 떨어지는 잔잔한 수면을 유심히 관찰했다. 그러나 거대하고 구불거리는 그 형체는 솟아오르지 않았다. (물개들도 보이지 않았다.) 이상하게도 블랙라이언의 촌뜨기들이 '지렁이'에 대하여 말한 것을 뒤늦게 생각해 보았다. '지렁이'는 옛날에 용을 의미했다. 아, 이제 이것은 너무 환상적이다. 용, 폴터가이스트, 유리창에 나타난 얼굴! 그런데 비는 왜 이렇게 나를 초조하게 만드는 것일까?

▪ ▪ ▪

제임스와 페러그린에 대한 글을 다시 읽어 보고 나는 매우 감동을 받았다. 물론 아직 초고에 불과하며 정말로 진실되고 '생생하게' 쓰려면 더 세부적으로 기술해야 할 것이다. 방금 생각이 난 건데, 내가 회고록에 내 일생에 대하여 온갖 놀라운 헛소리를 적어도 사람들은 모두 믿을 것이다! 인간은 습성적으로 인쇄된 단어의 힘, 잘 알려진 '이름'의 힘, 혹은 '연예계의 인물'의 힘을 쉽사리 믿는다. 독자들은 '그런 이야기는 걸러서 듣는다.'라고 주장하지만 사실은 그렇지 않다. 그들은 믿고 싶어 하고, 실제로 믿는다. 왜냐하면 믿는 것이 믿지 않는 것보다 쉽고, 또 글로 쓰인 것은 '어떤 점에서 진실'처럼 보여지기 때문이다. 따라서 이러한 일시적인 감상이 이 이야기의 진실이 아니라고 의심하지는 않을 것이다! 클레멘트 메이킨과 동거한 내 생활을 묘사할 때 신빙성이 좀 손상될지도 모르겠다. 그러나 아주 없어지지는 않기를 바란다!

. . . .

이 '책'을 집필하기 시작한 이래로 나는 여러 가지 '불빛'이 들어오는 어두운 동굴을 걸어가고 있다는 느낌이 들었다. 그 불빛은 바깥 세상에 도달하는 통로나 틈새로부터 들어온 것이다. (내 마음의 이미지가 얼마나 어둡게 표현되었는가! 그러나 어둡다는 뜻은 아니다.) 이 불빛 중에 강렬한 빛이 하나 있었고, 나는 그것을 향해 반쯤 의식적으로 걸어갔다. 그것은 아마도 햇빛을 향해 열려 있는 거대한 출구이거나 지구 중심으로부터 불길이 뿜어져 나오는 구멍일 것이다. 아직 어느 쪽인지 확실치 않으니 알아내기 위해서라도 가까이 접근해야 하지 않을까? 이 영상은 갑자기 나에게 나타났기 때문에 무엇인지 확실히 알 수가 없다.

자신에 대하여 글을 쓰기로 작정했을 때 하틀리에 대해서도 써야 할지 의문이 들었다. 물론 하틀리에 대하여 꼭 써야 한다고 생각했다. 내 인생에서 그것이 가장 중요한 이야기니까. 그러나 어떻게, 그리고 어떤 형식으로 그 신성한 이야기를 기록할 것인가? 그 사건들을 되살리려는 노력이 나를 견디기 어려울 정도로 괴롭히지는 않을까? 혹은 신성한 그것을 더럽히는 결과를 가져오지는 않을까? 혹은 잘못된 표현으로 그 놀랍고 멋진 이야기를 우스꽝스럽게 만들어 버리지는 않을까? 내 인생을 기록하는 데 하틀리에 대하여는 언급하지 않는 것이 더 나을지도 모른다. 하지만 내 이야기에서 그녀를 빼는 것은 엄청난 거짓말이 될 것이다. 이러한 자서전에서 자신의 존재에 지대한 영향을 미치고 일생 동안 매일 생각해 온 사건을 제외할 수 있을까? '매일'이라고 하는 것은 과장이지만 그렇게 지나친 과장은 아니다. 나는 하틀리를 회상할 필요가 없다. 그녀는 여기 존재한다. 그녀는 내가 도달해야 할 곳이자 시작점이며, 내 처음이자 마지막이다.

나는 이 문제를 베일로 덮어 두는 것이 더 좋겠다고 생각했다. 나에게 너무나 큰 걱정을 불러일으켰기 때문이다. 나는 그냥 이 글을 써서 내가 하틀리라는 광범위한 주제에 도달할 수 있는지 알고 싶었다. 그래서 느닷없이 "친할아버지는 링컨셔에 살며 채소 재배업을 하셨다."라고 썼듯이, 나는 동굴 속을 방황하면서 강렬한 불빛의 근원에 실제로 가까이 도달했으며, 또한 내 첫사랑에 대하여 말할 준비가 되었다. 그러나 무엇을 말할 수 있겠는가? 갑자기 혀가 굳어 버린 것 같다. 내 첫사랑, 그리고 내 단 하나의 사랑. 클레멘트를 포함해서 다른 모든 최고의 여자들도 그 첫사랑에 비교하면 그림자에 지나지 않는다. 내 경우 첫사랑의 필연성은 매우 중요한 것이어서 다른 사람의 경우는 그렇지 않다는 것을 상상하기 곤란하다. On n'aime qu'une fois, la première.*

그녀의 이름은 메리 하틀리 스미스였다. 얼마나 빨리, 그리고 얼마나 기꺼이 그녀의 이름을 쓰고 있는가! 그러나 내 가슴은 너무 빨리 뛰고 있다. 아, 메리 하틀리 스미스.

이것을 이 이야기의 표제로 하자. 그러나 정말로 나는 그 이야기를 할 수 없다. 약간의 주만 달고 이야기는 쓰지 않는 게 나을지도 모른다. 혹은 정말로 말할 수 없을지도 모르겠다. 왜냐하면 내 이야기에는 사건이 없고 감정만 있기 때문이다. 그것은 어린이의 감정이며, 소년기이자 청년기이자 장년기의 감정이어서 모호하고 성스럽고, 인생에서 무엇보다 강한 감정이었다. 나는 하틀리를 알지 못했던 때를 기억할 수 없다. 나는 남학교에 다녔으나 바로 옆에 여학교가 있어서 항상 여학생들을 볼 수 있었다. 그 당시에는 메리라는 이름이 매우 흔해서 그녀는 언제나 '하틀리'로 알려져 있었다. 그것이야말로 그녀의 이름다웠다. 내 기억에 우리는 처음부터 일찌감치 짝이 되어 즐겁고 순수하게 지냈다. 깊고 떨리는 감정은 없었다. 우리가 열두 살쯤 되었을 때 감정이 싹트기 시작했다. 이런 감정은 테리어 개가 쥐를 물고 흔들듯이 우리를 당황하고 놀라게 했

* '사람은 누구나 한 번만 사랑한다. 오직 첫사랑뿐이다.'라는 뜻의 프랑스어.

고, 우리의 마음을 흔들어 놓았다. '사랑하는 사이'라고 말하는 것, 그 모호하고 약한 문구는 우리의 마음을 다 표현하지 못한다. 우리는 서로 사랑했고, 서로의 안에서, 서로를 통해, 서로에 의해서 살았다. 우리는 서로였다. 그것이 왜 그렇게 순수하고 순결한 고통이었을까?

지금 내가 '고통'이라는 단어를 쓰는 것이 이상하다.(앞으로도 이 단어를 바꾸지 않을 것이다.) 왜냐하면 그것은 순수한 기쁨이었기 때문이다. 중요한 것은 그것이 무엇이었든 매우 극단적이고 순수하였다는 것이다. (눈을 가린 사람은 극도의 화상과 극도의 동상을 구별하지 못한다는 이야기를 들은 적이 있다.) 아니면 그 나이에는 숙고하여 분명히 지각하지 못하기 때문에 감정들이 고통으로 느껴지는 경향이 있는가 보다. 모든 것은 두려움과 공포로 변하고, 아름답고 기쁠수록 더욱 두렵고 깊은 공포를 느끼게 된다. 그러나 나는 그것이 숙고나 사고의 결과가 아니라는 것을 강조하고 싶다. 나는 하틀리가 나를 계속하여 사랑할 것인가 하는 이성적인 의심을 해 보지 않았다. 나는 당연히 그녀가 영원히 내 사람일 것이라고 생각했다. 그러나 기쁨의 눈물을 흘리며 눈을 감았을 때는 무한한 두려움을 느꼈다.

물론 본능적으로 우리는 모든 것을 비밀로 간직했다. 학교 친구들은 우리의 장난기 있는 우정에 익숙했다. 우리는 남의 눈에 띄지 않게 평상시처럼 행동했고, 비밀 장소에서 몰래 만났다. 이 모든 것은 본능적이었고, 서로가 의논하거나 결정한 것이 아니었다. 만일의 경우 우리의 귀중한 것이 상처 받거나, 조롱당하거나, 훼손되거나, 화를 입을까 봐 숨겨 두어야만 했던 것이다. 물론 우리 부모님은 하틀리에 대하여 희미하게 알고 있었다. 그러나 어머니와 아버지가 병적으로 방문객을 싫어하였고 내가 초대하지도 않았기 때문에 그녀가 우리 집에 온 적은 없었다. 부모님은 내가 그녀에게 특별한 관심을 가지고 있으리라고는 생각하지 않았다. 그런 감정을 가지기엔 내가 너무 어리다고 여겼던 것이다. 하틀리의 부모도 마찬가지로 나에 대하여 희미하게 알고는 있었지만 내게 관심이 없었다. 내 생각에 그들은 나를 싫어했던 것 같다. 그녀의 오빠는 우리 둘을 멸시했다. 우리의 세계는 봉쇄되고 숨겨져 있었다. 우리는 때가 되어 결혼하게 되면 그때 가서 부모에게 알릴 예정이었다. 우리는 열여덟 살이 되면 결혼할 생각이었다.(우리는 동갑내기였다.) 우리는 애무는 많이 했지만 성관계를 맺지는 않았다. 이것이 오래전 이야기라는 것을 기억하기 바란다.

하틀리를 묘사해야겠다. 아, 내 사랑, 지금 내가 너를 얼마나 명확히 볼 수 있는지 모를 거야. 확실히 말하지만 이것은 직감이지 상상이 아니다. 동굴 속 빛은 불이 아니라 빛이다. 진정으로 이것이 내 인생의 단 하나뿐인 진실된 빛이다. 진리를 밝히는 빛. 내가 그 빛을 잃고 어둠 속에 영원히 남아 있게 될 것을 두려워한 것은 당연한 일이다. 어린아이의 맹목적인 공포가 거기 있었다. 일찍이 어머니가 나에게 불어넣은 공포였다. 키스를 하지 못하게 되었을 때나 촛불을 빼앗겼을 때 느끼는 공포. 하틀리, 나의 하틀리. 그렇다. 나는 지금 분명히 그녀가 높이뛰기를 하는 것을 볼 수 있다. 가로대가 점점 높아졌고 하틀리는 계속 그것을 넘었다. 보는 사람들은 그때마다 안도의 한숨을 쉬었고, 나도 남몰래 자랑스러워하며 내 가슴을 부둥켜안았다. 그녀는 교내 높이뛰기 챔피언이었으며, 또 근방의 여러 학교 시합에서도 단연 챔피언이었다. 그녀는 달리기도 항상 일등을 했다. 나는 다른 아이들과 함께 응원하며 남몰래 기뻐서 웃곤 하였다. 하틀리는 가로대 위에서 허벅지를 빛내며 숨죽인 채 몸을 웅크렸다. 이것을 본 체육 선생님은 올림픽에 출전하라고 했다.

■ ■ ■ ■ ■

성령이여, 왕림하소서. 우리 영혼을 일으켜 천상의 불빛으로 밝혀 주소서……. 우리는 우리의 사랑을 축복받기 위하여 견진 성사를 함께 받았다. 나는 하틀리가 교회 안에서 밝고 순진하고 예쁜 얼굴로 빛을 향해, 신을 향해 그리고 그녀에게 속하며 그녀가 꼭 가져야 했던 그녀의 기쁨을 향해 고개를 들어 노래하는 모습을 지금도 기억한다. 우리는 종교에 대하여 많은 이야기를 했다.(우리는 무엇에 대해서든지 이야기를 많이 했다.) 우리는 사랑으로 보호받아야 할 헌신적인 사람들이라고 생각했으며, 순결을 체험했으며, 착한 일을 하는 것이 어렵지 않다고 생각했다. 나는 하틀리의 경이로운 웃음을 기억한다. 그러나 우리가 서로를 많이 놀렸다거나 항상 농담을 한 기억은 없다. 우리는 엄숙하고 성스러운 행복을 맛보았고, 학교 학생들이 하는 저속한 이야기를 피하였다. 성에 대하여는 그다지 호기심이 없었다. 우리 둘은 하나였고 그것만이 중요했다. 우리는 천국에 살고 있었다. 우리는 자전거를 타고 애기미나리아재비 꽃이 핀 들판으로, 기찻길 다리 옆으로, 운하 근처로, 주택 단지가 들어설 황무지 사이로 누비고 다녔다. 우리가 다니는 곳은 시골 교외였지만 그곳은 에덴동산처럼 우리에게 아름답고 의미가 깊었다. 그녀는 지적이거나 독서를 좋아하는 소녀는 아니었지만 순결한 지혜의 소유자였고, 우리는 천사처럼 대화를 나누었다. 그녀는 시간과 공간에 매이지 않았고 매우 편안해했다.

나는 지금 그녀가 나를 보고 미소 짓는 모습을 볼 수 있다. 그녀는 아름다웠으나 그 아름다움에는 비밀스러움이 있었다. 그녀는 학교에서 '예쁜 여학생' 중에 끼지는 못했다. 가끔은 그녀의 얼굴이 울적해 보이고 기분이 언짢아 보이기도 했으며, 그녀가 소리 내어 울 때는 『이상한 나라의 앨리스』에 나오는 돼지 아이처럼 보이기도 했다. 그녀는 매우 튼튼하고 건강했지만 매우 창백했기 때문에 사람들은 그녀가 아픈 줄 알았다. 그녀는 둥근 얼굴에 피부는 희었고, 어린 야만인처럼 기묘하고 당혹스러운 표정으로 나를 바라보았다. 그녀의 짙푸른 눈은 눈여겨보지 않으면 보랏빛처럼 보였다. 눈동자가 자주 팽창하여 눈은 거의 검은빛을 띠곤 했다. 가늘게 쭉 뻗은 금발은 길게 땋아서 내려뜨렸다. 그녀의 입술은 언제나 창백하고 차가웠는데, 눈을 감고 너무나 아이답게 그녀의 입술에 내 입술을 갖다 대면, 차가운 힘이 나를 창처럼 찔렀다. 마치 순례자가 무릎을 꿇고 생명을 되살리는 성스러운 돌에 입맞출 때 느끼는 감촉 같았다. 내가 포옹할 때 그녀의 몸은 매우 소극적인 반응을 보였다. 그러나 그녀의 영혼은 차가운 불길로 달아올랐다. 그녀의 아름다운 어깨와 긴 다리도 창백하고 차가웠다. 그녀가 완전히 옷을 벗은 것을 나는 본 적이 없다. 그녀는 호리호리하고, 다리는 길고 매끈했으며, 매우 힘이 세었다. 그녀는 한 번도 나를 꼭 껴안아 주지 않았지만 가끔 힘을 주고 내 팔을 잡아서 멍이 들 때가 있었다. 내가 키스하려고 다가갈 때 그녀는 보랏빛 눈을 감지 않았다. 그 눈은 기묘했다. 그녀는 당혹스러워하면서도 정열적인 눈빛으로 나를 물끄러미 응시하였다. 조용히 말없이 이루어지는, 거의 빳빳하다시피 한, 그녀의 포옹은 나에게는 가장 정열적으로 느껴졌다. 우리는 순결을 지켰으며, 전적으로 서로를 존경하고, 순결하게 숭배했다. 그것은 열정이며, 순수한 사랑이며, 다시 오지 않을, 이 세상에서는 보기 드문 사랑이었다. 이런 추억들은 나에게 어떤 예술 작품보다 더 찬란하며, 셰익스피어나 피에로 델라 프란체스카*의 작품들보다 더 생생하고 소중하다. 시간과 변화를 모르는, 내 존재의 깊은 근원은 아직도 하틀리와 함께 우리가 함께했던 그 좋은 곳에 영원히 존재하고 있다.

이 정도로 많이 기록했는데 이제 무슨 말을 더 할 수 있을까? 계속해서 하틀리에 대하여 묘사할 수도 있다. 그러나 그렇게 하는 것은 너무도 고통스럽다. 나는 이 세상의 보석인 그녀를 잃었다. 어떻게 그런 일이 일어났는지는 오늘날까지도 나에게 수수께끼로, 어린 소녀의 영혼과 그녀의 인생의 비전에 관계된 수수께끼로 남아 있다. 나는 그녀가 죽으면 어쩌나, 혹은 내가 죽으면 어쩌나, 우리가 너무나 행복하여 저주를 받으면 어쩌나 하는 등 많은 것을 두려워했다. 그러나 나는 앞으로 일어날 일을 의식적으로 두려워하거나 마음에 그려 보지는 않았다. 아니면 나의 공포가 정말로 그런 것이었고, 그것이 너무 고통스러워서 의식하지 않으려 한 것인가? 극단의 사랑은 반드

* 15세기 이탈리아 화가.

시 공포를 동반한다. 그 공포는 전지전능한 신에게 의지하려는 일종의 기도와 같다. 광대하고 무한하고 모든 것을 포괄하며 한계가 없다. 그래서 그것을 두려워했는지도 모른다. 나는 틀림없이 혼란스러운 마음으로, 상상할 수도 없는 일이지만 그런 일이 일어나지 않기를 부르짖었을 것이다.

그것을 아주 간단히 적어 보겠다. 물론 그것은 매우 간단한 일이었다. 하틀리는 때가 되자 나와 결혼하지 않기로 했다. 무슨 이유 때문인지는 확실히 알 수 없었다. 나는 너무나 큰 절망과 충격으로 올바로 생각할 수도 없었으며, 조리 있게 질문할 수도 없었다. 내 고통을 덜어 주고 싶었는지, 아니면 자신의 절망 때문이었는지, 또는 내가 어리석게도 눈치채지 못한 어떤 갈등 때문이었는지 알 수 없으나 그녀는 나를 피하려 하였고 혼란에 빠져 있었다. 그녀는 잊지 못할 가혹한 이야기들을 했다. 그러나 그것들이 '이유'였나? 그녀는 잠시 후에 감정이 북받쳐 소리 내어 울면서 자기가 한 말을 모두 지워 버리려는 것 같았다. 열여덟 살이 되어 어른이 되면 결혼하자고 우리는 오래전에 말했다. 알 수 없고 회피하는 듯한 눈물을 닦는 그녀에게 나는 내가 기다리겠다고, 서둘지 않겠다고 열정적으로 소리를 질렀다. 그것은 어린 소녀의 두려움이었을까? 우리가 그렇게 오랫동안 같이 지켜 온 우리의 소중한 미래를 그녀가 간직하는 한, 그녀가 원하는 대로 하겠다고, 그녀의 두려움을 존중하겠다고 했다. 우리의 결혼은 기정사실이었고, 나는 결혼하기 전에 내가 죽을까 봐 그것만 두려워했을 뿐이다. 나는 이 확정된 사실을 가슴에 품고 런던의 연극 학교에 입학했다. 우리는 아직 부모에게 말하지 않은 상태였다. 그것이 실수였을까?

나는 어머니의 반대가 두려웠다. 어머니는 우리가 너무 어리다고 말했을 것이다. 우리는 줄곧 어떤 어려움에도 대담하게 맞설 수 있다고 말해 왔지만 부모와 불화를 겪으며 우리의 행복을 망치고 싶지 않았다. 그러나 우리 부모들이 알았더라면, 그래서 그것을 동의했더라면, 혹은 우리 사랑을 위하여 우리가 투쟁을 했더라면, 결혼에 대한 계획이 공개되어 우리의 결혼은 실행 가능성이 더 높아지고 현실적인 일이 되었을 것이다. 그러면 확실히 우리의 작은 낙원도 분위기가 바뀌었을 것이다. 이런 변화를 내가 두려워했을까? 내가 비겁해서 그녀를 잃어버린 것일까? 아, 내가 무슨 잘못을 저지른 것일까? 내가 런던에 가 있는 동안 무슨 일이 있었고, 그녀의 마음에 무슨 일이 일어난 걸까. 그녀는 나를 이해하고 동의해 주었다. 물론 우리는 헤어져 있어야만 했다. 그러나 나는 매일 편지를 보냈다. 주말에는 꼭 돌아왔으며, 그녀는 변하지 않은 것 같았다. 그러던 어느 날 그녀가 내게 말했다…….

우리는 자전거를 타고 자주 가던 운하로 갔다. 우리의 자전거는 배를 끄는 길 옆의 길게 자란 풀밭 위에서 늘 그러듯이 함께 엉겨 있었다. 우리는 눈에 익고 친밀한 사물들을 바라보며 계속 걸어갔다. 때는 가을이었다. 나비들이 무수히 날고 있었다. 나비들은 아직도 그때의 고통스러운 순간을 기억나게 한다. 그녀는 소리 내어 울기 시작했다. "더 계속할 수가 없어. 이렇게 계속할 수는 없어. 너와 결혼할 수 없다고." "서로를 행복하게 해 줄 수 없을 거야." "넌 나와 함께 있지 않을 거야. 넌 떠나 버리고, 내게 충실하지도 않을 거야." "그래, 난 너를 사랑하지만 너를 믿을 수가 없어. 난 널 이해 못 해." 우리는 둘 다

슬픔에 북받쳐 실성한 것 같았다. 우리는 부둥켜안고 서로를 향해 소리 내어 울었다. 죽음과 같은 공포에 휩싸여 나는 미친 듯이 소리를 질렀다. "적어도 친구로라도 남자. 우리는 영원히 헤어질 수 없어. 우린 서로를 잃고 살 수 없어. 그건 불가능해. 난 죽어 버릴 거야." 그녀는 울면서 고개를 흔들었다. "너도 알다시피 우린 이제 친구가 될 수 없어." 그녀의 눈은 번쩍였고 눈물에 젖은 입은 경련을 일으켰다. 나는 그녀가 어떻게 그렇게 강할 수 있는지 이해할 수 없었다. 그녀가 말한 것이 진실인지, 아니면 차마 하지 못한 다른 말을 숨기고 있는지 알 수가 없었다. 왜 그녀는 마음을 바꿨을까? 나는 그녀에게 어째서 내가 그녀에게 충실하지 못할 것이라고 생각하는지, 어째서 우리가 행복할 수 없다고 생각하는지, 어째서 미래를 더 이상 믿을 수 없는지 묻고 또 물었다. "난 계속할 수가 없어. 그냥 할 수 없어." 누가 나에 대하여 거짓말을 했나? 나는 런던에서 그녀밖에 생각하지 않았는데 그녀가 내 런던 생활에 질투를 느낄 이유가 없지 않은가! (물론 클레멘트는 그 후에 만났다.) 다른 남자를 만난 것일까? "아니야, 아니야."라고 그녀는 되풀이해서 말했다. 그리고 고통스럽고 이해할 수 없는 말들을 다시 되뇌었다. 그렇다. 그녀는 아주 강경했다. 그러고는 그대로 도망가 버렸다.

나는 다시 런던으로 돌아가야 했다. 하루 이틀이 지나도 그처럼 어처구니없는 일이 내게 일어났다는 것을 믿을 수가 없었다. 나는 그녀에게 당당하게, 충분히 이해한다는 편지를 써서 보냈다. 그러고는 모든 일을 취소하고 다시 달려갔다. 그녀를 다시 만났으나 전과 같은 장면이 다시 벌어졌다. 그런 뒤에 그녀는 느닷없이 사라졌다. 나는 그녀의 집으로 찾아갔다. 그녀의 부모와 오빠는 악의에 찬 눈으로 나를 바라보았다. 그리고 그녀가 친구 집에 갔으며 주소도 모른다고 했다. 그다음 주일에도 나는 그 집을 방문했다. 그 뒤 나는 그녀의 어머니로부터 하틀리가 나를 만나고 싶어 하지 않으니 더 이상 성가시게 괴롭히지 말아 달라는 부탁의 편지를 받았다. 나는 이리저리 찾아다니고, 물어보기도 하고, 망을 서서 지켜보기도 했다. 20세기에 어떻게 사람이 그냥 사라질 수 있단 말인가? 어떻게 찾아볼 수 있는 기록도 없고, 편지로 문의할 곳도 없단 말인가? 나는 그녀를 찾아다니느라고 방학을 전부 허비했다. 학교 친구들 중 누구도 그녀가 어디 있는지 몰랐다. 나는 고장 신문에 사람을 찾는다는 광고를 실었다. 그녀가 말했던 곳을 샅샅이 방문했으며, 그녀를 잘 아는 사람들을 모조리 찾아다녔으며, 수십 통의 편지를 썼다. 시간이 흐르자 나는 그녀가 달아나 사라짐으로써만 나를 피할 수 있었다는 것을 깨달았다.

그러던 어느 날 그녀의 부모가 그 고장을 떠나고 난 뒤에야 그녀의 어머니에게서 편지가 왔다. 주소도 없는 그 편지의 내용은 하틀리가 결혼을 했다는 것이었다. 나는 그 내용을 믿을 수가 없었다. 그녀의 부모는 그녀에게 나쁜 영향을 주는 거짓말쟁이고 하틀리가 나를 사랑하기 때문에 그들이 나를 미워하는 것으로 여겼다. 나는 계속 찾아다녔고, 계속 기다렸다. 그녀가 도망친 데에는 어떤 특별하고 중요한 이유가 있었을 것이고, 시간이 지나 그 원인이 제거되면 모든 게 예전으로 돌아갈 것이라는 느낌이 들었다. 내가 얼마나 거칠고 미치광이 같은 짓을 했는지 많은 사람들이 내 사랑에 대하여 알게 되었고, 나는 사랑 때문에 미친 사람으로 꽤 유명해졌다. 그때는 내 고민을 사방에 광고하고 싶었다. 혹시라도 누군가가 소식을 가져올지도 모른다고 생각했기 때문이다. 그런데 정말로 누군가가 소식을 전해 주었다. 맥도웰 선생님이 내게 편지를 보내 하틀리가 결혼한 것이 사실이라고 했다. 나는 그의 말을 믿었다. 그는 자세한 이야기는 쓰지 않았고(아마 내가 어떤 난폭한 행동이라도 할까 봐 두려웠나 보다.) 나에게 아무것도 묻지 않았다. 그리고 편지에 "그녀는 너를 원치 않아. 다른 사람을 사랑한다. 이 사실을 받아들여야 해. 인정할 수밖에 없는 일이지."라고 썼다.

물론 나는 한편으로는 '회복되었다'. 나는 일을 했다. 그리고 클레멘트 메이킨을 만났고, 그녀가 나를 납치하도록 내버려 두었다. 그녀를 처음 만났을 때 나는 그녀에게 모든 이야기를 털어놓았다. 부모님에게는 아무 말도 하지 않았으므로 그들은 정말로 아무것도 몰랐다. 그들은 그 정도로 단순하고 의심이 없는 사람들이며, 또 다른 사람들을 만나지도 않았다. 클레멘트는 나를 돌보아 주었고 내 질투심을 걱정해 주었다. 한동안 우리 사이에는 그것이 중요한 '화제'였다. 그녀는 이 모든 것을 즐겼고, 자신이 내 상처를 치료해 주고 있다고 믿었다. 그러나 그녀는 잘못 생각했다. 상처는 너무 깊어서 극심한 질투의 비참함으로 썩어 갔다. 그 무서운 나병은 맥도웰 선생의 편지를 읽었을 때 내 인생에 들어와서 그 이후로 떠나지 않았다. "그녀는 너를 원치 않아. 다른 사람을 사랑한다." 그녀를 찾아 헤맬 때는 차라리 희망에 차 있었다. 나는 끊임없이 마음속으로 그녀를 용서하였고, 끊임없이 용서함으로써 새롭게 위안을 얻었다. 내가 얼마나 고통을 겪고 있는지 그녀가 어떻게든 알게 될 것이고 내 생각의 촉각이 그녀에게 닿으리라고 생각했다. 그러면서도 나는 그녀가 언제나 혼자일 것이라고 생각했다. 그녀가 결혼을 했다는 사실을 정말로 인식했을 때 나는 그녀를 미워하지 않았다. 그러나 악마 같은 질투심은 과거를 더럽히고 내 마음의 휴식처를 앗아 갔다. 질투는 아마도 모든 강렬한 감정 중에서 가장 무의식적일 것이다. 질투는 의식을 훔쳐 가고 사고보다 깊은 곳에 자리 잡는다. 질투는 항상 거기에 존재하며 눈 안의 검은 티처럼 온 세상을 더럽힌다.

하틀리는 도덕적인 이유로 나를 거절함으로써 내 인생을 영원한 형이상학적인 위기에 빠지게 했다. 이것이 내 부도덕성의 핑계가 되었는가? 이런 건방진 추측은 물론 터무니없다. 그러나 그것을 기록했다는 것 자체만으로 나는 스스로 놀랐다. 그렇다면 하틀리의 '이유'는 무엇이었을까? 결코 알 수가 없을 것이다. 순결을 포기하라는 악마적인 생각이 클레멘트와의 애정 행각을 부추겼는지 모르겠다. 마치 하틀리에게 이렇게 말하듯. 네가 날 믿지 않았지. 그래, 내가 보여 주마! 네가 얼마나 옳았는지. 지금, 그리고 앞으로 영원히! 아마도 내 모든 연애 행각은 결국 하틀리에게 얼마나 그녀가 옳았는지를 보여 주기 위한 심술궂은 시도였는지도 모른다. 그러나 그녀는 나를 떠났기 때문에 그저 옳기만 하다. 사랑의 박탈로 네 마음이 죽을 거란다. 어머니의 그런 위협 때문에 나는 하틀리가 내게 저지른 죄에 더 쉽게 상처받았다. 하틀리와 악마 같은 질투심이 내 순결을 빼앗았다. 그리고 그녀가 나를 불성실하게 만들었다. 그녀와 같이 있었다면 나는 성실했을 것이며, 그녀와 함께라면 내 모든 인생이 달라졌을 것이고, 더 안정되고 덜 공허했을 것이다. 그렇다면 나는 지금 내 인생이 공허했다고 생각하나? 나의 인생이? 말도 안 된다! 하틀리는 그 당시 청년이던 나를 정말로 '세속적인 사람'이라고 생각했단 말인가? 만일 그렇다면 그녀는 내가 생각했던 것보다 훨씬 더 우리 어머니와 닮았다. 그녀가 나를 거절함으로써 나를 세속적인 사람으로 만들었고, 그런 실패가 나를 도덕적으로 타락시켰다. 그녀는 내가 연극계에서 '길을 잃으리라고' 생각했나? 그녀는 그런 말을 하지 않았다. 나는 그녀가 나를 거절했기 때문에 길을 잃었다. 내가 그녀에게 충실했을까? 그녀가 나와 함께 살고, 나를 위해 바느질하고 요리를 한다면 어떻게 내가 그녀에게 불성실할 수 있었겠는가? 우리는 일심동체가 되었을 것이고 결혼의 거룩함이 우리의 영원한 안전지대이자 안식처가 되었을 것이다. 그녀는 이제 다시는 내게 존재하지 않는 선(善)의 한 부분이자 증거였으며, 부숴지거나 깨지지 않을, 선에 대한 확신이었다.

세월이 지나자 과거가 조금 회복된 것 같았다. 과거는 회복될 수 있다. 나는 두 명의 순결한 인간이 밝은 빛에 감싸인 모습을 다시 보았다. 그들은 마치 아담과 이브를 그린 오래된 벽화처럼 바래긴 했지만 아직 밝게 빛나고 있었다. 그녀는 나의 베아트리체였다. 살아가는 동안 내 인생의 모든 선은 그녀와 함께 살아가는 것 같았다. 선이란 것은 순결과 정숙한 열정의 특별한 혼합물이었나? 나는 그때의 그녀에 대하여 기록할 수 있다. 그리고 그렇게 할 수 있다는 사실에 깊이 감사한다. 과거의 어떤 사건이 표면에 분명하게, 그리고 완벽하게 나타날 때는 불과 유황의 냄새가 약간 나는 법이다. 물론 내 모든 인생은 하틀리에 대한 추억으로 얽혀 있다. 그러나 이전에는 이런 일을 기록할 수가 없었을 것이다. 또 그녀와 나의 옛 사랑이 아직까지 생생하게 살아 있다고도 인정할 수 없었을 것이다. 물론 나는 그 후에 그녀를 다시 만난 적이 없다. 몇 년 후 나는 악의에 찬 질투 때문에 그녀에 대하여 상세한 정보를 알아내지 않은 데 대하여 신에게 감사했다. 그랬다면 더 큰 고통을 받았을 것이다. 나는 그녀의 남편 성도 몰랐다. 나는 그녀를 찾기를 포기했고, 그녀가 어디에서 이름 없는 존재로 사는지 더 이상 알고 싶지 않았다. 내 머릿속에서 빙빙 도는 생각에 만족감을 실어 줄 이름이나 장소를 알고 싶지 않았다. 그러나 그녀의 인생이 지루하리라고 생각하면 즐거웠다. 그리고 그 뒤 내가 유명해지고 내 이름이 신문에 자주 언급되었을 때 그녀가 후회와 죄책감을 느꼈을 것이고, 그 매정한 벌레가 나를 갉아먹었듯이 그녀를 고통스럽게 갉아먹으리라고 상상하면 기분이 좋았다. 내 행복을 그녀가 저버렸을 때 그녀도 자신의 행복을 저버린 것이다. 나는 이 세상에서 그녀를 여왕으로 만들어 줄 수 있었을 것이다.

그 고통스러웠던 나날들을 겪은 이래로 나는 내 인생에 압도적으로 강렬한 고통의 근원이 될 만한 것들을 두려워해 왔다. 그리하여 고통 받지 않기 위하여 나 자신을 돌보았다. 아마도 이것이 내가 결혼하지 않은 큰 이유일 것이다. 인간의 삶이란 얼마나 이상한 도박인가. 우리는 B 대신에 A를 하기로 결정한다. 이 두 길은 완전히 갈라져 있고 결국에는 천국과 지옥으로 인도할 수도 있다. 다만 나중에야 인간의 운명이 얼마나 많이, 그리고 얼마나 심하게 달라졌는지를 알 수 있다. 그러나 선택의 이유는 무엇이었나? 그 이유는 이미 잊어버렸는지도 모른다. 사람들은 자기가 무엇을 선택했는지 알았을까? 물론 몰랐을 것이다. 어떤 사람의 인생이든지 간에 그렇게 되었을 뻔한 일들의 공백이 있게 마련이다. 내가 견진성사를 받았을 때 나는 영원히 착한 사람이 되기로 결심하였다. 그리고 지금도 내가 그럴 수 있었으리라는 착각이 어렴풋이 든다. 하틀리의 영상은 내 마음속에서 불같은 고통에서 슬픔으로 변했으나 결코 없어지지는 않았다. 한편으로 나는 계속하여 그녀를 찾아다녔다. 다만 그것은 전과는 달리 매우 무의식적인 탐색이며, 꿈속에서 이루어지는 탐색과 같았다. 마치 그녀의 모습이 저장되어 있는 내 추억 속에서 그녀의 움직이는 모습이나 걷는 모습이 구체화되는 것 같았다. 그리하여 마치 그녀가 물리적으로 항상 나와 공존하는 것처럼 느꼈다. 고통이 서서히 사라짐에 따라 나는 대신에 전혀 다른 여자에게서 그녀의 그림자를 줄곧 '보았다'. 그녀의 어깨, 머리카락, 걸음걸이, 당혹스러워하는 기묘한 표정 등. 지금도 가끔 나는 그녀의 이런 그림자들을 본다. 최근에는 마을의 어떤 늙은 여자에게서 그녀의 그림자를 보았다. 순간적으로 그녀의 얼굴이 가면처럼 전혀 다른 사람의 얼굴 위에 겹쳐 있었다. 오래전에는 런던에서 한두 번 그런 환영을 보고 뒤쫓아간 적도 있었다. 그 환영들을 그녀라고 생각해서가 아니라, 그냥 나 자신을 괴롭히기 위해, 그녀를 아직 기억하는 자신을 벌주기 위해서였다.

얼마 전에는 그녀가 죽었으리라는 생각이 들었다. 이상하게 창백한 얼굴, 팽창한 눈동자. 이들은 아마 질병의 징조이며, 조용히 죽음의 시간을 재촉하는 게 아니었을까? 아마 오래전에, 내가 아직 젊었을 때 그녀는 이미 죽은 것이 아닐까? 그녀가 죽었다면 한편으로는 반가웠을 것이다. 그렇다면 그녀를 향한 내 사랑은 어떻게 될까? 내 사랑도 역시 평화롭게 죽을 것인가? 혹은 사심 없고 순결한 어떤 것으로 변형될까? 이 기록에서까지 불타오르던 질투심이 마침내 나를 떠나고, 불과 유황의 냄새가 사라질 것인가?

이 글을 쓰는 지금도 몸서리가 치고 몸이 떨린다. 추억이란 단어는 이런 엄청난 생각을 묘사하기엔 너무 약하다. 아, 하틀리, 하틀리, 사랑은 얼마나 무한하며 얼마나 절대적인가! 너를 향한 내 사랑은 내가 늙고 당신이 어쩌면 죽었으리라는 가능성조차 알지 못하는구나.

▪ ▪ ▪ ▪ ▪ ▪ ▪ ▪

오늘 아침 11시에 오렌지를 세 개 먹었다. 오렌지는 따로 먹어야 제격이며, 배고플 때 먹으면 아주 즐겁다. 대개 식사를 하면서 오렌지를 먹으려면 여기저기 매우 끈적거리고 지저분해진다. 아침 식사를 챙겨 먹는 사람을 존경하지만 나는 아침을 먹지 않는다. 그 대신 맛있는 인도 홍차로 아침 식사를 대신한다. 비위가 약해서 커피나 중국차는 아침 식사 때 마실 수 없다. 커피는 다른 사람이 만든 질 좋은 커피가 아니면 비위가 상해 마시기 곤란하다. 나에게 커피는 불편하고 과한 음료이지만 이것은 개인의 취향에 따른다는 것을 인정한다. (다른 음식에 대한 나의 견해는 대개 진리에 가깝다.) 아침 식사 시간에 나는 식사를 하지 않는다. 버터 바른 토스트 반 조각을 먹으면 괴로울 정도로 배가 고플 수 있고, 또는 너무 많이 먹으면 하루를 제대로 시작할 수 없기 때문이다. 그러나 오전 11시에 먹는 간식은 전혀 반대하지 않는다. 이때는 매우 다양한 음식을 먹을 수 있다. 위에서 언급했듯이 오렌지를 먹을 수도 있다. 또한 찬 포도주와 자두 케이크를 먹을 수도 있다.

오렌지를 많이 먹었지만 점심 식사 때 식욕이 줄지는 않았다. 점심으로는 매운 인도식 피클을 곁들인 생선 완자 요리에 강판으로 간 당근과 채를 썬 무와 물냉이와 콩나물을 버무린 샐러드를 먹었다. (한때는 간 당근을 어디에나 섞어 먹었다. 그러나 이제는 그러지 않는다.) 후식으로는 체리 케이크와 아이스크림을 먹었다. 아이스크림은 절대로 과일만 곁들이면 안 되고 항상 케이크나 타르트와 함께 먹어야 한다는 사실을 깨닫기 전까지 나는 아이스크림에 대하여 분명한 의견을 가질 수 없었다. 물론 견과류나 다른 여러 가지를 가미하더라도 아이스크림만으로는 제맛이 나지 않는다. 내가 '아이스크림'이라고 하는 것은 진한 크림 바닐라 아이스크림을 의미한다. '가미한' 아이스크림은 '가미한' 요구르트처럼 순수파들에게는 역겨운 것이다. 소위 말하는 셔벗의 raison d'être*를 나는 모르겠다. 이것은 혀에 닿자마자 무감각하고 단단한 얼음덩어리에서 아무런 맛도 없는 역겨운 물로 변해 버린다. 냉장고가 없어 음식이 많이 낭비되는 것이 속상하다. 냉장고 없이 지낸 우리 어머니는 빵 부스러기 하나 낭비하지 않았다. 남은 음식은 무엇이든지 잘

---

* '존재 이유'라는 뜻의 프랑스어.

보관했다가 다음 날 먹었다. 어머니가 남은 빵 조각으로 만들어 준 푸딩을 우리가 얼마나 즐겨 먹었던가!

하틀리에 대한 기록을 다시 읽어 보고 그것을 기록할 수 있었다는 사실만으로 감동했다. 하지만 이것은 허황된 찬사에 지나지 않는다. 내가 감내하여 이 주제로 좀 더 쓸 수 있다면 더 나은 글을 써 보려 할 것이다. 기억이란 참 이상한 것이다. 내가 글을 쓰기 시작한 이래 내 마음속 깊고 어두운 곳에 담아 두었던 하틀리의 많은 모습들이 되살아났다. 자전거 타는 그녀의 기다란 다리, 샌들을 신은 먼지 낀 맨발, 체육 실습 시간에 평행봉 위에서 균형을 잡고 앉았다가 일어서는 그녀의 유연한 동작, 그녀의 손 힘이 네 어깨에서 이 셔츠를 통해 전해지는 느낌. 우리는 품위 없이 지나치게 포옹하지 않았다. 우리의 불타는 청춘은 순수한 열정의 기사도에 순종했다. 우리는 기다릴 준비가 되어 있었다. 타인의 육체와 영혼을 향한 완전하고 거룩한 갈망이 그토록 순수하고 부드럽게, 또한 그토록 강렬하게 다가온 적은 결코 없었다. 그러나 내 이야기를 읽으며 나는 다시 그 엄청난 신비를 느낀다. 언제부터 그녀가 돌아서기 시작했는가? 그녀가 나를 속였는가? 아! 왜 이런 일이 일어났는가?

■ ■ ■

오후에는 집 정리를 하면서 시간을 보냈다. 쓰레기통 두 개를 둑길 끝에 옮겨 놓았다. 지난번에는 청소부가 아래쪽 바위 위에 쓰레기를 흘리고 간 것을 보고 기분이 언짢았다. 내가 손수 내려가서 흘린 쓰레기를 치워야 했다. 주방을 청소하면서 크고 검은 판석이 깔린 바닥을 물로 닦았다. 판석은 교회에서나 어울릴 만한 것이다. 캘러 가스 통을 배달해 주는 사람이 와서 나는 약간 놀랐다.(나는 낚시용품 가게에 가스통을 주문해 놓았다.) 그 가게에 캘러 가스 냉장고도 구할 수 있는지 물어봐야겠다. 남은 아이스크림은 녹아 버렸다. 식료품 저장실은 아직 축축하다. 작은 붉은 방에 불을 지피고 아래층 문을 열어 놓았다. 그러고 나서 아래층 내실에 장작을 꽤 많이 옮겨 놓고 그것들을 말렸다. 잘 말랐으면 좋겠다. 이제 집 안에 퍼지는 장작 연기 냄새에도 익숙해지고 있다.

비가 그치고 해가 나왔다. 그러나 바다 위 하늘은 여전히 진한 잿빛이다. 햇살에 반짝이는 황금빛 바위가 어두운 배경 속에 뚜렷이 나타난다. 천국이 따로 없다. 나는 결코 이 바다와 이 하늘에 싫증을 느끼지 않을 것이다. 의자와 탁자를 바위 너머 높은 탑으로 옮길 수만 있다면 거기 앉아서 레이븐만의 경치를 감상하며 글을 쓸 수 있을 것이다. 이 강렬한 햇빛이 계속되는 동안 밖에 나가서 바위 웅덩이를 조사해 보아야겠다. 나는 관찰을 점점 더 잘하고 있다. 최근에는 아름답고 조그만 게 무리를 볼 수 있었다. 그들은 조그맣고 투명한 황색 포도알 같았다. 또 실러캔스처럼 수염이 달린 조그맣고 사나운 물고기도 보았다.

이제 하틀리에 대해서라면 내 마음은 훨씬 차분해졌다. 그녀에 대한 생각이 자비롭게도 우리 집의 건전하고 확 트인 공기 속으로 흡수된 것 같았다. 이것은 정말로 내 새로운 환경에 대한 시험이 되었다. (사람들은 "당신은 외롭고 지루해서 미쳐 버릴 것이다."라고 말했다!) 내 본능이 옳았다.

이 모든 이야기를 누군가에게 말하고 싶다. 리지에게 말하는 게 어떨까? 나는 내 순결함과 온화함을 그 첫사랑과 함께 보관하고 있다가 시간이 지나자 그것을 파괴하고 부인했다. 그런데 지금 다시 그때의 순결함과 온화함이 마침내 내게 찾아온 것이다. 세월이 많이 지나간 후에도 한 여인의 유령이 마음의 창을 다시 열 수가 있을까?

역사(1~3)

1

결국 나는 게를 보지 않았다. 의자와 탁자를 탑으로 옮기려는 일념에 작은 접이식 탁자를 들고 바위를 건너갔다. 이 탁자는 가운데 방에서 응접실로 옮겨 두었던 것이다. 탁자는 짜증스럽게도 벌써부터 무겁게 느껴지기 시작했고, 한 손에 탁자를 들고 미끄러운 바위의 경사진 표면을 올라가기가 너무나 힘들었다. 결국 나는 탁자를 바위틈으로 떨어뜨리고 말았다. 탑으로 올라가는 더 쉬운 길을 모색해야겠다.

나는 계속 올라가서 레이븐 만이 한눈에 보이는 젖은 바위 위에 앉았다. 햇빛은 아직 내리쬐고 있었고 하늘은 여전히 회색이었다. 거품이 일지 않는 잔잔한 바다는 유혹하는 듯한 리듬으로 부드럽게 바위 위까지 올라왔다 내려가기를 반복하고 있었다. 그림자가 길어지자 둥글고 큰 바위들이 반은 검어지고 반만 빛났다. 길게 이어지는 꽤 예쁘장한 레이븐 호텔의 정면은 묘하게 밝은 빛에 매우 선명하게 보였다.

탁자에 대한 짜증을 가라앉힐 때쯤 한 남자가 만 방향에서 모퉁이를 방금 돌아 슈러프엔드 쪽으로 걸어오는 것이 눈에 띄었다. 말쑥한 양복에 중절모를 쓰고 있었다. 마치 초현실주의 그림 속 인물처럼 주변과 어울리지 않았다. 나는 그의 기이한 모습을 관찰하였다. 그 길을 자동차 없이 걸어서 오는 사람은 드물었다. 잠시 뒤 낯익은 모습이 보였다. 나는 곧 그를 알아보았다. 길버트 오피언이었다.

그를 보자마자 나는 본능적으로 숨으려 했다. 실제로 나는 습기 차고 소금 냄새 나는 탑의 내부에 들어가 밝고 둥그런 하늘 아래에서 불쾌한 충격을 느끼고 있었다. 그러나 길버트를 위협적인 인물로 여길 수는 없었다. 그리고 그가 리지를 데리고 왔을지도 모른다는 생각이 들었다. 그래서 다시 급히 밖으로 나와 도로를 향해 바위를 기어올라갔다. 내가 포장도로에 도달했을 때 길버트가 나를 보고 돌아섰다. 우리는 서로 만났고, 그는 미소 짓고 있었다.

길버트는 가벼운 검은색 슈트에다 줄무늬 와이셔츠를 입고, 꽃무늬 넥타이를 매고 있었다. 그는 나를 보자 모자를 벗었다. 그를 만난 지가 3~4년이 되었다. 그사이 그는 많이 늙어 있었다. 청년에서 늙은이로 얼굴을 바꾸어 놓는 신비스럽고도 무서운 변화는 희롱하듯 천천히 오다가 한순간에 결정적으로 다가온다. 장년기에 길버트는 혈색이 장밋빛이었고 소년 같았다. 그러나 이제 그는 주름투성이인 데다 우스꽝스럽고 냉담해 보였다. 또 흔히 영리한 노인들이 본능적으로 보이는, 알 수 없이 냉소적인 분위기를 은근히 풍기고 있었다. 이것은 아마도 그들이 새롭게 갖춘 마지막 보호막인지도 모르겠다. 마지막으로 보왔을 때 그는 여전히 무의식적으로 어린애 같은 우쭐함을 생생히 드러내고 있었다. 이제 그의 얼굴은 속세를 멀리 하려는 가면을 쓴 것처럼 매우 조심스러웠고 걱정으로 가득 차 있다. 마치 그의 새로운 주름살을 조심스럽게 가면으로 쓴 것 같았다. 그는 더욱 땅딸막해졌지만 아직 미남으로 보이려고 애를 썼고, 곱슬거리는 누런 백발도 늙어 보이지 않으려 애쓴 것 같았다.

나는 청바지에 흰 와이셔츠를 입고 있었는데, 와이셔츠가 바지 밖으로 나와 펄럭이고 있었다. 길버트의 넥타이와 넥타이 핀, 그리고 그의 조심스러운 화장을 보고 (내가 잘못 본 건가?) 그에게 갑자기 멸시와 연민을 느꼈다. 그와 동시에 내가 얼마나 건강하고 튼튼한지를 느꼈다. 나는 길버트가 내 연민을 받아들이고 내 건강을 인정하고 있다는 것을 알 수 있었다. 연푸른색에 분홍색이 감도는 그의 젖은 눈은 메마른 주름살 사이에서 불안하게 깜박이고 있었다.

"아, 당신은 참 놀랍군요. 아주 건장하고 젊어 보여요. 맙소사, 혈색 좀 봐요." 길버트는 마치 극장의 특별석에 앉은 사람들에게 연설하듯이 언제나 낭랑하고 풍부하게 울려 퍼지는 목소리로 말한다.

"리지를 데려왔나?"

"아니요."

"편지나 메시지는?"

"그런 것은 없지만……."

"그럼 뭔데?"

"저 이상하게 생긴 집이 당신 집인가요?"

"그래."

"마실 거 한잔 줘요."

"왜 온 거지?"

"리지 때문이지요."

"물론 그렇겠지. 어서 얘기해 봐."

"리지와 나에 관한 거예요. 찰스, 제발 신중하게 생각해 줘요. 나를 그렇게 보지 마요. 소리 내어 울고 싶으니까요! 우리 사이에 큰일이 일어났어요. 보통 일이 아니고, 진짜 사랑이지요. 이 끔찍한 세상에서 사람이 그런 신성한 행운을 얻기란 드물어요. 섹스가 문제죠. 만일 사람들이 서로를 영혼으로……."

"영혼?"

"사람과 사람이 만나 서로를 알아 가고 조용히 부드럽게 사랑을 하고 함께 행복을 추구하는 거예요. 글쎄, 그것도 섹스라고 할 수 있겠지요. 그러나 그것은 성기와 관련된 것이 아니라 우주적 섹스라고 할 수 있지요."

"성기라고?"

"리지와 나는 정말로 결합되어 있고 매우 가까워요. 오누이 같지요. 우리는 방황을 끝냈고 집에 돌아왔어요. 리지가 올 때까지 나는 늘 다음번에는 무엇을 마실까 하는 생각만 했어요. 진 그리고 우유, 그다음에 진 그리고 우유. 당신도 어땠는지 알지요? 나는 죽을 때까지 그렇게 반복될 줄 알았어요. 그런데 이젠 모든 것이 달라졌어요. 과거마저도 달라졌어요. 우리는 인생에 대해 얘기했고, 하나부터 열까지 모두 털어놓고 얘기했지요. 과거를 되찾았다고나 할까요. 아니, 과거를 회복했다고나 할까요."

"구역질이 날 것 같군."

"우리는 경건했어요. 특히 당신에 대해서는……."

"나에 대해 얘기했단 말인가?"

"그래요. 찰스, 당신의 존재감을 무시할 수 있겠어요? 아, 제발 화내지 마요. 당신에 대해 내가 어떤 감정인지 알지요? 우리 둘 다 어떻게 느끼는지 알잖아요."

"내가 가족으로 합세하기를 원하는군."

"바로 그거예요! 제발 비꼬거나 비웃지 마요. 이해하려 노력해 줘요. 알다시피 난 기적을 믿어요. 찰스, 이제 난 사랑의 기적을 믿어요. 사랑은 기적이에요. 진실한 사랑은 기적이지요. 우리가 항상 딛고 넘어지던 경계나 한계를 넘어서는 것이 사랑이에요. 왜 정의를 내리려고 하고, 왜 걱정을 하고, 왜 그냥 단순하고 자유롭게 다른 사람을 사랑하지 않나요? 우리는 이미 젊지 않아서……."

"동성애도 그만두고 위험한 모험도 그만두기로 한 거야?"

말하는 내내 내 벌어진 와이셔츠 안쪽을 보던 길버트가 고개를 들어 나와 눈을 마주쳤다. 그의 눈은 묘하고 특징 있게 구르고 움직였다. 아마 술을 마셨나 보다. 코를 찡그리고 양쪽 입꼬리를 내리는 버릇은 윌프레드 더닝을 흉내 내는 것이리라. 그는 우스꽝스럽게 얼굴을 찌푸렸다. 이들 노배우들의 얼굴은 얼마나 자의식에 차 있는가! "그림자의 왕이여! 잘 들어 봐요. 리지는 나를 행복하게 해 주었어요. 종교에서 말하듯이 나는 새로 태어났어요. 그리고 나는 변했어요. 물론 내 기질이 완전히 바뀐 것은 아니에요. 지금도 술 한잔하자면 거절하지 않아요. 하지만 잘 들어요. 리지는 나를 포기하지 않을 거예요. 당신이 우리 둘의 결합을 깰 수는 없어요. 당신이 이것을 하찮게, 혹은 우습게 생각한다면 그건 이해심이 부족한 거예요. 당신이 하려는 것은 난폭하고 잔인한 행동이에요. 우리 두 사람을 매우 불행하게 만들 뿐이에요. 그래요, 우리는 늘 그랬듯이 당신이 무서워요. 혹은 그 반대로 당신이 점잖고 친절하게 행동해서 우리를 사랑하고 우리 사랑을 받아 준다면, 우리 모두가 매우 행복해질 수도 있어요. 왜 그렇게 하지 않나요? 우리를 불행하게 만들면 결국 당신도 비참해질 거예요. 왜 모두가 행복해질 수 없나요? 아, 당신도 알다시피 이것은 선과 악 사이에서의 선택에 대한 문제예요."

길버트의 장광설은 내가 여기 옮겨 놓은 것보다 더 길고, 더 감상적이고, 더 반복적이었다. 그것은 전혀 말이 안 되는 것이었다. 그러나 정말로 나를 화나게 한 것은 리지와 길버트가 서로 분석하듯 그들과 나의 관계에 대해서 얼마나 자세히 토론했느냐 하는 것이다. 여기서 내가 부언해 둘 것은 연극에 한해서는 내가 길버트를 만들었다는 것이다. 그의 생애 대부분이 연극이었다. 그리고 그 모든 것이 내 덕분이다. 그런데 지금 그 허수아비가 나에게 말대꾸하고 도덕적 구속력으로 나를 위협하다니! 그러나 나는 웃어넘겼다. "길버트, 현실로 돌아와. 자네와 리지의 감동적인 관계는 재미있게 잘 들었어. 하지만 진정코 그것은 안 되는 일이야. 자네는 변했다고 주장하지만 자네는 소년들에 대한 내 질문에 대답하지 못했어. 나는 자네의 가정에 대해 아주 의문이 많고, 내가 왜 그것을 존중해야 하는지도 모르겠어. 왜 나를 찾아와서 형제애와 우주론적 섹스에 대한 실없는 소리를 하며 귀찮게 하지? 이 일은 나와 리지 사이의 문제야. 자네와는 아무 상관이 없고, 그녀가 이 일을 자네에게 말했다는 것 자체가 나는 무척 놀라워. 자네와 리지가 서로 좋아한다고 해도 여동생이 매사에 오빠의 허락을 얻을 필요는 없어. 나는 리지더러 오라고 했지 자네더러 오라고 하지 않았어. 그녀와 내가 어떻게 할지 결정할 테니 자네는 끼어들지 마. 그리고 여기서 빈둥거리다가는 피부만 탈 거야."

말을 하면서 나는 다행히도 최근에 리지 생각을 할 때 느끼지 못했던 그 옛날의 소유욕과 그녀를 붙잡고 싶은 욕망이 되살아나는 것을 느꼈다. 아마 그것은 기적이거나 상상력의 결핍 탓일 것이다. 또는 그녀가 탓하는 단지 내 '추상적인 생각'일 것이다. 이런 상념에 이르자 길버트에게 더욱 화가 났다. 그는 내 관대하고 분명치 않았던 충동을 더 거칠고 확실하게 하고 있었다. 이런 식의 논쟁은 기품이 없고 천박한 것이었다. 그러나 나는 멈출 수가 없었다.

"찰스, 당신의 괴상한 집에 들어가서 한잔할 수 없을까요?"

"안 돼."

"그럼 좀 앉아도 될까요?" 길버트는 바지 자락을 올리고 바위 위에 조심스럽게 앉았다. 모자는 벗어서 풀밭 위에 놓았다. 그러고는 잘 닦은 구두의 가장자리에 묻은 진흙을 내려다보았다. "찰스, 우리는 이 문제에 대하여 침착해야 해요. 당신이 우리에게 화났을 때 종종 이렇게 말했던 거 기억해요? '좋아, 여기는 영국 법정이지 터키 법정이 아니야.'라고 했죠."

"길버트, 제발 내 앞에 얼씬거리지 마. 만일 리지가 오고 싶으면 올 거야. 물론 싫으면 오지 않을 테고. 리지와 나의 관계가 어떤 것인지 자네는 이해하지 못해. 절대 못 하지. 나는 자네의 기적 같은 꿈이나 완전한 사랑과 엮이고 싶지 않아. 난 자네의 속임수를 믿지 않아. 자네가 나와 리지를 속이고 있다고 의심하고 있지. 자네의 썩어 빠진 계획을 쳐부수는 게 내 의무라는 생각까지 들어. 날 화나게 하지 말고 내 소매에서 당장 손을 떼."

"찰스, 무서우니 화내지 마요. 난 당신이 무서워요. 당신은 언제나 나를 두렵게 해요."

"아직 충분히 나를 두려워하지 않는 것 같군."

"당신은 성질이 고약해서 우리에게 전혀 도움이 되지 않았어요. 당신은 도움이 되었다고 생각하는지 모르지만 그것은 망상일 뿐이지요. 더 좋은 해결 방법도 있고 더 나쁜 해결 방법도 있어요. 맙소사, 리지의 편지를 읽지 못했나요?"

"그녀가 편지를 자네에게 보여 주었나?"

"아니요. 그러나 난 그녀가 뭐라고 썼는지 다 알아요."

"그녀가 내 편지도 자네에게 보여 주었나?"

"어…… 아니요."

"정말 진절머리 나는군."

"찰스, 당신은 내게서 리지를 빼앗아 갈 수 없어요. 진부한 생각은 버려요. 일상적인 섹스가 무슨 상관이 있나요? 결혼을 존중해야 해요. 당신은 그렇게 생각하지 않는다고 해도 리지를 믿고, 적어도 그녀를 존중해 주어야 하지 않나요? 이것은 신성한 결합이고 그녀는 나를 떠나지 않을 거예요. 그녀도 몇천 번이나 그렇게 말했어요."

"여자는 천 번이나 거짓말을 할 수 있지."

"리지 말이 맞군요. 당신은 여자들을 경멸해요."

"그녀가 그렇게 말했나?"

"그래요. 그리고 당신이 진지하지 않다고 하더군요. 당신은 리지를 빼앗아 갈 수 없어요. 그러나 모든 일을 망칠 수 있고, 그녀를 절망과 후회로 미치게 할 수도 있으며, 다시 그녀를 더럽고 아무 희망 없는 사랑에 빠지게 할 수도 있지요. 우리 두 사람을 완전히 비참하게 만들 수 있는 사람이 당신이지요."

"길버트, 제발 그만해. 자네의 말장난이나 혼란 속에 빠지고 싶지 않아. 자네 혼자 미친 짓을 하든지 꿈을 꾸든지 해. 어째서 리지가 여기 와서 자기가 원하고 생각하는 바를 직접 이야기하지 않나? 그녀는 나를 사랑하기 때문에 나를 만나기 두려워하는 거야."

"찰스, 내가 당신을 얼마나 좋아하고 걱정하는지 알 거예요. 당신은 내 마음의 평화를 죽일 수도 있지요……."

"빌어먹을 마음의 평화."

바로 그때 리지가 나타났다. 석양 속에서 검고 희미한 형체를 드러낸 그녀의 모습이 곁눈으로 보였다. 나는 몸을 돌려 그녀를 보지 않아도 그녀인 것을 단박에 알았다. 그녀를 보자마자 그 옛날의 나쁜 소유욕이 내 안에서 기뻐 발버둥쳤다. 나는 싸움이 끝났다는 것을 느꼈다. 그렇지만 나는 조금 난처한 기색을 보일 뿐 감정을 나타내지 않았다.

길버트는 모자를 집어 들고 얼굴을 가렸다. 그리고 리지에게 말했다. "당신은 오지 않는다고 했잖아. 오고 싶지 않다고 말하더니……. 아, 왜 당신을 데려왔는지 모르겠군."

나는 리지를 마음속에 받아들였지만 눈으로는 그녀 너머의 바다를 바라보고 있었다. 길버트와 내가 어리석게 떠들며 논쟁

한 뒤라 바다는 더욱 고요하고 푸르고 조용하게 느껴졌다. 나는 몸을 돌려 도로를 따라 걸었다. 그리고 바위 위로 뛰어 올라가 탑 쪽으로 될수록 빨리 걸어갔다. 곧 내 뒤를 따라오는 리지의 부드러운 발소리가 타닥거리고 들려 왔다. 나와는 달리 바위에 익숙하지 못한데도 리지는 꽤 잘 따라왔다. 그리고 내가 탑 옆 풀밭에 도달한 직후 곧 나를 따라잡아 숨을 헐떡거리고 섰다. 샌들 한쪽 끈이 끊어져 있었다. 돌아보니 길버트는 반짝이는 런던 구두를 신고 바위 위를 미끄러지며 엉거주춤 걸어가고 있었다. 그러더니 곧 바위틈 속으로 사라졌다. 멀리서 탄식하듯 욕을 퍼붓는 소리가 들려왔다.

나는 돌문을 통해 탑 내부로 들어갔다. 리지가 뒤따라 왔고, 우리는 갑자기 이상한 초록빛 속에 단둘이 서 있게 되었다. 우리 위에는 둥글고 흰 하늘이, 그리고 우리의 발목은 차가운 잡초가 감싸고 있었다. 탑 내부는 습기가 많아서 외부와는 매우 다른 종류의 식물들이 자라고 있었다. 잡초는 키가 더 크고 무성했으며, 민들레와 꽃이 막 피려는 흰색 쐐기풀도 있었다.

리지는 매우 얇고 허리선이 없는 헐렁한 흰색 면 원피스를 입고 있었다. 그리고 핸드백을 가슴 가까이 들고 있었으며 약간 떨고 있었다. 전보다 말라 보였다. 숱이 많고 가는 적갈색 머리카락은 느슨하게 엉겨 있었으며, 바람에 날릴 때마다 하얀 머리 속이 보였다. 그녀는 매우 수줍어하면서도 반듯하게 서서 나를 응시했다. 테라코타 같은 분홍색 입술은 굳게 닫혀 있었고, 마치 사형 집행을 앞둔 고귀한 가문의 소녀처럼 용감해 보였다. 그리고 내가 기억하는, 밝고 장난꾸러기 같은 소년보다는 나이가 더 들어 보였다. 그러면서도 얼굴은 온화하고 날카로운 데가 있었고 아직도 아름다웠다. 단단한 이마와 가냘프면서도 약간 위로 뻗은 반듯한 콧날이 매우 수려해 보였다. 그녀의 밝은 연갈색 눈은 조금 전에 울었는지 충혈되어 있었다. 그녀를 바라보면서 나는 의기양양했고 즐거움을 느꼈다. 그러나 내 모습은 엄하게 보였을 것이다.

리지는 눈을 내리깔더니 한 손으로 벽을 짚고 끈이 끊어진 샌들을 벗었다. 그런 뒤에 맨발로 풀밭 위에 균형을 잡고 서서 말했다. "바위틈에 탁자가 있는 것을 알아요?"

"알아. 내가 거기 떨어뜨렸거든."

"나는 바다에서 떠내려온 줄 알았어요."

나는 침묵을 지키며 그녀를 물끄러미 바라보았다.

잠시 후 그녀가 속삭였다. "아, 미안해요. 미안해요……. 미안해요."

내가 대답했다. "그래, 나에 대해 길버트와 토론을 했단 말이야?"

"중요한 얘기는 하지 않았어요." 그녀는 자기 맨발을 내려다보며 말했다. 그리고 발가락으로 쐐기풀을 건드렸다.

"거짓말쟁이!"

"난 말하지 않았어요."

"그럼 그에게 거짓말을 했나?"

"아, 제발 그만해요……."

"왜 나를 보고 싶어 하지 않았지?"

"난 두려워서……."

"사랑이 두려워서?"

"그래요."

우리는 둘 다 매우 뻣뻣하게 서 있었다. 열린 문 사이로 바람이 불어와 그녀의 치마와 내 흩어진 와이셔츠가 펄럭였다.

나는 그녀의 순결하고 건조하면서도 감기는 키스를 기억하고는 당장이라도 키스를 하고 싶었다. 그녀를 내 양팔로 안고 승리의 웃음을 터뜨리며 즐겁게 소리 지르고 싶었다. 그러나 나는 그렇게 하지 않았고, 그녀가 내게 살짝 다가서자 재빨리 그녀를 막았다. "이제 가야지? 길버트와 함께 런던으로 돌아갈 시간이야."

"아, 제발……."

"제발 어떻게 하란 말이야? 사랑하는 리지, 불친절하게 굴고 싶진 않지만 난 모든 일을 분명히 하고 싶어. 난 늘 그랬어. 이제 우리가 무엇을 할 수 있는지, 혹은 서로에게 무엇이 될 수 있는지 모르겠어. 그러나 우리가 진실을 숨기지 않는다면 문제를 해결할 수 있을 거야. 난 너의 모든 관심과 배려를 원해. 너를 다른 사람과 공유할 수는 없어. 네가 그런 걸 원하다니 참 놀라워! 나를 만나고 싶으면 길버트를 차 버려야 해. 완전히 떼어 버려야 해. 만일 길버트와 같이 살겠다면 나를 결코 다시는 만날 수 없을 거야. 정말이야. 우리는 만날 수 없어. 그래야 공평하지. 빨리 결정해서 알려 줘. 자, 이제 가 봐. 네 친구가 기다리니까."

리지는 다시 한 번 핸드백을 가슴에 대고, 아주 빨리 말하기 시작했다. "시간이 필요해요. 그렇게 간단히 길버트를 떠날 수는 없어요. 그렇게는 못 해요. 그런 상처를 줄 수는 없어요. 이해해 줘요. 사람들은 우리를 이해하지 못하고 우리에게 못되게 굴었어요. 하지만 당신은 이해하고 알아주어야 해요…….”

“리지, 바보같이 굴지 마. 넌 전에는 이렇게 어리석지 않았어. 난 네 상황을 ‘이해하고’ 싶지 않아. 그건 네가 알아서 할 일이야. 그러니 거기서 빠져나와 나에게 오든지, 아니면 그 안에 남아 내게 영영 오지 마.”

“아, 찰스, 내 사랑 찰스, 내 사랑…….” 그녀는 갑자기 태도를 바꿨다. 뻣뻣하던 그녀의 몸은 댄서처럼 유연해졌다. 그녀가 핸드백을 풀 위에 내던지고 내 팔에 안기려고 했으나, 나는 뒤로 물러서서 그러지 못하게 막았다. “안 돼. 난 네 포옹이나 키스를 원하지 않아. 어서 가서 잘 생각해 봐.”

비가 몇 방울 떨어졌다. 비 때문에 그녀의 원피스에 길고 검은 얼룩이 생겼다. 그녀는 붉게 달아오른 빰을 쓰다듬더니 다시 핸드백을 집어 들었다.

“리지, 이제 어서 돌아가. 골치 아픈 대화나 언쟁은 하고 싶지 않아. 잘 가.”

그녀는 조금 흐느껴 울더니 돌아서서 문밖으로 뛰어나갔다.

나는 잠시 기다리다가 그녀가 도로에 거의 도달했을 때쯤 밖으로 나왔다. 노란색 폭스바겐 자동차가 레이븐 만을 향한 채로 풀밭 위에 서 있었다. 길버트가 차에서 내려 문을 열어 주는 것이 보였다. 리지는 차 속으로 뛰어들었다. 양쪽 문이 닫히고 차는 모퉁이를 돌아 달렸다. 잠시 후에 차는 호텔로 가는 도로 위에 다시 나타났다. 나는 차가 호텔을 지나 육지 안쪽으로 향하는 길목에서 모습을 감출 때까지 지켜봤다. 그러고는 탑으로 다시 돌아가서 리지의 망가진 샌들을 집어 들었다. 도로에 다다랐을 때 그녀는 발이 무척 아팠을 것이다.

이제 두 시간이 지났다. 나는 작은 붉은 방에 앉아 있다. 방금 리지의 방문 내용을 이야기로 적었다. 이런 식으로 리지의 이야기를 쓰는 것이 재미있고 즐거웠다. 만일에 한 사람의 인생에 대해서 이런 식으로 하나씩 소설로 써 내려간다면 정말로 보람이 있을 것이다. 즐거웠던 부분은 더 즐겁고, 재미있는 부분은 더 재미있을 것이고, 죄의식과 슬픔은 철학적 위로로 감소시킬 수 있을 것이다.

리지를 만나 마음이 흔들렸다. 그리고 내가 현명하게 행동했는지, 아니면 어리석게 행동했는지 궁금했다. 물론 가엾은 리지를 내 품에 안았더라면 모든 것이 한순간에 끝나 버렸을 것이다. 리지가 핸드백을 내던졌을 때 그녀는 모든 것을 굽히고, 양보하고, 모든 약속을 할 준비가 되어 있었다. 얼마나 그녀를 붙잡고 싶었던가. 그 이루지 못한 포옹은 내 마음속 깊은 곳에 잃어버린 기쁨으로 남아 있을 뿐이다. (고백하건대, 내가 그녀를 만난 이후로 내 생각은 훨씬 구체적으로 변했다!) 그러나 현명한 행동이었을 것이다. 단호하게 처신한 것에 대하여 나는 만족하고 있다. 만일 내가 리지를 그 순간 받아들이고, 그녀의 수락을 받아들였다고 해도 여전히 길버트에 대한 문제는 남아 있었을 것이다. 그리고 그를 쫓아 버리는 일도 내 숙제로 남아 있었을 것이다. 리지가 그 일을 직접 처리하게 하는 것이 훨씬 낫다. 나를 잃을지도 모른다는 두려운 위협 때문에 빨리 행동하게 하는 것이 더 낫다. 그런 상황이 어서 말끔히 정리되면 좋겠다. 그동안 나는 그 일에 대해서는 생각하지 않는 편이 더 좋겠다. 리지의 편지에 언급되었던 또 다른 이야기에는 크게 신경 쓰지 않는다. 그녀는 내가 자신을 비탄에 빠지게 할 것이라고 했다! 그렇다 해도 그런 위험이 그녀를 지체시키지는 않을 것이다. 돌이켜 생각해 보니 그것은 변명에 지나지 않으며, 시간을 벌기 위한 언쟁일 뿐이다. 그녀는 당장 길버트를 차 버려야 한다는 것을 알면서도, 그의 역겨운 집착 때문에 그를 버리기가 어려울 것이다. 내가 정말 돈 후안 같은 난봉꾼이었을까? 다른 사람들과 비교해 보면 절대 그렇지 않다.

리지에게 엄격하게 행동한 것이 내게 손해를 끼치지는 않을 것이다. 그녀가 너무 오래 지체하면 내가 가서 데려오면 된다. 만일 그녀가 거절한다고 해도, 그것을 대답으로 생각하지 않을 것이다. '결코 다시는' 못 만날 거라고 협박한 것은 물론 빈말이다. 그러나 그녀는 그렇게 생각하지 않을 것이다. 끝까지 그녀가 오지 않겠다고 고집한다면 그것은 그녀가 내게 올 가치가 없는 여자라는 증거일 것이다. 그럼에도 나는 리지를 보낼 수 있다. 그녀가 오지 않겠다면 어쩔 수 없는 일이지.

이제 나는 만을 돌아 레이븐 호텔까지 걸어가서 포도주를 배달해 줄 수 있는지 물어볼 것이다. 내가 즐기는 요리가 메뉴에 있다면 거기서 저녁 식사를 할 수도 있다. 슬슬 배가 고파온다. 모든 것이 잘될 것 같아서 갑자기 즐거웠다.

▪ ▪ ▪ ▪ ▪

이 일 직후 매우 당황스러운 일이 일어났다. 그리고 그다음에…… 그러나 먼저…….

나는 레이븐 호텔까지 걸어가서 포도주를 배달해 달라고 부탁한 뒤 스페인산 적포도주를 한 병 사서 집에 가져가기로 했다. 저녁 메뉴는 만족스럽지 않았지만 나는 배가 너무 고픈 나머지 식당에 들어가려고 했다. 그때 웨이터가 나를 가로막으며 넥타이를 매지 않았다는 이유로 입장을 거부했다. 내가 누구인지 말하고 싶었으나 하지 않았다. 나중에 저절로 알게 될 것이다. 거울에 비친 내 모습을 힐끗 보고 비어져 나온 와이셔츠 뒷부분을 바지 안으로 집어넣었다. 그러나 지저분한 청바지에다 빗지 않아서 덥수룩한 머리, 허름한 카디건을 뒤집어 입은 모습이 여전히 거지꼴에 가까웠다. 나는 다시 집으로 향했다.

호텔로 가는 길은 상쾌했다. 그러나 이제는 더 쌀쌀하고 어두웠으며, 슈러프엔드에 가까이 갔을 때는 해가 완전히 지고 없었다. 아직 하늘은 밝았지만 담청색이었고 구름은 보이지 않았다. 바다 위의 금성은 매우 커 보였고 반짝였으며, 창백하고 빛이 없는 달에 가까이 있었다. 다른 작은 별들도 흐릿한 점으로 나타났다. 상당히 큰 박쥐들이 바위 위에서 이리저리 날아다녔다. 민의 가마솥으로 바닷물이 급속히 몰려 들어가는 소리를 들었다. 나는 한 손에 술병을 들고 둑길에서 집 쪽으로 다가갔다.

집 내부는 물론 어두웠지만 우리 집은 높다란 수평선을 배경으로 밝은 석양빛 속에 우뚝 솟아 있었다. 둑길을 반쯤 건너왔을 때 아래층 유리창에서 무언가가 움직이는 것이 보였다. 나는 발을 우뚝 멈추고 꼼짝 않고 서서 집을 지켜보았다. 집 뒤의 선명한 하늘 때문에 집 안을 보기가 어려웠고, 눈이 떨려 초점을 빨리 맞추지도 못했다. 잠시 동안 아무것도 분명하게 보이지 않았으나 이제는 무엇인가 서재에서 움직이는 것을 확실히 볼 수 있었다. 나는 그것을 주시하면서 아주 천천히 앞으로 발걸음을 옮겼다. 그러자 순간적으로, 그러나 분명히, 집 안에 있는 검은 형체가 창가로 다가와 바깥을 내다보는 것을 볼 수 있었다. 그 형체는 어둠 속으로 사라졌고 내 눈은 앞이 가려진 것처럼 흐려졌다. 나는 술병을 떨어뜨렸고, 병은 바위의 가파른 면을 미끄러져 내려가 조용히 산산조각이 났다. 다시 둑길을 건너 도로로 발걸음을 빨리 옮겼다.

누군가가, 혹은 무엇인가가 집 안에 있었다. 어떻게 하면 좋을까? 부드러운 표면을 가만히 손가락으로 긁어 대는 것처럼 파도 소리가 조용히 들려왔다. 나는 어두워져 가는 텅 빈 길 위에 홀로 서서 이 조용한 바위들 사이에서, 이 여념 없고 낯선 바다 옆에서 무서운 고독감과 나약함으로 몸을 떨었다. 다시 레이븐 호텔로 돌아가서 거기서 밤을 지낼 생각도 해 보았다. 그러나 그것은 어리석은 짓처럼 느껴졌다. 옷차림이 이렇게 초라하고 짐도 없는데 방을 내주겠는가? 마을로 걸어가서 블랙라이언에 들를까 하는 생각도 해 보았다. 그러나 그러고 난 뒤에는? 나는 마을에 친구도 없었다. 더 무서운 생각이 들었다. 점점 더 어두워져 가는 지금, 어디가 됐든 이 무섭고 텅 빈 길을 걸어서 간다는 것은 두려운 일이었다. 집으로 들어가는 것 외에는 갈 곳이 없었다.

나는 천천히 둑길을 건너서 집 쪽으로 걷기 시작했다. 집의 뒷문은 열어 두었으나 앞문은 잠겨 있었다. 따라서 주방 쪽으로 돌아서 들어가야 했다. 얼마나 빨리 성냥을 찾아 램프를 켤 수 있을까? 만일 침입자가 집 안에 있다면 내가 뒤쪽으로 가는 소리를 듣고 거기서 나를 기다릴 것이다. 그렇게 해서 겁에 질린 도둑에게 갑작스럽게 살해된다면 그것은 얼마나 어리석은 일인가! 나는 주저했다. 그러나 다시 계속 걸어갔다. 왜냐하면 이제는 집 밖의 공포가 집 안의 공포만큼 컸고, 무엇보다도 내 안의 공포를 필사적으로 끝내거나, 적어도 그것을 다른 형태로 바꾸고 싶었기 때문이다. 어쩌면 이런 모든 상황이 상상일 뿐이고, 얼마 뒤 나 자신을 비웃으며 저녁 식사를 할지도 모른다.

나는 주방 문 안쪽에 있는 선반 위에 손전등을 둔 것을 기억해 냈다. 그리고 램프의 위치와 램프 가까이에 성냥이 있는 것도 기억했다. 어두컴컴한 하늘을 마지막으로 힐끗 쳐다본 뒤 나는 문손잡이를 잡고 시끄럽게 돌렸다. 나는 문을 열어 놓은 채 안으로 들어가서 손전등을 찾고, 곧이어 램프와 성냥을 찾았다. 램프를 켜고 심지를 올렸다. 고요했다. 나는 소리쳤다. "누구 있어요?" 어리석고 겁에 질린 외침이 텅 빈 집 안에 울렸다.

램프를 높이 들고 문가에서 홀을 살폈다. 아무것도 없었다. 급히 앞쪽 방에 들어가 보았다. 여기서 '형체'를 보았던 것이다. 아무도 없었다. 아래층에 있는 다른 방들도 살폈지만 아무것도 없었다. 현관문으로도 가 보았다. 그대로 잠겨 있었다. 천천히 계단을 올라가기 시작했다. 나는 언제나 집 안에 기분 나쁜 물건이 숨어 있다면 기다란 층계참에 있을 것이라고 생각했다. 마지막 서너 개 남은 계단을 올라가고 있을 때 갑자기 찰랑거리는 소리가 들렸다. 구슬 커튼이 움직였다.

나는 발을 멈추었지만 다시 기계적으로 계속 걸었다. 입을 벌리고 눈을 똑바로 뜬 채로 층계참 끝에 서서 램프를 다시 들어 올렸다. 그리고 내 앞의 불길한 공간을 노려보았다. 그곳은 램프 불빛과 열린 침실 문에서 새어 나오는 바깥의 석양이 만나 뿌옇게 보였다. 어둡게 그늘진 벽감과 아치형 통로 그리고 둥글둥글한 구슬이 매달린 커튼을 알아볼 수 있었다. 그때 갑자기 저쪽 끝에 있는 벽 옆에 커튼과 내실 문 사이에 꼼짝 않고 있는 여자의 시커먼 형체가 보였다. 첫 번째 떠오른 생각은 내가 유령을, 마침내 이 집의 유령을 보고 있다는 것이었다! 나는 공포로 목이 조이는 듯한 소리를 냈다. 아래층으로 뛰어 내려가고 싶었으나 움직일 수가 없었다. 램프를 떨어뜨리지는 않았다.

그 형체는 서서히 움직이더니 나를 향해 돌아섰다. 유령이 아닌 진짜 여자였다. 나는 그때야 그 여자가 낯익은 사람이라는 것을 알 수 있었다. 램프 불빛으로 그 얼굴을 볼 수 있었다. 로시나 밤버러였다.

"안녕, 찰스."

나는 그때까지 몸을 떨며 공포를 가라앉히려 노력하고 있었다. 솟구쳐 오르는 분노와 함께 강렬한 안도감을 느꼈다. 소리 내어 욕을 하고 싶었으나 숨을 조절하며 침묵을 지켰다.

"찰스, 왜 이렇게 떨어? 무슨 일이야?" 로시나가 무대 밖에서만 쓰는, 아마도 웨일스 말일, 약간 묘한 그녀 특유의 말투로 말했다.

집이 갑자기 매우 춥게 느껴졌다. 나는 집이 싫었고, 집도 나를 싫어하는 것같이 느껴졌다.

"여기서 뭘 하고 있어? 왜 우리 집에 있는 거야?"

"찰스, 난 그냥 들렀을 뿐이야."

"그럼 바래다줄게."

나는 아래층으로 내려가 주방으로 들어가서 또 다른 램프를 켰다. 그런 뒤에 작은 붉은 방으로 가서 장작을 지폈다. 공포 때문에 잠시 잊었던 시장기가 돌아왔다. 주방으로 돌아가서 캘러 가스 난로에 불을 켜서 방을 따뜻하게 한 뒤, 유리잔과 접시와 빵과 버터와 치즈 그리고 포도주 한 병을 내놓았다. 로시나는 나를 따라와서 난로 가까이 서 있었다.

"찰스, 한잔 주지 않을래?"

"아니. 꺼져. 내 집에 밤중에 쳐들어와서 유령 노릇을 하는 사람은 딱 질색이야. 어서 가. 보고 싶지 않으니까!"

"찰스, 내가 왜 왔는지 알고 싶지 않아?" 그녀가 내 이름을 되풀이하여 부르는 것이 꼭 최면을 거는 것 같았고, 나를 위협했다.

"아니."

"당신은 내가 와서 놀랐고, 또 알고 싶을걸."

"2~3년 동안 당신을 만나지도 않았고, 당신 소식도 듣지 못했어. 그나마 어느 파티에서 우연히 만난 것이 다였지. 그런데 느닷없이 이런 가증스러운 방법으로 나타나다니! 이게 재미있나? 당신을 만나서 내가 반가워하기를 기대한 건가? 당신은 이미 내 인생에서 사라졌어. 당장 꺼져."

"난 분명 당신 인생의 일부야. 그래, 당신은 분명 겁내고 있어, 찰스. 사람들을 겁나게 하고, 당황하게 하고, 괴롭히고, 공포에 떨게 하며, 그들의 인생을 불행하게 하는 것은 아주 쉽고, 재미있어. 또 새로운 사실을 발견하게 해 주지. 독재자들이 왜 잘나가는지 알 것 같아."

나는 자리에 앉았다. 그러나 그녀 앞에서는 먹을 수도 마실 수도 없었다. 로시나는 스스로 잔을 가져와 포도주를 따르더니 탁자 맞은편에 앉았다. 나는 아직도 화가 나서 냉랭했고, 내가 두려워했다는 사실 때문에 기분이 좋지 않았다. 그러나 조금 시장기가 가시자 로시나가 갑자기 불쑥 나타난 사실에 대하여 호기심이 일기 시작했다. 그녀가 가기를 거부하는데 무작정 쫓을 수도 없지 않은가? 그녀를 달래고 설득시켜서 자의로 가게 하는 것이 더 현명한 일이다. 나는 그녀를 관찰했다. 확실히 로시나는 나름대로 독특하고 상당히 멋진 여자였다.

"사랑하는 찰스, 이제야 진정한 것 같네. 그래, 그래야지. 저녁 식사를 든든하게 해. Bon appétit.*"

로시나는 검은 트위드 망토를 입었는데, 망토의 갈라진 틈으로 맨팔뚝을 내놓았다. 손가락에는 반지를 여러 개 끼고 있었고, 팔목에도 팔찌들을 끼고 있었다. 그녀가 손가락을 가볍게 톡톡 치자 반지와 팔찌가 번쩍였다. 그리스식 왕관처럼 틀어 올린 그녀의 굵은 머리카락이 램프 불빛에 더욱 새까맣게 보였다. 머리를 길게 길렀는지, 혹은 가발 한 다발을 올려 붙였는지 모르겠다. 그녀는 화장을 매우 짙게 했는데 분홍색, 붉은색, 파란색 그리고 초록색까지도 사용했다. 차분한 불빛 아래서 보자니 인디언 가면처럼 보였다. 그녀는 멋있고도 괴상했다. 립스틱으로 원래 입술보다 더 크게 그린 입술은 크고 촉촉해 보였다. 곁눈질하는 눈은 강한 악의에 차 있었다. 그녀는 어떤 역할에 빠져 연기를 하고 있었는데, 배우 자신은 감동적이

* '맛있게 먹어.'라는 뜻의 프랑스어.

라고 생각하지만 관객에게는 별로 설득력이 없는 극적인 감정을 억누르며 드러내고 있었다.

"꼭 광대처럼 보이는군." 내가 말했다.

"그래. 당신도 옛날과 변한 게 없어."

"뭘 좀 먹겠어?"

"아니. 호텔에서 가볍게 저녁 식사를 했어."

"호텔?"

"그래, 레이븐 호텔에 묵고 있어."

"아, 나도 오늘 저녁에 거기 갔었어. 유감스럽게도 거기 식당에서 나를 들여보내 주지 않더군."

"전혀 놀랍지 않아. 당신은 지저분한 학생 같아 보이거든. 바닷가 생활이 당신에게는 어울리나 봐. 스무 살짜리처럼 보여. 아니, 서른 살 정도. 술집에서 당신에 대해 말하는 것을 들었어. 이미 여기 사람들의 비위를 상하게 한 것 같던데."

"그럴 리 없어. 난 아무도 만나지 않는데……."

"시골이 가장 평화롭거나 사적이지 못한 곳이란 걸 알려 줄 걸 그랬어. 세상에서 가장 평화롭고 눈에 안 띄는 곳은 켄싱턴에 있는 아파트야."

"그럼 호텔 웨이터가 내가 누구인 줄 알면서도 날 내쫓았단 말이야?"

"글쎄, 그가 당신을 알아보지 못했는지도 모르지. 당신이 그 정도로 유명하지는 않으니까. 내가 당신보다는 훨씬 더 유명해."

그것은 사실이다. "배우들이 배우들을 창조해 낸 사람들보다 언제나 더 유명하지. 레이븐 호텔에서 무엇을 하고 있는지 물어봐도 되겠나?"

"당신을 방문하려고 왔지."

"얼마나 오래 거기 있었지?"

"아, 아주 오랫동안. 일주일 정도? 잘 모르겠어. 그저 당신이 무얼 하나 지켜봤어. 당신을 유령처럼 뒤따라 다니는 것도 재미있을 것 같더군."

"날 뒤따라 다녀? 유령처럼?"

"누가 유령처럼 뒤따라 다닌다는 느낌이 들지 않았어? 내가 한 짓은 별로 없지만. 호박 등불을 들고 다니거나, 홑이불을 뒤집어쓰지는 않았지……."

나는 화도 나고 안도감도 느껴 크게 소리를 지르고 싶었다. "그래, 당신이었군. 당신이 꽃병과 거울을 깨뜨리고 밤중에 돌아다니며 나를 들여다보고 있었어……."

"꽃병과 거울은 내가 깨뜨렸어. 하지만 밤중에 돌아다니지는 않았어. 밤에는 여기 오지도 않았어. 이 집은 귀신이 나올 것 같잖아."

"하지만 저 내실 유리창을 통해서 나를 쳐다보지 않았나?"

"아니, 그러지 않았어. 결코 그러지 않았어. 아마 다른 유령이었나 보네."

"당신이 아니라면 누군가가 분명히 그랬어. 집에는 어떻게 들어왔지?"

"아래층 유리창을 열어 두었더군. 그래서는 안 돼."

그녀를 보고 있던 나는 그 순간 갑자기 하나의 환영을 보았다. 그녀의 얼굴이 사라지고 구멍이 보이더니, 그 구멍을 통해서 바다 괴물의 뱀 같은 머리와 이빨과 분홍색 입안이 보였다.

그것은 한순간이었다. 진짜 환영이 아니라 그저 상상이었을 것이다. 내 신경은 여전히 매우 곤두서 있었다. 다시 바닷소리가 더 크게 들렸다. 그러나 로시나가 바다 괴물이라는 헛것을 보도록 일을 꾸몄다고는 상상할 수 없었으므로 그 말은 하지 않기로 했다.

"그런데 왜 나를 그런 식으로 괴롭힌 거지? 그리고 왜 이제와서 모습을 나타낸 거야?"

"오늘 마을에서 리지 셰러를 보았어."

"알아. 그녀는 여기 왔다 갔어. 그런데 이것과 무슨 상관이 있지? 무슨 일인지 도무지 모르겠군."

"모르겠어, 찰스? 잊어버렸어? 내가 생각나게 해 주지." 로시나는 탁자에 기대어 그녀의 손을 펴더니 긴 손가락을 마치 작은 창처럼 나를 향해 뻗었다. 손톱은 진자주색으로 칠해져 있었다. 팔찌가 나무 탁자 위에서 달그락거렸다. "잊어버렸다고? 당신은 만일 누군가와 결혼을 한다면 나와 하겠다고 약속했어."

공포가 다시 엄습했다. 차가운 절망의 전망, 예측할 수 없고 위험한 인생에 대한 공포였다. 로시나의 푸른 눈은 기운을 다 빼앗아 갈 것처럼 빛났고, 그녀의 반지들도 반짝이고 있었다. 그녀의 말은 사실이었다.

나는 가볍게 말했다. "내가 그랬나? 기억이 안 나는데. 아마 술에 취해 있었나 보군. 어쨌든 나는 결혼은 하지 않을 거야."

"결혼하지 않는다고? 당신은 누군가와 계속해서 동거를 한다고 해도 나와 한다고 약속했어."

불행히도 이것 역시 사실이었다.

로시나는 미소를 지었다. 그녀는 약간 고르지 못한, 길고 흰 이를 가졌는데 미소 지을 때 아랫니와 윗니가 닿도록 아랫니를 앞으로 내밀고 입술을 당긴다. 흉하기 짝이 없다. "당신은 술에 취하지 않았어. 그리고 당신은 분명히 기억할걸, 찰스."

나는 이 위험한 여인에게 어떤 태도를 보여야 좋을지를 생각하고 있었다. 내 인생에 또다시 이 여자가 나타나리라고는 생각하지 못했다. 그러나 지금 그녀는 나타났고, 나는 그녀의 방식을 인정하고 존중했다. 깨진 꽃병이나 박살이 난 거울은 아무 이유 없는 장난이 아니었다. 왜 이런 것들이 과거를 생각나게 하는 걸까? 무엇이 이것을 시작하게 했을까? 리지에 대한 언급이 단서였다. 불행히도 그것에 대하여 생각해 볼 시간이 없었다. 만일 그것이 로시나의 동향이라면, 리지가 여기 온 것은 아무 의미가 없다고 말하는 것이 어떨까? 그것은 겨우 파악한 위기를 연기하는 것일 뿐이다. 최근에 내가 리지를 내 영원한 파트너로 생각해 본 적이 있었나? 그럴 수도 있다. 리지와 결혼할 생각을 진지하게 해 보았는가? 그건 아니다. 그러나 로시나의 테러 행위는 참을 수가 없다. 매우 건방진 짓이다. 아주 강력하게 바로 대처해야겠다.

"이봐, 당장 그만둬. 내가 정확히 무엇이라고 말했는지는 기억나지 않아. 하지만 그것이 순간적이고 감정적인 빈말이었다는 걸 당신도 잘 알잖아. 사람은 그런 것으로 얽매일 수 없어. 나도 얽매이지 않아. 그건 그냥 한 말일 뿐이지 약속이 아니야."

"말이 곧 약속이야. 당신은 책임이 있어, 찰스. 당신은 나한테 묶였어." 그녀는 이 말을 부드럽게, 그러나 강조하듯 강하게 되풀이했다.

“로시나, 쓸데없는 소리 지껄이지 마. 사람들은 연애할 때 별별 소리를 다 하지만 그게 모두 진심이 아니라는 건 잘 알잖아. 그래, 내가 약속한 것은 사실이야. 하지만 당신이 원한다 하더라도 다른 사람들처럼 나도 마음이 바뀌면 약속을 깰 수 있어.”

“그래서 그녀와 결혼할 건가?”

“누구와? 무슨 얘기를 하는 거야? 리지 말이야?”

“정말이야?”

“아니, 물론 그녀와 결혼하지 않을 거야.”

“그녀와 결혼하지 않을 거라고?”

“로시나, 날 좀 가만히 내버려 둬. 어째서 그런 생각이 당신 머릿속에 들어가게 되었지?”

“아, 그 이야기는 런던에 쫙 퍼졌어.” 로시나는 손가락을 퉁기며 말했다. “리지가 기뻐서 소문을 내고 다녔어. 당신이 청혼을 해서 자신을 괴롭힌다고 떠들고 다녔지.”

물론 나는 그 말을 믿지 않았다.

로시나는 계속 말을 이었다. “길버트 오피언이 당신에게 맞설 사람들을 모으려고 애쓰고 있어. 모두들 꽤 재미있어하던걸.”

길버트가 범인이었다.

“당신은 리지가 길버트와 함께 사는 것도 몰랐지? 놀랐어? 놀랐구나. 모두들 알고 있었어. 리지가 누구와 사는지에도 관심이 없다면 당신은 그녀와 결혼할 마음이 없는 거야.”

“난 그녀와 결혼하려는 게 아니야.”

"그 말은 이미 두 번이나 했어."

"내 말은……. 아, 어서 꺼져, 로시나. 그리고 그들은 애인 사이가 아니야."

"그렇게 믿어?"

"난 내가 원하는 대로만 할 거야."

"당신은 내가 누구와 같이 사는지 언제나 알았지."

"그래, 정말 잘났어. 당신이 뭘 하든, 누구와 같이 살든, 나로부터 멀리 떨어져 있기만 하면 난 상관하지 않아. 자, 이제 어서 꺼져."

로시나는 몸을 움직이지 않고 한 손을 탁자 위로 뻗어서 가운뎃손가락의 길고 뾰족한 손톱으로 내 셔츠 소매를 만졌다. 그녀의 손톱이 내 팔을 찌르는 것을 느낄 수 있었다. 나는 움츠리지 않고 뻣뻣하게 앉아 있었다. "당신은 이해하지 못해." 로시나가 말했다. "왜 내가 지금 당신에게 온 줄 알아? 당신 집에 침입하여 물건을 깨고 장난이나 치려고 온 줄 알아? 이 말을 해 주고 싶어. 당신은 나와 결혼할 수도 있고, 안 할 수도 있어. 하지만 당신이 다른 여자와 결혼하게 그냥 두지는 않을 거야. 당신이 약속을 지키게 붙잡아 둘 거라고."

"그럴 수는 없어. 당신은 지금 꿈속에 살고 있어."

"당신이 선택한 모란앵무새와 결혼식을 올리거나 함께 살 수는 있겠지만, 그 뒤 동화처럼 영원히 행복하게 살 수는 없을 거야. 리지와 동거하면 나는 당신이 내 인생을 망쳐 놓은 것처럼 당신 인생을 망쳐 버릴 거야. 나에게서 숨을 수는 없어. 항상 당신 곁에 있을 것이고 당신 마음속에 밤낮없이 있을 거야. 당신과 그녀의 인생에 악마 같은 존재가 될 거라고. 그녀가 당신을 만난 것을 불행해하며 소리 내어 울부짖을 때까지 말이야. 찰스, 사람을 두려움에 떨게 하는 것은 매우 쉬운 일이야. 난 그렇게 해 본 적이 있거든. 사람들을 불구로 만들고 마음의 평화를 파괴하고 그들의 기쁨을 빼앗는 것은 매우 쉬운 일이야. 찰스, 당신의 결혼을 용납하지 않을 거야. 만일 당신이 그 계집과 결혼하거나 그 계집을 당신 애인으로 거느린다면, 내 일생을 다 바쳐서라도 당신의 인생을 망칠 거야. 그것은 너무나 쉬운 일이지."

그녀가 손을 놓았다. 내 소매 위에 핏자국이 번졌다. 질투심에 불타는 여자가 순간적인 광란으로 근거 없이 한 말은 아니었다. 이것은 증오였고, 증오는 마력을 가지고 있어서 스스로 파괴력을 갖는다. 로시나는 자기가 위협한 대로 실행할 수 있는 의지와 힘을 가지고 있었다. 이 악한 의지가 다른 방향으로 움직였을 때 그것은 그녀의 커다란 매력이었고 나는 그녀를 사랑했다. 이 점이 뼈아프게 느껴졌다. 그녀는 생선 같은 하얀 이를 드러내 보이면서 다시 미소를 띠었다.

나는 매우 이성적인 어조로 말했다. 내 어조는 그녀를 속일 수 없었다. 왜냐하면 그녀는 내 공포를 느낄 수 있었기 때문이다. "당신 위협은 아직 때가 이른 것 같아. 그러나 어떤 이유에서든지 나를 괴롭힌다면 나도 확실히 보복을 할 거야. 왜 전쟁을 일으켜 당신의 시간과 일생을 허비하려 하지? 이것은 증오지 사랑이 아니야. 당신은 이성적인 여자야. 잊어버려. 왜 이렇게 기분 나쁜 질투로 발작을 일으키며 스스로를 불행하게 만들지?" 이것은 아주 잘못된 단어 선택이었다.

로시나는 손바닥으로 탁자를 쳤고 그녀의 눈은 격렬하게

반짝였다. "질투라고? 당신이 꽁무니를 쫓아다니는 그 하찮은 계집을 내가 거들떠보기라도 하는 줄 알아? 그래, 당신이 나를, 나를 버렸어. 그녀를 택하고 나를 버렸어. 그리고 난 그걸 잊어버리지 않았어. 그녀를 병신으로 만들거나 미치게 할 수도 있었어. 하지만 나는 당신이 그녀에게 곧 싫증을 내리라는 것을 알았지. 그래, 당신은 싫증을 냈어. 당신이란 사람은 누구에게나 싫증을 내니까. 당신은 내 결혼을 파괴하고, 내가 아이를 갖는 것도 방해했어. 난 당신을 위해서 내 친구들을 다 버렸어. 당신은 나에게 무릎 꿇고 남편을 떠나라고 빌었어. 하지만 남편과 헤어지자 당신은 어린 얼굴의 그 여자 때문에 나를 버렸어. 우리 사랑이 어땠는지 기억해? 왜 그런 말을 했는지 잊어버렸다고?"

"자비롭게도 사람은 꿈을 잊어버리듯이 부질없는 사랑놀음도 다 잊어버리는 법이야."

"당신은 전혀 상상력이 없어. 그러니까 희곡을 쓰지 못했지. 당신은 냉정한 어린아이야. 당신은 여자를 원하지만 당신이 원하는 사람에 대하여 관심이 없으니 아무것도 배우지 못하는 거야. 당신은 연애를 했지만 순진했어. 아니, 순진하다기보다 근본적으로 악의는 있지만, 어쩐지 미숙했지. 당신의 첫 번째 정부는 당신의 어머니뻘 여자였어. 클레멘트는 한참 어린 당신을 유괴했지. 그러나 이 모든 것이 신기루라는 것을 당신은 모르지? 그런 여자들은 당신의 권력과 마술을 사랑한 거야. 맞아, 당신은 마술사였으니까. 그런데 이제는 끝났어. 나만이, 정복할 수 없는 당신이 아니라 있는 그대로의 당신을 사랑한 거야."

“이런 식의 연설은 당신이 리지에 대한 소문을 듣기 전에 했더라면 더욱 인상적이었을 텐데!”

“당신이 큰소리친 것처럼 진정으로 속세를 버리는지 보려고 기다렸어. 당신이 벌거숭이로 혼자가 되기를 원했어. 그때도 당신이 내게 가치가 있는지 알 수 없었거든. 당신의 솜씨 좋은 마술을 제외하고도 당신이 무엇을 하든 당신에게 존경할 만한 구석이 있을 거라고 생각한 내가 얼마나 어리석었는지! 하지만 당신이 진실의 순간에, 그리고 절대적인 사랑으로 그런 약속을 했다는 건 변함없는 사실이야. 일생에 그런 사랑을 경험할 수 있는 특권을 가지기란 매우 드물지. 그리고 그 약속은 내 것이야. 그것은 내 깨진 결혼과 교환한 것이고, 다른 남자에게는 주지 않고 당신에게만 퍼부은 사랑의 대가로 얻은 것이야. 그 약속은 나만의 것이고 앞으로도 내 것이야. 만일 내가 그 약속 때문에 당신의 인생을 슬픔과 파멸에 이르게 할 수밖에 없다고 해도 나는 그 약속을 이용할 거야.”

나는 갑자기 몸을 일으켰다. 그녀도 긴장하여 손톱을 내민 동물의 앞발처럼 그녀의 번쩍거리는 손을 높이 들었다. 마치 고양이 역을 하는 발레리나 같았다.

“잘 들어 봐, 사팔뜨기 미녀야. 늦었으니 이제 가. 레이븐 호텔로 돌아가라고. 나는 자야겠어. 그리고 제발 내 집을 기어 다니며 물건을 깨거나 유리창으로 들여다보진 마. 난 어느 여자와도 결혼하거나 동거할 의사가 전혀 없으니까.”

“그걸 맹세할 수 있어?”

“아무런 약속도 없었어. 리지는 길버트하고 함께 살고 있어. 사정이 그래. 그리고 난 그녀에게 청혼한 적도 없어. 그냥 헛소문일 뿐이야. 자, 이제 가. 난 피곤해. 당신도 그렇게 오랫동안 연기를 했으니 피곤하겠지."

그녀는 일어나서 망토를 바싹 여민 뒤 갈라진 틈으로 팔을 내밀어 두 손을 마주 잡았다. 그리고 잠시 서서 나를 노려보았다. "갈게. 하지만 내가 말한 것을 믿는다고 말해 봐."

"약간은 믿어."

"내가 한 말을 믿는다고 말해."

"그래, 믿어. 자, 그러니 이제 제발 나가 줘."

내가 현관 쪽으로 램프를 들고 걸어가자 그녀도 따라왔다. 문을 열었다. 램프로 밖을 비추자 안개가 마치 유령처럼 기다리고 있었다. 둑길 끝이 보이지 않았다.

"길까지 불을 밝혀 줄게." 이렇게 말하며 나는 손전등을 가지러 들어갔다. "내가 호텔까지 바래다주는 게 낫겠군. 제기랄!"

"그럴 필요 없어." 그녀가 기운 없는 말투로 말했다. "가까이에 내 차가 있어."

전등으로 둑길 건너까지 불을 비추었다. 큰길에는 안개가 덜했다. "차가 어디 있지?"

"바위 뒤에."

우리는 거기까지 걸어갔고 그녀는 차를 탔다. 내가 말했다. "잘 가."

그녀가 말했다. "기억해."

그녀가 전조등을 켜자 차체가 낮은 빨간색 2인승 스포츠카가 모습을 드러냈다. 그녀는 차를 도로로 후진했다. 차가 호텔 쪽으로 방향을 돌려 움직이기 시작했을 때 갑자기 길을 걷는 사람 형체가 하나 보였다. 로시나가 가속기를 강하게 밟자 차가 갑자기 앞으로 튀어 나갔다. 길을 가던 사람은 바위에 기대 몸을 움츠렸고 그 모습이 전조등 불빛에 잠시 보였다. 차는 끽끽 소리를 내며 회전하더니 도로로 달려갔다. 나는 손전등을 길게 자란 풀밭 위로 떨어뜨리고 어둠 속에 그대로 남았다.

로시나의 차에 거의 치일 뻔한 보행자는 이상하게도 내게 하틀리를 떠올리게 한 마을의 노파였다. 이제 밝은 불빛에서 나는 확실히 보았다. 그 노파는 하틀리를 닮은 것이 아니었다. 그녀는 하틀리였다.

2

지금은 런던에서 로시나가 왔던 이야기와 그 뒤에 일어난 일에 대해 쓰고 있다. 로시나의 차가 달려간 후에 나는 충격을 받아 꼼짝 못 하고 서 있었다. 이런 충격은 시간과 공간을 지워 버리고 혼을 빼앗는 것이다. 나는 마비가 된 상태였다. 그 사실을 깨달은 것 자체가 정신적으로 굉장히 괴로웠을 텐데 내가 왜 땅바닥에 주저앉지 않았는지 모르겠다. 왜 그랬는지는 확실히 모르지만 처음에 그 충격은 단순히 반갑지 않거나 두려운 것이 아니었다. 그것은 마치 우리가 전혀 상상할 수 없는 세상의 종말처럼 순전히 불가능한 것이 현실로 다가왔을 때 느끼는 충격이었다. 그리고 실제로 그것은 세상의 종말이었다. 그 뒤 나는 아주 천천히 손을 내밀어 바위에 내 몸을 의지하였던 것이 기억난다. 땅에 떨어뜨린 손전등을 집어 들었을 때 나는 하틀리가 사라졌거나, 그 길을 계속 걸어갔거나, 이미 훨씬 앞서 갔을 것이고, 또 그녀가 들판을 가로질러 지름길을 택했으리라는 것을 알 수 있었다. 어쨌든 차의 불빛이 비추었을 때 그녀가 어느 방향으로 가고 있었는지 확실치가 않았다. 내 마음은 너무나 큰 충격으로 인해 어떻게 해야 할지조차 결정하지 못했다. 마을을 향해 걸음을 서두르다가 다시 멈추었다. 그녀의 이름을 부를 생각도 못 했다. 그것은 불가능한 일이었다. 그녀의 이름조차 기억이 나지 않았고, 만일 이름을 불렀다면 꿈에서처럼 앞뒤 두서없는 울부짖음 같았을 것이다. 나는 급히 되돌아가서 바보처럼 그녀를 보았던 장소를 찾아 불빛을 비추었다. 환한 불빛이 차 바퀴자국과 짓눌린 풀, 구멍 뚫린 누런 바위, 흩어지는 안개를 밝혀 주었다. 마침내 나는 마치 장례식에서 돌아오는 사람처럼 천천히 둑길을 건너서 다시 집으로 돌아왔다. 주방에는 램프가 아직 켜져 있었고 작은 붉은 방에는 장작불이 타오르고 있었다. 모든 것이 내가 로시나와 얘기하고 있던 과거와 똑같고 조용하였다.

나는 몸을 떨었다. 먹거나 마신다는 것도 마찬가지로 불가능했다. 작은 붉은 방에 들어가 불가에 앉았다. 그녀는 과부인가? 이 고민스러운 질문은 내가 그녀를 인지한 첫 순간부터 형성된 것 같았다. 그녀가 완전히 변해 버려서가 아니다. 나는 내 주위의 모든 것이 파멸하는 것을 알고 기가 막혔다. 옛날의 추정은 모두 사라지고 모든 두려운 가능성이 내 앞에 활짝 열려 있었다. 곧 무서운 고통이 뒤따르리라는 것을 그때는 생각하지 못했다. 나를 절망에 빠뜨린 것은 눈앞에 펼쳐진 고통이 아니었다. 그저 변화 그 자체를 경험하는 것이 나를 몹시 괴롭혔다. 고치 속에서 바깥으로 나오는 곤충이 느끼는 현존하는 고통, 또는 쭈글쭈글한 태아가 엄마 배 속을 박차고 세상 밖으로 나올 때 느끼는 고통이었다. 이것은 과거로 돌아가는 것이 아니다. 추억은 이제 거의 상관조차 없는 것 같았다. 이것은 존재의 새로운 조건이었다.

결국 나는 침대로 가서 순식간에 깊은 잠이 들었다. 하지만 그 전에 나는 상념 속에서 한두 가지 간단한 질문을 좀 더 했다. '그녀가 과부인가?'라는 질문은 질문이라고 하기에는 너무 포괄적이다. 그것은 내가 숨 쉬는 공기와 같았다. 그녀가 나를 마을에서 보았을까? 그랬다면 나를 알아보았을지도 궁금했다. 나는 그녀를 멀리서 여러 번 보았다. 맙소사, 내가 그녀를 알아보지 못했단 말인가! 그러나 그녀는 별로 변한 데가 없는 나를 단박에 알아보았을 것이다. 그렇다면 왜 나에게 말을 걸지 않았을까? 어쩌면 그녀는 나를 보지 못했을 수도 있다. 그녀가 근시였을까? 그럴지도 모른다. 마을에서 뭘 하고 있었을까? 여기 사는 걸까? 휴가를 왔나? 아마 내일이 되면 사라지고 다시 나타나지 않을지도 모른다. 안개 낀 밤중에 바닷가 길을 따라 어디를 가고 있었을까? 레이븐 호텔에서 일할지도 모른다는 생각이 들었다. 하지만 그녀는, 하틀리는 예순 살이 넘었다. 하틀리도 늙는다는 생각을 나는 해 본 적이 없었다. 나는 그녀가 어둠 속에서 나를 보았는지 궁금했고, 또 만일 그랬다면 내가 그녀를 알아본 것도 눈치챘을지 궁금했다. 나는 다시 이런 생각을 했다. 그녀는 내가 로시나와 같이 있는 모습을 보았다. 그녀가 무엇을 엿들었을까? 우리가 무슨 이야기를 하고 있었을까? 기억할 수가 없다. 나는 그녀가 전조등 뒤에 서 있는 나를 보았을 리가 없다고 단정했다. 그리고 내일, 내일은 내가 그녀를 찾아 나설 것이고, 그녀를 만나면…….

· · · · ·

다음 날 아침 나는 세상이 변한 것을 직감하면서 잠에서 깨어났다. 끔찍한 기분은 좀 덜했지만, 마음을 죄는 지극히 새로운 흥분 속에서 그녀와 함께하고 싶은 순전하고 강렬한 육체적 갈망을 느꼈다. 격정적이고 의심할 여지 없는 사랑의 자력이라고나 할까! 하룻밤 사이에 내가 힘이 센 영원하고 자비로운 존재로 변한 것처럼, 내 주위를 맴도는 묘한 기쁨을 맛보았다. 나는 뭔가 만들어 낼 수 있고 선을 베풀 수 있었다. 나는 거지 소녀를 원하는 임금이었다. 나는 변화시킬 수 있고, 양육할 수 있고, 병을 고칠 수 있으며, 꿈꾸지 못한 행복과 기쁨을 가져올 수 있는 힘을 소유하고 있었다. 아, 여기 오길 정말 잘했다. 예상치도 못했는데 여기 와서 그녀를 찾았으니 말이다! 클레멘트 때문에 내가 여기 온 것인데, 여기서 하틀리를 찾았다. 그러나 그녀가 과부일까?

9시가 되기 전에 나는 마을에 있었다. 햇빛이 찬란한 아침이었다. 낮에는 꽤 뜨거울 것 같았다. 나는 좁은 길을 따라 걸어 다녔다. 그런 뒤에 항구 쪽으로 걸어 내려갔다가 방갈로들이 있는 언덕으로 통하는 작은 길을 올라갔다. 두 상점이 문을 열자마자 두 군데를 다 들어가 보았다가 다시 밖으로 나와 걸었다. 그런 뒤에 텅 빈 교회에 들어가서 두 손으로 머리를 감싸고 잠시 앉아 있었다. 나는 내가 기도를 할 수 있다는 사실을, 또 실제로 기도하고 있는 자신을 발견하였다. 이것은 이상한 일이었다. 나는 신을 믿지 않았으며 어렸을 때 이후로 기도를 해 본 적이 없기 때문이다. 나는 기도했다. 하틀리를 찾게 해 주시고, 그녀가 함께하는 사람이 없게 해 주시고, 그녀가 나를 사랑하게 해 주시고, 그녀가 나로 인하여 영원히 행복하게 해 주시옵소서. 내가 하틀리를 행복하게 만드는 일이 이 세상에서 가장 바람직한 일이고, 그렇게만 할 수 있다면 그것이 내 일생의 최후를 장식하는 것이고 일생을 완성시키는 일일 것이다. 나는 계속하여 기도했다. 그러다가 이상하게도 잠깐 잠이 들었다가 하틀리를 잃어버렸으면 어쩌나 하는 느낌이 들어 퍼뜩 잠에서 깼다. 마치 그녀를 찾을 수 있는 기회가 내가 잠을 자는 동안에 왔다 간 것같이 느껴졌다. 휴가가 끝나 그녀는 집으로 귀가했거나, 도망을 갔거나, 갑자기 죽어 없어졌을지도 모른다. 나는 벌떡 몸을 일으켜 시계를 보았다. 겨우 9시 20분이었다. 나는 교회에서 나왔다. 그리고 마침내 그녀를 발견할 수 있었다.

건장하고 나이 많은 한 여인이 갈색 텐트 같은 볼품없는 원피스를 입고, 장바구니를 들고, 꿈속 길을 걷듯 상점 쪽으로 매우 천천히 가고 있었다. 그전에는 아주 흐릿하게, 아무 생각 없이 바라보았던 이 형체가 이제는 내 눈에 완전히 달라 보였다. 전 세계가 그 형체의 배경이었다. 그리고 나와 그 형체 사이에, 아마 마지막일지 모르지만, 가늘고 긴 눈부신 다리를 지닌 소녀의 환영이 어른거렸다. 나는 달렸다.

그녀가 막 술집 앞에 도착했을 때 나는 뒤쪽에서 뛰어가 그녀에게 다가갔고, 나란히 서서 그녀의 넓은 갈색 소매를 잡았다. 그녀가 멈춰 서자 나도 멈춰 섰다. 나는 아무 말도 할 수가 없었다.

낯익은 얼굴이 나를 돌아보았다. 창백하고, 둥글고, 비밀스러운 보랏빛 눈을 지닌, 기묘한 표정의 얼굴이다. 나는 약간 안도감을 느꼈다. 그렇다. 내가 아는 똑같은 얼굴이다. 똑같은 사람이라는 것을 알 수 있었다.

이제 새하얗게 질린 하틀리의 얼굴은 무시무시한 공포로 떨고 있었다. 그러므로 '유사성', 즉 현재와 먼 과거를 조화시킬 수 있는 방법을 내가 거의 기계적으로 탐색하지 않았다면, 나 자신도 공포에 휩쓸렸을 것이다. 그렇다. 수척하고, 묘하게 부드러우면서도 냉담해 보였지만 틀림없이 하틀리의 얼굴이었다. 아주 가느다랗고 자잘한 눈가 주름이 위로는 이마 쪽으로, 아래로는 턱 쪽으로 이어져 동그랗게 얼굴을 둘러싸고 있었다. 이마 위에는 위엄 있는 수평선이 그어져 있었고, 입 위에는 길고 검은 털이 나 있었다. 입술에는 촉촉한 붉은 립스틱을 발랐다. 그리고 얼굴에는 분을 발랐지만 여기저기 뭉쳐서 얼룩져 있었다. 반백의 머리칼은 얌전히 빗어 넘겨 굽실거리고 있었다. 그러나 그녀의 얼굴형이나 머리카락이나 눈은 과거로부터 현재까지 조금도 손대지 않은 듯한 어떤 것을 가지고 있었다.

그녀는 무엇인가 중얼거리기 시작했다. "아, 이건……." 물론 그녀는 내가 누구인지를 곧 알아보았음이 틀림없다. 그녀는 "아……." 하고 중얼거리며 공포에 빠진 채 간청하듯 나를 멍하니 바라보았다.

나는 마침내 "이봐, 정신 차려."라고 말하고는 그녀의 소매를 끌어 교회 쪽으로 움직였다. 나는 그녀와 함께 걸으려고 하지는 않았다. 그녀는 몇 발짝 뒤에서 나를 따라왔다. 나는 그녀를 뒤돌아보느라고 자꾸 비틀거렸다. 누가 이런 광경을 보았는지는 모르겠다. 아마 열두 명쯤이 목격했을까? 아니면 아무도 보지 못했을지도 모른다. 내가 볼 수 있었던 것은 하틀리의 공포에 떠는 눈뿐이었다.

나는 교회 안으로 들어가 그녀를 위하여 크고 무거운 문을 열어 주었다. 교회는 아직 텅 비어 있었다. 커다란 유리창으로 밝은 빛이 서늘하게 들어왔다. 나는 가까운 의자에 앉았고, 그녀는 바로 앞줄에 앉았다. 그녀가 나를 보려면 뒤를 돌아보아야 했다. 습기 차고 곰팡내가 나는 가운데 그녀의 분 냄새와 따뜻한 체온을 느낄 수 있었다. 그녀는 장바구니를 내려놓고 두 손으로 의자의 등을 쥐고 있었다. 그 손은 붉고 주름이 져 있었다. 그녀는 얼른 손을 감추고 소곤거렸다. "미안해……." 그러고는 눈을 감았다. 나는 그녀의 손이 놓였던 반들반들한 나무 표면에 내 이마를 대었다. 그리고 말했다. "아, 하틀리, 하틀리……."

나는 그녀의 감정이 나만큼이나 강렬했다는 것을 한순간도 의심하지 않았다. 그 반대였을 수도 있겠지만. 내가 고개를 들었을 때 그녀는 손수건으로 얼굴을 닦고 있었으며, 떨면서 입을 벌린 채 숨을 내쉬고 있었다. 나를 보고 있지는 않았다.

"하틀리, 나는…… 아, 하틀리……. 아, 내 사랑……. 어디 살아? 마을 어디에 살지?" 내가 왜 이 질문을 맨 먼저 했는지 모르겠다. 아마 대답하기가 쉬운 거라서 그랬나 보다. 무슨 말을 해도 문제가 있을 것 같았다. 마치 우리가 다른 언어를 사용해서 서로에게 말을 가르쳐 주어야 할 것 같았다.

"그래."

"휴가라서 온 것이 아니라 여기 살고 있어?"

"그래."

"나도 여기 살아. 이제 은퇴를 했거든. 어디 살아?"

"언덕 위에."

"방갈로에?"

"그래." 그녀는 말을 이었다. "전망이 아주 좋아." 그녀는 말을 더듬었다. 손수건에 묻어 있던 립스틱이 그녀의 볼에 조금 묻었다.

"결혼했지, 그렇지? 아직? 내 말은 네 남편이…… 지금도 남편이 있어?"

"아, 그럼. 남편은 아직 살아 있어. 나는 그와 같이 있어. 그래, 우리는 여기 살아."

나는 나에게 열린 모든 세계가 연출처럼 점차로 무너지고, 조용히 붕괴되고, 흡수되고, 차차 작아져서 사라지는 동안 침묵을 지키고 있었다. 그러니까 그것은 그렇게 된 것이다. 나는 이러한 상황에서 존재하기 위하여 새로운 방법을 생각하고 내놓아야 한다. 이 상황은 이제 하틀리와 나에게는 어떤 경우에라도 지속될 유일한 상황이며, 마지막 사태이며, 세계의 중심인 것이다.

"유감이군." 내가 말했다.

그녀는 내가 거북하게 내뱉은 마지막 말에 머리를 살짝 흔들고 나서, 감정을 참지 못하고 머리를 흔들었다. 짧은 기도, 광활하고 간결한 아멘.

나는 말을 이었다. "난 결혼하지 않았어. 결코 단 한 번도."

그녀는 붉게 물든 손수건을 내려다보며 다시 머리를 움직였다. 우리는 마치 방금 전에 일어난 엄청난 사건을 숨가쁘게 조사하듯이 잠시 동안 아무 말도 하지 않았다. 그러고서 나는 위기에 처한 사람들이 아무렇게나 말하듯이 급히 말했다. “이전에 날 본 적이 있어? 길에서 나를 보고 알아보지 못했어?”

“그래, 3주 전쯤에 널 보고 알아봤어. 너는 전혀 변하지 않았어.”

나는 “너도 변하지 않았어.”라고 차마 말할 수가 없었다. 물론 나중에 그 말을 하지 않은 자신을 저주했지만. 여자들이 자기 본래의 모습을 잃었을 때 얼마나 상심하며, 얼마나 신경을 쓰던가? 그러나 놀랍게도 나는 순간적으로 다른 생각을 했다. “그런데 왜 내게 말을 걸지 않았지?”

“네가 나를 알고 싶어 하는지 확신이 없었어. 우리가 서로 알아보지 못하는 것이 더 낫다고 느껴서…….”

“내가 너를 보고도 못 본 척하고 무시할 줄 알았다는 거야? 어째서 그런 생각을 할 수 있지?”

“난 몰랐어……. 이렇게 긴 세월이 지났으니 네가 나에 대하여 어떻게 생각할지 모르잖아. 네가 나를 원망하거나 잊어버렸을지도 모른다고 생각했어. 너는 아주 굉장해지고 유명해졌잖아. 날 좋아하지도 않고, 나에 대해 알고 싶지도 않을 테니…….”

“아, 하틀리, 어떻게 그런 말을……. 만일 네가…… 내가 너를 몇 년 동안이나 찾아 헤맸는지를 안다면……. 난 너를 줄곧 사랑해 왔어…….” 나는 갈색 원피스를 입은 그녀의 어깨를 쓰다듬고, 손가락으로 잠시 옷깃을 잡았다.

“그러지 마. 제발 그러지 마.” 그녀가 속삭이며 뒤로 살짝 물러났다.

“내가 어젯밤에 널 본 것을 알아?”

"알아."

"난 그때야 겨우 널 알아보았어. 그 뒤로 나는 제정신이 아니야. 널 알은체를 하지 않을 이유가 있어? 그럴 수는 없어! 어떻게 내가 너를 원망하거나 잊어버릴 수 있다고 생각하지? 여전히 넌 내 사랑이야. 과거에 나의 애인이었던 것처럼 지금도 여전히 그래."

그녀는 약간 찡그리듯 미소를 짓더니 머리를 흔들었다. 그때까지 그녀는 나를 바라보지 않았다.

나는 더 이상 말할 수 없어서 무심코 어리석은 말들을 떠벌렸다. "아직도 같은…… 남편과 살고 있니? 그때 결혼한 그 사람과?"

"그래, 같은 사람이야."

"나는 그의 이름조차 몰라……. 네 성도 몰라."

"피치야. 그의 이름은 피치야, 벤저민 피치."

나는 마치 배를 한 대 얻어맞은 것처럼 몸을 움츠렸다. 그 이름에는 그녀가 결혼했다는 공포가 부착되었다. 이 공포는 이제 내가 어떤 일이 있어도 견디어 내야 하는 것이다. 자기 연민의 무서운 물결이 나를 엄습했다. 나는 얼굴을 찌푸렸다. "하틀리…… 그는 무엇을 하지? 내 말은 그의 직업이 뭐냐는 거야."

"그는 몸이 약간 불편해. 차를 타고 다니며 판매 대리인 일을 했더랬어. 여러 가지 일을 했는데, 세일즈맨 같은 거야. 지금은 은퇴했어. 그러고 나서 이곳으로 왔지. 우리는 미들랜드에 살았는데, 이곳 방갈로에서 살려고 완전히 이사 왔어……."

"아, 참 이상하지 않아? 하틀리, 우리가 다시 만나려고 둘

다 여기로 왔나 보다. 그런데 서로 모르고 있었구나. 무슨 운명 같지 않아?" 아, 운명의 고통이여!

하틀리는 아무 말도 하지 않았다. 그녀는 시계를 보았다.

"그리고······ 아이들은······ 있니?"

"아들이 하나 있어. 열여덟 살이야. 지금은 집에 없어."

그녀는 더욱 침착하게, 그리고 오랫동안 깊이 생각한 후에 의무를 다하듯이 말했다.

"이름이 뭐지?"

그녀는 잠시 침묵을 지키다가 말했다. "타이터스." 그녀는 다시 반복했다. "타이터스야."

그러고는 다시 시계를 보고 말했다. "난 가야겠어. 상점에 가야 해. 늦겠어."

"하틀리, 제발 여기 더 있어 줘. 계속해서 이야기하고 싶어. 남편이 은퇴하기 전에 무얼 했으며, 무얼 팔았는지 말해 줘." 나는 그저 계속해서 질문을 던질 수밖에 없었다.

"소화기야. 소화기를 취급했어." 그녀는 말을 이었다. "그는 항상 저녁때면 피곤해했지"

갑작스러운 그녀의 저녁 광경, 수년 동안 보낸 그녀의 저녁 광경이 나로 하여금 이런 질문을 하게 했다. "그래 결혼 생활이 행복했어, 하틀리? 멋진 인생을 살았나?"

"그럼 물론이지. 난 아주 행복했어. 매우 행복한 결혼 생활이었어."

그녀가 진심을 이야기하는지 알 수가 없었다. 아마 사실이겠지. 멋진 인생. 내가 얼마나 이상한 문구를 사용했는가! 우리가 헤어진 뒤 우리 둘의 인생은 이미 지나가 버렸고, 끝난 것일까? 내게는 한없이 매력적이던 하틀리의 목소리는 언제나처럼 가늘고 단조로운 저음에 지역 사투리가 약간 섞여 있었다. 그녀의 목소리에 비해서 내 목소리는 얼마나 많이 변해 있을지 궁금했다.

나는 갑자기 숨이 가빠져서 두 손을 의자 등받이에 놓았다. 새끼손가락으로 그녀의 원피스를 만지작거리자 그녀는 살짝 몸을 움직였다. 내 머리 위에서 시커먼 무언가가 나를 위협하는 것 같았다. 그녀는 그 모든 여러 해 동안 행복했다고 한다. 그렇다. 왜 안 그렇겠는가! 그러나 나는 그 사실을 믿을 수가 없었고, 또 견딜 수가 없었다. 그녀는 그 모든 여러 해 동안 존재했고, 우리의 인생은 가 버렸다. 나는 급히 입으로 숨을 내뱉었다. 그러자 어둠이 사라졌다. 나는 영리해져야 한다고 생각했고, '영리하다'라는 단어가 내게 큰 도움이 되는 것 같았다. 나는 영리하므로 여기서 더 고통을 겪지 않도록 해야 한다. 단순한 위안을 얻기 위해서라도 영리하게 행복을 추구해야 한다.

나는 무슨 의미인지 혹은 왜 그랬는지 모르겠으나 이렇게 말했다. "어젯밤 차를 타고 가던 여자는 로시나 밤버러라고 잘 알려진 여배우야. 나를 방문하러 왔더랬어."

"우리는 극장에는 거의 안 가."

"그녀는 그냥 일 때문에 나를 보러 온 거야."

"텔레비전에서 너를 봤어."

"그랬어? 무슨 프로그램에서?"

"잊어버렸어. 난 이제 가야겠어." 그녀는 몸을 일으켜 장바구니를 다시 집어 들었다.

나는 덜컥 겁이 났다. "하틀리, 가지 마. 아, 너무 피로해 보여.” 이 말은 잘한 것이 아니었다. 그러나 늙은 여인이 되어 내 앞에 서 있는 그녀를 바라본 그 순간 그녀에게 느낀 일종의 보호 심리, 연민, 애정을 배려로 표현한 것이었다. 그녀는 피로해 보이지는 않았다. 그러나 그녀의 얼굴에 나타난 표정에는 슬픔이나 고통보다 큰, 몇 년 동안이나 지나치게 열심히 일한 사람에게서 볼 수 있는 권태가 있었다.

“난 건강해. 오래된 위장병을 빼고는. 찰스, 넌 건강하고 매우 젊어 보여. 이제 난 가야겠어.” 그녀는 나를 지나쳐 문 쪽으로 갔다.

나는 벌떡 일어나 그녀의 뒤를 쫓아갔다. “그럼 우리는 어떻게 하지?”

하틀리는 그 질문이 무슨 뜻인지 모르겠다는 듯 나를 바라보았다.

나는 되풀이하여 말했다. “우리는 어떻게 하느냐고? 내 말은…… 아, 하틀리, 하틀리, 언제 널 다시 만날 수 있지? 장보기를 끝내고 만나는 건 어때? 술집에서 만날까? 아니면 네가 우리 집에 오겠어?” 이 말 뒤로 일련의 희망찬 생각들이 미친 듯이 꼬리를 물며 펼쳐졌다.

하틀리는 힘겹게 교회 문을 열었다. 그녀 어깨 너머로 멍청이의 무덤, 십자 무늬 철문, 마을 사람들, 바다의 수평선을 볼 수 있었다. 나는 격렬하게 말했다. “내가 널 방문할게. 네 남편을 만나고 싶어. 괴상한 우리 집에 와서 술 한잔해도 돼. 내가 사는 곳을 알지?”

“그래, 알아. 고마워. 하지만 지금은 안 돼. 남편 몸이 불편하거든.”

"그래도 당신을 만날 거야. 그래야만 해. 주소가 뭐지? 어느 방갈로야?"

"니블레츠라고 해. 맨 마지막 집이야. 하지만 오지는 마. 내가 연락할게."

"제발 하틀리, 장보기를 끝내고 나와 만나자. 내가 도와줄게."

"아니, 안 돼. 늦었어. 따라오지 마. 여기 있어. 나중에 만나자. 다른 날에. 제발 아무것도 하지 마. 내가 알려 줄게. 이제 빨리 가야겠어. 제발 여기 있어 줘. 안녕."

마치 그녀가 사라져 버릴 유령이나 되는 것처럼 나는 그녀를 어루만지고 싶었지만 손가락으로 그녀의 원피스만 잡아야 할 것 같았다. 이제 나는 그녀의 머리를 붙잡고 내게 가만히 잡아당겨 그녀의 심장 뛰는 소리를 듣고 싶은 욕구를 느꼈다. 옛날의 욕정이 갑자기 솟아났다. 전혀 변하지 않은 그녀의 짙푸른 눈과 기묘한 둥근 얼굴을 보았다. 그리고 매우 창백하고 차가웠던 그녀의 입술.

나는 말을 이었다. "난 전화가 없어."

그녀는 급히 교회에서 나가 문을 조심스럽게 닫았다. 그녀의 말에 복종하듯 나는 교회 안에 있었다. 나는 조금 전의 그 장소로 다시 가서 앉았다. 그리고 그녀의 손이 놓였던 자리에 내 손을 다시 올려놓았다.

나는 어떻게 할 작정이었나. 이제 하틀리를 찾았으니 나머지 인생을 어떻게 꾸려 갈 것인가? 일주일에 한 번씩 니블레츠에 찾아가서 피치 부부와 차를 마실 것인가? 아니면 슈러프엔드로 그들을 초대해서 삶은 콩과 소시지와 포도주를 대접할 것인가? 그들을 런던으로 데려가 연극을 보여 줄까? 타이터스의 미래에 관심을 보일 것인가? 그들 셋을 모두 보살펴 줄 것인가? 타이터스에게 내 유산을 물려줄까? 내 가슴은 격렬하게 뛰었고 거대한 전망이 눈앞에 펼쳐졌다. 막연한 미래가 갑자기 무한한 가능성으로 생동했다. 영리하게, 나는 영리하게 생각해야 한다. 시계를 보니 10시 20분이었다. 아주 짧은 시간에 여러 가지 생각을 했다. 나는 하틀리가 장을 다 본 후 언덕으로 돌아갔으리라고 짐작되는 시간까지 그대로 앉아 있었다. 그런 뒤에 교회 밖으로 나와서 멍청이의 무덤 비석에 기대앉았다. 비석에는 '엉킨 닻'이 새겨져 있었다. 거기에서 나는 숲 너머에 있는 방갈로의 지붕을 볼 수 있었다. 그중에 피치 부부의 집인 맨 끝 방갈로도 보였다. 불구의 떠돌이 세일즈맨. 그에게 무슨 일이 있었나? 절름발이인가? 나는 조만간 벤저민 피치를 찾아가서 내 눈으로 확인해 봐야겠다고 생각했다.

어째서 하틀리는 그렇게 주저했을까? 왜 그녀는 "그래, 내일이라도 우리 집에 와."라거나 "네 집으로 찾아갈게."라고 말하지 못한 것일까? 그녀가 분별이 있는 사람 같으면 자기 감정이 어떻든지 간에 그런 의사 표현을 해야 했다. 예의 있는 사람이라면 그렇게 했을 것이며, 어쨌든 지금은 예의 있는 사람이 이 상황에서 구제받을 수 있다. 아니면 불구의 남편이 정말로 많이 아파서 고통을 겪고 있으며, 침대에만 누워 있어서 기분이 언짢은 건가? 어쨌든 하틀리는 어떻게 느꼈으며, 무엇이 그녀를 그렇게 긴장하고 걱정하게 했을까? 그녀가 나를 자기 집에 초대하기를 꺼리는 것은 이해할 수 있다. 정말 이해할 수 있다. "너는 아주 굉장해지고 유명해졌으니까." 아마 그녀는 자기 집과 남편에 대하여 약간 창피한지도 모르겠다. 그렇다고 그녀가 남편을 사랑하지 않는다는 것은 아니다. 그러나 그녀가 그를 정말 사랑할까? 꼭 알아내야겠다. 그녀가 과연 행복했을까? 이 점도 꼭 알아내야겠다. 그녀가 자신의 잘못된 선택을 매우 후회할 것이라는 무섭고도 달콤한 생각이 자꾸 떠올랐다. 그녀는 나와 결혼하지 않은 것을 후회하면서 일생을 살았을 것이 틀림없다. "너를 텔레비전에서 보았어." 그때는 어땠을까? '유명 인사'가 된 나를 보았을 때 그녀는 얼마나 뼈를 긁는 듯한 고통과 양심의 가책을 맛보았을까? 내가 여전히 그대로고 그녀를 그리워한다는 것을 그녀가 어떻게 알았겠는가? 내가 매력 있는 여인들에게 둘러싸여 있으며, 오래된 애인을 데리고 있으리라고 생각하지 않았을까? 그녀는 로시나를 보았고, 또 리지를 보았을지도 모른다. 갑자기 한 가지 매우 마음 아프면서도 달콤한 생각이 들었다. 그녀가 나를 만나기를 꺼린 이유가 후회 때문이라는 생각이었다. 양심의 가책, 질투심, 성과 없는 꿈의 변덕스러움. 그녀는 과거의 상황을 이제 더 알고 싶지 않은 것이다. 하느님 맙소사! 우리가 함께 지낼 수 있었을지도 모를 많은 세월, 우리의 전 생애. 그녀는 나를 다시 사랑하기를…… 원하지 않는다…….

.....

나는 이 생각을 옆으로 밀어제쳐 놓을 만큼, 위험한 생각에 대한 본능은 충분히 가지고 있었다. 따뜻하고 이끼 낀, 멍청이의 간결한 비석에 기대어서 나는 살아남기 위한 일종의 계획을 세우고 있었다. 그 계획은 대략 이러했다. 이제 내가 어떻게 해서든지 내 나머지 인생을 하틀리를 위해서 바쳐야 한다는 것은 의심할 여지가 없다. (나는 피치 씨가 중병을 앓는다든가, 얼마 안 가서 죽으리라는 생각은 급히 지워 버렸다.) 이것은 내가 그들의 결혼을 인정한 뒤 그녀와 그녀의 남편과 성공적으로 우정을 쌓는다면 가능한 일이었다. 하틀리와 내가 관광객처럼 서로를 방문할 수는 없었다. 그것은 말도 안 되는 일이었다. 적어도 그 남편이 나를 너그럽게 대해야 한다. 혹시 나를 재미있는 인물로 받아들일 수 있을까? 이 점에 대해 크게 신경 쓰지는 않았다. 그러나 상상이란 매우 빠른 것이어서 이미 나는 하틀리가 남편에게 이렇게 말하는 것을 들었다. "있잖아요, 옛 친구 찰스가 또 왔어요!" 그러면서도 그녀는 좀 다른 감정을 느낄지도 모른다. 아마 남편은 '연예계 인물'이 자기 아내를 사모한다는 사실에 기분이 좋을지도 모른다. 그러나 이런 것은 유쾌하지 못하고 조급한 추측이었다.

지금 내가 집중해야 할 것은 순결하고 깊은, 애정이 넘치는 상호 간 존경, 즉 영원히 지속적이고 구속력이 있는 자각으로서의 사랑의 가능성이다. 물론 이것은 그녀와 나 사이의 사랑이어야 한다. 그러나 소유욕을 제거한 사랑이자 자신을 내려놓은 순수한 사랑이어야 하며, 시간과 돌이킬 수 없는 우리의 운명에 의해서 훈련된 사랑이어야 한다. 마지막으로 어떻게 우리가 서로에게 절대적인 존재가 될 것인가, 그리고 서로를 잃지 않을 것인가를 알아내야 한다. 조금도 실수를 해서는 안 되며, 우리가 함께 엄숙하게 들고 있는, 진실과 역사가 가득한 그릇에서 그 어느 것 한 방울도 흘려서도 안 된다. 나는 그녀를 존경할 것이다. 나는 그녀를 존경할 것이다. 나는 거듭 다짐했다. 나는 그녀에게 깊고 순수한 애정을 느꼈다. 그것은 보존된 사랑의 기적이리라. 먼 옛날부터 흘러온 물줄기는 얼마나 맑게 흐르는가! 그렇다. 우리는 무언의 이해를 기울여 우리의 과거를 어떤 강렬함과 극적인 요소 없이 수집해야 하며, 차이점 때문에 우리 자신을 비난하거나 책임을 면제해서도 안 된다. 교회 안에서 나누었던 우리의 정열적이면서도 부드럽고, 성스러울 정도로 부적합했던 대화를 고쳐 생각해 볼 때 조용히 속죄하는 과정이 매우 수월하게 이루어질 것 같다. 오랜 세월이 지난 뒤에 한 사람의 일생에서 위대한 사랑을 다시 만나는 것이 바로 이런 것인가? 예전에 그랬듯이 우리는 서로에게 수줍어하고, 솔직하고 순결했다. 우리 대화의 본질은 결코 손상되지 않았으며, 그 서투른 대화 안에서도 요점이 틀림없이 전달되었다. 그녀를 통해서, 그리고 이제는 돌이킬 수 없을 만큼 결백한 우리의 어리석은 옛 사랑을 통해서, 바다로 오면서 내가 희망했던 대로 순수한 마음을 회복할 수 있으면 좋겠다.

'그녀가 과부인가?'라는 질문은 이미 먼 옛날에 속해 있으며, 완전히 사라져 잊혀진 사고에 속한 것처럼 느껴졌다. 나를 위로하기 위하여 이성적으로 살아남기 위한 계획을 세웠는데도 이제 중요한 질문은 '그녀가 행복한가?'였다. 또한 이 질문은 고통스러울 만큼 긴급한 것이었다. 이것을 결정하려면 피치 씨를 조사할 필요가 있었다. 그리고 무엇보다 더 이상 기다리는 것은 불가능했다. 천천히 슈러프엔드로 돌아가면서 나는 피치 씨를 오늘 안에 꼭 만나야겠다고 생각했다.

오늘 저녁 6시경에 그들을 방문할 것이다.

니블레츠에 도착하여 실제로 종을 누르면서 나는 그제야 비로소 그 오랜 세월 동안 하틀리가 남편에게 내 이야기를 조금이라도 했을까 하는 의구심이 들었다!

· · · · · ·

니블레츠는 부분적으로 하얀 회칠을 한 붉은 벽돌로 지은 작고 네모난 방갈로다. 이 방갈로는 언덕 위에 납작하게 지어져 있으며, 집 앞에는 나무 몇 그루가 바람에 시달리며 서 있다. 그 옆에는 마을 쪽으로 내려가는 언덕이 있고, 뒤쪽으로는 바다 쪽으로 내려가는 비탈이 있다. 저쪽 너머와 위쪽으로는 숲이 우거져 있다. 단단하고 견고한 인상을 주는 집이다. 다른 집들은 모래 위에 건축되었거나 모래로 건축되었을지도 모르나 니블레츠는 그렇지 않다. 벽돌들은 이가 빠지지 않았고, 반듯하며, 모서리도 부식되지 않았다. 지붕에는 이끼가 끼어 있지 않고, 앞으로도 이끼가 자랄 것 같지 않다. 그리고 붉은색 타일로 가지런하게 정리한 보도는 가시 돋은 작은 장미꽃 밭을 지나 정문까지 이른다. 장미꽃은 최초의 꽃망울을 터뜨리고 있다. 흰색 클레마티스는 현관 나무 기둥을 따라 솜털처럼 무더기로 자라서, 매우 진하고 번쩍거리는 푸른색 현관문을 조금은 부드럽게 보이게 한다. 문에 있는 타원형 불투명 유리는 눈앞에 무언가 기어 다니는 듯한 느낌을 준다. 니블레츠는 매력 없는 집이 아니다. 이 집은 조심스레 군데군데 하얀 회칠을 했으며, 꽃무늬로 문 가장자리를 밝게 장식하여 아담하고 편안한 느낌을 준다. 집 안에는 큰 방이 네 개 있고, 거실과 주방

겸 식당은 잔디밭이 있는 뒤쪽에 있다. 비스듬히 경사진 잔디밭은 훌륭한 바다 경치에 비하면 볼품이 없다. 그러나 이것은 나중에 알게 된 것이다.

날이 더워졌다. 기온은 오후에 섭씨 27도로 올라갔으며, 공기 중에는 열기가 있었다. 언덕에서는 멀리 연갈색 아지랑이 속에서 웅크린 만의 곶이 보였다. 넓은 바다는 은빛 신기루와 빛살 때문에 매우 연한 푸른색으로 반짝였다. 한데 얽힌 장미꽃은 후덥지근한 향기를 내뿜었다. 피치 씨는 그의 아내와 내가 아는 사이라는 것을 모를 수도 있다는 생각을 하면서 누른 초인종 소리는 천사의 성가대를 위해 두드리는 소리굽쇠처럼 날카롭고 달콤하였다. 정말 그렇다면 하틀리는 무척 놀랄 것이다. 안에서 곧 나지막한 목소리가 들려왔다. 그리고 잠시 후에 하틀리가 문을 열었다.

그녀의 변한 외모를 보고 나는 충격을 받았다. 강렬하고 소중한 내 기억 속에서 그녀는 다시 젊어졌기 때문이다. 나는 그녀의 얼굴에서 두려운 표정이 잠시 나타났다 사라지는 것을 목격할 수 있었다. 그러고는 그녀의 약간 흐릿해진 분명치 않은 보랏빛 큰 눈 외에 다른 것은 볼 수 없었다. 그 눈은 나를 지나쳐 다른 곳을 바라보는 듯했다. 나는 얼굴이 붉어지는 것을 느낄 수 있었다. 난처하게도 목덜미와 얼굴이 달아올랐다.

나는 일부러 아무 말도 하지 않을 생각이었다. "아, 미안해, 산책하다가 집에 가는 길인데, 그냥 잠깐 들러 본 거야."

그녀가 대답하기 전에 나는 생각할 시간이 있었다. 그녀가 먼저 말하게 두었어야 했는데! 그랬더라면, 만일 그녀가 남편에게 정말로 내 얘기를 하지 않았다면, 내가 솔을 팔러 온 것처럼 행세할 수 있었을 텐데. 나는 청바지에 깨끗한 흰 와이셔츠, 그리고 색은 바랬지만 꽤 고급스러운 재킷을 입고 있었다. 나는 그녀의 눈을 똑바로 바라보려 했지만 불가능했다. 공포는 이미 사라지고 없었다.

그녀는 나에게는 아무 말도 하지 않고, 집 안을 돌아보며 말했다. "그가 왔어요."라고 하는 것 같았다. 이렇게 말하면서 그녀는 내 얼굴 앞에서 문을 반쯤 닫았다. 나는 그녀가 문을 닫으려는 줄 알았다.

집 안에서는 "아!"라는 식의 감탄사가 들렸다.

문이 다시 열리고 하틀리가 나에게 미소 지었다. "잠깐 안으로 들어와."

나는 털이 뻣뻣한 큰 오렌지색 매트 위에 신발을 닦고 현관 안으로 들어갔다. 환한 곳에 있다가 실내로 들어서자 눈앞이 잠깐 보이지 않았다.

슈러프엔드에서 여기 오는 내내, 그리고 정말로 하틀리를 방문하려고 결심했을 때부터 나는 흥분의 도가니에 빠져 있었다. 분명치 않은 육체적인 동요와 공포가 섞인 기분이었다. 이것은 내가 캘리포니아에서 프리치를 감동시키기 위하여 높은 다이빙대에서 뛰어내렸을 때 느꼈던 기분과 다르지 않았다. 더 심하다고 할 수 있다. 갑작스러운 실내의 어둠 속에서 나는 하틀리를 정확히 볼 수 없었으나 집 안 전체에 퍼져 있는 강력한 자력(磁力) 같은 그녀의 존재를 의식했다. 마치 그녀가 나를 포옹하는 동굴 속으로 휩쓸려 들어간 것 같았다. 그러나 나는 그녀를 어루만질 수가 없었다. 정말로 그녀를 만질 수 없다는 것 때문에 내 전신은 음전기에 둘러싸인 것처럼 떨었다. 그와 동시에 나는 보이지 않는 그녀의 남편을 메스꺼울 정도로 의식했다. 나는 도착하여 종을 울리고 피치 씨를 만나는 순간을 미리 생생하게 상상해 보고 또 상상해 보았다. 그것은 미지의 세계, 다시 돌이킬 수 없는 세계로 뛰어드는 것 같은 기대감이었다. 그러나 지금 이것은 고통스러울 정도로 느린 다이빙으로 느껴졌다. 내가 그쪽으로 가려고 다이빙하면 물이 물러나서 내가 더 천천히 떨어지게 하는 것 같았다.

하틀리는 실제로 나를 현관에 내버려 둔 채 방으로 들어가 문을 거의 닫고 속삭이는 듯한 소리로 의논했다. 현관은 좁았다. 제단 같은 탁자 위에는 장미꽃이 꽂힌 꽃병이 있었고, 그 위에는 중세 기사의 큰 갈색 그림이 걸려 있었다. 하틀리가 다시 나타나서 다른 방의 문을 밀어 열었다. 그리고 나를 아무도 없는 거실로 안내하였다. "미안하지만 우리는 지금 차를 마시던 중이야. 잠시 뒤에 올게."라고 그녀가 말했다. 그리고 나를 그곳에 두고서 문을 닫고 다시 나갔다.

그제야 내가 얼마나 위험하게 행동했는지, 또 얼마나 어리석었는지를 알아차렸다. 6시에 나는 술을 마시는 습관이 있다. 나는 이때가 방문하기에 가장 적당하고 예의 바른 시간이라고 생각했다. 그런데 사실상 내가 그들의 저녁 식사를 방해한 것이다. 기다리는 동안 두려움을 달래기 위하여 나는 방을 둘러보았다. 큰 흰색 반원형 창문으로 마을의 일부 풍경과 항구와 바다 경치가 모두 보였다. 커다란 장미 꽃병 옆 선반에는 제법 비싸 보이는 망원경이 놓여 있었다. 특별하고 맑은 빛을 내는 에나멜 거울처럼 바다는 방으로 빛을 반사하여 보내고 있었다. 이 빛이 나를 흥분시키고, 당황시키고, 눈부시게 하여 주위를 볼 수가 없었다. 발밑에는 두꺼운 양탄자가 깔려 있었고, 방은 덥고 공기가 통하지 않았으며, 장미의 짙은 향기가 물씬 풍겼다.

하틀리가 들어오고 남편이 뒤따라 들어왔다. 첫눈에도 피치는 거친 사내처럼 보였다. 키는 작지만 체격은 딱 벌어졌고, 머리는 남자애처럼 둥글었고, 목은 굵은 편에, 쥐색 머리카락은 짧았다. 진한 갈색 눈은 가늘고, 윤곽이 분명한 입은 크고 육감적이었다. 오뚝한 코는 번들거리고 콧구멍은 컸다. 그의 어깨는 넓고 힘이 있어 보였다. 불구의 흔적은 전혀 보이지 않았다. 그는 미소를 띠고 들어왔다. 나도 눈을 깜박거리며 상냥하게 미소 지었고, 우리는 자연스럽게 악수를 했다. "만나서 반갑습니다." "예고 없이 찾아온 걸 개의치 않으시겠지요?" "물론이지요."

조금 전 문을 열 때 파란색 겉옷을 입었던 하틀리는 이제 노란색 면 원피스를 입고 있었다. 원피스 위쪽은 꼭 끼고 치마는 품이 넉넉했다. 그녀는 긴장한 것처럼 나를 보지 않고 움직였다. "아, 방 공기가 너무 탁하네. 유리창을 열어야겠어. 앉아."

나는 앉았다. 아니, 앉았다기보다 벨벳으로 싼 통과 같은 낮은 안락의자에 푹 끼어 버렸다.

하틀리가 피치에게 말했다. "우리 식사를 이리로 가져올까요?"

그가 대답했다. "그게 좋겠군."

하틀리는 그들이 식사를 하던 주방으로 다시 갔다가 접시 두 개를 가지고 돌아왔다. 한편 피치는 벽 쪽에서 접이식 탁자를 꺼내 두꺼운 양탄자 위에 불안정하게 펴 놓았다. 하틀리가 접시를 피치에게 건네주었다. 그는 그녀가 식탁보를 찾는 동안 접시를 들고 있었다. 칼과 포크와 접시를 탁자 위에 놓은 뒤 빵인지 다른 음식인지를 가져왔다. 등이 곧은 의자가 양탄자 위에 놓이고 하틀리와 피치가 거기에 앉았다. 의자는 나를 향하도록 반쯤 돌려 놓았다. 그들은 햄 샐러드를 먹고 있었는데, 보아하니 더 이상 식사를 할 수 없을 것 같았다.

하틀리가 내게 말했다. "뭘 좀 먹을래?"

"고맙지만 괜찮아. 그냥 잠깐 들른 거야. 미안해, 내가 식사를 방해한 것 같네."

"천만에."

피치는 아무 말도 하지 않고 가느다란 눈으로 나를 바라보며 콧구멍을 크게 벌렁거렸다. 말없는 그의 큰 입은 오히려 험악해 보였다.

놀라움, 혹은 혼란스러운 난처함 때문인지 그들은 대화할 힘을 잃어버린 것 같았다. 그래서 나는 무엇이든 얘기가 진행되도록 횡설수설하였다. 나는 가장 짧고 가능한 한 친절한 말을 교환한 뒤 그곳을 떠나려고 결심하였다.

"전망이 훌륭하네."

"그렇지? 전망 때문에 이 집을 결정했어."

"내 집에서는 그냥 바위와 바다만 보일 뿐이지. 하지만 수영하기는 좋아. 수영은 자주 해?"

"아니, 벤은 수영을 하지 못해."

"유리창이 커서 좋군. 사방을 한눈에 볼 수가 있잖아."

"그래, 좋지." 그녀는 말을 덧붙였다 "이곳은 우리가 바라던 꿈의 집이야."

"당신 집에는 전기가 들어옵니까?" 여태까지 침묵을 지키던 피치가 물었다.

나는 이 말이 명백히 친절한 것이라고 받아들였다. "아니요. 이 집에는 다행히 전기가 들어오는군요. 다행입니다. 나는 석유 램프와 캘러 가스로 지냅니다."

"자동차는 있나요?"

"아니요, 당신은요?"

"없어요. 무엇 때문에 이런 곳에 왔습니까?"

"글쎄요, 특별한 이유는 없습니다. 이 근처에서 자란 옛날 여자 친구가 여기에 대해 얘기해 주었어요. 나는 은퇴하면 바다 가까이 살고 싶었는데 마침 집값이 여기가 더 싸더군요……."

"집이 다 싼 것만은 아닙니다." 피치가 말했다.

이제 나는 빛에 익숙해졌고 주변의 사물들이 그림과 같이 뚜렷하고 정확하게 내 마음속에 새겨졌다. 나는 거북하게 뻗은 다리, 아직 붉히고 있는 얼굴, 방망이질하는 심장의 박동을 의식하고 있었다. 짙은 장미 향은 유리창을 열어 두었는데도 그다지 가시지 않았다. 낮은 의자에 앉아 있는 내가 불리하다는 생각이 들었다. 나는 양탄자의 갈색과 노란색 꽃무늬, 연갈색 벽지, 벽에 부착된 전기 난로 주위의 황토색 타일을 눈여겨보았다. 교회 그림이 얕은 부조로 새겨진 두 개의 둥근 놋쇠판이 난로 양쪽에 걸려 있었다. 양탄자 위에 놓인 털이 부스스한 우스꽝스러운 깔개 때문에 탁자의 한 다리가 불안정해 보였다. 커다란 텔레비전 위에도 장미꽃이 있었다. 책은 보이지 않았다. 거실은 매우 깨끗하고 잘 정돈되어 있었다. 아마도 텔레비전을 볼 때 말고는 대부분 주방에서 생활하는 것 같았다. 이곳에 사람이 기거하는 흔적이라곤 의자 위에 놓인 우편 주문 카탈로그와 파이프가 놓인 재떨이뿐이었다.

하틀리와 피치는 탁자에 꼿꼿하게 앉아 있었다. 마치 원시시대 화가가 그린 부부 같았다. 묘하긴 하지만 불쾌하지는 않은 피치의 얼굴은 뚜렷한 윤곽과 잘 정돈된 이목구비 덕분에 유달리 원시적인 요소가 있었다. 하틀리의 얼굴은 수줍게 살짝 훔쳐본 바로는 멍하고도 초조해 보였다. 눈을 감춘 백색의 부드러운 달과 같았다. 나는 그녀의 미끈한 노란색 원피스만 겨우 볼 수 있을 뿐이었다. 목 부분이 둥글게 파인 잠옷처럼 생긴 그 원피스는 조그만 갈색 꽃무늬로 덮여 있었다. 피치는 허름한 연하늘색 바탕에 가는 갈색 줄무늬가 있는 양복을 입고 있었다. 단추를 채우지 않은 재킷 사이로 멜빵이 보였다. 아마 내가 왔다는 말을 듣고 입었나 보다. 파란색 셔츠는 깨끗했다. 하틀리는 곱실거리는 회색 머리를 매만져 위로 올렸다. 나는 너무 감정에 북받쳐 당황했으며, 수치심까지 느껴 그 자리에서 도망치고 싶은 욕망이 생겼다. 이 모든 것이 나를 어떻게 휘몰아치는지 따져 보고 싶었다.

"여기 오랫동안 살았나요?"

"2년 동안요." 피치가 말했다.

"아직도 정리를 하고 있는 셈이야." 하틀리가 말했다.

"텔레비전에서 선생을 보았습니다." 피치가 말했다. "메리가 무척 흥분했지요. 선생을 기억하더군요."

"그야 물론이지요. 학교 다닐 때의 날 기억했을 테지요……."

"우리는 유명 인사들은 전혀 몰라요. 그러니까 흥분할 만도

하지요."

나는 그 혐오스러운 주제를 벗어나기 위해 말했다. "아들이 아직 학교에 다니나요?"

"우리 아들 말입니까?" 피치가 되물었다.

"아니, 그만됐어." 하틀리가 얼른 말했다.

"그 아이는 입양아입니다." 이번에는 피치가 말했다.

조금 전만 해도 그들은 음식을 먹으려는 듯이 포크를 만지작거리고 있었지만 이제는 포크를 내려놓은 상태였다. 그들은 나를 보지 않고, 내 발치의 양탄자를 바라보고 있었다. 피치는 가끔 나를 흘깃 보았다. 나는 떠날 때가 된 것을 눈치챘다.

"반겨 줘서 고맙습니다. 이제 가 봐야겠습니다. 식사를 방해해서 정말 미안해요. 조만간 우리 집에도 한번 방문해 주세요. 전화가 있나요?"

"전화가 있긴 한데 고장입니다." 피치가 말했다.

하틀리는 서둘러 일어섰다. 나도 따라 일어나려다 털이 부스스 일어난 깔개에 걸려 넘어질 뻔했다. "깔개가 참 좋군요."

"응. 이건 조각 천으로 만든 깔개야."

"뭐라고?"

"조각 천으로 만든 깔개. 남편이 만들었어." 그녀는 거실 문을 열었다.

피치는 훨씬 천천히 일어났다. 그리고 나를 방에서 내보내려는 듯 몸을 움직여 옆으로 비켜섰다. 나는 그가 발을 저는 것을 보았다. 그가 말했다. "먼저 가세요. 난 다리를 절어요. 전쟁에서 얻은 상처지요."

나는 어두운 현관을 지나 타원형 유리가 밝게 빛나는 문 쪽으로 가면서 입을 열었다. "이제 서로 연락하고 살아요. 둘이서 우리 집에 놀러 와 음료도 한잔하고, 또 우스꽝스러운 우리 집도 구경하세요."

하틀리가 현관문을 밀어 열었다.

"안녕히 가세요. 방문해 주어서 고마워요." 피치가 말했다.

내가 붉은 타일 위로 나가 서자 문이 닫혔다. 나는 그들이 보이지 않자마자 뛰기 시작했다. 마을 거리에 닿았을 때쯤 나는 헐떡거리고 있었으며, 해변 도로로 가는 좁은 길에 들어선 뒤에야 좀 천천히 걷기 시작했다. 걸어가는 동안 등 뒤에 기분 나쁘고 불쾌한 느낌이 있었다. 내 마음속에서 휘몰아치는 모든 흥분된 감정과 감각 가운데에서도 나는 감시당하는 듯한 기분을 느낄 수 있었다. 돌아보려던 나는 내가 아직 니블레츠에 가까이 있는 데다가, 만약 피치가 창가에 앉아서 내가 걸어가는 모습을 확인하려 한다면 그가 사용할 고성능 망원경이 미치는 사정거리에 있다는 사실을 깨달았다. 교회와 교회 마당은 나무에 가려져 있긴 하지만 마을 거리의 일부분은 니블레츠에서 훤히 보인다. 하틀리가 불안해하던 이유가 그것이었나? 내가 그녀를 만나서 교회 안으로 데려가는 것을 피치가 보았으리라는 생각 때문에? 기억하기론 그녀는 내 뒤에서 걸어오고 있었고, 나와 나란히 걷지는 않았다. 미친 오르페우스*처럼 앞에서 걸어가는 나와 제정신을 잃은 에우리디케처럼 뒤에서 걸어오는 그녀의 모습이 얼마나 이상하게 보였을까? 그러나

---

* 그리스 신화에 나오는 하프 연주가. 저승에서 아내 에우리디케를 데리고 나오려다 도중에 아내를 돌아보지 말라는 약속을 어겨 아내를 영영 잃는다.

어째서 그녀는 거리에서 어떤 사람을 만나다 들키는 것을 두려워할까? 그게 나라도 말이다. 당장 돌아보고 싶은 유혹을 눌러 참으면서 나는 날렵하게 계속 걸어갔다. 그리고 움츠려 자란 나무와 가시금작화 덤불과 도로 쪽으로 튀어나온 바위를 지나 언덕이 보이지 않는 곳에 다다랐다. 날씨가 아직 매우 더워 재킷을 벗었다. 겨드랑이는 땀으로 젖어 있었고 셔츠에는 물이 들어 있었다.

나는 여러 가지 일들을 의아하게 여기기 시작했다. 어떤 것은 당면한 문제였고, 또 다른 것은 매우 멀리 있고 형이상학적인 문제였다. 첫째는 내가 그 집 초인종을 누를 때 뒤늦게 자문한 것이다. 분명히 하틀리는 나를 안다고 자기 남편에게 말했다. 그러나 언제, 어떻게, 그리고 왜 말했을까? 수십 년 전 그녀가 그를 처음 만났을 때였나? 그들이 결혼한 뒤에? 그들이 나를 '텔레비전에서 보았을 때'인가? 아니면 오늘 나를 거리에서 만나고 집에 돌아가서? "아, 그전에 알던 사람을 만났어요. 얼마나 놀랐는지 몰라요." 그러고 나서 나를 텔레비전에서 본 것을 상기시켰는지도 모른다. 그러나 아니다. 그것은 너무 공들여 꾸민 것이다. 그녀는 훨씬 전에 그에게 말했을 것이다. 어쨌든 말하지 못할 것도 없지 않은가. 그녀가 나를 비밀로 간직하기를 바랐던가? 내가 그녀를 그렇게 충직하게 비밀로 간직했듯이……. 나는 왜 그렇게 했을까? 그녀가 너무나 성스러워서 입 밖으로 말하면 그녀의 신성을 더럽힐 것 같았다. 어쩌다 하틀리를 다른 사람에게 얘기하면 그때마다 항상 후회했다. 아무도 이해하지 않았고, 이해할 수도 없었다. 엄격하고 결실 없는 침묵이 더 낫다. 결혼 생활에서 혐오스러운 것 중의 하나는 부부가 상대방에게 모든 것을 털어놓아야 한다는 것이다. "바로 그 사람이야." 그들은 분명히 오늘 나에 대하여 말했을 것이다. 지난 수십 년 동안 그들이 나에 대하여 이야기하고, 나를 깔아뭉개고, 내 품위를 떨어뜨리고, 마치 나를 음식물처럼 잘근잘근 씹어서 결혼 생활의 이야깃거리로 만들었다고 생각하면 치가 떨렸다. "당신 고등학교 애인이 출세했더군!" 피치는 그녀를 '메리'라고 불렀다. 그렇다. 그것도 그녀 이름이다. 그러나 하틀리가 그녀의 진짜 이름이다. 그녀는 일부러 자기 진짜 이름을 포기함으로써 자기 과거도 포기했단 말인가?

집에 돌아왔을 때 바깥은 아직 밝았지만 집 안은 바깥의 햇빛과 반대로 어둡고 서늘하고 습기가 차 있었다. 나는 셰리주와 맥주를 따라서 바위로 둘러싸인 뒷마당으로 나갔다. 그리고 돌멩이를 넣어 둔 바위 그릇 옆 바위 위에 가져다 놓은 깔개 위에 앉았다. 그러나 당장 바다를 보지 않고는 견딜 수가 없어서 술잔을 조심스레 들고 조금 더 기어올라가 바위 꼭대기에 앉았다. 바다는 이제 푸르스름한 보랏빛이었다. 하틀리의 눈빛이다. 아, 난 어떻게 해야 하나? 무슨 일이 있어도 고통받지 않아야 한다. 그러나 내가 고통을 겪지 않기 위해서는 반드시 양립해야 하는 두 가지 상황이 존재한다. 하나는 내가 하틀리와 지속적이고 영원하면서도 친밀한 관계를 유지해야 한다는 것이고, 또 하나는 지옥 같은 질투의 나락에 빠지지 말아야 한다는 것이다. 물론 그녀의 결혼을 방해해서도 안 된다. 그런데 어째서 '물론'이란 말인가……?

그래, 그렇다. 나는 그녀의 결혼을 방해할 수도 없고, 방해할 생각도 하지 않을 것이다. 그런 시도는 생각할 수도 없을 만큼 부도덕한 것이며, 만일 시도해 본다고 하더라도 꼭 성공하리라고 상상할 근거가 없다. 그것은 미친 짓이다. 그들 부부에게는 '유명 인사'라는 매력이 별로 큰 마력이 아니라는 것을 느꼈다. 이런 생각이 들자 나는 어째서 하틀리가 그렇게 보였는지, 왜 그런 기묘한 표정을 지었는지를 알 것 같았다. 나는 가끔 그녀가 후회하리라는 생각을 하곤 했다. 아마 그녀는 후회했을지도 모른다. 그러나 내가 사랑했던 사람, 그리고 지금도 사랑하는 사람은 이제 '명성' 때문에 어리석게 현혹되지는 않을 것 같았다. 그러므로 만일 내가 어딘가 균열을 찾고자 한다면……. 물론 나는 그런 일을 하지 않을 것이고, 그저 이해하려고 노력할 뿐이다. 돌이켜 보니 그녀의 le mari*를 우습게 알았다. 이제야 생각해 보면, 나는 그녀의 남편이 보잘것없는 사람이기를 기대한 것 같다. 의심할 여지 없이 나는 보잘것없는 작은 남자를 바랐고 원했다. 그러나 이유는 모르겠지만 피치는 보잘것없는 남자가 아니었다. 그는 어떤 사람일까? 그 결혼의 봉인된 함 속에서 무슨 일이 일어나고 있는가? 그리고 나는 그것을 언제나 알 수 있을까? 그나마 타이터스가 입양아라는 사실에 기뻐하지 않을 수 없었다.

이 모든 것이 이제 가장 핵심적인 질문으로 나를 이끌었다. 그녀는 행복한가? 결혼한 사람에게 이것은 경솔한 질문이라는 것을 알 만큼 나는 결혼의 신비에 대하여 잘 안다. 사람들은 지속되는 행복을 배제하더라도 더 만족스럽고 좋은 생활 양식에 안주한다. 결혼한 부부들 중 소수는 점차적으로 서로에

* '남편'이라는 뜻의 프랑스어.

게 즐거움을 느끼고 행복을 발산한다. 시드니와 로즈메리 애시도 그 행복을 발산했다. 확실히 니블레츠에는 그런 행복의 발산은 없었다. 물론 내가 느닷없이 나타나서 불안을 조장한 사실을 감안해야 하겠지만. 거북한 분위기가 있었지만 그 이유는 분명치가 않다. 단언컨대, 만약 그들이 아주 행복했다면 본능적으로 그 행복에 침입한 외부인에게 자랑하고 싶어 하지 않았을까? 행복에 겨운 부부는 자랑하지 않고는 못 배기는 법이다. 시드니와 로즈메리는 늘 그랬다. 빅터와 줄리아도 마찬가지다. 그러나 그것도 결정적이지는 않다. 분명한 것은 처음부터 이 생각이 무서운 고통으로부터 나를 막아 주었지만, 가능하면 하틀리를 혼자서 다시 만나 이 상황을 확실히 파악해야 한다는 것이다.

해가 지기 시작하고 바다가 연초록색 하늘 아래서 금빛으로 변해 갈 때 나는 술잔을 구석에다 놓고 조금 더 높은 바위 위로 기어올라갔다. 거기에서는 바다 전체를 바라볼 수가 있었다. 붉게 빛나는, 그러나 눈부신 빛 속에서 나는 경치를 유심히 관찰했다. 내가 무엇을 찾고 있었을까? 나는 바다 괴물을 찾아보고 있었다.

········

다음 날 9시가 되기 전에 나는 교회에 들어갔다. 이곳까지 일부러 빙 돌아서 왔다. 우선 도로 건너 바위 위를 기어올라간 다음, 가시금작화 숲을 통해 레이븐 호텔 쪽으로 우회한 다음 아몬 농장의 바다 쪽 습지를 건넜으며, 들판 세 개와 가시

돌은 산울타리 세 개를 지나 주도로를 따라 육지 안쪽에서 내로딘에 접근했다. 이런 방법으로 나는 어느 지점에서도 니블레츠의 '시야'에 들어가지 않았다. 나는 하틀리가 교회에 오리라는 것을 확신하지 않으려고 노력했다. 어쨌든 잠복해 있기 좋은 곳은 그곳뿐이라고 판단했다. 그녀가 슈러프엔드까지 올 것 같지는 않았기 때문이다. 교회 안에는 물론 아무도 없었다. 제단 위에 향기 짙은 백장미를 잔뜩 갖다 놓은 것으로 보아 어제 이후로 누군가가 다녀간 것을 알 수 있었다. 그로 인해 터무니없는 깊은 두려움이 나를 불안하게 하였다. 지나간 세월이 심각한 마음의 동요를 일으켰다. 오랜 과거로부터 모든 종류의 어두운 파편이 움직여 표면으로 떠오르는 듯한 느낌이었다. 나는 구토증을 느끼며, 장미 뒤쪽에 있는 갈색 널판에 거의 알아볼 수 없이 새겨진 십계명을 읽고 있었다. 하틀리가 오기를 줄곧 기대하지 않으려 하면서 열 번째(남의 것을 탐하지 말라)와 일곱 번째(간음하지 말라) 계명에 특별히 주의하지 않으려고 했다. 밝은 햇살이 교회의 높다랗고 둥근 연초록색 유리창을 통해 들어와 그 큰 방을(교회는 결국 큰 방에 지나지 않으니까.) 섬뜩하고 불안하게 만들고 있었다. 햇빛 속에 많은 먼지가 천천히 공중을 떠돌아 다녔고, 장미 향기는 먼지와 곰팡내 나는 나무 냄새에 섞였다. 교회는 별로 사용하지 않은 듯 텅 비어 있었으며, 약간 성난 곳처럼 여겨졌다. 이곳은 생소하고 중대한 만남의 장소로 적합한 곳이었다. 나는 두려움을 느꼈다. 내가 피치를 두려워하는 걸까?

· · · · ·

나는 교회에서 한 시간 이상을 기다렸다. 나는 계속해서 왔다 갔다 했다. 모든 기념비를 주의 깊게 읽고 장미 향기도 맡아 보았다. 새로 출판된 형편없는 기도서도 몇 군데 읽어 보았다. (교회가 비어 있는 이유를 알겠다.) 그 지방 여인들이 수놓은 무릎 방석을 꼼꼼히 들여다보았다. 긴 의자 위에 올라서서 유리창 밖을 내다보았다. 나는 교회 묘지에 묻혀 있는 가엾은 멍청이가 예전과 마찬가지로 말없이 누워 있을 거라고 생각했다. 10시 20분쯤에 나는 밖으로 나가 공기를 쐬어야겠다고 마음먹었다. 하틀리가 바깥 거리를 걸어 다니고 있을지도 모르는데 교회에 이렇게 숨어 있는 것은 큰 잘못이라는 생각이 들었다. 그녀가 너무나 보고 싶어 소리 내어 신음했다고 해도 과언이 아니다. 나는 밖으로 뛰어나가 철제 대문을 지나 '중심가'를 볼 수는 있으나 언덕에서는 나를 볼 수 없는 곳에 자리를 잡고 앉았다. 몇 분 뒤에 하틀리처럼 보이는 한 여자가 거리의 저쪽 담 옆으로 천천히 기어가고 있는 것이 보였다. 상점에 가는 모양이었다. "기어가고 있다"라고 말한 것은 그녀가 누구인지 알아보기 전에 첫인상이 '늙은 여자'의 모습이었기 때문이고, 지금 내가 본 것이 늙은 여자의 인상이었기 때문이다. 나는 몸을 일으켜 그녀의 뒤를 따랐다. 길을 건너며 그녀는 살짝 돌아보더니 나를 보자 걸음을 재촉했다. 틀림없이 하틀리였다. 그런데 그녀가 나로부터 도망을 치고 있다니! 그녀는 상점으로 들어가지 않고 내가 '어부들의 가게 길'이라 부르는 길로 꺾었다. 내가 뛰어서 모퉁이에 다다랐을 때 그녀는 온데간데없었다. 나는 '어부들의 가게'로 들어갔다. 그녀는 거기에도 없었다. 나는 분통이 나서 소리를 지르고 싶었다. 길 끝까지 계속 뛰어가자 허름한 집이 두세 채 나왔고, 철창이 다섯 개가 달린 대문과 나무로 둘러싸인 넓은 초원이 나타났다. 그녀가 초원을 지나갔을 리는 없었다. 그녀는 어디로 들어간 것일까? 다시 뛰어 돌아온 나는 거리를 벗어난 작은 골목길을 보았다. 두 집 사이에 있는 햇빛이 들지 않는 좁은 골목길이었다. 나는 흩어진 자갈을 차면서 길을 내려갔다. 모퉁이를 돌자 그 뒤로 풍화된 낮은 담이 보였고, 그 안쪽으로 네모난 공터가 보였다. 그곳에는 넘치는 쓰레기통과 헌 마분지 상자와 버려진 자전거가 널려 있었다. 그 한가운데에 하틀리가 서 있었다. 내 집 주위를 둘러싼 빛나는 누런 바위가 튀어나온 그 뒤에 그녀가 서 있었다.

그녀는 체념한 듯한 몽환의 경지에서 미소도 짓지 않고 물끄러미 나를 바라보았다. 그러나 나는 그녀가 쫓기는 사냥감처럼 속으로 떨고 있는 것을 알 수 있었다. 담의 어두운 그림자가 바위를 나누고 장바구니와 핸드백을 들고 서 있는 하틀리의 발을 감추며 공터에 드리워져 있었다. 오늘은 날씨가 꽤 더웠지만 그녀는 흰 데이지꽃 무늬의 하늘색 면 원피스 위에 헐렁한 갈색 카디건을 입고 있었다.

나는 그녀에게 달려가서 팔이 아니라 장바구니의 손잡이를 잡았다. 이렇게 쫓아가서 그녀를 잡은 것이 우리 둘을 모두 놀라게 했다. "아, 하틀리, 이러지 마. 나에게서 도망가지 마. 그건 미친 짓이야. 너를 찾은 것이 얼마나 다행인지 몰라. 널 못 찾았다면 나는 미쳐 버렸을 거야! 네게 꼭 할 말이 있으니까 잠깐 교회로 가자, 제발."

나는 장바구니의 손잡이를 끌어당겼고 그녀는 내 앞에서 좁은 골목을 걸어갔다.

"교회에 가 있어. 장을 보고 난 뒤에 갈게. 그래, 약속해."

나는 다시 교회로 돌아갔다. 그녀를 뒤쫓아 쓰레기통과 바위와 자전거가 있던 그 막다른 곳에 갇혀 있다 온 터라 몸이 마구 떨렸다. 그녀는 10분 후에 왔다. 나는 그녀에게 다가가서 무거운 바구니를 들어 주었다. 나는 그녀에게 어떻게 행동해야 할지 몰랐다. 그녀와 나 사이에는 두려움과 당황스러움 같은 깊고도 심각한 장벽이 놓여 있었다. 만일 신의 은총이 이 모든 고통을 사랑의 말과 행동으로 바꾸어 줄 수 있다면 얼마나 좋을까! 그러나 어떤 의미의 은총도 없었다. 나는 미칠 정도로 그녀를 어루만지고 안고 싶었으나, 마치 그것이 놀라운 육체적 묘기나 되는 것처럼 행동으로 옮길 수 없었다. 우리는 그전에 앉았던 그곳에 앉았다. 그녀는 앞줄 의자에 앉아 나를 뒤돌아보았다.

"왜 숨었지? 난 견딜 수가 없어. 우리는 꼭…… 우리는 꼭 이 상황을 바로잡아야 해. 난 미칠 것 같아……."

"찰스, 제발 그렇게…… 제발 그렇게 불쑥 찾아오지 마."

"미안해……. 하지만 꼭 만나야 했어. ……아직도 나는 네게 마음이 쓰여. 내가 어떻게 하기를 원해? 적어도 우리는 친구로 지낼 수 있잖아. 이제 이런 기회가 왔으니……. 물론 네가 원하지 않는 건 절대 하지 않을 거야……. 제발…… 남편이랑 같이 우리 집에 올 수 있겠어? 내일 6시에, 아니면 5시, 7시, 언제라도 편한 시간에 한잔하러 와. 우스꽝스럽긴 하지만 슈러프엔드를 보여 주고 싶어. 올 거지?"

하틀리가 고개를 움츠려서 하늘색 원피스의 구겨진 옷깃이 그녀의 머리카락을 덮었다. 그녀는 아래를 내려다보며 의자 뒤로 거의 숨어 버렸다. "제발 우리에게 아무것도 기대하지 마. 우리 집에 오지도 말고 우리에게 아무것도 요구하지 마……. 우린 파티에 가지 않아."

"파티가 아니야!"

"그렇게 할 필요가 없어. 왜냐하면…… 그리고 제발 길거리에서 나를 따라오지 마. 사람들이 눈여겨보니까."

"하지만 네가 나에게서 도망갔잖아. 네가 숨어서……."

"이 동네에서는 이웃이라고 해도 서로 왕래하거나 즐겨 놀지 않아."

"하지만 넌 이미 나를 알고 있어! 그리고 '즐겨 놀자'는 게 아니야. 그게 이상한 격식을 차린 접대를 의미한다면, 난 그런 걸 싫어해. 하틀리, 정말 참을 수가 없어. 설명 좀 해 봐."

하틀리는 나를 똑바로 쳐다보았다. 오늘 그녀는 립스틱을 바르지 않아서 지금의 늙은 모습 속에서 그녀의 젊었을 적 모습을 찾아볼 수 있었다. 피곤하고, 창백하고, 주름진 그녀의 부드럽고 둥근 얼굴은 이제 매우 슬퍼 보였다. 일종의 자포자기 같은 슬픔은 그녀가 나를 떠날 때에도 보지 못했다. 그러나 그녀의 슬픔은 단호하고 조심스럽고 주의를 기울이고 있었으며, 흐릿하던 눈은 생기가 넘쳤다. 그녀는 약간 부은 붉은 손으로 구겨진 옷깃을 힘없이 잡았다.

"설명할 게 있나? 그리고 왜 설명을 해야 하지?"

"넌 내가 신사답지 않게 행동한다고 생각해?"

"아니, 아니야. 난 미용실에 가야 해."

"내가 신사답게 행동해서 어떻게 되었나 봐! 난 네게 강요한 적이 없어. 네가 나와 결혼하겠다고 했을 때 난 너를 믿었어. 난 너를 사랑했고, 지금도 사랑해. 그래, 그때 넌 나를 믿을 수가 없다고 말했고 내가 네게 불성실할 것이라고 했지! 아마 지금도 나를 믿지 못하겠지? 그러나 날 믿어야 해. 정말로 아무 여자도 없어. 아무도 나와 같이 있지 않아. 난 혼자야. 그걸 알아주었으면 좋겠어."

"그런 말을 할 필요까지 없어. 난 상관 안 해."

"그래, 나를 오해하지 마. 그저 항상 그랬듯이 내가 조금도 변하지 않았다는 것을 네가 알았으면 좋겠어. 염려할 것은 하나도 없어."

"미용실에 가야겠어."

"하틀리, 제발……. 아, 그래, 좋아. 설명할 필요는 없어. 내가 여기를 떠나 다시는 나타나지 않았으면 좋겠어?"

물론 나는 그녀가 그렇다고 말하기를 원하지 않았고, 그녀도 그렇다고 하지 않았다.

"난 그걸 원하지는 않아. 내가 무얼 원하는지 모르겠어."

이 쓸쓸한 소리, 마침내 필요한 소리를 듣고 나는 훨씬 행복해졌다. 그리고 머리도 맑아졌다. "하틀리, 내 사랑, 내게 이야기해 줘. 그래야 돼. 할 이야기가 정말 많을 거 아냐? 난 너에게 피해를 주진 않을 거야. 그 당시 너를 향한 내 사랑은 여러 가지 갈등으로 혼란스러웠어. 그런 것은 이제 없어. 그러니까 모든 것이 더 잘될 것이고 다시 사랑을 찾을 거야. 알겠어? 진짜로 우리는 친구가 될 수 있어. 그리고 네 남편에 대해서도 더 알고 싶어." 그리고 나는 다음 말을 하지 않으면 안 되었다.

"난 네 남편이 마음에 들었어." 이 말은 거짓말같이 들렸다.

하틀리는 다시 의자 뒤로 몸을 굽혔다. "어쨌든 우리는 이야기를 해야 해. 너무 늦기 전에 너한테 할 이야기가 너무나 많아. 묻고 싶은 말도 수백 가지나 돼. 그때 무슨 일이 있었는지가 아니야. 너에 대하여, 네가 그동안 어떻게 살아왔고…… 아…… 타이터스에 대해서도. 그를 만나고 싶어. 그를 도와줄 수도 있을 거야."

"돕다니?"

"그래, 도울 수 있어. 예를 들어 재정적으로라든가. 아니면…… 하틀리, 나는 세상에 대하여 많이 알아. 어떤 특정한 세계에 대해서는…… 아들이 뭘 하고 싶어 하지? 무슨 공부를 하고 있지?"

하틀리는 깊은 한숨을 내쉬었다. 그리고 붉은 손으로 양 볼을 문질렀다. 그녀는 아직도 립스틱이 묻어 있는 손수건을 꺼냈다. 그녀의 눈에 눈물이 고여 있었다.

"하틀리, 내 사랑……."

"그 애는 멀리 도망가 버렸어. 그 애를 잃었어. 그 애가 어디 있는지 우리는 몰라. 거의 2년 동안이나 무소식이야. 멀리 가 버렸어."

"저런……."

사람의 영혼이란 매우 간사하고 악한 것이어서 순간적으로 나는 하틀리가 그런 이해할 만한 슬픔의 원인이 있으며, 그것을 나에게 이야기했고, 내 앞에서 울고 있다는 사실이 반가웠다. 갑자기 깊은 공감대가 형성됐다.

"참 안됐군. 그러나 다시 찾을 수 있을 거야. 경찰에 신고했어? 사람을 찾는 방법이 있어. 내가 도와줄게."

하틀리는 얼굴을 닦고 거울과 콤팩트를 꺼내 눈 언저리에 분을 발랐다. 나는 많은 여자들이 얼굴에 분을 바르는 것을 봐 왔다. 그러나 하틀리가 화장하는 것은 처음 봤다. 그녀는 말했다. "넌 도울 수가 없어. 그러니까 제발 도우려고 하지 마. 우리를 그냥 내버려 두는 것이 좋겠어. 그리고……."

"하틀리, 난 너를 그냥 내버려 두지 않을 거야. 그러니까 마음을 단단히 먹고 나를 다루는 더 인간적인 방법을 강구해 봐! 나와 다시 사랑에 빠질까 봐 두려운 거야?"

그녀는 일어서서 내 옆에 놓여 있던 장바구니를 들어 핸드백을 그 안에 넣었다. 나는 그녀가 앉은 의자로 가서 그녀의 어깨를 팔로 힘 있게 감쌌다. 여전히 불가능한 일을 하고 있는 것처럼 느껴졌다. 한순간 그녀는 머리를 숙이고 이마를 내 셔츠에 스치며 이리저리 돌렸다. 그러자 그녀의 불타는 듯한 살결의 온기가 느껴졌다. 그러다 그녀는 나를 밀쳐내고 문 쪽으로 걸어가기 시작했다. 나는 뒤따라갔다.

"언제 만날까?"

"제발 그러지 마. 우리에게 걱정만 불러일으키는 짓이야. 편지도 쓰지 마."

"하틀리, 왜 그래? 염려하지 마. 날 조금 사랑한다고 해도 해가 될 것은 없어. 내가 그렇게 대단한 사람인 줄 알아? 전혀 그렇지 않아. 그냥 너의 가장 오랜 옛 친구일 뿐이야."

"아무 짓도 하지 마. 나중에 내가 편지할게."

"약속할래?"

"그래. 편지 쓸게. 제발 찾아오지만 마."

"이유를 설명해 줄 순 없어?"

"설명할 게 없어. 제발 여기 그대로 있어." 이렇게 말하고 그녀는 가 버렸다.

■ ■ ■ ■ ■

사랑하는 리지에게

네가 보낸 달콤하고 현명한 편지에 대하여, 그리고 우리가 탑에서 만났을 때 네가 한 말에 대하여 생각해 봤어. 용서를 구해야겠군. 생각해 보니 네가 옳은 것 같아. 난 너를 사랑하지만 네가 말했듯이 우리가 같이 지낸다는 매우 '추상적인' 생각은 우리 사랑에 대한 최상의 표현은 아닌 것 같아. 우리 둘에게 혼란과 불행을 초래할 따름이야. 나에 대한 너의 '의심'은 정당할지 몰라. 그런 의심을 품은 사람이 네가 처음도 아니지! 아마도 나는 초조한 돈 후안이 되었나 봐. 그러니까 우리 달리 행동하자. 이것이 반드시 슬픈 결론이라고는 할 수 없어. 우리 둘 다 현실적이 되자. 특히 제삼자의 행복이 위협받을 때는. 너와 길버트의 관계가 굉장히 견고한 것에 감동했고 깊은 인상을 받았어. 그것은 대단한 성취이자 존경받을 만한 일이야. 사람들이 서로 사랑하고 아끼고 서로에게 진실하다면, 상대가 어떤 존재이든 무슨 상관이 있겠어? 그 단어를 네가 강조하길 정말 잘했어. 나에 대해 의심하는 것만큼 나 자신도 나를 믿지 못해. 그래서 말인데, 위험을 무릅쓰지는 말자. 우리가 기대하던 것을 결정하지 않은 것은 참 잘한 짓이었어. 우리가 이대로 행복하다는 것은 우리 두 사람에게 행운이야. 우리는 지금 덤으로 되살아난 옛날의 애정을 중요하게 여기면 되는 거야. 이제 더 이상 고통과 혼동을 원치 않아. 네 말이 맞았어. 나는 너의 지혜와 바람을 존중할 것이고, 오랜 친구 길버트의 권리도 존중할 거야! 네가 말했듯이 우리 셋이 모두 좋아한다는 것이 중요해. 따라서 자유롭고 소유욕이 없는 상호 간의 애정을 만끽하자. 그러니까 내가 처음에 보낸 어리석은 편지는 제발 잊어버려. 그 편지에 너는 용감하게 그리고 이성적으로 회답해 주었지. 또한 지난번에 만났을 때 내가 너를 괴롭힌 것도 잊어. 너와 길버트 같은 친구들이 있다는 것이 얼마나 행복한지 모르겠어. 나는 친구들을 이성적이고 관대하게 대할 거야. 곧 런던에 갈 테니까 그때 런던에서 만나자. 연락할게. 두 사람 모두에게 애정 깊은 안부를 보내니 받아 줘. 그리고 늦었지만 진심으로 축하해.

사랑스러운 리지, 건강히 잘 있고 날 기억해 줘.

옛 친구 찰스

일부는 솔직하지 못하고, 일부는 솔직한 이 편지는 내가 두 번째로 하틀리를 교회에서 만난 날 오후에 리지에게 쓴 것이다. 나는 불행하고 초조한 기분에 휩싸여 정신을 잃고 집으로 돌아왔다. 그리고 잠시 후 무엇을 해야 할까 생각하다가 적어도 시간을 가치 있게 보내는 방법 중 하나가 리지를 쫓아 버리는 것이라는 결론을 내리게 되었다. 거기에는 정신적 투쟁이나 어려움은 없었지만, 적절한 내용을 써야 하고, 편지를 완성할 때까지 리지에게 오랫동안 집중해야 하는 노력이 필요했다. 내가 얼마나 모든 면에서 전적으로 변했는지는 리지에 대한 내

'생각'이 망상이었다는 사실을 깨달은 데서 잘 나타난다. 그 결과 나는 자비롭게도 리지의 상식으로 구원받았다. 그것에 대하여 나는 리지에게 고맙게 생각한다. 과거로부터 불길이 명멸하였고 그 의지의 구조를 완전히 태워 버렸다. (여러 달처럼 느껴진) 지난 이틀 동안에 분명해진 것은 내 일생에 단 하나의 진정한 사랑이 있다고 생각했던 것이 얼마나 옳았느냐 하는 것이다. 이것은 내가 마치 정신적으로 하틀리와 실제로 오래전에 결혼했고, 다른 곳을 바라볼 자유가 없었던 것 같았다. 물론 이런 느낌은 오래전부터 갖고 있었다. 그러나 그녀를 다시 봄으로써 그녀에게 완전한 소속감을 갖게 되었다. 우리는 가장 절묘한 운명의 잔인함과 모든 현실을 무릅쓰고 서로에게 속해 있었다.

편지를 쓰는 동안 나는 관대하면서도 체념한 듯한 애정을 가지고 실제로 리지에 대하여 매우 진지하게 생각할 수 있었다. 젊은 시절 웃어 대던 그녀의 밝은 얼굴이 떠올랐다. 그녀가 나를 사랑한다는 사실에 대하여 우리는 많이 웃곤 했었다. 내 '생각'이 엄청난 gaucherie*를 보였음에도 나는 우연히 리지를 친구로 얻을 수가 있었다. 그녀의 애정과 충실함은 언젠가는 가치가 있을 것이다. 그러나 지금은 전투 준비를 해야 한다. 리지와 나 사이에는 토론이나 편지나 방문을 포함한 어떤 문제도, 어떤 '흥미 있는 관계'도 결코 있어서는 안 된다. 그런 혼란스러운 사태를 위해 시간과 노력을 허비할 수는 없으며, 지금 그런 위험을 무릅쓴다는 것은 죄악이다. 내가 런던에 가겠

* '어색함' 또는 '서투름'이라는 뜻의 프랑스어.

다고 한 것은 리지를 거기 있게 하기 위한 계략에 지나지 않는다. 당장이라도 감정적인 리지가 문 앞에 나타난다면 참을 수가 없을 것이다. 다른 모든 흥밋거리를 제거해 버렸고, 낯설고 순백인, 미래의 열린 공간에는 오로지 한 가지만 남아 있을 뿐이다. 그러니 귀여운 리지는 길버트와 안전하게 남아 있게 하자. 길버트에 대해서는 자비로운 마음마저 든다. 이런 초연한 관대함은 하틀리가 돌아와서 일어난 변화와 정화의 최초 현상인가? 볼 수 있지만 만지지 못하며, 사랑하지만 소유하지 못하는 하틀리는 나를 성자로 만들 작정인가? 내 이기주의를 후회하기 위하여 바로 이곳에 왔다는 것이 얼마나 이상하고 의미 있는 일인가! 이것은 아마 내 하나뿐인 사랑과 신비로운 결합을 하기 위한 결정적인 예감이었을까? 그것은 극단적인 생각이었으나 그 자체로 심오한 이치가 있으며, 선택의 여지가 없기에 더 심화되었다. 내게는 확실히 다른 방법이 없었던가?

이 '극단적인 생각'의 한 가지 중요한 점은 이것이 나에게 행복을 가져다주는 위안이 된다는 것이었다. 매우 미묘하고 가능성이 분명치 않은 행복이긴 하지만 말이다. 최근 사건들 중 공포 쪽에 가까운 양상을 띤 다른 것들은 덜 불분명하고 덜 즐거운 것이었다. 나는 행동을 취하려는 어둡고 다급한 욕망에 사로잡혀 있었으나 그것은 고결함을 향한 나의 동경 때문에 빛을 보지 못했다. 내가 할 수 있는 일은 무엇인가? 타이터스를 찾아야 할까? 적어도 내 중요한 질문에 대한 해답은 나왔다. 즉 하틀리가 불행하다는 것이다. 그러나 이것은 더욱 중요한 질문으로 이어졌다. 어째서 그녀가 불행한가? 단순히 그녀의 아들이 집을 나갔기 때문인가? 아니면 다른 이유가 있는

가? 왜 그녀는 내 도움을 원치 않는 것인가? 왜 나를 받아들이지 않는 것인가? 아니면 40년 동안이나 보지 못했던 여자에게 속마음을 털어놓기를 기대하는 내가 너무 순진한 것인가? 내 안에서 그녀는 항상 살아 있었다. 그러나 그녀에게 나는 다만 그림자에 지나지 않았고, 거의 잊혀진 남학생에 지나지 않았는지 모르겠다. 나는 그 사실을 믿을 수가 없었다. 반대로 그녀가 나를 아직도 너무나 사랑하여 나를 만나기를 두려워할 만큼 자신을 믿지 못하는 것일까? 아니면 내게 비참하게도 그녀의 질투를 불러일으킬 만한 똑똑하고 아름다운 정부가 있다고 상상했을까? 로시나의 전조등이 갑자기 비춰 그녀의 모습이 보였을 때 그녀는 해변 도로에서 무엇을 하고 있었을까? 그녀는 몰래 살펴보려고 왔었나?

그녀는 편지를 쓰겠다고 약속했다. 그러나 편지를 쓸까? 만일 쓴다면 '설명'을 해 줄까? 내가 그냥 가만히 기다릴 수 있을까? 그럴 수 있을까? 그 편지를 기다리고 또 기다리며 그녀의 뜻대로 아무것도 하지 않을 수 있을까? 나는 강렬하게 나 자신에 대해 설명하고 싶었다. 내가 느끼고 생각하는 바를 모두 밝히고 싶었다. 안타깝게도 잠시 만나는 동안에는 설명할 수가 없었다. 그녀에게 긴 편지를 쓸까? 만일 편지를 쓴다면 우편으로 보내지는 않을 것이다. 그러자 다시 그녀의 le mari가 떠올랐다. 왜 그녀는 불행할까? 남편이 질투심이 강해서인가? 폭군인가? 그녀를 못살게 구는가? 그래서 아무도 그녀 곁에 오지 못하게 하는 것일까? 정말 그럴까? 그렇다면……. 여기까지 생각이 미치자 내 마음은 방망이질 쳤다. 그리고 붉게 빛나는 수많은 전망과 불타는 골짜기가 갑자기 눈앞에 펼쳐졌다.

그와 동시에 하틀리에 대한 오점 없고 온건하고 충직한 생각이 그런 상상을 하지 못하게 했다.

점심 식사를 만들 마음이 생기지 않았다. 달걀 하나를 부쳤으나 먹을 수가 없었다. 레이븐 호텔에서 배달해 온 보졸레산 포도주를 마셨다. (마을에서 돌아와 보니 보졸레산 포도주와 스페인산 포도주가 대문 밖에 있었다.) 그러고 나서 리지에게 여기에 옮겨 적은 편지를 쓰기 시작한 것이다. 편지를 쓴 뒤 나는 수영을 하는 것이 좋겠다고 생각했다. 밀물이 들어오자 바다는 매우 고요했고, 보통 때보다 물이 더 맑았다. 나의 절벽에서 다이빙을 하기 전에 내려다보니 키가 큰 미역 줄기가 조용히 춤추고, 물고기들이 그 사이를 헤엄치고 있었다. 나는 그 특별한 '헤엄치는 사람의 시선'으로 바다를 둘러보며 조용히 헤엄쳤다. 그리고 잠시 동안 소유하고, 소유당하는 느낌을 받았다. 바다는 조금씩 넘실거리는 유리 평원 같았으며, 천천히 나를 지나쳐 갔고, 열렬한 바다 예찬가인 나를 격려하듯이 사려 깊게 출렁거렸다. 커다란 노란부리갈매기들이 나를 보기 위해 모여들었다. 물 밖으로 나오는 것에 대해서는 걱정이 없었다. 나는 작은 절벽 앞으로 헤엄쳐 와서 쉽게 손잡이를 잡고 발판을 디뎌 물 밖으로 나올 수 있었다. 사실 작은 절벽은 기어오르기 어렵지 않았다. 내가 이미 설명한 대로, 파도 때문에 계속 밀어 올려졌다 끌어당겨졌다 하면 손과 발로 적당한 곳에 매달리지 못하는 것이 문제였다. 바닷속에 있는 동안 나는 하틀리가 이제는 아름답지 않은 것이 아무 상관없다고 생각했다. 그것은 훌륭한 생각 같았고, 나는 그 생각을 계속 유지하려 하였다. 그러자 사랑의 감정과 함께 마음이 조금 진정되었다.

그런 뒤에 나는 어리석게 햇볕에 앉아 있었다. 햇볕은 너무 뜨거웠고, 수영은 결국 내게 아무런 도움이 되지 않았다. 내가 바다를 평화의 원천이라고 생각했던 것이 틀리지는 않았지만, 한꺼번에 삼켜 버린다면 효과 없는 약일지도 모른다. 바다는 조직적인 섭생이 필요하다. 나는 뜨거운 모래사장에 발을 데어 가면서 내 발자국이 만든 웅덩이들을 자세히 들여다보았다. 그러나 즐거움은 곧 사라졌고, 강렬한 빛 속에서 다양한 색상을 띠는 조약돌들과 졸아든 미역 줄기들은 파베르제*의 보석 장신구처럼 보였지만 반짝거리고 빛나는 그 조그만 흔적들에 더 이상 집중할 수가 없었다. 나는 춤추는 새우와 꿈틀대는 투명한 초록색 해삼 들을 눈여겨보았으며, 바다뱀을 연상시키는 긴 코일 같은 붉은 벌레도 보았다. 그리고 짜증스럽게도 레이븐 호텔에서 온 관광객들을 보았다. 그들은 실제로 내 땅에 서서 탑을 관찰하고 있었다. 나는 어깨가 불에 데인 듯한 통증과 머리가 깨질 듯한 두통을 느끼며 집 안으로 들어갔다.

이제 곧 무슨 일인가를 해야 하며, 내 상황과 연관 있는 어떤 의식을 행하여 이 상황을 변화시켜야만 했다. 물론 내가 하고 싶은 것은 당장 하틀리에게 달려가는 것이었다. 아직 그녀에게 키스도 하지 못했다. 오늘 아침 교회 안에서 내가 얼마나 약해지고 수줍어했던가! 그러나 나는 이 저돌적인 성급함을 재치 있게 대신해 줄 것을 찾아야 했다. 가난한 마약 중독자처럼 평범한 기분 전환 거리는 내게 소용이 없다. 지금 내가 하는 모든 일은 세계의 하나뿐인 중심과 연관되어야 했다. 나

* 1846~1920, 제정 러시아 때의 보석 디자이너.

는 그냥 계속 움직이기 위하여 마을로 걸어 내려가 리지에게 편지를 보내기로 했다. 물론 하틀리를 만나기를 희망했다. 그러나 그럴 수 있으리라고 상상하지는 않았다. 늦은 오후라 얼마 전까지만 해도 기쁨에 겨워 소리 지르게 하던 강렬한 햇빛이 쏟아지고 있었다. 둑길을 건너자 개집 우체통에 편지가 몇 장 들어 있는 것이 보였다. 편지를 꺼냈다. 그중 하나는 리지에게서 온 편지였다. 나는 걸어가면서 편지를 뜯어 읽었다.

내 사랑, 물론 대답은 '그래요.'예요. 내가 두려워하던 것은 어리석고 쓸데없었어요. 당신의 훌륭한 제안에 혼란스러운 답장을 보내서 미안해요. 난 당신의 시동이며, 언제나처럼 당신이 필요로 한다면 잠시라도 당신 곁으로 갈 거예요. 아직 길버트에게는 아무 말도 하지 않았어요. 어떻게 말해야 할지 모르겠어요. 우리가 만나면 친절하게 대해 주고, 이 문제를 도와주지 않겠어요? 그를 그냥 버릴 수는 없어요. 그를 너무 마음 아프게 하지 않을 방법이 있을 거예요. 제발 이해해 줘요. 그리고 곧 만나요. 할 얘기가 너무 많아요. 내가 당신에게 갈까요? 아니면 당신이 런던에 올래요? 전화를 걸 수 있으면 좋으련만. (길버트가 있으니까 여기로는 전화하지 마요.) 그건 그렇고, 길버트에게는 그가 부탁했기 때문에 당신에게 편지를 쓴다고 말했어요. 그는 당신이 다음 주 월요일에 런던에 있으면 같이 저녁 식사를 하자고 하네요. 말은 전하지만 아마 당신은 이런 상황에서 오고 싶지 않을 거라 생각해요.

당신을 너무너무 사랑해요.

리지

추신 — 당신이 내게 화가 나 있어 무척 두려워요. 제발 어서 나를 안심시켜 줘요.

나는 별로 즐거움을 주지 못하는 그 변덕스러운 편지를 읽고 한숨을 쉬었다. 그녀에게 내가 '제안'한 것이 무엇이란 말인가? 그녀는 마치 내가 그 제안을 강요한 듯한 인상을 주었다. 그녀는 아직 길버트에게 말하지 않았으며, 길버트와 헤어질 기미를 보이지도 않았다. 그러나 나는 리지의 심리 상태를 숙고할 생각은 없다. 이제 그건 상관없는 일이었다.

나는 서둘러 걸어서 우체국이 닫기 전에 도착했다. 리지에게 편지를 보내고 다음과 같이 전보를 쳤다.

네 생각이 옳았음. 네 편지와 엇갈린 내 편지를 보기 바람. 런던에 곧 갈 것임. 길버트의 저녁 초대도 고맙게 수락함.

찰스

이 정도면 상황을 분명히 설명할 것이고, 또한 리지를 런던에 머물게 할 것이다. 물론 그들과 같이 저녁 식사를 할 생각은 전혀 없었다. 마지막 순간에 취소할 생각이다.

아직 햇빛이 비치는 거리로 나왔다. 저녁 햇빛 때문에 지붕 기와들은 약간 그늘졌고 풍화된 담은 은빛으로 물들어 있었다. 교회로 걸어 올라가 안을 들여다보았다. 텅 빈 실내는 이미 어두웠으며, 희미하고 먼지 낀 공기 속에서 하얀 얼룩을 이룬 장미의 향기가 진동했다. 나는 다시 환한 밖으로 나왔다. 비스듬한 햇살 덕분에 비석 위에 조각된 여러 가지 형태의 범선들을 볼 수 있었다. 나는 얼마 동안 그것들을 보면서 시간을 보냈다. 다시 거리로 걸어 나오다가 블랙라이언이 열려 있는 것을 보고 들어갔다. 내가 들어서자 여느 때처럼 갑자기 조용해졌다.

"또 귀신을 보았습니까?" 내게 사과주를 갖다 주며 아크라이트가 물었다.

"아니요."

"선생이 커다란 뱀장어에 대하여 물었지요? 또 보았나요?" 다른 사람이 물었다.

"아니요."

"물개는 보았나요?"

"아니요."

"아무것도 보지 못했다는군."

킥킥거리는 웃음소리가 들렸다.

나는 시장하여 치즈 샌드위치와 맛없는 돼지고기 파이를 먹었다. 잠시 자리에 앉아서 나머지 우편물을 보았다. 나는 그곳 손님들에게는 아무 관심도 없고 그들이 그것을 안다고 해도 상관없었다. 코프먼 양이 보낸 편지들은 모두 개인적인 편지들이었지만 별로 흥미가 없었다. 그중 하나는 시드니 애시로부터 온 것으로, 온타리오 주 스트랫퍼드에서 겪은 재미있는 사건들을 적어 보냈다. 그전 같으면 나를 즐겁게 해 주었을 내용이었다. 또 하나는 케임브리지의 물리학자 친구인 빅터 반스테드(전에 말했던 것 같다.)에게서 온 것이다. 나는 리지에게서 온 편지를 포함한 다른 편지들을 모두 구겨 옆에 있는 휴지통에 넣었다가 사람들이 즐거운 듯 지켜보는 가운데 휴지통에서 다시 꺼냈다. 그리고 편지를 호주머니에 쑤셔 넣고 작별 인사를 했다. 아무도 대꾸하는 사람이 없었다. 내가 문을 닫자 안에서 웃음소리가 한참 계속되었다.

나는 대각선으로 가로지르는 좁은 길을 택하지 않고 항구로 똑바로 뻗은 길을 따라 걸어갔다. 마을이 보이지 않는 곳에 이르자 발을 멈추고 언덕의 중턱을 쳐다보았다. 해는 서편에 지고 괴이하게 불을 켠 창문들이 벌써 여러 개였다. 내 눈은 원시라서 글씨를 읽으려면 코안경이 필요했지만, 멀리 있는 방갈로는 분명히 볼 수 있었다. 니블레츠의 거실에 희미한 불빛이 켜져 있는 게 보였다. 저녁 식사는 끝냈을 것이고 아마 텔레비전을 보고 있을 것이다. 침묵 속에서? 나는 결혼 생활을 상상할 수 없다는 생각이 들었다. 어떻게 그런 상태가 가능할까……? 나는 언덕으로 올라가서 그 집 문을 두드리고 싶은 욕망을 느꼈다. 샴페인 한 병을 들고 나타나면 어떨까……? 그러나 나는 앞으로 몇 시간을 어떻게 보낼지 계획을 세웠다. 내일 아침에는 하틀리에게서 편지가 올지도 모른다. 그리고 만일 편지가 없다면…… 그때…… 무엇을 할지는 그때 가서 결정 할 것이다. 그러자 그녀가 그 조그만 집에서 어떻게, 어디에서 사적인 편지를 쓸 수 있을지 궁금했다. 욕실에서? 남편이 외출을 할 때도 있을 것이다. 그녀가 정말로 사적으로 편지를 쓸까? 결혼이란 정말 비밀스러운 것이다.

나는 계속하여 항구 쪽으로 걸어 내려갔다. 고요한, 매우 고요한 바다는 찰랑대는 소리만 낼 뿐이었다. 굵은 가루 같은 먼지를 내뿜는 바위 방파제에 둘러싸인 항구는 텅 비어 있었고, 조용하고 어둑어둑했다. 나는 이곳저곳 어슬렁거리면서 발밑으로 돌의 온기를 느낄 수 있었다. 가마우지 한 마리가 파도 위를 낮게 날아갔다. 검은 십자형이 불길한 징조 같았다. 이제 크고 창백하며 부스러질 것 같은 달과 찬란한 금성이 나왔다. 멀리 여성용 해수욕장에서는 두 소년이 마치 시간의 마술에 걸린 듯 조용히 해초 위에서 놀고 있었다. 나는 해변을 따라 천천히 슈러프엔드 쪽으로 발을 옮겼고, 그곳을 지나쳐서 호텔 불빛이 바닷물에 반사되는 레이븐 만을 한참 동안 바라보았다. 금성은 금빛에서 은빛으로 변했고, 달은 흐려지면서 가장 자리만 밝게 빛났다. 마침내 발길을 돌려 둑길로 들어섰을 때, 집 안에서 이상한 불빛이 움직이는 것처럼 깜박이는 것을 볼 수 있었다.

나는 발을 멈추고 그것을 관찰하였다. 순간적으로 불빛이 깜빡이더니 숨었고, 다시 유리창 뒤에서 희미해지더니 사라졌다. 누군가가 촛불을 들고 걸어 다니고 있었다. 첫째로 생각난 사람은 하틀리였다. 그 뒤에는 로시나일 가능성이 크다는 생각이 들었다. 다시 큰길을 따라 걸어가자, 아니나 다를까 예전에 튀어나온 바위 뒤에 세워 두었던 로시나의 볼품없는 빨간 차가 거기 숨어 있었다.

나는 너무나 화가 나서 차 바퀴를 발로 걷어찼다. 로시나를 차마 만날 수가 없었다. 망측하게도 내 집 안에 그녀가 존재한다는 것은 내 집에 대한 신성 모독이나 다름없었다. 그녀의 건방진 얼굴을 대하면 나는 이성을 잃을 정도로 분노할 것이다. 언쟁으로 인한 공포와 천박함도 견딜 수 없을 것이다. 그녀를 내쫓을 방법도 없었다. 나는 큰 보폭으로 살금살금 둑길을 걸어서 집 측면에 있는 잔디밭으로 다가갔다. 이제 주방을 들여다볼 수 있었다. 그렇다. 로시나가 있었다. 그녀는 촛불 두 개를 켜서 주방 탁자 위에 올려놓고 램프에 불을 붙이려고 애쓰고 있었으나 성공하지 못했다. 아마 그러면서 심지를 못 쓰게 해 놓으리라. 나는 그녀의 사팔눈과 고약하게 씰룩거리는 입을 볼 수 있었다. 그녀는 거칠게 램프의 심지를 올렸다 내렸다 하면서, 불을 켠 성냥개비로 찌르고 있었다. 램프는 불이 닿을 것처럼 확 타오르다가 이내 꺼졌다. 그녀는 검은색 뭔가와 흰색 블라우스를 입고 있었다. 아래로 늘어뜨린 검은 머리가 촛불 근처에서 흔들렸다. 나는 조용히 뒤로 물러서며 잔디밭 위에 있던 깔개와 방석을 집어 들었다. 술집에서 뭘 좀 먹어 두길 잘했다. 그렇지 않았다면 배가 고파서 집 안으로 뛰어들어갔을 것이다.

나는 집이 안 보일 때까지 바위 위로 기어올라가서, 바다 가까이에 길고 얕게 움푹 들어간 곳을 찾아냈다. 거기서 전에 한두 번 일광욕을 한 적이 있었다. 매우 고요하고 따뜻한 밤이었다. 안경을 안전한 곳에 벗어 두고 잠을 잘 준비를 하면서 행복했던 시절에 왜 이곳에서 잘 생각을 하지 않았는지 의아해했다. 바로 밑에서 바위를 부드럽게 철썩철썩 때리는 소리가 들렸다. 바다에 매우 가까운 곳이어서 마치 배 안에 있는 느낌이었다. 내 바위 잠자리가 바닷물 쪽으로 조금 기울어져 있었기 때문에 방석을 베고 누워, 똑바로 수평선을 바라볼 수 있었다. 은빛 실뭉치 같은 달이 거의 움직이지 않고 수평선에 걸려 있었다. 처음 나온 별들이 이미 선명하고 밝게 빛났다. 점점 더 많은 별들이 나타나기 시작했다. 나는 깔개로 몸을 감싼 채 두 손을 앞으로 맞잡고 반듯이 누워 하틀리와 내가 잘되기를 기도했다. 일생 동안 잊지 않고 충실하게 기억해 오던 것, 지금 내가 신비로운 숙명이라고 여기는 그것을 잃어버리거나 허비하지 않고 좋은 결과를 이루도록 기도했다! 그러고는 마치 내 기도를 들은 정령이 충고해 준 것처럼 나를 그림에서 제외하고 하틀리만을 위하여 기도했다. 그녀가 행복하기를, 타이터스가 집에 돌아오기를, 그리고 그녀의 남편과 그녀가 서로 사랑하기를 기도했다. 그 기도는 훨씬 더 어려웠다. 사실상 아무리 내가 좋은 생각만 하려고 노력해도, 마음속에서 유혹을 아주 엄격하게 쫓아내려고 애를 써도 자꾸만 그것이 다시 옆으로 기어 들어와서 기도를 방해했다. 피치였나? 벤이었나? 이름이 무엇이든지 간에 그녀의 남편은 질투심 많은 폭군이며 그녀가 불행한 원인일까? 만일 그렇다면……? 마침내 나는 내일 아침에도 하틀리에게서 편지가 오지 않으면 방갈로로 찾아가서 결판을 내야겠다고 마음을 단단히 먹었다. 왜냐하면…… 나는 그 질문에 대한 대답을 기필코…… 알아내야 하기 때문이다.

잠시 후 나는 내가 더 이상 하틀리가 아니라 어머니에 대하여 생각하고 있다는 것을 깨달았다. 어머니의 얼굴이 걱정과 반대와 사랑으로 주름져 있는 것을 보았다. 그런 뒤에 나는 에스텔 숙모가 조그맣고 둥근 밀짚모자를 쓰고 흰 롤스로이스를 운전하는 것을 보았다. 숙모가 커다란 자동차를 운전하는 것을 보며 아버지는 몹시 흥분했다. 아벨 숙부도 흥분했고, 나도 흥분했다. 에스텔 숙모가 머리에 넓은 밴드를 리본처럼 두르고 있는 것을 보고 우리는 학교에서 라틴어 번역을 할 때 이에 대한 어리석은 농담을 하기도 했다. 그녀는 테니스를 잘했다. 램즈덴스에는 정식 테니스 경기장이 있었다. 그녀는 예쁘고 쾌활했으며, 제임스는 말이 없고 시무룩했다. 그런데 그녀와 제임스가 닮았다니 어찌 된 영문일까? 얇은 가면이 그의 머리에 씌웠나 보다. 마치 하틀리를 닮은 가면을 여러 해 동안 많은 여인들이 쓰고 있었던 것처럼, 하틀리와 너무도 닮지 않은, 마을의 우스꽝스러운 노파가 쓰고 있었던 것처럼. 그러나 그 우스꽝스러운 노파가 하틀리였다는 것을 잊어버렸단 말인가! 그렇다면 제임스가 정말로 에스텔 숙모인가? 이제 에스텔 숙모는 축음기에서 회전하는 검은 레코드 위에서 춤을 추고 있었다. 라벨이 있는, 레코드의 한가운데서 춤추고 있었는데, 어찌 된 영문인지 그녀가 라벨이 되고, 얼굴은 찢어진 종이, 빙빙 돌아가는 찢어진 종이였다. 그러는 동안 나는 내내 두 눈을 뜨고 있었다. 아니, 굉장히 놀라운 일들이 벌어지고 있는 별들을 관찰하고 싶어서 눈을 계속 뜨고 있으려고 노력했는데 자꾸만 감겼다. 밝은 빛을 발하는 인공위성이 아주 천천히 그리고 조금은 조심스럽게 하늘에 큰 아치를 그리며 지나가고 있었다. 지구를 천천히 회전하며 자기 임무를 수행하는 정다운 인공위성은 지구에서 그리 멀지 않은 곳에 있었다. 멀리, 아주 멀리서 별들이 조용히 나타나기도 하고 떨어지기도 하고 사라지기도 했다. 조용히 소리 없이 떨어지는 유성들은 어디에서 어디로 떨어지는지 모르게 떨어져서 아무도 모르게 소멸되었다. 떨어져 사라지는 별들은 수없이 많았다. 마치 하늘이 무너져 내려앉고 사라져 없어지듯이. 나는 이 모든 것들을 아버지에게 보여 주고 싶었다.

나중에 알았지만 나는 잠이 들었고, 놀라 눈을 떠 보니 하늘은 다시 완전히 변해 있었다. 어둠이 아니라 금빛, 금가루를 뿌린 듯한 밝은 금빛이었다. 내가 조금 전에 목격한 별들 뒤에 있는 여러 겹의 커튼이 치워져서 마치 우주가 조용히 안에서 밖으로 뒤집어진 것처럼 우주의 광할한 내부가 들여다보이고 있었다. 별들 뒤에 별들이, 그리고 그 별들 뒤에 또 다른 별들, 별들과 별들 사이에는 아무것도 없고, 그 너머에도 아무것도 없으며, 그저 미세하고 희미한 금빛과 별들만 있을 뿐, 공간도 없고 빛도 없었다. 달은 지고 없었다. 바닷물은 더 높이, 더 가까이에서 출렁거렸으며, 바위를 너무나 가볍게 어루만져서 그저 진동으로만 느껴졌다. 바다는 별들에게 복종하여 어두워져 있었다. 그리고 별들은 타닥타닥 거대한 회전 소리를 내며 움직이는 하늘을 따라 움직이는 것 같았다. 다만 이제는 인간의 감각으로 감지할 수 있는 움직임이나 별똥별이나 떨어지는 별들이 없었다. 모든 것은 움직임이었고, 모든 것은 변화였다. 그리고 이것은 볼 수는 있었지만 상상할 수는 없었다. 나는 이미 내가 아니라 하나의 원자이고, 원자의 원자이며, 필연적으로 사로잡힌 관람자이며, 조그만 거울이었다. 그 거울 속에서는 정지한 상태로 끓어오르며 소용돌이 치는 금빛 뒤의 금빛 뒤의 금빛이 무관심하게 비쳤다.

훨씬 뒤에 내가 깨어났을 때 그것들은 다 사라지고 없었다. 나는 잠시 동안 그 모든 별들을 꿈에서 보았다고 생각했다. 이상하고, 충격적이고, 갑작스러운 고요함이 닥쳤다. 마치 위대한 교향악이 끝나거나, 길게 이어지는 묘사하기 어려운 소음이 정지되었을 때 느끼는 기분 같았다. 그렇다면 별들은 볼 수도 있고 들을 수도 있는 것인가? 내가 진정으로 우주의 음악을 들은 것일까? 이른 새벽 미명이 바위 위에, 그리고 바다 위에 고요하면서도 무서운 집중력을 가지고 비치고 있었다. 마치 희미하게 보이는 형태들을 붙잡아서 어둠으로부터 아주 천천히 잡아끌어 내리려는 듯이. 바닷물까지도 이제는 완전히 고요해서 찰랑거리거나 진동하지도 않았다. 하늘은 희미하게 빛나는 회색이었고, 바다는 빛이 없는 회색이었다. 바위들은 짙은 회갈색이었다. 별들을 보며 누워 있을 때보다 훨씬 강한 고독이 밀려왔다. 그때는 두려움이 없었지만, 지금은 두려움이 느껴진다. 나는 온몸이 뻣뻣했고, 추위를 느꼈다. 등 밑 바위가 매우 단단하여 타박상을 입은 것 같았고 온몸이 아팠다. 깔개와 방석이 이슬에 젖어 있는 것을 보고 놀랐다. 나는 뻣뻣하게 굳은 몸을 일으켜 깔개와 방석을 털었다. 주위를 둘러보았다. 산더미 같은 바위들이 집을 가리고 있었다. 나는 공허하고 무서울 정도로 고요한 새벽에 검은 형체로 보이는 나 자신을 보았다. 빛은 아직 밝아 오지 않았고, 나는 내가 무서워 얼른 다시 누워 깔개를 덮고 눈을 감았다. 뻣뻣하게 누워 있으면서 다시 잠을 자리라고는 생각하지 못했다.

그러나 나는 잠을 잤다. 그리고 하틀리가 발레리나로 등장하는 꿈을 꾸었다. 그녀는 검은 튀튀를 입고 반짝이는 다이아몬드와 검은 깃털이 달린 머리 장식을 하고 넓은 무대 위에서 sur le points* 빙글빙글 돌고 있었다. 이따금씩 그녀는 위로 높이 뛰어올랐다. 그것을 본 나는 혼잣말을 하였다. "그녀가 공중에 머물고 있네. 불가사의하다. 공중부양이다. 그녀가 공중에 떠 있다."라고. 나는 그 광경을 바라보면서 만족스러운 듯 혼잣

* '발끝으로'라는 뜻의 프랑스어.

말을 했다. "우리 둘 다 이렇게 젊다는 것이 얼마나 좋아! 그리고 우리 앞에 우리 인생이 넓게 펼쳐져 있다는 것이 얼마나 멋져!" 노인들은 행복할 수 있는가? 우리는 젊고, 우리가 젊다는 것을 스스로 알지만 대부분의 젊은 사람들은 이런 사실을 당연하게 여긴다. 그러고 나서 무대는 숲이 되었고, 검은 옷을 입은 한 왕자가 나타나서 하틀리를 데리고 가 버렸다. 목이 부러진 것처럼 남자의 어깨에 그녀의 머리가 축 늘어져 있었다. 나는 그때까지 거기 서서 아직 내가 젊다는 것이 얼마나 좋은가 하고 생각했다. 그리고 나는 악몽을 꾸었고 내가 늙었다고 생각했다. 확실히, 확실히, 이 나무들 저편에 호수나 바다가 있을 것이다. 해가 나오자 나는 잠에서 깼다. 다른 때는 깨어나면 내가 어디에 있는지 당장 알았는데, 이번에는 그렇지 않아 매우 놀랐다. 머리를 흉하게 힘없이 늘어뜨리고 죽은 하틀리의 얼굴이 여전히 선명하게 떠올랐다. 꿈에서 느끼지 못했던 불길한 예감과 공포를 느꼈다. 팔꿈치를 괴어 몸을 일으키고, 왜 내가 여기 밝은 햇빛 아래, 파도가 치는 푸른 바닷가 바위에 누워 있는지를 천천히 생각했다. 나는 천천히 몸을 일으켰다. 그 순간 꿈속에서 내가 젊다고 기뻐하던 것을 기억하고 비통한 슬픔을 느꼈다. 시계를 보았다. 6시 30분이었다. 그제야 비로소 만일 오늘 아침에도 편지가 없으면 방갈로에 가겠노라고 마음먹은 게 생각났다. 그것은 확정된 사안이었다.

매우 시장했다. 로시나가 내 집에서 밤을 지냈는지 궁금했다. 나는 도로까지 바위를 타고 기어올라갔다. 그리고 슈러프 엔드를 향해서 걸어갔다. 그녀가 차를 세워 둔 바위 사이를 들여다보았다. 차는 가고 없었다. 나는 계속 걸어서 둑길을 건넜다. 물론 아직 편지는 오지 않았다. 집 안에 들어간 나는 집을 샅샅이 수색했다. 불을 켰던 성냥개비가 여기저기 흩어져 있었다. 그러나 내 침대에는 잠을 잔 흔적이 없었다. 다행이었다. 어젯밤 늦게 그녀가 떠난 게 틀림없었다. 그녀는 포도주 한 병과 올리브 한 통을 열었고, 빵을 조금 먹었다. 아무런 쪽지도 남기지 않았으나, 주방 탁자 한가운데에 예쁜 찻잔을 깨뜨려 놓음으로써 흔적을 남겼다. 그녀는 더 엉망으로 해 놓을 수도 있었다. 너무 배가 고파 차 한 잔과 토스트와 남은 올리브로 아침 식사를 했다. 그런 뒤에 나는 기다리고 또 기다렸다. 그러는 동안 내가 별들을 보았을 때 무엇을 느꼈는지를 기억하려 하였으나 이미 그 생각은 희미해져 있었다. 그런 뒤에 나는 개집으로 향했다. 9시 30쯤에 우편물이 왔으나 하틀리에게서는 아무 소식도 없었다. 10시쯤에는 마을을 배회했다. 그리고 10시 30분에는 니블레츠의 문 앞에 서 있었다.

· · · · ·

길을 걸어 올라가면서 나는 그 집을 들여다보고 싶은 조급한 유혹을 물리쳤다. 우연히 들른 것처럼 보이고 싶었다. 그러려면 실제로 우연인 것처럼 들이닥쳐야 했다. 마을에서 나는 하틀리와 가까이 있고 싶은 욕망 때문에 병이 날 지경이었다. 그녀가 가까이 잡아당기는 힘이 지금 나로 하여금 극단적으로 무모한 행동을 하게 하였다. 나는 자신을 억제할 수 없었고 거대하고 위험한 감정에 사로잡혔다. 나는 정겨운 소리가 나는 초인종을 눌렀다. 공허하면서도 천사같이 고운 그 소리가 집 안에서 크게 진동하였다.

곧이어 발을 끌며 걷는 소리가 들렸다. 그러나 사람 목소리는 들리지 않았다. 나는 반투명 유리창을 통해서 내 머리가 흐릿하게 보이리라는 것을 알았다. 이 집에 방문객이 많이 찾아왔을까?

벤이 문을 열었다. 너무나 열렬하게 하틀리의 마음속에 살고 싶었기 때문에 이제는 그가 내 머릿속에서 '벤'이 되어 있었다. 그는 흰색 면 티셔츠를 입었는데 건장해 보였고, 면도는 하지 않은 것 같았다. 얼굴에서 털이 나지 않은 부분은 기름기가 있었고 이마에는 뾰루지가 솟아 있었다. 동물 같은 몸짓으로 그가 머리를 젖히자 검고 넓은 콧구멍이 보였다.

"안녕하세요." 나는 인사를 하고 미소를 지었다.

그가 대답했다. "무슨 일입니까?" 진정인지 꾸민 것인지는 모르지만 그도 놀란 표정을 지으며 미소를 지어 보였다.

"아, 그냥 건강을 위해 아침 산책을 하다가 들렀어요. 당신과 하틀리를 보고 가는 것이 좋겠다는 생각이 들었지요. 이제 우리는 이웃이니까요. 그리고 드릴 것이 있어서요. 잠시 들어가도 될까요?" 미리 계획한 것이었다. 나는 층계에 발을 올려놓았다.

벤은 뒤를 돌아보더니 한 손으로 문을 더 넓게 열고 다른 손으로는 앞방의 문을 열었다. 그러고는 두 팔을 벌리고 서서 그와 두 문이 칸막이가 되게 하여 나를 앞방으로 무난히 인도했다.

이 방은 틀림없이 여분의 방이었다. 방은 작은 편이고, 침대 겸용 소파, 의자, 서랍장이 있었다. 안감을 대지 않은 커튼의 붉은 꽃무늬가 햇빛에 밝게 빛나고 있었다. 방에서 가구의 헝겊 냄새와 왁스 냄새와 먼지 냄새가 진동하는 것을 보니 이 방은 평소에 사용하지 않는 모양이었다. 침대 겸용 소파는 푸른색과 흰색의 무명천 씌우개로 덮어 놓았는데, 제대로 정돈하지 않은 것이 분명했다. 얼룩 고양이의 천연색 사진이 액자에 끼어 있었다. 벤이 안으로 들어와 문을 닫았다. 아주 잠시 동안 나는 그가 두려웠다.

공간이 별로 없었다. 그가 나에게 앉으라고 하지 않았으므로 우리는 침대 겸용 소파 옆에 마주 보며 서 있었다. 나는 처음에는 그저 즐거운 잡담으로 시작하리라 마음먹었다. 그리고 그 뒤에 할 말의 순서도 정해 놓았다. 그 순서를 제대로 기억하기를 희망하면서 말이다. 알아내고 싶은 것은 많았지만 시간이 촉박했다.

"메리는 어때요? 잘 지내나요?" 나는 그녀를 메리라고 불러야 할 것을 기억하였다. "잠깐 보고 싶은데요. 두 사람에게 전갈이 있어요."

"메리는 집에 없습니다." 벤이 말했다.

나는 그것이 거짓말이라는 것을 직감했다. "자, 여기 내 전갈이 있어요." 나는 피치 부부 앞으로 보내는 봉한 봉투를 건네주었다.

벤은 상을 찌푸리며 봉투를 받더니 나를 멍하니 바라보았다. "감사합니다." 그가 말하며 문을 열었다.

내가 말문을 열었다. "읽어 보지 않으세요? 초대장이에요." 나는 다시 미소를 지었다.

벤은 초조한 듯 한숨을 내쉬고 봉투를 찢어 열었다. 그러는 동안 나는 그의 어깨 너머 열린 문을 통해서, 내가 들어올 때는 닫혀 있던 주방 문이 이제는 열려 있는 것을 보았다. 진한 장미 향기가 거실에서 흘러들어 왔다. 장미꽃들은 집 밖에서와 달리 집 안에서는 숨이 막히는 향기를 내뿜었고 왠지 초라해 보였다. 제단 위에는 성배를 찾아 나선 기사의 갈색 그림이 있었다. 벤이 고개를 들더니 침실 방문을 다시 닫았다.

나는 초대에 대하여 설명하기 위하여 팔을 흔들며 친절을 가장한 몸짓으로 그 작은 방에서 우위를 차지하여, 상호 간 대화가 이루어지는 것처럼 굴려고 했다. "아시겠지만 이것은 그냥 형식적인 초대예요. 뒷면에 당신과 메리가 와 주기를 바란다고 썼지요. 런던에서 친구 한두 명이 내려오기로 해서요." 물론 이것은 사실이 아니었다. 그러나 à trois* 만나자고 제안하는 것보다 부담이 훨씬 덜할 것 같았다. "그러니까 당신과 메리가 금요일에 슈러프엔드로 와서 술이라도 한잔했으면 합니다. 격식은 전혀 차리지 않아도 됩니다. 정장을 할 필요도 없고, 오래 머무르지 않아도 됩니다." 이 말이 친절하게 들리지도 않았을 뿐 아니라 벤이 아직도 못마땅해하며 초대장 뒷면의 친절한 문구를 헤아려 보려고 애쓰고 있었으므로 나는 얼른 덧붙여 말했다. "아니면 둘이서만 목요일이나 토요일에, 혹은 언제라도 오세요. 나는 시간에 매이지 않으니까요. 꼭 와 주시면 좋겠네요. 당신 집은 매우 아름답고 잘 가꾸어져 있는 것 같아요. 내 집을 꾸미는 데도 충고를 해 주세요. 그것 말고도 여러 가지 일에 대하여 당신에게 묻고 싶어요. 마을에 대해서……

* '셋이서'라는 뜻의 프랑스어.

또 이 지방에 대해서…….”

“우리는 못 갈 것 같네요.” 벤이 말했다. 그리고 덧붙여 말했다. “미안합니다.”

“아, 그럼 지금 당장은 바쁘고 불편해서 어렵다면 며칠 후에, 다음 주 안에 다시 올게요. 이 길로 자주 다니거든요. 나도 예전에는 상당히 바쁜 사람이었는데, 지금은 온 세상 시간이 내 것이 됐어요. 당신도 은퇴했으니 시간이 많겠죠? 시간이 많다는 것은 정말 멋지고 운이 좋은 일이에요. 특히 이런 곳에서 산다면 더욱 좋지요. 그래요. 당신 집이 마음에 들어요. 저게 댁의 고양이인가요? 매우 귀엽네요.” 나는 소파 위에 걸려 있는 천연색 고양이 사진을 가리켰다.

벤이 사진 쪽으로 몸을 돌리자 잠시 동안 그의 이마와 입술에 긴장이 풀리고 눈도 활기를 띠었다. “그래요, 이름이 탬벌레인이었지요. 우리는 탬비라고 불렀어요. 지금은 죽었어요.”

“이름이 아주 멋있네요. 고양이를 어떻게 부르는가는 매우 중요한 일입니다. 고양이 중에는 얼룩 고양이가 최고지요? 나는 항상 떠돌이 생활을 해서 동물을 길러 보지 못했어요. 유감이지요. 지금도 고양이를 기르나요?”

벤은 초대장과 봉투를 구겨 침대 위에 던졌다. 그의 퉁명스러운 동작 때문에 나는 말을 멈추었다. 그는 잠시 동안 입을 벌리고 고르지 못한 이를 드러내 보이면서 뭔가를 망설이며 서 있었다. 짧고 숱이 많은 쥐색 머리카락을 헝클어뜨리며 그가 말했다. “내 말 들어 봐요.” 그는 잠시 숨이 막혀 말을 잇지 못했다. 그래서 나도 숨을 죽였고, 작은 방에서 우리는 어색하게 서 있었다. 나는 그에게 몸을 약간 기울였다. “잘 들어요, 미안하지만 우리는 당신을 더 알고 싶지 않습니다. 이렇게 말하는 것이 실례인 줄 알지만 당신이 내 암시를 받아들이지 않는 것 같아서요. 내 말은 그럴 이유가 없다는 거예요. 그래요. 당신은 메리를 오래전에 알고 지냈어요. 하지만 그것은 아주 오래전 일입니다. 지금 메리는 당신과 알고 지내고 싶어 하지 않습니다. 그리고 나도 그걸 원치 않아요. 옛날에 만났거나 같은 학교를 다녔거나 함께 무슨 일을 겪었다고 해서 지금 그 사람들을 모두 만날 필요는 없잖아요. 모든 것은 변합니다. 사람들은 모두 각자의 세계가 있고, 각자의 공간이 있습니다. 우리는 당신과 다른 종류의 사람들이에요. 그것은 확실하지요. 우리는 당신의 파티에 가고 싶지도, 당신 친구들을 만나 함께 술을 마시고 싶지도 않아요. 당신이 아무 예고 없이 아무 때나 우리 집에 불쑥 나타나는 것도 원치 않아요. 무례하게 들린다면 미안하지만 그래도 지금 말하는 게 낫겠지요. 당신이 당신 친구들과 당신 세계에서 어떻게 사는지 나는 알 수 없지만 우리는 그렇게 살지 않습니다. 우리는 조용한 사람들이고 우리끼리 지냅니다. 알겠어요? '옛 동창', 혹은 둘 사이에 무슨 일이 있었는지 모르지만 그런 것은 잊어버리세요. 물론 마을에서 당신을 만나면 알은체는 할 수 있어요. 하지만 집을 서로 방문하는 사이가 되고 싶지는 않아요. 우리는 그런 것은 하지 않습니다. 그러니까 초대는 감사합니다만 사정이 이렇습니다." 그렇게 말하고 그는 문손잡이를 큰 소리가 나게 흔들었다. 아마 하틀리보고 나오지 말라는 신호인 것 같았다.

그가 말하는 동안 나는 천이 엉성하게 덮여 있는 침대 겸용 소파를 내려다보고 있었다. 이것은 확실히 벤의 침대가 아니었다. 그러니까 그들은 같이 자는 게 틀림없다. 나는 마치 내 녹음 소리를 듣는 것처럼 그의 말도 안 되는 장광설을 놀라지 않고 들었다. 그와 동시에 나는 화가 치밀고, 혼란스럽고, 고통스러웠다. 확실히 하틀리가 조용히 집 안 어딘가에 숨어 있다는 것을 알았기 때문이다. 왜 그랬을까?

내가 미리 결심한 것은 아무리 벤이 무례한 반응을 보여도 화를 내거나 감정을 나타내지 않겠다는 것이었다. 그러나 그 순간에 예의 바른 모습을 유지하기란 결코 쉽지 않았다. 벤은 말을 끝낸 후 자기 말에 스스로 흥분했는지 당황스러운 듯 고양이의 사진을 바라보며 뻣뻣이 서 있었다. 그는 목청을 높이지는 않았다. 오히려 낮고 무게 있는 어조로 말했으며, 아직 문을 열지는 않았다. 문을 열었을 때는 그가 나를 집 밖으로 쫓아내고 싶어 한다는 것에 의심할 여지가 없을 것이다.

나는 간혹 얼굴이 붉어지는 곤란한 경향이 있다. 얼굴과 목덜미의 색이 변하고, 뺨이 확 달아올랐다. 나는 되도록 냉정하고 경쾌하게 말했다. "그래요, 좋아요. 하지만 다시 생각해 보세요. 어쨌든 우리는 이웃이니까요. 그리고 당신이 나를 제트기를 타고 여행하는 부유한 상류 계급쯤으로 여기는 것 같은데, 그것은 사실이 아니에요. 나는 매우 수수한 사람이에요. 곧 알게 되기를 바랍니다. 나중에 다시 편지를 쓰지요. 가기 전에 잠시 메리를 만날 수 있을까요?"

"여기 없어요."

"그럼 가게에 갔군요. 곧 돌아올까요? 만나고 싶은데요."

"여기 없다고요!" 벤은 초대장과 봉투를 소파에서 집어 마룻바닥에 내던졌다. 그러고는 문을 큰 소리가 나게 활짝 열었다.

그는 나와 문 사이에 버티고 서 있었으며, 잠시 거북한 순간이 흘렀다. 그는 약간 뒤로 물러섰고 갑작스러운 폭력의 전조를 느낀 나는 본능적으로 그것을 흐트리기 위하여 손을 휘두르며 양보하는 손짓을 했다. 그리고 그를 지나서 현관으로 나와 현관문을 찾아 더듬거렸다. 뒤따라 나온 벤이 문을 열었고 우리는 손이 닿았다. 나는 옆으로 몸을 돌려 그 집을 나와야 했다. 주방 쪽은 돌아볼 수도 없었고, 감정에 북받쳐 앞조차 볼 수가 없었다. 마당에 있는 길 옆에 유난히 큰 선홍색과 주황색 장미가 피어 있는 것이 선명하게 보였다. 문이 탕 소리를 내며 닫혔다. 나는 황급히 대문의 복잡한 빗장을 더듬어 열고 보도로 나와 언덕을 걸어 내려갔다. 뛰지는 않았다. 나는 점점 더 천천히 걷기 시작했고, 마을에 도착했을 때에는 어슬렁 어슬렁 걷고 있었다. 심한 분노와 공포와 부글거리듯 끓어오르는 수치심이 차츰 가라앉기 시작했다. 겁먹은 개처럼 내가 허둥지둥 도망쳤나? 이 질문에 대한 대답이 어떠하든지 상관없었다. 불에 데인 것처럼 뜨거운 뺨을 만져 보고 손등으로 열을 식혔다.

격렬한 감정이 점점 사그라지자 또 다른 감정, 더 어둡고 깊은 감정이 서서히 머리를 들었다. 아니면 두 가지 감정이 시커멓게 뒤섞였다고나 할까? 그 누추하고 얄팍한 천을 씌운 침대 겸용 소파 때문에, 그리고 하틀리…… 하틀리가 그 사납고 늙은 녀석과 잠자리를 같이한다는 생각 때문에 나는 가슴을 찌르는 듯한 아픔을 느꼈다. 지금 이 특수한 고통을 느끼는 것은 침대 겸용 소파 때문이 아니었다. 그것은 내가 확실하다고 믿었던 것을 확인할 때까지 이런 상황에 대한 반응과 어떤 광경,

어떤 무서운 감각을 차단하려고 노력한 것이 실패했기 때문이었다. 지금 이 감정과 매우 밀접하게 관련된 또 하나의 감정이 표면으로 검게 빛을 내며 떠오르고 있었다. 그것은 일종의 무서운 환희였다. 벤은 내가 두려워하고 바라던 것과 똑같은 사람이었다. 그는 가증스러운 폭군이었고 철저하게 악랄한 사람이었다. 그리고 또…… 그러니까…….

3

"오래 지속되는 결혼은 모두 공포에 바탕을 두고 있지."라고 페러그린 아블로가 말했다.

그러나 내가 먼저 설명을 하겠다. 나는 앞부분(171쪽 이후)을 런던에서 썼던 것처럼 지금도 런던의 형편없고 초라하기 그지없는 새 아파트에서 이 글을 쓰고 있다. 만일 세상을 등진 은둔자로 살기 원한다면 이곳이 훨씬 더 좋은 거처일 것이라는 생각이 들었다. (누군가가 이와 비슷한 말을 최근에 나에게 했다. 로시나였나?) 그동안 많은 사건이 일어났다. 나는 가급적이면 현재 시제로 넘어오지 않고 이 회고록을 계속 써 나갈 작정이다. 그러니까 결국 나는 내 인생을 소설로 쓰고 있는 것이다! 그럼 뭐 어떤가? 중요한 것은 형식을 찾는 것이었고, 어떻든 내 역사가 나를 위해 그 형식을 찾아 주었다. 앞으로 글을 써 가는 동안 회상하고 기억할 시간이 충분히 있을 것이다. 또 주제에서 잠시 벗어나거나 철학적인 사색을 집어넣거나 먼 과거로 돌아가거나 공식화되지 않은 현재를 기록할 시간은 충분할 것이다. 그러니까 내 소설은 아직도 일종의 회고록이거나 일기 형식이다. 과거와 현재는 극히 가까이 있어서 결국 거의 하나라고 할 수 있다. 그러므로 시간이란 함께하고 서로 스며들기를 원하는, 과학자들이 말하는 천체처럼 무겁고 작아지기를 원하는 물질을 인위적으로 억지로 찢어 놓을 수 없는 것과 같다.

나는 이곳에 이틀 전에 도착하여 대부분의 시간을 글을 쓰며 보냈다. 곧 자세히 이야기하겠지만, 두 번째 날 저녁에는 페러그린을 방문했다. 오늘은 계속 글을 쓸 작정이다. 이상하게도 탁 트인 슈러프엔드보다 좁고 무질서한 이곳에서 글을 쓰는 것이 더 수월하다. 여기에서는 집중할 수가 있다. 하지만 왜 그렇게 집중을 요하는 일이 많은지! 오늘 저녁에는 다시 기차를 타고 집에 갈 것이다. (집? 그렇다, 집.) 기차역에서 타고 갈 지역 택시도 예약해 두었다. 나는 창가에 기대어 있는 흔들거리는 탁자에 앉아 있다. 창밖으로 부드러운 연두색 플라타너스 나무의 꼭대기가 보인다. 경쾌하게 움직이는 나뭇잎들 너머로는 담과 창문과 굴뚝이 뒤섞여 있고, 빅토리아 왕조 시대의 갈색 벽돌 건물의 후면도 보인다. 그 당시의 런던은 대부분 저렇게 집을 지었다. 나는 반스에 있는 큼직하고 시원한 아파트를 팔았다. 아파트는 강에 인접해 있고 철도에도 가까웠지만, 슈러프엔드를 살 때 서둘러서 팔아 버렸다. 그리고 이 좁은 아파트는 참회를 위한 일종의 예배당으로 사용하려는 의도로 구입했다. 가구를 정리할 시간도 없었다. 글을 쓰는 내 옆에는 텔레비전을 올려놓은 안락의자가 있다. (슈러프엔드에는 텔레비전이 없다는 것이 얼마나 고마운 일인지!) 그 너머에는 벽을 향한 책장이 회색 뒷면을 보이고 서 있다. 책장은 거미줄투성이며 나무좀이 먹은 구멍이 곳곳에 있다. 그림, 램프, 책, 장식품, 말아 놓은 깔개가 방바닥에 널려 있고, 유리잔과 사기그릇의 깨진 조각들이 흉물스럽게 흩어져 있다. 나는 이삿짐 직원들을 재촉했지만 그들은 최선을 다하지 않았다. 아직 풀지도 않은 주방 살림 상자들이 좁은 주방을 꽉 채우고 있다. 많은 물건들을 팔았고 또 (트렁크 여러 개를 꽉 채운 연극 기념품들을 포함하여) 약간의 물건들은 물품 보관소에 맡겼지만, 그래도 여기에는 물건이 너무 많다. 침실 두 개는 모두 비좁았으나, 바깥에 많은 화초와 나무들이 자라는 작은 집들이 있었으므로 거리의 경관은 좋았다. 들어갈 수 있을지 모르겠지만 주방은 가스레인지와 냉장고가 있어 만족스러웠다. 어제 점심에는 치즈를 섞어 구운 마카로니에 기름과 마늘과 바질을 넣어 먹었다. 그리고 치즈와 삶아서 식힌 애호박 요리를 더 먹었다. (애호박은 절대로 튀겨 먹으면 안 된다고 생각한다.) 잊지 말고 애호박과 푸른 피망을 더 사서 집에 가져가야겠다. 그리고 음식 얘기가 나와서 말인데, 어젯밤(내가 페리와 함께 있을 때) 리지와 길버트와 같이 저녁을 먹기로 했는데, 지금에야 약속을 취소하지 않은 게 기억났다. 그들은 하루 종일 나를 위해 음식을 준비했을 것이다.

내가 런던에 오게 된 동기는 다음과 같다. 근본적으로 하틀리에 관한 문제를 풀려면 따져 보고 계획할 막간의 시간이 필요하고, 계획을 위해 마음을 깨끗이 해야 한다. 하지만 나를 런던에 더욱더 서둘러 오게 한 것은 로시나와 그녀의 작고 흉칙한 빨간 자동차였다. 이미 전술했다시피, 벤과 유익한 만남을 가졌던 날 저녁에 로시나가 슈러프엔드에 다시 모습을 드러냈다. 나는 그다음 날 아침에 런던까지 태워다 주지 않겠느냐고 부탁함으로써 그녀를 놀라게 했고, 결과적으로 그녀를 쫓아내 버렸다. 나는 생각할 시간을 갖기 위해 런던에 오고 싶었다. 그리고 앞으로 설명하겠지만 런던에 두고 온 하틀리의 옛 사진을 찾고 싶어서였다. 어쨌든 그 여행은 순간적으로나마 로시나를 내게서 쫓을 수 있는 가장 좋은 방법이었다. 내가 그녀의 동행이 되어 준다는 것과 그녀를 운전기사로 기꺼이 받아들인다는 사실은 그녀를 달래기에 충분했다. (그녀는 운전을 아주 잘했다.) 나는 여행 중 우스갯소리를 해 가며 나와 리지가 아무 관계도 아니라는 것을 마치 전혀 진지하게 생각하지 않았다는 듯이 설명할 수 있었다. 내가 예상한 대로 로시나는 그 소식을 침착하게, 그리고 현명한 관대함까지 보이며 받아들였다. 만일 내가 진실을 전부 그녀에게 말했다면 그러한 반응은 오히려 나를 화나게 했을 것이다. 나는 그녀가 '내가 정신을 차리는 데' 도움을 주었다는 암시까지 하였다. 그녀는 진정으로 내가 리지를 버렸고 그녀의 폭력적인 책략이 나에게 영향을 미쳤다고 생각했을까? 아니면 다른 어떤 일이 일어나고 있다고 의심했을까? 알 수 없다. 누가 뭐래도 그녀는 배우였으니까.

우리는 둘 다 여행이 매우 즐거웠다는 사실에 놀랐다. 개인적인 이야기는 하지 않았으나 여행 내내 잡담을 하고 시시껄렁한 한담을 즐겼다. 차를 타고 오는 짧은 시간 동안, 로시나가 나를 사랑하고 나도 그녀에게 반했을 때처럼 우리는 함께 있는 것을 즐겼다. 그녀는 약삭빠르게 내가 듣고 싶어 하는 소문, 그러니까 실패, 큰 실수, 파산 그리고 사사로운 불행에 대한 이야기들만 언급했다. 프리치가 『오디세이』를 영화로 만들려던 계획은 자금 문제 때문에 수포로 돌아갔으며, 마커스는 넬의 계약 때문에 앨을 고소하였으며, 리타의 세 번째 남편은 남자 댄서와 도망갔고, 페이비언은 정신 병원에 다시 들어갔다고 했다. Aprés moi le déluge.* 한편 나는 블랙라이언에서 겪은 불운한 사건에 대하여 그녀에게 재미있게 얘기해 주었다. 그리고 조금도 내색하지 않고 런던에 올 때까지 계속 하틀리에 대하여 생각할 수 있었다. 나 역시 배우니까. 로시나는 나를 노팅힐에 내려 주었다. 우리는 사이좋게 헤어졌다. 그녀는 매우 머리가 좋아서, 더구나 그녀가 성공적으로 힘을 행사하여 유리한 위치에 서게 되었다고 믿었는지 이 시점에서는 나를 조르지 않았다. 나는 그녀가 무슨 생각을 하는지, 무엇을 원하는지 전혀 알 수 없었고, 곧 그녀에 대해 잊어버렸다. 그리고 런던에 올 때마다 느끼는, 불쾌하지는 않으나 약간 화가 치미는 심정에 빠져 있었다. 사회의 속박에서 벗어나 있다가 갑자기 희비극이 엇갈리는 대도시로 돌아올 때 기차나 자동차 안에서 느끼는, 산발적이고 정의하기 곤란한 감정에 사로잡혀 있었다. 나는 내 아파트까지 걸어갔다. (로시나가 집까지 태워다 주는 것을 원치 않았기 때문이다.) 집에 가는 도중에 장을 봤다. 집 안에 들어서자 고통스러운 흥분 상태에 빠졌다. 어지럽혀진 낯선 방들이 악의를 가지고 나를 맞았다. 다른 사람들이 살았던 체취

* '내가 죽은 뒤에는 홍수가 나든 말든 무슨 상관이랴.'라는 뜻의 프랑스어.

가 아직도 남아 있었다. 나는 당장 하틀리의 사진을 찾기 시작했다. 이사하다가 사진을 잃어버리지는 않았나 걱정했는데 하나같이 제대로 있었다. 모두 누렇게 바랬고 가장자리가 말려 있었다. 나는 봉투에 있는 사진들을 탁자 위에 쏟아서 펴 놓았다. 거의 내가 찍은 스냅 사진이었다. 하틀리는 항상 미소를 짓고 있거나 웃고 있었다. 바람이 그녀의 머리와 치마를 휘날리고 있었고, 그녀는 운하 다리 위에서 자세를 잡거나 자전거를 잡고 있거나 다섯 창살이 있는 대문에 기대어 있거나 미나리아재비 꽃 속에 무릎을 꿇고 앉아서 사랑에 불타는 얼굴로 나를 쳐다보고 있었다. 나는 젊은 얼굴과 늙은 얼굴, 늙은 얼굴과 젊은 얼굴의 유사점을 찾으려고 노력하고, 두 얼굴을 연관지어 보려고 노력했다. 그러나 옛 사진에서 뿜어 나오는 청춘과 행복의 압도적인 분위기에 반해 늙은 얼굴은 너무 보기 흉해서 마음이 괴로웠다. 나는 슈러프엔드에 가져가기 위해 신중하고 조심스럽게 재빨리 사진을 모아서 다시 봉투에 넣었다.

그러고는 어머니 사진을 한 장 찾았다. 걱정스러운 표정이 아니라 기뻐서 기운차게 웃고 있는, 둥글고 낯익은 얼굴이었다. 뒤로 빗어 넘긴 머리 때문에 크고 둥근 이마가 돋보였고, 미간이 넓은 두 눈은 보는 사람을 압도하듯 똑바로 앞을 응시하고 있었다. 어머니는 지성인은 될 수 없었겠지만, 여러 방면에서 성공적인 직업 여성이 될 수 있었을 것이다. 어머니도 가끔 명랑했지만, 그 명랑함은 금욕적이고 소박하고 결백한 생활을 과시하기 위해 드러낸 것이거나, 그런 생활에서 비롯되어 나온 것이었다. 재즈 시대는 우리 부모를 비껴 지나갔다. 내가 찾고 있었던 것은 아니나 아버지의 애처로운(너무도 애처로운) 사진도 발견했다. 1차 대전 당시 보병 장교 군복을 입고 찍은, 매우 젊은 아버지의 사진이었다. 도대체 어떻게 아버지는 그 대학살에서 살아남았을까? 그리고 왜 나는 그것에 대하여 자세히 물어보지 않았을까? 아버지는 자신 없고 걱정스러운 눈빛으로 나를 무표정하게 바라보고 있었다. 그의 입은 매우 부드럽고 어려 보였다. 어떻게 그 온화하고 수줍은 사람이 군인이 되었을까? 문제를 해결하거나 장사꾼들과 언쟁을 하는 사람은 우리 어머니였다. 아마도 어머니에게서 물려받은 이 불굴의 북부 기질이 내 가치 판단을 받아들이도록 세상을 위압했는지도 모른다.

제임스가 조랑말을 타고 있는 사진(왜 이 사진들을 내가 가지고 있었을까?) 밑에 아벨 숙부와 에스텔 숙모가 함께 춤추고 있는 사진이 삐죽 나와 있는 게 보였다. 나는 그 사진을 잡아 꺼냈다. 그들은 야회복을 입고 서로 거리를 두고 떨어져 손을 잡고 있었는데, 서로를 바라보는 모습을 보건대 아주 잠깐 거리를 두고 서 있는 것이 틀림없었다. 다음 순간 그들은 꼭 껴안았을 것이다. 탱고? 왈츠? 느린 폭스트로트? 그들의 모습은 행복해 보이는 것은 물론 서로 의지하고 전적으로 만족하는 관계처럼 보였다. 그는 몸집이 우람하고, 대가답고, 우아하고, 보호하는 쪽이었고, 그녀는 연약하고, 얌전하고, 믿음직스럽고, 복종적이며, 자신 있게 애정을 표현하는 쪽이었다. 그녀는 또한 빼어나게 아름다웠다. 가엾지만 운 좋은 에스텔 숙모는 이런 매력을 잃을 만큼 오래 살지는 못했다. 어떻게 이 사진을 내가 갖고 있었을까? 갑자기 생각난 건데, 이 사진을 램즈덴스의 가족 앨범에서 몰래 훔쳤던 것 같다. 뻣뻣한 갈색 사진을 뒤집어 보니 뒤에 풀이 붙어 있었고, 내가 뜯어 낸 두꺼운 면의 갈색 보푸라기가 보였다.

· · · · · ·

햇빛이 밝은 이른 아침 로시나와 함께 고속도로를 차로 달리며 캘리포니아와 배우 조합이 벌인 싸움에 대하여 떠드는 동안, 나는 런던에 도착하자마자 하틀리에게 보낼 편지를 마음속으로 구상하고 있었다. 그러나 도착한 후에는 우선 마음을 정리하고 무슨 일이 일어났는지를 글로 자세히 씀으로써 나 자신을 진정시키고 위로하는 게 더 급하다는 생각을 했다. 그리고 아직은 그 편지를 쓰지 말아야 할 또 다른 이유들을 발견했다. 사실 나는 굉장히 동요하고 있었다. 우유부단해서라기보다 초조하고, 불안하고, 겁먹은 듯한 혼란스러운 감정 때문이었다. 나는 아직도 두렵고 해롭고 분별 없는 질투로 인한 고통을 물리치려고 애를 쓰고 있었다. 이것은 내 혼란스러운 영혼의 한구석에 도사리고 있었다. 나는 이성적으로 그것들을 나로부터 멀리 쫓아 버려야 했다. 내가 생각해 낸 결론은 다음과 같았다.

벤과의 역겨운 만남 이후 나는 이제 그를 마음대로 미워할 수 있었으므로 음흉하고 잔인한 기쁨을 느꼈다. 그리고 그보다 더한 짓을, 아, 훨씬 더 많은 짓을 거리낌 없이 할 수 있다는 것을 깨달았다. 노골적으로 요약해서 말하면 이제 나는 하틀리를 구할 방법을 생각해도 되는 것이다. 이 생각은 무섭고도 맹렬하게 앞서서 움직이고 있었다. 마치 먼 미래에 존재하는 어떤 힘에 의해 내가 힘차게 끌려가는 느낌이었다. 내 마음속에서는 증오와 질투심과 공포와 맹렬한 사랑이 뜨겁게 타오르고 있었다. 아, 내 가련한 여인아. 아, 내 가련하고 사랑스러운 여인아. 나는 보호하고 소유하고 싶은 사랑의 욕구를 느끼며 왜 내가 그녀를 불행한 일생으로부터 지켜 주지 못했는가를 생각하고 극심한 고통에 빠졌다. 내가 얼마나 그녀를 많이 아껴 주고, 위로해 주고, 또 완전히 사랑했을 것인가! 만약……. 그러나 나는 아직 분별력을 가지고 있다.

나는 증거들을 재검토해 보았고 그것이 무엇을 뜻하는 것인지 거의 의심하지 않았다. 하틀리는 나를 사랑했으며, 나를 잃어버린 것을 오랫동안 후회해 왔다. 왜 그러지 않았겠는가? 그녀는 남편을 사랑하지 않았다. 어떻게 그를 사랑할 수 있겠는가? 그는 지적으로도 뛰어나지 않고, 재치나 상냥함도 없다. 그는 육체적으로도 매력이 없다. 모양 없이 크고 관능적인 입을 가졌으며, 머리는 짧게 잘라 중학생처럼 보였다. 또한 야만인이며 약한 사람을 괴롭히는 사람이었다. 그는 폭군이자, 시시때때로 질투하는 남자이고, 화를 잘 내는 우둔한 개와 같으며, 인생의 기쁨을 누릴 줄 모르고 제한된 틀 안에만 처박혀 사는 옹졸한 사람이었다. 하틀리는 그동안 포로로 살았다. 처음에는 그녀도 도망 나올 생각을 했겠지만 고립되어 혼자 괴롭힘을 당하며 사는 많은 다른 여자들처럼 점점 절망에 빠졌을 것이다. 싸우지도 말고 희망을 갖지도 말자고 말이다. 나를 다시 만났다는 사실이 그녀에게 엄청나게 큰 충격이었을 것이다. 물론 내가 그녀를 발견했을 때쯤에는 충격을 어느 정도 누르고 있었을 것이다. 그녀가 놀라며 부정적으로 행동한 것에 대해서도 쉽게 설명할 수 있었다. 아마 그녀는 남편을 두려워하고 있었으리라. 그리고 어쩌면 나를 향한 그녀의 옛 사랑이 지하의 석유 불길처럼 활활 타오르고 있는 것을 알고 더욱 두려움을 느꼈는지도 모른다. 그 사랑은 겨우 절망적인 마음의 평화를 찾은 그녀를 완전히 파괴해 버릴 수도 있기 때문이다.

이 모든 것에 대하여, 만약 그녀가 원한다면 내가 어떻게 그녀를 빼내 올 것인지에 대하여 편지를 써서 그녀에게 몰래 전할 생각이었다. 그러나 이성적으로 숙고해 보면서 공포가 어우러져 이것을 연기시켰다. 공포는 어느 것이든지 간에 만에 하나 크게 잘못된다면 내가 미쳐 버릴 것이라고 경고했다. 이성은 증거가 결정적인 것이 아니어서 다른 해석이 나올 수도 있다고 말해 주었다. 벤을 싫어하는 내 안의 반대 세력은 별로 믿을 만한 증인이 아니었나 보다. 우리가 만났을 때 나의 행동이 그를 화나게 했고, 그로 인해 벤이 매우 불쾌하게 행동했던 건 아닐까? 글쎄, 그는 끝까지 자신의 감정을 억제했다. 그러나 나는 처음부터 그에게 사납고 비이성적인 악의를 품고 있었다. 타이터스에 대해서도 궁금한 점이 있었다. 왜 그는 도망갔을까? 문제아였나? 아니면 비행소년이었나? 그를 잃은 비극을 같이 슬퍼하면서 그들이 가까워졌나? 슬픔을 함께 나누고, 침대도 같이 쓰고. 내 생각은 아직도 꼬리를 물고 길고 어두운 길을 따라 달려가려고 애쓰고 있었다. 물론 벤이 못생기고 매력도 없으며 난폭하고 어리석지만, 그녀는 그를 사랑했고 비교적 그와 만족스럽게 지냈을 가능성도 있다. (이것은 굉장히 심각한 문제다.) 이런 일련의 질문에 나는 내 만족을 위한 답을 했다. 이제 마지막 한 가지 질문이 남았다. 그녀가 그를 사랑했나? 그러나 이것은 불가능했다. 이것은 꼭 알아내야겠다. 내 관심과 의지를 끊임없이 끌어당기는 계획들을 실행하기 전에 꼭 답을 찾아내야 한다. 기다려야 한다. 내가 이 문제에 대한 해답을 찾을 때까지 모든 것은 기다려야 한다.

그러나 어떻게? 섣불리 그녀에게 편지를 써서 감히 물어볼 수도 없는 일이다. 너무나 큰 위험이 따르기 때문이다. 신중히 생각해 보니 그녀의 대답 또한 불분명할 것이 틀림없다. 그때(어제를 말하는 것이다.) 나는 이 문제에 대한 해결 방법을 알았다. 약간 잔인하지만 꼭 필요한 일이었다. 이것에 대해서는 때가 되면 기록하겠다. 그때까지는 약간의 휴식 기간이 필요하다. 나는 머리를 식히기 위해 페러그린에게 전화를 걸었고 어젯밤 그를 찾아가 함께 취하도록 마셨다. 무슨 이야기를 했는지를 자세히 이야기하겠다. 왜냐하면 몇 가지 이야기는 내 사정과 연관이 있기 때문이다. 생각해 보면 세상의 거의 모든 일이 내 사정과 연관이 있다. 물론 페러그린에게 하틀리에 대한 이야기는 전혀 하지 않았다. '첫사랑'에 대한 이야기는 전에도 몇 마디 얘기한 적이 있긴 하지만 그녀에 대해서는 아무것도 말하지 않았다.

나는 우리의 저녁 식사를 위해 시장을 조금 봐서 햄스테드에 있는 그의 아파트로 갔다. 비싸고 사람 많은 레스토랑에 가서 건방진 웨이터가 갖다 주는 맛없는 음식을 먹고, 나갈 준비를 마치기도 전에 쫓겨나는 것은 바보 같고 비도덕적인 것이라고 페리를 설복시키는 데 오랜 시간이 걸렸다. 우리는 오랫동안 편안한 저녁 식사를 즐겼다. 맛있는 카레(내가 요리했다. 페리는 요리를 하지 못한다.)를 밥과 야채 샐러드와 함께 먹은 후 신선한 과일과 쇼트케이크 비스킷을 실컷 먹고, 페러그린의 최고급 적포도주를 세 병이나 마셨다. (나는 포도주를 카레와 먹지 않을 만큼 속 좁은 순수주의자는 아니다.) 그다음에는 커피와 위스키와 터키 젤리를 먹었다. 다행히도 나는 늘 소화가 잘 된다. 일상생활에서 먹고 마시는 최고의 즐거움을 만끽하지 못하는 사람은 얼마나 슬플까? 어떤 사람에게는 먹는 것과 마시는 것이 단 하나의 즐거움이라고 하는데 말이다.

고백하건대 내가 페러그린을 찾아간 것은 옛 친구와 술을 마시고 잡담을 하기 위해서만은 아니었다. 남자 동료, 순전한 공모자인 남자 동료가 필요해서였다. 남자들의 공모는, 범죄를 저지르거나 쇼비니즘에 빠져 있거나 뭔가를 교묘히 피해 도망치거나 사방이 지옥이라도 현재를 탐욕스럽게 즐길 때 일어나는 공모와 같다. 그러나 내 경우에는 거칠고 난잡한 대화를 포함하지 않는다는 것을 덧붙여 말해 둔다. 나는 노골적인 음담패설을 혐오한다. 오래전에 이 주제에 대하여 페리와 몇 다른 사람들에게 상당히 신랄한 훈계를 한 적이 있다. 월프레드는 제외다. 그는 한 번도 더러운 말을 입에 담지 않았다.

오래 생각하고 결정을 내린 후에 안정된 휴식 시간을 갖으면 충분한 기운을 모을 것이다. 하틀리는 기다릴 것이다. 그녀는 도망가지 않을 것이다. 그녀는 도망갈 수가 없었다.

▪ ▪ ▪ ▪ ▪ ▪ ▪ ▪

"오래 지속되는 결혼은 모두 공포에 바탕을 두고 있지."라고 페러그린이 말했다. "공포는 기본적인 거야. 인간의 본성을 파보면 그 바닥에 무엇이 있나? 고약하고 잔인하고 악의에 찬,

그리고 이기심으로 똘똘 뭉친 공포가 자네를 맹렬하게 공격하거나 움츠리게 하지. 결혼 생활에서 사람들은 단순히 지배나 복종의 위치에 머물려고 해. 물론 때로는 서로가 '함께 성장하거나' '조화를 이루기도' 하지. 왜냐하면 사람은 인생에서 공포의 근원을 합리적으로 다루어야 하기 때문이야. 세상에는 완벽하게 행복한 결혼은 없다고 생각해. 그저 사람들은 불행과 실망을 애써 감추고 있을 뿐이야. 행복한 부부를 몇이나 알고 있지? 그래, 시드와 로즈메리가 있지. 그들에게는 착한 아이들이 있고, 대화는 끊이지 않지. 그것은 기적이야. 그러나 실제로도 그런지는 모르지. 또 그 상태가 얼마나 오래 지속될지도 모르는 거야. 다른 부부들은 어떤지 생각이 안 나. 겉으로 보기에는 사이좋은 부부가 여럿 있지만 내막을 알면 별거 없어. 찰스, 자네가 결혼하지 않은 건 참 현명한 일이야. 자네는 자유인으로 남아 있잖아. 윌프레드 더닝처럼 말이야. 목걸이나 쇠사슬을 달지 말게. 제기랄, 난 여자를 혐오해. 그러나 그들을 떠나 살 수도 없어. 자네를 좋아한 적은 없으니까 얼굴을 붉히고 수줍어할 필요는 없어. 자네와 프리치 에이텔의 관계는 다 알고 있으니까! 아니야? 윌프레드가 물어보았다면 그 녀석한테 좋다고 말했을 거야. 윌프레드는 어떻게 성욕을 해결했을까? 아무도 모르지. 어쩌면 그는 성욕이 전혀 없었는지 몰라. 그렇다면 다행이지. 아직도 나는 윌프레드가 그리워. 그는 친절하고, 관대했어. 다른 사람들은 그의 재치를 좋아했지만 그는 보람 있는 일을 좋아했지. 그는 나에게 영감을 불어넣어 주었어. 윌프레드와 술을 먹으면…… 뭐랄까…… 어땠지? 리지 셰러가 길버트 오피언과 동거하는 걸 알아? 내 생각에 그들은 아주 영리해."

"나도 윌프레드가 그리워. 그럼, 리지에 대한 얘기도 들었지." 내가 페러그린을 만나러 간 이유 중 하나는 나와 리지 사이에 어떤 소문이 나돌고 있는지 알아보기 위해서였다. 만일 그렇다면 그것을 뭉개 버릴 작정이었다. 페러그린은 아무런 소문도 듣지 못한 것 같았다. "그리고 자네와 파멜라는……."

"그건 다 지나간 얘기야. 아직까지는 한집에 살고 있지만 우리는 대화를 전혀 하지 않아. 찰스, 이것은 지옥과 같아. 자네는 모를 거야. 모든 대화가 혼란에 빠지고 망쳐진 곳에서 누군가와 묶여 있다는 것은 지옥이야. 내가 말하는 것은 모두 틀리고 나쁜 거야. 맙소사, 나는 썩어 빠진 놈이지. 처음에는 그 개 같은 년 로시나였고, 그다음은 팸이라니! 최근에 로시나를 보았나?"

"아니."

"나도 보지 못했어. 하지만 텔레비전을 켤 때마다 저주를 받은 것처럼 그녀가 나타나지 뭔가. 한때 그녀를 사랑한 적이 있었지. 아니면 그녀가 나를 마르쿠스 안토니우스처럼 느끼게 만들었든지. Penché sur elle l'ardent impérator…….* 로시나의 눈에는 자신의 영상만 보였어. 그러고 나서 이혼 법정에 섰지. 로시나의 문제는 그녀가 모든 남자를 원한다는 거야. 줄리어스 시저, 예수 그리스도, 레오나르도, 모차르트, 빌라모비츠, 영국 수상 글래드스톤, D. H. 로렌스, 지미 카터. 누구든 이름만 대 봐. 그녀는 그 남자를 원할 테니. 팸을 나에게서 빼앗아 가고 싶지는 않나? 아니라고? 우리가 어떻게 지내는지 자네에게 다

* '정열적인 황제는 그녀를 의지하고…….'라는 뜻의 프랑스어.

말해 줄 수는 없네. 칼로 싸우는 거 같지. 사실 싸움은 아직도 진행 중이야. 우리는 이혼 소송을 시작할 기운조차 없다네. 이혼 소송 절차는 까다롭기 짝이 없어서 꼼꼼히 생각해야 하고, 결정해야 하고, 또 거짓말도 해야 하네. 그녀는 다른 녀석을 하나 사귀고 있어. 난 알고 싶지도 않아. 집을 오랫동안 비우고 다니는데, 다신 돌아오지 말았으면 좋겠어. 편리하잖아. 순전하고도 끝이 없는 파괴적인 악의, 조그만 친절과 기쁨에 대한 악의적인 말살, 한 인간을 다른 인간과 연결하는 충동적이고도 터무니없는 모든 자질구레한 언행들. 가끔 그녀와 대화를 시도해 보려고 노력하지만 그녀는 가장 상처를 주는 말만 골라서 해. 인간의 영혼은 끊임없이 얻어맞으면 무감각해지는 법이야. 그리고 말할 것도 없이 그 자신도 악마가 되어 버리지. 그쪽으로는 천재가 되는 거야. 다른 사람들의 경우에서도 보았어. 비이성적인 죄의식을 가진 쪽은 상대방의 변덕에 끊임없는 희생자가 되는 법이야. 그리고 도덕적인 위치를 지킬 수가 없게 돼. 그것이 서로를 폭력적으로 몰고 가지. 그리고 같이 자는 중에도 한밤중에 잠이 깨어서는 아주 세세한 상상을 하며 위로를 받는 거야. 이를테면 아래층으로 내려가 손도끼를 찾아서 상대방의 머리를 짓이겨 베개 위에 피가 철철 흐르게 하는 상상 같은 거! 아, 찰스, 찰스, 결혼의 이런 즐거움을 자네는 모르네. 위스키를 더 마시게."

"고맙네. 어린 딸은 잘 있나? 이름이 뭐더라? 아, 안젤라." 안젤라는 파멜라가 전남편 '빨간 머리' 고드윈과 낳은 딸이다.

"그 애는 이제 그리 어리지 않네. 학교에 다니지. 적어도 내 짐작에는 그래. 매일 어딘가에 나가니까. 난 그 애에게 무관심한 편이야. 그 아이도 내게 무관심하고. 서로 맞지가 않아. 팸도 그 애를 보려고 하지 않아. 요새 팸은 거의 만취해 있거든. 정말 교육적인 상황이지. 아, 찰스, 피가 끓어오르고, 아파서 소리 지르고, 자신이 점점 악마로 변해 가는 모습을 보지 않고, 이런 무섭고 서로 상처 주는 함정에서 자유로운 것이 자네에게 얼마나 다행인가? 이 모든 고통에서 자유로우니 정말 영리해. 찰스, 자네는 매우 깔끔하고 부드러워. 얼굴도 깨끗하고 매끄럽고 소녀처럼 발그레하지. 아마 한 달에 한 번 면도를 하지 않나? 손과 손톱도 깨끗하고 모든 것에서 자유롭지. 내 손톱 좀 봐. 자네는 진짜로 자유로워. 그래, 그래, 나는 빌어먹을 이혼 수속이나 해야 하고. 그러려면 파멜라와 대화를 나눠야 하는데 그럴 수가 없어. 그녀를 마주 보고 앉기조차 싫다고. 그런데도 서로가 나란히 앉아 있어야 해. 서로가 서로에게서 벗어나려고 계획을 세우는 거지. 아마 그녀는 이혼을 원치 않는지도 몰라. 뭘 하는지 몰라도 이 집을 근거지로 삼는 게 편리하겠지! 또 내가 그녀의 은행에 매달 상당한 액수의 돈을 넣어주고 있거든……."

"그녀가 일을 구할 수는 없나?"

"일? 팸이? Laissez-moi rire!* 팸은 여배우가 아니었어. 그녀는 신출내기였다고. 그녀는 아무것도 하지 못 해. 평생 동안 남자에게 붙어살았지. 빨간 머리에게 붙어살았고, 어떤 미국 놈과도 살았어. 그전에는 누구와 살았는지 모르겠어. 빨간 머리는 아직도 상당한 액수의 위자료를 그녀에게 지불하고 있어.

* '저 좀 웃겠습니다.'라는 뜻의 프랑스어.

그리고 물론 내가 그와 똑같이 해 준다고 동의하면 그녀는 나를 떠날 게 분명해. 내가 아직 로시나에게 위자료를 지불하고 있는 걸 아나? 그녀가 나보다 다섯 배나 더 많은 돈을 벌고 있는데도 말이야. Suis-je un homme, ou une omelette?* 가끔은 영문을 모르겠어 그녀와 사는 것이 하도 지겨워서 그녀를 쫓아 버리기 위해 모든 요구 조건에 다 서명을 했어. 제발 파멜라도 자네가 쫓아 준다면……. 자네는 운 좋은 놈이야. 아주 재미나게 놀아나고 그들을 내팽개쳐 버리니까. 맙소사, 자네는 클레멘트에게서도 깨끗이 벗어났지. 왜 난 그런 걸 배우지 못했을까?"

"내가 클레멘트와 재미를 보았다고 생각한다면……."

"자네의 문제는 근본적으로 여자들을 멸시한다는 거야. 반면 나는 보기완 달리 그렇지 않다는 거야."

"난 여자들을 멸시하지 않아. 난 열두 살 이전에 셰익스피어 극의 모든 여주인공들과 사랑에 빠졌더랬어."

"하지만 그들은 존재하지 않아. 이 사람아, 그게 문제야. 그들은 셰익스피어의 기지와 지혜가 꾸며 낸 꿈같은 예술 세계에 살아. 그들은 거기서 우리를 조롱하고 헛된 희망과 텅 빈 꿈으로 우리 마음을 채우지. 현실에서 여자란 악의와 거짓으로 가득 차서 돈에 대한 언쟁을 늘어놓을 뿐이야."

이 글을 보면 페리 혼자 이야기한 것처럼 보인다. 사실 마지막에 가서는 그가 도맡아 지껄여 대었다. 그는 아일랜드인다운 말재주를 타고나서 완전히 만취한 상태에서는 제지하기가 더

* '날 사람으로 보는 거야, 오믈렛으로 보는 거야?'라는 뜻의 프랑스어.

어렵다. 어쨌든 나는 내가 말을 하기보다는 그를 자극하고 싶었다. 그의 유창하고 한탄 섞인 하소연에 내 마음이 가라앉았다. 그리고 고백하건대 그의 괴로움이 나를 기쁘게 하기까지 했다. 유감스럽지만 나는 그의 두 번째 결혼이 실패로 돌아간 것을 차라리 기뻐했다. 그가 en deuxième noces* 행복했고, 본의 아니게 내가 그 원인을 제공했다면 나는 약간 슬펐을지도 모른다. 그런 감정이 내 체면을 세워 주는 것은 아니지만 흔하지 않은 현상이라고 할 수도 없다.

우리는 페러그린의 아파트에서 상당히 넓고 훌륭한 식당에 앉아 있었다. 포도주 자국이 많이 묻은 흰 탁자보는 오랫동안 사용한 것처럼 보였다. 페리는 등받이가 없는 자기 침대를 이 방에 옮겨 놓았고, 전기 주전자와 전기 풍로(이 전기 풍로로 내가 카레를 요리했다.)도 설치해 놓았다. 그렇게 하고 나머지 공간은 파멜라에게 양보한 것이다. 흘린 음식 찌꺼기가 묻은 네모난 신문지 위에 전기 풍로가 놓여 있었다. 파출부는 팸에게 욕을 먹은 뒤에 떠나 버렸다. 먼지투성이 방은 태운 프라이팬 냄새와 더러운 행주 냄새로 가득했다. 그러나 페리 말대로 문은 닫을 수 있고 잠글 수도 있었다.

페러그린 아블로는 이미 앞에서 내가 말했던 것처럼, 내가 본 사람 중에 가장 얼굴이 컸다. 그러나 그가 젊어서 '플레이보이' 노릇을 할 적에는 얼굴이 큰 이가 미남이란 소리를 들었다. 그의 둥근 얼굴은 이제 살이 쪄서 늘어졌지만, 머리는 (과학의 도움으로) 짧고 굵은 밤색 고수머리로 잘 꾸며져 있었다. (내 머

* '재혼하여'라는 뜻의 프랑스어.

리털의 구조 작업에 대하여 충고해 준 사람이 바로 페러그린이다.) 그의 큰 눈은 순진해 보이거나 혹은 단순히 당황한 것처럼 보였다. 그는 크고 건장한 체격이었고, 더운 날씨에도 트위드 슈트에 조끼까지 갖춘 정장 차림으로 다녔다. 시계와 시계줄도 차고 다녔다. 길버트 오피언이 혀짤배기소리를 낸 반면 그는 고향 북아일랜드의 사투리를 약간 썼다. 하지만 무대 위에서는 전혀 표를 내지 않았다. 이것이 길버트 오피언의 혀짤배기 발음과 다른 점이다. 윌프레드만큼은 아니지만 그는 뛰어난 희극배우다. 그 누구도 윌프레드만큼 월등하지는 못했다.

이제 여자에 대한 위험한 화제는 집어치워야 할 때가 왔다고 생각했다. "최근에 아일랜드에 갔다 왔나?" 이 말은 항상 페리를 다른 주제로 끌고 가는 데 적당했다.

"아일랜드! 그건 또 하나의 골칫덩이지. 아일랜드 사람들은 바보 천치야! 푸시킨이 폴란드인을 두고 말했듯이, 그들의 역사는 큰 불행이야. 적어도 폴란드인들은 비극적으로 고통을 받았지. 유대인들은 지적으로, 또 재치 있게 고통을 받았지. 하지만 아일랜드인들은 수렁에 빠진 소처럼 어리석게 고생을 했어. 영국인들이 어떻게 그들을 너그럽게 대하는지 알 수가 없어. 오래전에 해결했어야 했어. 그들이 노력하기는 했지. 크롬웰 장군! 지금 우리가 당신을 진정으로 필요로 하고 있는데 당신은 어디에 있습니까? 벨파스트는 산산조각이 났어. 아무도 상관하지 않아. 그 고통, 찰스, 그 고통, 무서운 고통, 굴욕, 보복. 예수가 그랬듯이 왜 그들은 어딘가에서 그 고통을 제지하지 못할까? 백 명의 성자가 있었다면 그 섬을 구할 수 있었을까? 천 명의 성인들이 있었다면? 난 잊어버릴 수가 없어. 이것은 이름이 박힌 셔츠처럼 내 몸에 붙어 있고, 내 살갗을 기어 다니고 있어. 이것에서 내가 벗어나 그나마 위로를 받을 때는 다른 사람들이 나보다 못할 때, 즉 그들의 사랑하는 남편이나 아들이나 아내가 눈앞에서 총살당했다든가, 남은 인생을 휠체어에 앉아 지내야 한다고 생각할 때인데, 실제로 즐겁기까지 해. 내가 그렇게 악랄한 놈이야! 나는 아일랜드를 살고, 아일랜드를 숨쉬고 있어. 제기랄! 이것이 얼마나 끔찍한 일인지 몰라. 내가 스코틀랜드 사람이었으면 얼마나 좋을까! 아일랜드 사람이라는 것이 그 정도로 지긋지긋해! 나는 연극보다 아일랜드를 더 증오해. 이것은 중대한 발언이지!"

바로 그 순간 문이 열리고 파멜라가 머리를 디밀었다. 그리고 문을 흔들며 넘어지다시피 방 안으로 들어와서 흐리멍텅한 눈으로 우리를 노려보았다. 코트를 입은 채인 것을 보니 방금 들어온 모양이다. 숱 많은 회색 고수머리가 헝클어진 채 길게 늘어뜨려져 있었지만 그녀는 아직도 아름다웠다. 주홍빛이 번진 그녀의 입은 도전적인 비웃음을 머금고 있었으며, 페리를 무시한 채 눈을 가늘게 뜨고 나를 노려보았다. 나는 "안녕, 팸." 하고 인사를 했다.

그녀는 여전히 문을 붙든 채로 서 있다가 돌아서서 나가려고 했다. 그러더니 다시 몸을 돌려 입을 삐죽이고 얼굴에 주름을 만들더니 침을 모아 방바닥에 뱉고는 앞으로 몸을 기울여 침을 살펴보고 난 뒤 문을 열어 둔 채로 나가 버렸다.

페러그린은 벌떡 일어나 맹렬하게 문을 차고 유리잔을 들어 벽난로에 던졌다. 잔은 깨지지 않았다. 그는 실제로 입에 거품을 물고 탁자를 돌아 뛰어가더니 "아아악!" 하고 외치며 술잔을 들어 올렸다. 사자의 소리를 내는 고양이 같았다. 나는 몸을 일으켜 그의 손에서 잔을 빼앗아 탁자에 다시 놓았다. 그러자 그는 천천히 문으로 가서 파멜라가 침을 뱉어 놓은 곳을 내려다보더니 더러운 신문을 한 조각 찢어서 조심스럽게 덮었다. 그리고 제자리로 돌아왔다. "마셔, 찰스. 자넨 마시지 않는군. 정신이 말짱해. 어서 마셔."

"연극 이야기를 하고 있었지."

"자네 희곡을 출판하지 않은 것은 참 잘한 일이야. 자네 희곡 아무것도 아닌 시시한 이야기들이지만 적어도 허영은 없지. 화가 났나? 허영이야, 허영. 그래, 나는 극장을 증오해." 페리의 말은 런던 웨스트엔드 극장을 의미하는 것이다. "거짓말, 거짓말, 거의 모든 예술이 거짓말이야. 지옥 그 자체가 친절과 아름다움으로 둔갑한 거야. 쓰레기! 진정한 고통이란…… 아이고, 내가 취했나? 그건 매우 다른 것이야. 아, 찰스, 만일 자네가 내 고향을 볼 수 있다면……. 그리고 그 침 뱉는 나쁜 년……. 어떻게 인간이 그런 식으로 살 수가 있지? 어떻게 상대방에게 그렇게 할 수 있지? 차라리 입을 봉하고 있으면 좋겠어. 연극과 비극은 무대에 속하는 것이지, 실생활에 속하는 것이 아니야. 그것이 문제로다! 영혼의 부재가 문제라고. 모든 예술은 인생을 왜곡하고 잘못 전달하고 있어. 모든 예술 중에서도 연극이 가장 그렇지. 왜냐하면 실제로 관객들은 걸어 다니고 말하는 사람들을 보잖아. 라디오를 틀 때마다 배우가 말하고 있다는 것을 어떻게 알지? 그것은 저속한 행위야, 저속한 행위. 극장은 저속한 행위의 사원이야. 그것은 우리가 진지한 얘기를 싫어하고, 말할 수도 없다는 산 증거야. 모두가, 모든 것이, 가장 슬프고 가장 신성하고 가장 웃기는 일까지도 저속한 속임수로 변하고 말았어. 찰스, 자네가 옳아. 언젠가 자네가 셰익스피어에 대하여 말하던 것을 기억하네. 그만이 진정한 극작가일 뿐이야. 그만이. 그리고 아무도 이해할 수 없는 그리스 작가 몇 명만이. 나머지는 제멋에 취한 악취 나는 저속한 무리들이지. 윌프레드도 그렇게 느꼈다는군. 다른 사람들을 배꼽 빠지게 웃겨 놓은 후에 그가 매우 슬퍼 보이던 것이 가끔 생각나. 아, 찰스, 만일 신이 존재한다면, 하지만 신은 존재하지 않지. 절대로 존재하지 않아……." 페리의 크고 둥근 눈에 눈물이 고였다. 그는 손수건을 더듬어 찾더니 탁자 보를 대신 사용했다. 잠시 후 그가 말을 이었다. "퀸스 대학교를 다니다 그냥 의사가 되었으면 좋았을걸. 지금은 무덤을 향해서 매일 기어가고 있네. 아침에 눈을 뜨자마자 생각하는 것이 죽음이야. 자네도 그런가?"

"아니."

"그렇군. 자네는 아직 젊은이의 joie de vivre*를 누리고 있군. 자네 경우는 선과 아무 관계가 없어. 자네는 착하지 않아. 그건 천부적인 재능이지. 자네 체격과 소녀다운 안색처럼 말이네. 그러나 지옥에서 사는 사람도 있다는 것을 기억하고 또 주의하기 바라네."

나는 말했다. "자넨 파멜라를 때려 본 적이 있나? 아니면 로시나를 때려 본 적은?" 페리가 생각했던 것보다 내가 더 술에 취했었나 보다.

* '삶의 기쁨'이라는 뜻의 프랑스어.

이 질문이 그를 약간 힘이 나게 해 준 모양이다. “자네가 그런 질문을 하다니 이상하군, 찰스. 나도 바로 오늘 그 생각을 하면서 왜 내가 때리지 않는지, 왜 한 번도 때리지 않았는지 의아해하고 있었어. 아무에게도 손을 대 본 적이 없네. 치고 때리고 하는 것은 무생물의 세계에 하는 거야. 유리잔들, 접시들, 나는 이런 것들을 발로 차고 때리지. 그것은 이상스러운 방법이지만 아일랜드와 관련이 있는 것이고, 아일랜드를 위해서라면 그럴 수 있어. 물론 아일랜드에는 전혀 도움이 되지는 않지만. 누군가 소리를 지르거나 침을 뱉는 대신에 다른 사람을 때리면 선을 넘어 버린 것이라네. 아마도 문명의 마지막 경계선이라고 할 수 있겠지. 그다음에는 기관총으로 사람들의 슬개골을 쏘게 될걸. 아이고, 내가 왜 그 시시한 텔레비전 연속극을 하기로 동의했는지. 그건 쓰레기야. 물론 그들은 나를 거침없이 때리지. 팸도, 로시나도.”

“얼굴을 할퀴나?”

“할퀴는 정도가 아니야. 마구 두들겨 패. 그래, 내가 맞을 만하지. 나는 저속하고 비열한 인간이야. 그래, 그래, 마셔.”

페리가 다시 탁자 보를 눈에 대려는데 문이 열리더니 키가 크고 짧게 머리를 깎은 마른 소년이 들어왔다. 그는 우리를 무시하고 찬장으로 가서 찬장문을 열고는 병을 하나 꺼내어 들고 다시 방을 나갔다.

“도대체 저 소년은 누구지?”

“아, 저 애는 소년이 아니라 내 의붓딸 안젤라야. 열여섯 살이지.”

“맙소사, 지난번 저 애를 보았을 때는 금발 고수머리의 어린

아이였는데."

"이제는 금발 고수머리의 어린아이가 아니야. 지난달에 머리를 빡빡 깎았다네. 이제 조금 자라기 시작했지. 그 애 아버지가 오토바이를 사 주었대. 그 오토바이라는 게 의자에 앉으면 털털거리며 가는 작은 것이 아니야. 돌격자처럼 부르릉 소리를 내며 달려드는 길고도 사나운 놈이지. 자네가 언젠가 아들을 원한다고 감상적으로 말했을 때 내가 그것이 얼마나 고통스러운가를 말했던 기억이 나는군. 알고 보니 딸이 더 골칫덩이야. 나에게 자식이 없는 것이 천만다행이야. 아이들이 순진하다고? 맙소사! 앤지가 사용하는 말을 들으면 그 애가 얼마나 밉고 괴상한지 알 걸세. 파멜라는 무관심해. 방금 그녀를 보았겠지? 그녀가 왔었지? 그렇지? 아니면 내가 꿈을 꾸었나? 앤지, 그래. 그 애는 등산 장화를 신고 온통 가죽으로 된 것만 입고 다녀. 그리고 술도 마시지. 그 또래들은 모두 술을 마셔. 찰스, 자네는 운이 좋아. 무자식이 상팔자야. 가족, 사랑의 보금자리. 나는 이 두 여자를 사랑한다고 스스로를 설득했을 뿐 아니라, 실제로 그들을 사랑했다네. 만일 내가 사랑을 할 수가 있었다면 말이야. 내게 그런 능력이 있을까? 모르겠어. 나는 이전에 다른 여자들도 사랑했어. 다른 사람들을 말이야. 이제는 잃어버렸고, 모두 영원히 떠나 버렸지. 아무 소용없어. 비열한 놈들이나 깡패들이나 천박한 놈들은 행복할 수가 없는 걸 보면 세상은 결국 공평한 거야."

이제는 떠나기가 매우 힘든 상황에 이르렀다. 계속해서 위스키를 마시는 일밖에 다른 일을 할 수가 없었다. 나는 어리석게도 페리의 눈물에 영향을 받기 시작했다. "페리, 자네 첫사랑은 누구였나?"

"나쁜 자식! '페리'라고 부르지 마. 그래, 그래, 말해 주지. 자네가 추측하다시피…… 페러그린 삼촌이었어. 그래, 페러그린 삼촌 말이네. 그의 영혼이 편히 쉬게 하소서. 그는 아주 착한 사람이었어. 그리고 만일 최후의 심판이 있다면 우리 가족은 모두 페러그린 삼촌 뒤에 무릎을 꿇고 앉아, 그의 부탁으로 지옥의 불에서 구원받기를 바랄 거야. 나는 땅바닥에 누워서 그가 나를 일으켜 세우기를 기다리고 있겠지. 그는 아마도 나를 일으켜 세워 줄 거야. 그는 친절한 사람이었어. 왜 내가 그를 착하다고 하는지 모르겠군. 어린 내가 그에 대하여 뭘 알았겠어. 삼촌은 내 손을 잡고 자기 무릎에 날 앉히곤 했지. 그는 날 사랑했어. 우리 부모는 나를 귀여워하지도, 안아 주지도, 키스해 주지도 않았지만. 그들은 내 누이동생만 좋아했지. 솔직히 말해서 그들은 나를 좋아하지 않았어. 그러나 페러그린 삼촌은 나를 좋아했어. 그는 자주 나를 껴안고 키스해 주곤 했지. 나는 어느 여자에게도 그보다 더 열렬한 키스를 받아 본 적이 없어. 자네가 상상하는 그런 키스가 아니야. 그것은 매우 순수하고 달콤해. 그는 우리가 단둘이 있을 때만 그런 키스를 했어. 그것이 나에게 뭔가를 가르쳐 주었고 나는 그것을 이해했어. 우리는 모든 것에 대하여 이야기했어. 마치 같은 또래 사람인 것처럼. 나는 그가 내게 영양분을 주기라도 하는 것처럼 그와 함께 있기를 갈망했다네. 그러던 어느 날 우리 부모가 뭔가를 보았거나, 혹은 페러그린 삼촌이 무엇인가 이상하다고 생각했는지 그를 내쫓아 버렸어. 그 후로 한 번도 그를 만나지 못했어. 단 한 번도."

"삼촌은 어떻게 되었나?"

"잘은 모르겠지만 한참 지난 뒤에 그가 자살했다는 소식을 들었어. 배우가 되자 나는 그의 이름을 썼지. 한편으로는 그에 대한 경애의 뜻으로, 또 한편으로는 우리 가족을 괴롭히기 위해서였어. 내 세례명은 윌리엄이었다네. 이것이 내 첫사랑이야. 자네 첫사랑은 어땠나?"

"난 잊어버렸어. 삼촌 이야기를 해 줘서 고마워. 이야기 잘 들었어."

"자네에게 말한 것을 이미 후회하고 있어. 자네가 심리학에 대해 생각하기 시작할 테니까. 심리학은 터무니없는 거야."

"그래, 심리학은 터무니없지! 페러그린, 난 이만 가야겠어."

"가지 마. 프로이트가 가장 즐기는 농담을 이야기해 줄게. 내가 기억할 수가 있다면 말이야. 왕이 자기와 꼭 닮은 사람을 만나서 '네 어머니가 왕궁에서 일했느냐?' 하고 물었어. 그랬더니 그 사람이 뭐라고 대답했는지 아나? '아니요, 우리 아버지가 일했습니다.'라고 했대. 하하, 어때, 재미있지?"

"그만 갈게."

"찰스, 자네는 이 농담을 이해하지 못했어. 잘 들어 봐. 왕이 자기와 닮은 사람을 만나서 말하기를……."

"이해했어."

"찰스, 제발 가지 마. 술 한 병이 또 있어. '아니요, 우리 아버지가 일했습니다.'라고 했다고."

"난 진짜 가야 해."

"좋아, 의식이 견딜 만하고 이해의 빛이 밝아오려는데 가겠다는 거지. 할 말이 태산 같은데……. 좋다, 꺼져라! 자네 바닷가 집에 한번 갈게. 날씨가 좋으면 성신 강림 축일에 내려가지. 그때 취하도록 마시자고."

"안녕, 페러그린. 아일랜드에 대해서는 유감스럽게 생각해."

"자네도 마침내 취했군. 꺼져." 문밖으로 나올 때 나는 그가 "매우 깨끗해, 너무나 깨끗해."라고 중얼거리는 소리를 들었다. 그의 머리가 천천히 포도주가 묻은 탁자 보 쪽으로 수그려지고 있었다.

....

여기까지 글쓰기를 끝낸 나는 내 소설 일기를 현재 시점까지 집필하였으므로 가방을 싸서 정돈도 안 되고 지저분하고 조그만 런던 아파트를 떠났다. 아파트에서는 의자를 움직이거나 찻잔을 짐 가방에서 풀어 사용할 마음조차 들지 않았다. 나는 점심으로 치즈를 넣어 만든 마카로니 요리를 먹고 기차를 타기 전에 시간을 때우기 위해 미술관에 가기로 했다. 그림에 대하여는 별로 아는 것이 없지만 그림을 보면 일종의 조용한 즐거움을 누릴 수 있다. 그리고 미술관의 분위기도 좋다. 음악회는 싫어한다. 여인들을 그린 그림을 보면서 아주 자극적인 만족감을 느낀다는 것을 고백해야겠다. 화가들도 그랬을 텐데 내가 그러면 왜 안 되는가?

약간 주저하다가 월리스 미술관으로 가기로 했다. 그곳에 가 본 지도 꽤 오래되었다. 그림에 대해서는 나보다 더 모르던 아버지가 어렸을 때 딱 한 번 나를 그곳에 데리고 간 적이 있다. 런던에 모처럼 왔다가 프란스 할스의 「웃고 있는 기사」를 보러 간 것이다. 그래서인지 이 미술관은 아버지를 연상시킨다. 아버지는 이곳이 매우 조용한 데다 그림뿐만 아니라 가구들도 많아서 마치 웅장한 개인 저택처럼 보이기 때문에 좋아한다고 했다. 시계를 좋아하던 아버지는 이곳에 있는 동안 여러 가지 소음을 내는 수많은 시계들이 제각각 정시를 알렸을 때 특별히 즐거워하였다. 내가 도착했을 때에 이곳은 거의 텅 비어 있었다. 그래서 나는 멍하니 그림을 감상하면서 하틀리를 생각하며 어슬렁거리기 시작했다. 아침 내내 심한 숙취로 고통을 겪은 뒤라 약간 몽롱하기조차 했다. 질 좋은 포도주의 문제는 알코올 성분이 제법 있음에도 남들 앞에서는 물을 탈 수가 없다는 것이다. 점심 때 아스피린을 먹었는데 아직도 머리가 아프다. 갈색 솜털 같은 먼지와 매우 빨리 증발하는 검은 점들이 내 시야를 간헐적으로 막았다. 마치 갑자기 키가 쑥 커진 것처럼 약간 어지럽고 이상하게 몸이 땅과 붙으려는 것 같았다.

그러자 내가 알던 많은 여자들이 거기 와 있는 것 같았다. 하틀리만 없었다. 그녀는 거대한 부재 그 자체였다. 부분적으로 육체를 떠난 희미한 존재처럼, 그녀의 얼굴은 항상 흐릿한 달처럼 내 시야보다 위에 매달려 있었다. 나는 늘 피난처를 찾아 여자들에게 달려갔다. 사실 여자들은 피난처가 아닌가? 가끔은 여자의 두 팔에 안겨 있을 때만이 공포로부터 완전히 벗어날 수 있는 것 같다. 그렇다. 많은 여자들이 나에게는 완전했다. 그러나…… 얼마 뒤에는…… 사람은 피난처를 떠나는 법이다. 하틀리는 달랐다. 그녀는 나와 함께 여행했고 나는 그녀를 안전한 장소로 여겨 본 적이 한 번도 없었다. 그녀는 나 자신의 원 안에 들어왔고, 내 안에 있었고, 내 존재의 순수한 실체인 신경과 혈관이 되었다. 그러나 내가 걸어 다니면서 미끄러지고 눈을 깜박거리고 불안하게 서 있을 때 다른 여자들이 거기에 있었다. 테르보르흐가 그린 리지, 니콜라스 마스가 그린 진, 도메니키노가 그린 리타, 루벤스가 그린 로시나, 그뢰즈가 완벽하고 아름답게 묘사한 처음 만났을 때의 클레멘트.* 사랑스럽고 아름다운 클레멘트. 그녀는 나이 먹는 것을 무척 싫어했다. 레이놀즈가 그린 우리 어머니도 거기 있었다. 실물보다는 더 잘 그렸지만 비슷했다. 그렇다. 나는 하틀리를 찾았다. 누군가가 그녀를 그렸을 것이다. 캉팽, 멤링, 혹은 반 아이크 같은 화가들이. 그러나 그녀는 거기 없었다. 그 순간 모든 시계가 4시를 알렸다.

아래층에서는 일꾼들이 어떤 일을 하는지 망치질을 하고 있었고, 불빛이 깜박깜박하면서 내 두통과 섞였다. 나는 기억해야 할 중요한 무엇인가를 내 마음속에서 찾고 있었다. 그것은 내가 바위 위에 드러누워 가장 멀리 떨어진 별들의 동굴을 보았던 밤과 관련이 있는 것이었다. 그날 밤 우주의 안과 밖이 뒤집어지는 것 같은 느낌이 들었고, 그것이 나에게 무엇인가를 생각나게 했었다. 다만 그것이 무엇이었는지 알 수가 없었다. 빛나는 금빛 별들, 그 별들 뒤에 있는 또 다른 별들, 또 그 뒤에 있는 별들의 깊고 무한한 지붕이 서서히 변하는 것을 다시 보았을 때 내 마음속에 담긴 무엇인가를 깨달았다. 그것은 내가 어렸을 때 하틀리와 자주 갔던 오데온 극장의 변화무쌍한

* 실제로 월리스 미술관에 있는 각각의 초상화의 인물 이름과 소설의 등장인물 이름이 같다.

불빛이었다!

나는 아버지가 「웃고 있는 기사」를 보기 위해 나를 데리고 갔던 큰 중앙 홀에 와 있었다. 밖은 햇빛이 비추고 있었지만 실내의 불빛은 흐릿한 갈색에 거친 입자가 보였다. 숙취 때문에 그렇게 보였는지도 모른다. 화랑은 비어 있었다. 그때 나는 이상한 것을 목격하였다. 옛 경험을 회상시키는 일종의 우연 같은 것이었다. 나는 티치아노가 그린 페르세우스와 안드로메다*를 멍하니 바라보며 소녀의 우아한 나체를 찬미하고 있었다. 춤을 추듯 쇠사슬에서 벗어나려고 애쓰는 그녀의 자세는 그녀의 구원자와 그녀를 공중에 떠 있는 것처럼 보이게 하였다. 전에도 이 그림을 여러 번 봤지만, 페르세우스를 향해 무서운 송곳니를 드러낸 채 입을 쩍 벌리고 다가오는 바다 용이 불현듯 내 눈에 들어왔다. 그 바다 용은 내가 보았던 바다 괴물과 비슷하지는 않았지만 입 모양이 똑같았다. 또한 이것은 그때의 환각을, 혹은 그것이 무엇이든지 간에 최초로 괴물을 보고 충격을 받았을 때보다 훨씬 더 나를 불안하게 했다. 나는 재빨리 몸을 돌렸다. 그리고 바로 반대편에 있는 렘브란트가 그린 타이터스** 그림과 마주쳤다. 그러니까 여기도 타이터스가 있었던 것이다. 타이터스와 바다 괴물과 별과 40년 전에 극장에서 잡았던 하틀리의 손.

나는 긴 화랑을 걸어 내려가고 있었다. 그러는 동안 아래층

---

* 그리스 신화에서 바다 괴물에게 제물로 바쳐진 안드로메다를 페르세우스가 구해 내어 아내로 삼는다.

** 렘브란트가 사랑했던 아내 사스키아가 낳았던 네 아이 중 유일하게 살아남은 아들로 렘브란트는 그녀의 죽음 이후 그를 더욱 애틋하게 사랑하였다.

일꾼들의 망치 소리는 더욱 규칙적이고, 분명하고, 빠르고, 뚜렷해졌다. 마치 일본 사람들이 일본 연극에서 긴장감과 불운을 나타낼 때 자주 썼던 효시기라는 나무 딱따기 소리 같았다. 나도 내 연극에서 가끔 이 딱따기를 사용해 본 적이 있다. 화랑을 걸어 내려가는 동안 숙취는 어지럼증으로 변해 가고 있었다. 끝까지 가서 문에 도달하자 나는 발을 멈추고 돌아보았다. 화랑의 다른 끝 문으로 한 남자가 들어와 묘하게 갈색을 띠는 음침한 공간 속에서 나를 보고 서 있었다. 나는 한 손을 내밀어 벽을 짚었다. 물론 나는 곧바로 그를 알아보았다. 내 사촌 제임스였다.

· · · · · · ·

"기분이 좀 나아졌어?"

"그래, 그것이 기적을 일으켰나 보다. 고대 티베트의 술 깨는 약인가 봐."

시간은 5시였고 나는 핌리코에 있는 제임스의 아파트에 있었다. 동양의 무질서한 백화점 같은 제임스의 아파트를 나는 조금 멸시했는데, 청동으로 만든 줄 알았던, 높은 모자를 쓴 부처와 곡선미가 있는 시바 신 들이 금으로 만들어졌다는 것을 알고는 생각이 바뀌었다. 토비 엘즈미어가 나에게 제임스가 큰 부자라고 말한 것이 생각난다. (왜 나는 부자가 되지 못했는지 가끔 의아했다.) 그는 부모에게서 많은 재산을 상속받은 것이 틀림없다. 아마도 엘즈미어가 제임스를 위하여 그것으로 투자를 했나 보다. 나는 제임스를 수집가나 감정가로서 높이 평가하지는 않지만 아파트에 있는 많은 물건들이 이제는 값진 것으로 보인다. 그는 자기 소유물을 어떻게 분류하고 정리하는지를 전혀 모르는 것처럼, 정리하기보다는 아무 데나 던져 놓거나 쌓아 두고 있었다. 그래서 아름다운 objets d'art*가 바자회에서나 볼 수 있는 잡동사니와 함께 뒹굴고 있었다. 감상적인 생각, 속세를 초월한 언동, 혹은 절망인가?

그 집 광경은 대략 이런 식이었으므로 묘사를 하기보다는 죽 열거할 수밖에 없다. 제임스의 방들은 내가 보기엔 맹목적인 숭배물로만 꽉 차 있었다. 제임스는 물론 이 단어를 싫어할 것이다. 깃털 같은 다른 물건이 꽂혀 있거나 붙어 있는 이상하게 생긴 돌, 막대기, 조개껍데기, 얼굴을 엉성하게 조각해 놓은 거친 나무토막, 큰 이빨 자국과 이상한 흔적(글씨?)이 있는 뼈다귀들이 있었다. 벽은 거의 책이나 수놓은 천으로 뒤덮여 있었다. 또 상당히 밝은 푸른색 벽걸이들 위에는 유쾌하지 못한 여러 가지 형태의 가면이 걸려 있었다. 꽤 많은 목걸이(염주?)들이 그릇에 엉겨 있거나 두루마리나 만다라 그림** 혹은 쿰붐이라고 불리는 곳을 찍은 사진 앞에 걸려 있었다. 아주 정교하고 소유할 만한 가치가 있는, 옥으로 만든 동물상들도 여러 개 있었다. 내가 훔쳐 가고 싶은 충동을 느끼던 것들이다. 기막히게 아름다운 중국산 청회색 접시와 사발 들은 안쪽까지 짙은 유약이 발라져 있는데, 손수건으로 먼지를 닦아 내면 연꽃과 국화꽃이 은은히 나타나는 것을 볼 수 있다. 회전 예배기라고

---

* '예술품'이라는 뜻의 프랑스어.

** 부처나 보살을 그린 그림으로 우주의 진리를 표현한다.

추정되는 옻칠한 작은 제단 위에는 부처들이 앉아 있거나 서 있었다. 그리고 축소형 불탑과 복잡한 탑이 놓인 이상스러운 상자들도 있었다. 어떤 상자 위에는 산호와 터키석, 또 다른 준보석이 놓여 있었다. 선반 위에는 장식이 화려한, 불탑 모양의 나무 상자도 있었는데, 제임스는 라마교의 승려들이 악귀들을 가두어 두는 상자라고 말했다. (내가 그 상자에 악귀가 있느냐고 물었더니 제임스는 그저 웃기만 했다.) 단검의 칼집과 자루도 보석으로 장식되어 있었다. 그중 하나는(보통 때는 제임스의 책상 위에 놓여 있다.) 길게 곡선을 이룬 황금 손잡이가 달려 있었다. 한번은 그 단검이 그의 침대 위에 놓여 있는 것을 보았다. 가끔은 내 사촌에게 좀 유치한 면이 있다고 생각한다.

아파트에서는 이상하고 독특한 달콤한 냄새가 났는데, 아마도 향 때문인 것 같았다. 언젠가 내가 그 냄새에 대하여 제임스에게 물었을 때 그는 생쥐 때문이라고 대답했다. 아마 농담이었을 것이다. 간헐적으로 들리는 이상한 딸랑거리는 소리는 꽤 길게 들렸는데, 우중충한 복도의 벽감에 매달린 유리 장식에서 나는 것이었다. 이 소리는 슈러프엔드에 있는 내 구슬 커튼의 찰랑거리는 소리를 떠오르게 하였다. 흔들리는 공기를 조용히 가르는 그 찰랑거리는 소리를 제외하고는 집 안 전체가 텅 비고 고요한 내 '이상한 집'을 떠올리게 해서 기분이 묘했다. 제임스의 아파트는 템스 강으로 내려가는 긴 핌리코 거리에 위치하고 있었다. 예전에는 형편없이 초라했는데, 이제는 매우 멋진 곳이 되었다. 아파트는 넓었으나 그림이 그려진 음울한 발을 여기저기 많이 걸어 놓아서 항상 어두웠다. 또한 낮에도 커튼을 반쯤 내려놓고 방마다 등잔을 하나씩만 켜 놓는 제임스의 습관 때문이기도 했다. 그의 집이 너무 어두웠기 때문에 제임스의 물건을 감상하는 데는 시간이 오래 걸렸다. 물론 그의 집에는 내가 모르는 여러 외국어로 쓰인 서적이 많았다. 이곳은 오랫동안 제임스의 본거지였고, 또한 그가 해외에 오래 나가 있었으므로 이 집이 쓰레기장처럼 어질러진 것도 당연했다.

우리는 작고 깨지기 쉬운 투명한 유리 사발에 차를 부어 마시고 있었다. 제임스가 소년이었을 때 즐기던 커스터드 크림 비스킷도 함께 먹었다. 어렸을 때 나는 음식에 대해 예민한 감각이 없었던 것 같다. 그러나 제임스는 음식을 괴팍스럽게 가리고 유난히 까다로웠다. 물론 그는 채식주의자였으며, 매우 이상하게 보일 정도로 어려서부터 스스로 그런 결정을 내렸다. 그는 이제야 창문을 열고(방 안은 공기가 매우 탁하고 '생쥐' 냄새가 났다.) 유리컵과 종이 한 장으로 잡은 파리를 조심스럽게 밖으로 내보냈다. 유리컵과 종이 한 장은 이런 용도 때문에 가까운 곳에 준비해 둔 것이었다. 그는 다시 문을 닫았다. 나는 재채기를 했다. 멀리서 종소리가 울렸다. 미술관에서 내가 그를 알아보기 전에 얼마나 오랫동안 그가 나를 바라보고 있었는지 궁금했다. 그리고 왜 하필 그 특정한 날 특정한 시간에 그가 거기 있었는지도 궁금했다.

이제 또다시 내 사촌의 외양을 묘사해 보겠다. 그의 피부는 거무스름하지는 않지만 얼굴은 까무잡잡해 보인다. 면도는 하루에 두 번이나 해야 한다. 그는 가끔 아주 지저분해 보인다. 머리가 벗겨진 부근에 꽤 숱이 많은 암갈색 머리카락이 어수선하게 둘러져 있다. 에스텔 숙모와 머리색이 같으나 숙모의 머리카락은 윤이 난 반면 제임스의 머리카락은 메마르고 힘이 없다. 그의 눈빛은 명확히 말할 수 없는 흐린 갈색으로, 어느 때는 거무스름하고, 또 어느 때는 갈색에 가까운 노란색이 된다. 그의 코는 가는 매부리코이고, 입술은 얇고 지적으로 보인다. 그의 얼굴은 기억하기 어렵다. 그렇다고 밋밋한 얼굴은 아니다. 정말로 강렬한 인상을 주는 얼굴이다. 그러나 그가 없을 때 그를 머릿속에 그려 보면 눈, 코, 입은 생각이 나지만 얼굴 전체를 뚜렷하게 생각해 낼 수는 없다. 아마 분명히 말하기 어려운 얼굴이라서 그런가 보다. 마치 뿌연 구름이 얼굴 위를 덮은 것 같아서 제임스의 얼굴이 검다거나 지저분하다는 인상을 주는 것인지도 모르겠다. 그와 동시에 소년처럼 네모난 이빨을 드러내는 공허한 미소는 그를 실없어 보이게 한다. 그의 '칙칙한 모습'은 수상쩍지도 않고, 분명히 기분 나쁘지도 않다. 그러나 어딘가 답답한 느낌을 준다. 그가 파리를 창밖으로 내보내며 미소를 슬쩍 짓는 것을 바라보면서 그가 무엇 때문에 에스텔 숙모를 그렇게 꼭 닮은 것처럼 느껴지는지 다시 한 번 궁금했다. 아마도 무엇인가에 열중할 때 고조되는 표정에 비밀이 있는 것 같다. 에스텔 숙모가 일종의 기쁨에 열중했다면, 제임스는 다른 무엇인가에 열중하고 있다.

"그래, 형의 집이 진짜로 바다를 향해 바위 위에 홀로 우뚝 솟아 있다는 거야?"

"그래."

"그것 참 좋네. 좋아." 제임스의 흐릿한 눈이 커지더니 순간적으로 먼 곳을 멍하니 바라보는 듯했다. 마치 다른 곳으로 여행을 하는 듯했다. 이러한 순간적인 의식의 부재는 매우 제임스다운 것이었고, 몇 초 정도밖에 지속되지 않는다. 그가 혹시 마약을 복용했나 하고 의아해한 적도 있지만 (나이 많은 동양인들은 마약을 복용한다.) 아마 단순한 권태 때문일 것이다. 어렸을 때 내가 혹시 제임스를 지루하게 하지는 않는지 얼마나 걱정했던가! "하지만 북적거리는 극장이 그립지는 않아? 내가 기억하기로 형은 아무런 취미도 없었던 것 같은데. 하루 종일 뭘 하고 지내? 집에 페인트칠을 하나? 은퇴한 사람들은 흔히 그런다고 들었어."

제임스는 내게 말할 때 본능적으로 약간 나를 깔보듯이 농담하는 버릇이 있었다. 그런 말투는 어릴 적에, 더구나 그가 나보다 어렸으므로, 나를 화나게 했다. '북적거리는 극장'이라는 진부한 문구를 사용하고 나를 '은퇴한 사람들'과 같이 취급을 하는 것은 과거와 현재의 나의 활동을 중요하지 않게 여기는 데서 나온 것 같았다. 아니면 내가 아직까지 너무 예민한 것일까?

"나는 회고록을 쓰고 있어."

"극장 얘기? 아니면 여배우들에 대한 일화?"

"절대 아니야! 나는 더 진지한 얘기를 쓰고 있어. 진정한 분석이자 진정한 자서전이라고나 할까?"

"쉽지 않을걸."

"쉽지 않다는 거 잘 알고 있어!"

"우리는 비밀이 매우 많은 사람들이야. 그 내적인 깊이가 가장 놀라운 점인데, 우리의 이성보다 더 놀라운 것이라고 할 수 있지. 그러나 우리는 그냥 동굴 속으로 걸어 들어가서 주위를 살필 수는 없어. 우리 마음에 대하여 우리가 인지하고 있다고 생각하는 것은 거의 다 가짜 지식이야. 우리는 모두 충격적일 만큼 잘난 척하는 사람들이야. 우리가 가치 있다고 생각하는 것의 중요성을 과장하는 데 뛰어난 재주가 있지. 스테시코로스*는 트로이 전쟁의 영웅들이 헬레네**의 유령을 위하여 싸웠다고 말해. 유령 상품을 위한 헛된 전쟁. 난 형이 인간의 허영심에 대하여 심사숙고하기를 바라. 사람들은 거짓말을 많이 해. 우리처럼 나이 먹은 사람들도 그래. 하지만 한편으론 예술성만 충분하다면 상관없어. 예술에는 또 다른 진실이 있으니까. 프랑스 귀족 사회에 대한 권위자는 프루스트야. 그들이 진짜 어떤 사람이었는지 우리가 무슨 상관을 하겠어? 그것이 무슨 의미냔 말이야?"

"어떤 단순하고 확실한 의미가 있겠지만 난 철학자가 아니야! 그리고 그것은 중요한 일이야. 역사가에게 중요하고, 비평가에게도 중요하지." 나는 '우리처럼 나이 먹은 사람들'이란 말에는 신경 쓰지 않는다. 네 마음대로 이야기해라, 사촌.

"그것이 데라에서 로렌스***에게 일어났던 일을 의미하는 건가? 개의 이빨이라도 진정으로 숭배를 받는다면 빛을 내는 법이야. 숭배받는 물건에 힘이 부여된다는 것은 단순한 존재론적 증거야. 그리고 만일 거짓말에도 예술이 있다면 진실만큼 우리를 계몽시킬 수 있어. 진실이란 과연 무엇일까? 알다시피 우리는 가짜고, 사기꾼이고, 망상덩어리야. 형은 무엇을 느꼈고, 생각했으며, 무슨 일을 했는지 확실히 판단할 수 있어? 법정에서는 그런 일이 가능하다고 생각하지만, 그것은 편의상 그러는

---

* 기원전 640~555, 그리스의 서정 시인.
** 그리스 신화에서 트로이 전쟁의 원인이 되었다고 하는 그리스 최고의 미녀.
*** 1888~1935, 영국의 군인이자 고고학자이며 아라비아 민족 운동의 원조자.

거지. 글쎄, 그런 것은 아무래도 좋아. 형의 바닷가 집과 새들을 꼭 보러 가야겠어. 뱁새도 있어?"

"뱁새가 어떻게 생겼는지 난 몰라."

제임스는 충격을 받았는지 아무 말이 없었다.

나는 이상하게도 그동안 잊었던 친숙한 감각을 느끼기 시작했다. 그것은 일종의 실망과 좌절로 인한 무력감이었다. 마치 제임스와 대화하기를 고대하고 있다가 고의적으로 제대로 대접받지 못한 느낌이다. 내가 그에게 말하고 싶어 했던 어떤 의미 있는 일이 그의 지식에서 뿜어져 나온 우발적인 레이저 빛으로 내 영혼 속에서 오그라들고 별 볼일 없는 것처럼 된 기분이었다. 제임스의 사고방식과 추상 수준은 나와는 수준이 전혀 달랐다. 따라서 그는 우리 사이에는 대화가 불가능하다는 점을 가끔 의도적으로 경솔하게 드러내는 것 같았다. 그러나 물론 그런 의도는 없었고 정말로 그런 대접도 없었다. 여러모로 보아 내 사촌은 지루한 사람이고, 단순히 지겨운 세상을 살아가는 괴팍한 학자로 보일 때가 많다. 그도 역시 실망한 적이 있을 테지만 그중 가장 크게 실망했던 것이 무엇인지 나로서는 알 수가 없다. 내가 단순히 원했던 것은 제임스와 일상적이고 정다운 대화를 나누는 것이었다. 그러나 그럴 수가 없었다. 내가 그런 것을 상상하는 것조차 잘못이었는지도 모르겠다. 우리 아버지와 어머니, 그리고 에스텔 숙모와 아벨 숙부가 죽고 나서 친척으로 살아남아 있는 사람은 그뿐이었다.

"바다여, 바다여, 그래." 제임스가 말을 이었다. "플라톤이 아버지 쪽으로 바다의 신 포세이돈의 자손이라는 거 알아? 바다에 자라나 물개도 있어?"

"물개는 있다고 들었어. 하지만 본 적은 없어."

나는 깨지기 쉬운 작은 찻잔을 세게 내려놓았다가 깨지지 않았는지 확인하기 위해 다시 들어 살펴보았다. 그리고 내가 앉은 의자의 팔걸이를 잡았다. 미술관에서 경험했던 이상한 느낌, 제임스가 준 약 한 잔이 고쳐 준 그 느낌이, 숙취가 아니라 LSD가 만들어 낸 망상의 재발이라는 생각이 문득 들었기 때문이다. 나는 티치아노가 그린, 입을 벌린 바다 용의 생생한 이미지가 떠오르자 갑자기 그와 같은 느낌을 다시 갖게 되었다.

"찰스 형, 무슨 일이야? 무엇인가에 신경을 곤두세우고 있는 것 같아. 미술관에서도 뭔가를 고민하고 있었어. 내가 형을 지켜보고 있었거든. 무슨 일이야? 어디 아파?"

"내가 메리 하틀리 스미스라는 소녀에 대하여 이야기한 게 기억이 나니?"

제임스에게 하틀리에 대하여 이야기할 의도는 전혀 없었다. 그에게 내 비밀을 털어놓을 거라고는 생각도 해 보지 않았다. 이것은 마치 내가 어떤 궁지에 몰렸거나 그녀의 이름을 실제로 언급하는 것만이 효험이 있는 마술에 걸린 것 같았다.

제임스는 다시 지루한 표정을 보이며 회상에 잠겼다. "아니, 기억이 나지 않아."

사실 나는 제임스에게 하틀리의 이야기를 절대로 하지 않으려고 무척 조심하고 있었다.

"그런데 그게 누구야?"

"그녀는 내가 처음으로 사랑했던 소녀야. 다른 사람은 사랑한 적이 없어. 그녀도 날 사랑했어. 학교를 같이 다녔지. 그 후 그녀는 날 떠나 다른 남자와 결혼한 뒤 완전히 사라져 버렸어.

나는 그녀를 잊은 적이 없어. 그렇기 때문에 결혼도 하지 않았어. 그런데 그녀를 다시 만나게 되었지 뭐야. 그녀가 그 바닷가 마을에 남편과 함께 살고 있어. 그녀를 만났고, 그녀에게 말도 건네 보았어. 믿지 못하겠지만 나에게는 지난날의 사랑이 여전히 그대로 남아 있어. 내 인생의 시작부터 지금까지 그대로 그 옛 사랑이 이어져 있다고."

"마음이 놓이네." 제임스가 말했다. "독감을 앓는 줄 알았어. 독감이 옮는 것은 정말 싫거든."

"그녀의 남편을 만났어. 그 녀석은 보잘것없는 인간이야. 무식하고 남을 괴롭히는 놈이지. 그러나 그녀는…… 나를 만나서 매우 즐거워했어. 아직도 나를 사랑해……. 이것이 새로운 시작이라고 느끼지 않을 수가 없어."

"같은 남자야?"

"그게 무슨 뜻이야……. 아, 그래. 같은 남자야."

"아이들이 있어?"

"열여덟 살쯤 된 아들이 하나 있어. 입양한 애래. 그런데 집을 나가서 어디 있는지는 몰라. 행방불명이나 마찬가지야."

"행방불명이라니…… 몹시 슬프겠군."

"그러나 아…… 하틀리는 물론 변했어. 그러나 또 한편으로는 변하지 않았어……. 이런 식으로 다시 그녀를 만나게 된 것이 얼마나 놀라운 기적이고 행운이냐고. 운명의 손길이지. 그런데 그녀는 매우 불행하게 살았나 봐. 마치 그녀가 나를 위해 기도해서 내가 나타난 것 같아."

"그래서?"

"그러니까 그녀를 구해서 우리에게 남아 있는 시간이나마 행복하게 해 주겠어." 그렇다. 그것은 간단하다. 그 방법밖에 없다. 그게 제일이다. 나는 의자에 기대어 앉았다.

"차 더 마실래?"

"아니, 이제 술 한잔하고 싶어. 드라이 셰리주로 줘."

제임스는 찬장 속을 뒤적였다. 그리고 나에게 술을 한 잔 따라 주었다. 그는 나의 놀라운 비밀에 대하여 서둘러 판단하려 하지 않았다. 마치 벌써 잊어버린 것 같았다. 그는 조용히 계속 차를 마셨다.

내가 잠시 후에 말했다. "자, 이제 내 이야기는 충분해. 네 이야기를 좀 해 봐, 제임스. 요즘 군대는 어때? 홍콩이나 또 다른 곳에 갈 거야?" 우리 둘은 늘 그런 게임을 했다.

"내가 무슨 말을 하기를 원하는 줄 알아." 제임스가 말했다. "그러나 무슨 말을 해야 할지 생각이 안 나. 도대체 무슨 뜻이야? 옛 열정이 타오른다는데, 어떤 반응을 보여야 할지 모르겠어. 여러 가지 생각이 들어."

"몇 가지만 말해 봐."

"한 가지 생각은, 형이 여태까지 여러 해 동안 그 여자를 진정으로 사랑한다고 잘못 생각하고 있었는지도 모른다는 거야. 증거라도 있어? 그리고 도대체 사랑이 뭐야? 사랑은 아름다움이 사라진 뒤에도 여전히 존재한다고 해. 하지만 형이 오랫동안 보지 못한 사람에 대하여 지속적인 사랑을 느끼고 있었다는 데에는 큰 의미를 부여할 수가 없어. 아마 형이 혼자 꾸며 낸 것인지 모르지. 물론 그것으로부터 무슨 일이 생길 것인지는 다른 문제야. 또 다른 생각은 형이 그녀를 구원한다는 생각 자체가 순전한 공상이며 허구라는 거야. 형이 진정으로 그런 생각을 했다고는 볼 수 없어. 그녀의 결혼이 어떤지를 형이 정말 알고 있어? 형은 그녀가 불행하다고 말하지만 대부분의 사람들이 불행해. 오래 지속된 결혼은 이상적이지는 않더라도 끈끈한 결속력이 있고, 그런 오래된 체제는 존중해야 하는 거야. 형은 그녀의 남편을 별 볼일 없다고 여길지 모르지만, 그녀에겐 그가 천생연분인지도 모르지. 형을 다시 만나서 그녀가 대단한 인상을 받았다고 해도 말이야. 그녀가 구해 달라고 말했어?"

"아니, 그렇지만……."

"그녀 남편은 형을 어떻게 생각해?"

"나에게 경고를 하더군."

"그럼 그 경고를 받아들여야 한다고 생각해."

제임스의 충고를 듣고 나는 크게 놀라지 않았다. 내 처지에 대하여 그가 열띤 흥미를 보이지 않으리라는 것을 알고 있었기 때문이다. 과거에도 내 사촌은 결혼에 대한 토론은 즐기지 않았다. 결혼이란 주제는 그를 당황스럽게 하고 우울하게까지 했다.

내가 입을 열었다. "이성의 소리로군."

"본능의 소리지. 모든 것이 눈물로 끝나리라는 예감이 들어. 마음을 진정시키는 것이 좋겠어. 다른 사람에게 불행을 초래할 것이 분명한 일에는 너무 가까이 접근하지 말아야 해."

"네 생각을 말해 주어서 고맙다, 제임스. 이제는 네 얘기 좀 해 봐."

"기차를 놓치겠어. 전화로 택시를 불러 줄 수도 있어. 빅토리아 역에 아주 믿을 만한 회사가 있거든. 그의 이름이 뭐야?"

"그녀의 남편?"

"아니, 미안. 그 행방불명된 아들 말이야."

"타이터스."

"타이터스라……." 제임스는 깊은 생각에 잠겨 중얼거렸다. 그리고 말을 이었다. "부모들이 그를 찾아 보았나? 경찰에 신고를 한다든가, 다른 사람들이 하는 일들 말이야."

"모르겠어."

"사라진 지 오래되었대? 부모는 그가 어디 있는지 짐작도 안 가나? 편지는 받아 보았나?"

"모르겠어. 난 몰라……."

"너무 가슴 아픈 일이야."

"물론 그렇겠지. 이제 이상한 얘기는 잊어버리자. 앞으로 네 계획은 뭐야? 최근 군대 생활은 어땠어?"

"군대……. 아…… 군대를 나왔어."

"군대를 나오다니?" 나는 바보처럼 놀라고, 이상하게 실망했다. 마치 군대가 제임스를 안전하게 지키고 있거나, 안전하게 가두어 두거나, 해롭지 않게 일을 시키고 있기나 한 것처럼. 그가 군인이기 때문에 나는 다행히도 그와 충돌하거나 경쟁할 수가 없다는 생각을 늘 해 왔다. 그런데 지금은……. "아, 그럼 퇴역했구나. 퇴직금도 타고. 그럼 우리 둘 다 퇴역 장군이군!"

"퇴역했다고는 할 수 없어."

"그럼……?"

"일종의 혐의를 받고 군에서 쫓겨난 거지."

나는 유리잔을 내려놓고 똑바로 앉았다. 이제 정말로 놀라고 화가 났다. "아니야, 제임스. 네가 그럴 리는 없어……. 내 말은…….” 어떤 종류의 혐의로 군대에서 쫓겨났는지에 대한 추측들이 내 마음을 채우고 침묵하게 했다. 그런 추측은 전혀 가능성이 없는 것은 아니었다.

나는 제임스의 어두워진 얼굴을 바라보았다. 그는 등잔을 등지고 앉아 있었다. 커튼 사이로 아직도 저녁 공기가 푸르게 빛나는 것이 보였다. 제임스는 파리를 놓아 줄 때 미소 지었던 것처럼 살며시 미소를 짓고 있었다. 그가 자기 손가락에 앉은 또 다른 파리를 바라보고 있는 것을 보았다. 파리는 발을 비비더니 위로 끌어올려 머리를 씻었다. 이제 파리가 씻기를 멈추었다. 제임스와 파리가 서로 마주 보았다.

“염려할 건 없어.” 제임스가 말했다. 그가 손가락을 움직이자 파리는 날아갔다. “난 어쨌든 훌륭히 군대 생활을 마쳤고 다른 직업을 원하지는 않아.”

“집에 페인트칠은 할 수 있겠구나.”

제임스는 웃었다. “뱁새의 사진을 보고 싶어? 그래, 다음에 보여 줄게. 내일 형이 여기 없는 것이 유감이야. 로드 경기장에 갈 수 있을 텐데. 국제 크리켓 결승전이 있어. 전화로 택시를 불러야겠다. 여기 비스킷을 좀 가져가. 형이 좋아하는 거 알아. 형의 집에 갈 때마다 마리안 숙모가 늘 내 호주머니에 몇 개씩 몰래 넣어 주곤 했으니까!”

제임스가 전화로 택시를 부른 후에 내가 말했다. “여기서 지난번에 내가 본 노인은 누구였어?” 나는 지난번에 제임스의 아파트에 왔을 때를 갑자기 기억하고 물었다. 그때 나는 집을 나가려다 가느다란 턱수염을 기른 동양 노인이 다른 방에서 의자에 조용히 앉아 있는 것을 열린 문 사이로 보았는데, 그 기억을 그동안 까맣게 잊어버리고 있었다.

제임스는 약간 놀란 듯하였다. "아…… 그 사람…… 특별한 사람은 아니야. 그는 떠났어, 다행히도. 택시가 왔나 봐. 초인종이 울렸어. 기차에서 저녁 식사 잘 챙겨 먹어."

▪ ▪ ▪ ▪ ▪ ▪ ▪ ▪

"사랑하는 찰스." 로시나가 말했다. "당신은 내가 아는 사람 중 가장 별난 사람이야. 하지만 여든 살처럼 보이는, 콧수염과 턱수염이 난 여자를 원하는 건 말도 안 돼!"

그다음 날이었다. 나는 집에 매우 늦게 돌아왔다. 택시는 역에서 기다리고 있었다. 그러나 집에 가는 길은 안개가 짙게 끼어 있어 시간이 많이 걸렸다. 파업 때문에 기차에서는 저녁 식사를 할 수 없었다. 그래서 나는 커스터드 크림 비스킷으로 저녁을 때웠다. 오래전에 어머니가 제임스의 호주머니에 이 비스킷을 넣어 주던 것을 생각하니 화가 나기도 하고 슬프기도 했다. 슈러프엔드에 도착해서는 빵과 치즈를 먹었다. (버터는 썩은 냄새가 났다.) 침대는 들어가기 싫을 만큼 축축했지만 뜨거운 물을 넣는 고무 물주머니를 찾아내어 이불 속에 넣고는 피곤한 탓에 곧 잠이 들었다. 늦잠을 자고 일어나니 온몸이 뻣뻣했고 추웠다. 몸을 일으켜 앉자 이가 덜덜 떨렸다. 그날 하려고 계획한 일 때문에 겁이 나서였는지도 모르겠다.

내 옷 중에서 가장 따뜻한 옷을 꺼내 입었다. 가엾은 도리스가 내게 준 아일랜드산 털 스웨터도 껴입었다. 그래도 몸이 떨렸다. 제임스가 의심했던 대로 독감에 걸린 것인가? 짙은 황금빛 회색 안개가 육지와 바다를 뒤덮었고, 그와 함께 무서운 고요가 온 세상을 뒤덮고 있었다. 밖에 나가니 보이는 거라곤 바위를 어루만지는 바다뿐이었다. 바다는 기름처럼 미끄럽고 부드러워 보였다. 그다지 춥지는 않았으나 공기는 습하고 차가웠다. 풀밭 위에 말리려고 널어 두었던 셔츠는 축 젖어 있었다. 집 안은 냉기가 심하게 돌았고 마치 무덤 같았다. 곰팡내가 나고 창문 안으로는 물기가 흐르고 있었다. 어부들의 가게에서 새로 산 석유 난로에 불을 지피려 했으나 실패했다. 차를 끓이고 약간 기분이 좋아지기 시작했을 때 둑길 끝에서 자동차의 빵빵대는 소리가 들렸다. 로시나라고 추측했는데 맞았다. 잠시 동안 강한 초조감을 느낀 나는 그녀에게 뛰어가서 소리 지르고 싶은 충동을 느꼈다. 몸을 숨길 생각도 했다. 그러나 시장해지기 시작했고, 내 집을 침입자에게 계속 내줄 이유가 없다는 생각도 들었다. 그 순간 현명한 자구책이 생각났다. 그냥 그녀에게 말해 버리자는 것이었다. 그것은 옳은 판단이었다.

우리는 주방에 앉아 캘러 가스 난로를 켜고 말린 살구와 체더치즈를 먹었다. (말린 살구를 케이크와 먹을 때는 물에 불렸다가 약한 불에 살짝 익혀야 하고, 치즈와 먹을 때는 말린 그대로 먹어야 한다.) 나는 차를 마시고 로시나는 브랜디를 청해서 마셨다. 안개가 너무 짙어서 방에 커튼을 친 것 같았다. 촛불을 두 개나 켰지만 이상하게도 희미한 촛불은 갈색빛을 띤 어스름한 방 안을 밝히지 못했다. 로시나는 그것을 '흥취를 자극하는 빛'이라고 했다. 나는 하틀리에 대한 이야기를 그녀에게 해 주기로 마음먹었다. 왜냐하면 지금 상황에서 계획적으로 거짓말을 지어 내거나 피해서 또 다른 위험한 언쟁을 할 수는 없었기 때문이다. 진실을 토로하자면 나는 거의 미신적으로 로시나의 증오를 두려워하고 있었다. 당분간은 그녀의 증오를 무력화시켜서 그녀에 대한 염려를 멈추고 싶었다. 나는 곧 다른 위험과 마주쳐 결정을 해야 했다. 내가 그녀에게 속마음을 털어놓으면 그녀가 어떤 반응을 보일지 직관적으로 예상할 수 있었다. 그 예상은 옳았다.

그녀는 (내가 기대한 대로) 내가 리지를 포기했다는 최근의 이야기를 한마디도 믿지 않는다고 악의에 찬 말투로 입을 열었다. 그리고 내가 런던에 머무르려고 한다는 사실도 믿지 않았으며, 결국 그녀가 옳았다고 말했다. 또 만일 내가 그녀를 떼어 버리려고 생각했다면……. 나는 이 말을 짤막하게 '옛 애인'의 이야기를 함으로써 막아 버렸다. 이런 상투적인 문구가 얼마나 편리하고, 아픈 마음을 위로하고, 오해를 불러일으키고, 얼마나 많은 것을 숨길 수가 있는가! 나는 사랑과 공포와 막 눈을 뜬 무서운 질투심에 고통 받으며 결정적인 행동을 할 참이었다. 로시나에게 헛되고 익살스럽기까지 한 '옛 애인'의 이야기를 하면서 말이다. 진실을 말함으로써 그녀를 속이는 것이다. 로시나는 침착하게 흥미를 보였으며, 기뻐했으며, 또 현명하게 행동했다. 그녀는 내 사촌과는 매우 다른, 더 만족스러운 청취자였다. 이 영리하면서도 동정심 많은 여인에게 내가 편집한 이야기를 들려주면서 나는 일종의 안도감을 느꼈다. 조그맣고 빨간 자동차가 건방지게 미친 듯이 빵빵대는 것을 들은 직후 몇 초 동안에 내가 직관적으로 느낀 점은 로시나가 '하틀리의 문제'를 '리지의 문제'와 매우 다른 각도로 보리라는 것이었다.

질투는 여러 면에서 전적으로 참을 수 없는 비이성적인 감정이긴 하지만, 일시적인 판단에 있어서 어떤 제한된 합리성을 보인다는 것은 흥미 있는 사실이다. (질투가 이 회고록의 중요한 주제임에는 틀림없다.) 나는 로시나를 만나고 그녀의 본모습을 안 뒤에 리지와 교제를 했는데, 그 때문에 로시나의 마음속에는 리지가 '나를 훔쳐 갔다'라는 사고가 굳어져 있었다. (이것은 매우 그릇된 생각이었다.) 더군다나 리지는 아직도 매력 있는 여자였다. 이런 것들은 고전적인 그림을 구성하고 전형적인 반응을 일으켰다. 그러나 하틀리는 '옛 애인'이라는 꼬리표 아래서 매우 다른 사건이었다. 그리고 이 부분에서 로시나의 순수한 지성이 이성의 편에 서서 작용했다. 하틀리는 나의 먼 과거에 속하였고, '늙고'(내 나이와 같고) 매력 없고, 유명하지도 않고, 그리고 (이것은 중요한 점인데) 분명히 결혼한 상태였다. 이런 자료를 로시나는 재빠르게 귀담아듣고 수집했다. 나는 그녀의 빛나는 일그러진 눈 뒤에서 컴퓨터가 작동하는 것을 볼 수 있었다. 로시나는 내가 가진 가능성을 계산하고는 그것을 높이 평가하지 않았다. 제임스와 마찬가지로 이것은 눈물로 끝나리라고 생각한 것이다. 내 진정한 이야기가 은근히 그런 믿음을 고취시켰다.

물론 로시나가 어느 면으로든 하틀리를 버거운 경쟁 상대로 취급하지 않은 것은 분명했다. 그리고 더 나아가서 악의는 아니지만 일종의 객관적인 흥미를 가지고 하틀리를 동정했다. 로시나는 하틀리와의 만남이 리지에 대한 나의 흥미를 잃게 했다고 파악했다. 그래서…… 이 어리석은 모든 사건이 불행으로 끝났을 때…… 지적이며 동정심 많은 로시나가 거기 있다가 부서진 조각들을 주워 올릴 것이다. 물론 로시나는 내가 말을 하면서 안심을 하는 것을 보았고, 그녀의 활기차고 현명한 반응에 내가 고마워하고 있는 것을 알았다. 그리고 정말 그 순간만큼은 그녀와 함께 있는 것이 즐거웠다. 물론 나는 그녀에게 모든 것을 말하지는 않았다. 당장 실행할 계획에 대해서도 전혀 말하지 않았다. 그 순간에는 내가 철저히 더 교활해져서 위험하고 눈치 빠른 로시나와 그렇게 이야기를 나누는 것에 아무런 죄책감을 느끼지 못했다. 나는 로시나를 나에게 필요한 곳으로 인도했고, 그녀는 독창적인 현명함 때문에 스스로 편리하게 속아 넘어왔다.

자동차 전조등 때문에 바위에 몸을 붙이고 있던 하틀리를 볼 수 있었던 순간을 그녀가 분명히 기억하는 것은 흥미 있는 일이었다. "내가 그 할망구를 딱정벌레처럼 깔아뭉개는 줄 알았어. 찰스, 정신 차려. 그녀는 가엾게도 할망구야. 당신은 그걸 부정하지 못해."

"사랑은 그런 게 아니야. 그래, 사랑은 박쥐처럼 앞을 보지 못하지……."

"박쥐는 레이더라도 있지. 당신의 레이더는 작동하지 않는 것 같군."

"당신 지성을 동원해 봐. 사람은 누구든 사랑할 수 있는 거야. 페리의 페러그린 삼촌을 생각해 봐."

"페리의 뭐?"

"그만두자."

"내가 차로 런던까지 데려다 줄 때 당신이 거짓말을 한 것을 알아. 있었어요. 당신은 형편없는 배우야. 어째서 당신이 연극을 하겠다고 했는지 모르겠어. 무슨 일이 있다는 것은 알았지만, 난 그것이 리지 때문인 줄 알았어."

"리지에 대하여는 이런 감정을 가져 본 적이 없어."

"리지가 아닌 것이 다행이네."

"그렇지 않아! 아직 믿지 못하나 본데, 난 이 여자를 사랑해." 나는 그녀와 실제로 오랫동안 결혼한 상태였던 것처럼 그녀를 사랑하고 있으며, 그녀가 점차로 늙어 가고 아름다움을 잃어 가는 것을 보아 왔다고 여겼다.

"아, 그것은 거짓말이야. 갑자기 바닷가로 이사 와서 이 유령 같은 쓸모없는 집에서 사니깐 당신 마음이 산란해진 거야. 이 집은 내가 발을 들여놓은 집 가운데 가장 기분 나쁜 집이야. 당신이 그런 망상을 갖는 것이 당연해."

"무슨 망상 말이야?"

"당신이 첫사랑 이야기를 하던 것이 기억나지만, 이런 것들은 모두 상상이야. 꾸며 낸 이야기에 불과해. 그녀를 만난 충격 때문에 고통을 받는 거야. 몇 주만 시간을 두고 생각해 봐. 그녀는 중산층의 평범한 결혼 생활을 하고 있고 아들도 있어. 찰스, 그녀는 평범해. 당신이 학창 시절 그녀를 좋아했다고 해서 평범한 한 여자를 어떻게 할 수는 없어. 그건 어리석은 짓이고 그녀도 당신을 이해하지 못해! 게다가 당신은 실제로 그렇게 대단하지도 않아. 전지전능하지 않다고. 그저 매우 불쾌한 상황에 뛰어들게 될 거야. 당신이 누구보다도 혐오하는 그런 불미스러운 상황에 말이야. 당신은 망신을 당할 거야! 그걸 생각해 봐! 자신이 그런 입장을 얼마나 증오할지 자각해 봐. 당신은 여기서 아무런 배역도 없고 읊을 대사도 없어. 그녀는 당신과 말도 하지 않으려 한다고 당신이 인정했잖아!"

"그것은 그녀가 두려워하기 때문이야. 그녀는 날 너무 사랑해. 그리고 아직 충분히 신뢰할 만큼 내 감정을 다 알지도 않아. 하지만 앞으로는 내 진심을 믿게 될 거야. 그때는 그녀가 사랑에 이끌려 나에게 올 거야." 나는 내가 그녀를 전적으로 사랑한다는 것을 그녀에게 꼭 알려야겠다고 생각했다. 확신시킬 수 있는 긴 편지를 써야겠다. 그것을 그녀에게 몰래 갖다 주고, 그래서 일단 그녀가 이해하게 되면…….

진지하면서도 포괄적으로, 그러나 자세하지 않게 내 이야기를 하면서 타이터스 이야기를 꺼냈지만 어떤 이유에서인지 그가 입양아라는 사실에 대하여는 말하지 않았다. 또 그가 가출했다는 말도 하지 않았다. 아직 스스로도 타이터스의 문제에 대해서는 생각하고 싶지 않았고, 또 그가 내 계획에 어떤 영향을 미칠지도 생각하고 싶지 않아서였을 것이다. 나를 무기력하게 만든 벤과의 tête-a-tête*도 이야기하지 않았다. 여기서 '떨어진 체면'에 대한 그 생각이야말로 정말 확고한 발판을 만들어 주었다. 나는 타이터스가 집에 없으며, 내가 마을에서 하틀리와 결론이 나지 않는 만남을 가졌으며, 그녀와 그녀의 남편이 있는 자리에서 예의 바른 대화를 나누었다고 말했다. 그 상황에서 느낀 공포와 위험에 대하여는 말하지 않았다. 다행히도 로시나는 너무 재미있는지 자세한 질문을 하지 않았다.

"찰스, 좀 인간적으로 행동해. 그녀는 수줍어하고 겁먹었어. 그녀의 인생이 굉장히 부족하고, 조용하고, 지루하다고 생

* '밀담' 또는 '단 둘이서'라는 뜻의 프랑스어.

각하고 있어. 당신의 인생에 대해 알고 난 뒤에는 아마도 재미없는 자기 남편에 대하여 창피해하고, 그를 보호해 주고 싶을지도 모르지. 당신에겐 반대로 원망을 품고. 상상해 봐! 그녀는 당신을 지루하게 할 거야. 미치도록 지루하게 할 거라고. 그녀는 그걸 알고 있어. 가엾은 여자. 그녀는 늙은 연금 수령자이고, 이제는 쉬고 싶을 거야. 다리를 높이 얹고 앉아서 텔레비전을 보고 싶을걸. 소동이나 모험을 원치 않는다고. 그리고 만일 당신이 그녀를 납치했다가 나중에 싫증이 나면 어떻게 할 거야? 당신은 재치 있고 인습에 매이지 않는 여자들에게 익숙하잖아. 하여튼 이제 당신은 늙은 독신자이고, 이젠 나처럼 영리한 옛 친구가 아니라면 아무하고도 같이 살 수가 없어. 다시 새 여자를 사귈 수도 없어. 어쩌면 자전거를 타고 여행하던 감동적인 추억 때문에 그녀를 좋아하는 건지도 몰라. 당신은 마치 내 결혼을 깨고 싶어 했던 것처럼 그냥 그녀의 결혼을 깨고 싶어 하는 거야. 난 꽤 강인해. 하지만 당신이 오랫동안 나를 불행하게 했기 때문에 이제 당신을 편하게 놓아 줄 수 없어. 내 눈물의 대가를 치러야 해. 영웅담에 나오는 인물들이 대가를 치르듯이. 일생 동안 당신은 향락에 젖은 몽상가로 살아왔어. 그리고 언제나 스스로를 돌볼 수 있는 여자들을 택했기 때문에 버릇없는 악당처럼 행동하면서도 무사했지. 그리고 괘씸하게도 당신이 먼저 선수를 치고는 절대 속박당하지 않았어. 그리고 사랑하면서도 절대로 사랑한다는 말을 하지 않았지. 결백하고 냉담한 인간! 여자들이 견뎌 준 것은 그냥 운이 좋아서였어. 당신은 슈퍼마켓에다 기관총을 쏘았지만 살인자가 되지 않았을 뿐이야. 아니, 아니. 여기서는 달라. 당신은 가엾은 늙은 여자의 선택을 존중해야 해. 그녀의 인생, 그녀의 아들, 그녀의 재미없고 나이 든 소중한 남편, 그녀의 아담하고 좋은 새 집을 존중해야 해. 찰스, 그녀를 내버려 둬. 당신을 보면 멀리 도망치는 이유를 알겠어!"

"당신은 아무것도 이해 못 해." 어떻게 그녀가 이해할 수 있겠는가? 그녀가 말한 것은 대부분 그녀가 알고 있는 것 이상으로 옳은 말이다. 그러나 한 가지가 빠져 있다. 나와 하틀리 사이의 절대적인 결속, 하틀리의 행동이야 어떻든 우리는 둘 다 그 결속으로 이어져 있다는 사실 말이다. 하틀리는 새 여자가 아니었다. 그녀는 내 일생에서 가장 나이 많고, 가장 강하며, 가장 오래 알았던 사람이다. 나는 내가 얼마나 재치 있고 '인습에 얽매이지 않는 여자들'에게 싫증이 났는지를 로시나에게 말할 수 없었다. 또 그 '할망구'가 내게는 세상에서 가장 사랑스러운 존재이며, 가장 귀중하고, 가장 때묻지 않았고, 가장 가슴 설레게 하는 매력을 가진 여자라는 것을 말할 수 없었다. 말하지 않을 것이다. 내가 '향락에 젖은 몽상가'와 '냉정한 인간'이 되기 전에 나는 이미 하틀리에게 완전히 순결하고 최초이자 오직 하나뿐인 내 사랑을 바쳤다. 물론 이러한 모욕적인 묘사는 질투심에서 나오는 악의의 소산이었다. 그러나 내가 비열한 놈이었다는 것은 한편으로는 하틀리의 잘못이다! 나는 그녀에게 내 순수함을 바쳤으며, 그것을 기적적으로 다시 돌려받을 수 있게 되었다. 이런 생각들이 점차 그녀를 소유하고 싶은 강한 열망으로 가닥을 잡았다. 나는 하틀리를 소중히 간직하기 위하여, 어떤 고통이나 어떤 해로움으로부터 그녀를 보호하기 위하여, 또한 그녀를 영원히 행복하게 해 주기 위하여, 그녀가 원하는 것을 모두 주기 위하여, 그녀를 기쁘게 해 주고 그녀의 응석을 받아 주기 위하여 애정과 연민과 깊은 욕망을 느꼈다. 나는 우리에게 남겨진 시간 동안 마치 신이 위로하듯이 그녀를 위로하고 싶었다. 그러나 이런 다정함을 불태워 버릴 정도로 격렬하게 그녀를 소유하고 싶었고, 그녀의 육체와 영혼을 차지하고 싶었다.

그녀를 알아본 이후로 불안하고 혼란한 육체적 정열은 새로이 눈을 떠서 나의 내부에서 이성과 대화하는 내 감각을 비틀고 방향을 바꾸어 놓았다. 왜냐하면 내가 그녀의 젊음과 그녀의 나이를 조화시키려고 노력하면 할수록 그녀를 차지하고 싶은 욕망이 더해 갔기 때문이다. 이것을 성취하는 것은 그녀를 위해 해야 할 최종적인 시험이자 견뎌야 하는 고뇌였다. 이제 나는 그것이 끝난 것을 알았다. 내 욕망은 바다로 나아가기 위해 해협을 뚫고 나가는 강물과 같았다. 그녀가 떠난 후 처음으로 그녀가 나를 완전하게 만들었다. 그녀는 내 모든 존재를 불러 일으켜 세웠다. 그 결과 나는 그녀를 붙들고 싶었고, 그녀를 압도하고, 그녀와 jusqu' à la fin du monde* 영원히 함께 누워 있고 싶었다. 그렇다. 내 사랑의 힘으로 자기 비하에 빠진 그녀를 놀라게 하고 싶었다. 그러면서도 나 또한 스스로 겸손해져서 마지막에는 그녀가 나를 위로하고 나의 훌륭한 자아를 다시 돌려주기를 원했다. 왜냐하면 그녀가 내 덕성을 간직하고 있었고, 여태까지 그것을 오랫동안 지키고 있었고, 그녀가 내 최초이자 내 마지막이기 때문이다. 이것은 환상이 아니었다.

* '세상 끝까지'라는 뜻의 프랑스어.

로시나는 나를 바라보았으나 이제는 킬킬거리며 소리 내어 웃고 있었다. 나는 탁자 위에 두 팔을 뻗고 앉아 있었다. 아직도 아일랜드산 털 스웨터를 입고, 브랜디를 마셨다. (이제 나도 브랜디에 의지하고 있었다.) 캘러 가스 난로가 켜져 있는데도 추위를 느꼈다. 작은 붉은 방에 불을 지피려고 하자 로시나가 나를 말렸다. 무릎 하나를 세우고 의자에 앉은 로시나는 폭 넓은 푸른색 면바지를 푸른색 캔버스 장화 위로 말아 올려 놓았다. 푸른색과 자주색의 줄무늬 셔츠는 허리에서 좁은 가죽 벨트 안쪽으로 들어가 있었다. 그녀는 한가해 보였고, 현실적이고도 해적 같은 모습을 하고 있었다. 또 놀라울 정도로 젊어 보이기까지 했다. 그녀의 궤뚫는 듯한 검은 사팔눈이 약탈자처럼 재미있다는 듯이 나를 바라보고 있었다. 그녀의 검고 숱 많은 철사 같은 머리카락은 뒤로 넘겨 리본으로 단단히 묶여 있었는데, 그 때문에 그녀의 얼굴은 사납고 동물적인 강렬한 표정을 짓고 있었다. 그녀는 코트를 벗어 던졌는데 조금도 추워하는 기색이 없었다. 나는 '지금은 여름이라서 춥지는 않을 텐데.' 하고 내 몸이 어떻게 된 게 아닌가 생각했다. 나는 몸을 떨고 있었다. 오전 11시에 촛불을 켜고 있는 것 또한 이상하지 않은가? 촛불은 빛을 내지 못하는 것 같아서 불어서 꺼 버렸다. 창문 밖은 아직 뿌옇지만 안개가 좀 사라지고 있는 것 같았다. 로시나가 내게 대답을 하려는데 주방 문이 조용히 열리고 누군가 안으로 들어왔다. 여자였다. 잠시 나는 터무니없이 내 생각에 형체를 부여하여 그 사람이 하틀리일 거라고 생각했다. 그러나 아니었다. 그 사람은 리지 셰러였다.

두 여자는 서로 눈이 마주치자 조그맣게 탄성을 질렀다. 충격을 누르고 삼키는 듯한 부르짖음이었다. 로시나는 급히 몸을 일으켜 의자 뒤로 물러섰다. 리지는 로시나에게 눈을 고정시킨 채 나에게로 다가왔다. 그리고 도전하듯 핸드백을 탁자 위로 던졌다. 나는 그냥 앉아 있었다. 리지는 연갈색 레인코트를 입고, 매우 길고 노란 인도제 스카프를 매고 있었다. 그녀는 스카프를 풀더니 얌전히 개켜서 핸드백 곁에 놓았다. 그녀의 얼굴은 매우 붉었고 (내 얼굴도 그랬다.) 머리카락은 빗방울에 젖어 있었다. 아마 지금 밖에 비가 오고 있나 보다.

로시나는 의자를 들어 판석이 깔린 바닥을 향해 옆으로 던졌다. 그리고 나에게 말했다. "이 거짓말쟁이! 배반자!"

나는 리지에게 말했다. "비가 오고 있나?"

리지가 대답했다. "아니요."

내가 말했다. "로시나는 막 떠나려던 참이었어." 그와 동시에 나는 자리에서 일어나서 탁자를 돌았다. 로시나의 주홍색 손톱이 내 얼굴을 할퀴려다 내가 피하자 내 목을 스치고 지나갔다. 리지는 문 쪽으로 후퇴했다. 나는 로시나의 분노를 탁자 너머에서 정면으로 받았다. "이봐, 내가 거짓말을 한 게 아니야. 리지와는 아무런 약속도 없었어. 그녀가 그냥 느닷없이 나타난 거야. 그리고 그녀는 알지 못해."

"저 여자가 여기 살아요?" 리지가 물었다.

"아니야! 나 이외에는 아무도 여기에 살지 않아! 그녀가 그냥 들른 거야. 사람들이 나를 찾아오고, 네가 찾아온 것처럼. 차나 브랜디 좀 마셔. 치즈나 살구를 먹든가."

"그녀가 모른다고?" 로시나가 물었다. 나를 노려보긴 했으나 마음은 조금 누그러져 있었다. "그렇다면 그녀에게 말하는 것이 좋지 않나? 아니면 내가 말할까?"

"로시나와 결혼할 건가요?" 리지가 호주머니에 손을 넣은 채 뻣뻣하게 말했다.

"천만에!"

"당신과 단둘이 이야기할 수 있을까요?" 리지가 말했다.

"아니, 그럴 수 없어." 로시나가 대꾸했다. "맙소사, 만일 이것이 리지와 나 사이의 일이라면 주방 칼을 들고라도 당신을 위해 싸우겠어."

나는 또 다른 오한이 오는 것을 느끼고 다시 탁자 앞에 앉았다. "기분이 매우 안 좋아."

"단둘이 얘기할 수 있을까요?"

"안 돼." 로시나가 말했다. "찰스, 당신이 방금 나에게 한 말을 저 여자에게 말하는 것을 듣고 싶어. 난 당신이 말하는 것을 듣고 싶다고."

"길버트가 밖에 와 있나?" 내가 리지에게 물었다.

"아니요. 나 혼자 차를 몰고 왔어요. 좋아요, 저 여자가 가지 않는다면……." 리지는 로시나를 무시하고 나를 마주 보고 탁자에 앉았다. "당신의 다정하고 관대한 편지를 받고 고맙다고 말하고 싶었어요……."

"저 여자에게 말해. 어서 말해!"

"당신의 다정하고 관대한 편지에 감사해요. 당신은 우리 둘에게 매우 친절하게 대해 주었어요."

"그날 저녁 만찬에 가지 못해 정말 미안해. 나는……."

"우리 둘에게 매우 친절했어요. 그러나 그처럼 관대할 필요는 없어요. 내가 지독한 바보였어요. 길버트는 상관없어요. 내가 어떤 조건이든지 당신의 것이라는 것 외에 다른 일은 상관없어요. 논쟁할 가치도 없어요. 난 그냥 당신 거예요. 그러니까 당신이 하고 싶은 대로 해요. 모든 것이 잘못되어도 난 상관없어요. 무슨 일이 일어나든지, 얼마나 오래 지속되든지 상관하지 않아요. 물론 영원히 지속되길 원하지만요. 그러나 당신이 원하는 대로 해요. 그 말을 하려고 여기 왔어요. 나 자신을 당신에게 바치려고요. 만일 당신이 말한 대로 여전히 나를 원한다면 말이에요."

"엄청 감동적인데!" 로시나가 말했다. "저 여자에게 뭐라고 말했어? 찰스, 이제 그 진실을 말해 봐." 그녀는 리지의 핸드백을 집어 들어 바닥에 던지고 발길로 찼다.

리지는 개의치 않고 나를 물끄러미 바라봤다. 감정에 북받쳐 얼굴은 붉게 달아올라 있었고, 입술은 젖어 있고, 눈은 복종으로 빛나고 있었다. 나는 무척 감동을 받았다.

"리지, 사랑스러운…… 사랑스러운 리지……."

"리지, 너는 너무 늦었어." 로시나가 내뱉었다. "찰스는 수염 난 여자와 결혼할 거야. 찰스, 그렇지? 그리고 우리는 방금 네 이야기를 하고 있었어. 찰스는 네게 관심을 둔 적이 한 번도 없다고 말했어……."

"난 그렇게 말하지 않았어! 리지와 위층에서 얘기할 테니 당신은 여기 있어. 다시 올게."

"얼른 와야 해. 5분간 시간을 줄게. 만일 둘이서 런던으로 도망간다면 뒤쫓아가서 도랑에 처넣어 버릴 거야."

"꼭 돌아온다고 약속할게. 그리고 그녀에게 얘기할게. 제발 아무것도 깨지 마. 자, 이리 와, 리지."

리지는 탁자에 있는 스카프와 방바닥에 떨어진 핸드백을 집어 들었다. 그녀는 로시나를 쳐다보지 않았다. 나는 그녀를 주방에서 데리고 나와 위층으로 올라갔다. 위층 층계참에 다다르자 나는 잠시 주저했다. 구슬 커튼은 움직일 수 없었고, 나는 그곳을 지나가지 않기로 했다. 나는 리지를 가운데에 있는 작은 방으로 데리고 가서 문을 닫았다. 안개 때문인지, 아니면 블라인드를 올리지 않았기 때문인지 방은 어두웠다. 응접실로 통한 긴 유리창을 통해서는 빛이 얼마 들어오지 않았다. 탁자를 치웠기 때문에 방은 비어 있었다. 탁자는 내가 탑으로 올라가면서 바위 사이에 떨어뜨렸기 때문에 아직 거기 있었다. 바닥에는 사각형 모양의 낡은 양탄자가 깔려 있었다. 음산한 주철 벽 램프가 높이 매달려 있는 것이 갑자기 눈에 띄었다. 양탄자를 밟자 퀴퀴한 냄새가 났다.

"찰스, 난 저 여자가 무서워 죽겠어요. 저 여자와 연관되어 있는 것은 아니지요?"

"아니야, 물론 아니지. 그녀는 그냥 나를 괴롭히고 있을 뿐이야. 리지……."

"그녀가 무슨 얘기를 하는지 모르겠어요. 하지만 상관없어요. 잘 들어요. 찰스, 나는 당신 거예요. 당장 그렇다고 말하지 않은 것은 화가 나서였어요. 난 너무 바보처럼 겁이 났어요. 또 다시 실연을 당할 수는 없다고 느꼈지요. 난 평화를 원한다고 생각했고, 다시 그 옛날의 미친 짓을 되풀이하지 않으리라 생각했어요. 그러나 아무 소용없어요. 다시 여기 돌아왔잖아요. 난 다시 미쳤어요. 길버트에게 미안했고, 타협할 시간이 필요했어요. 그러나 이젠 타협이란 있을 수 없어요. 무슨 일이 일어나도 상관없고, 당신이 나에게 무슨 짓을 해도 상관없어요. 그 때문에 내가 죽는다 해도 상관없어요. 당신이 이기적이라도 괜찮고, 조심스럽고 관대하기를 원하지도 않아요. 당신이 옛날처럼 내 주인이고 왕이기를 바란다고요. 찰스, 나는 당신을 사랑해요. 난 당신에게 속해 있고, 이제부터 영원히 당신이 요구하는 것은 무엇이든지 할 거예요."

우리는 좁고 감방 같은 그 방의 주철 벽 램프 밑에 서서 떨면서 서로 마주 보았다. "리지, 나를 용서해 줘. 이것은 내 잘못이야. 착한 리지, 이제는 소용없어. 우리는 같이 있을 수가 없어. 내가 생각한 것처럼 너를 차지하고 데리고 있을 수가 없어. 이제 나는 왕이 될 수도 없어. 내가 편지를 쓴 것은 정말 미안해. 난 너를 정말 좋아해. 너를 사랑해. 그러나 이런 식으로는 아니야. 이것은 그냥 헛된 생각이고, 추상적인 생각일 뿐이야. 네 말이 맞았어. 우리는 성공할 수가 없고 관계도 지속될 수 없어. 난 다른 여자를 만났어. 아니, 로시나가 아니라 오래전부터 아는, 그리고 사랑했던 여자야. 너에게 말한 것 기억나? 내 첫사랑 말이야. 그러니까 귀여운 리지, 난 네 것이 될 수 없고, 너도 내 것이 될 수 없어. 넌 길버트에게 돌아가야 해. 그를 행복하게 해 주고, 그전처럼 지내도록 해. 아, 제발 날 믿어 주고 용서해 줘. 모두 내 잘못이야."

"잘못이라고요?" 리지는 둑길의 풀 때문에 젖어서 반짝이는 검은 하이힐을 내려다보며 말했다. "알았어요." 그녀는 고개를 들어 나를 쳐다보았다. 그녀의 얼굴은 선홍색이었고, 아랫입술은 떨렸으며, 눈빛은 흐릿하고 무서웠다.

"내가 전에 말했던 그 여자 기억하지? 그 여자를 다시 만났어. 그녀가 여기 있어. 그리고…….”

“그럼 나는 갈게요.”

“리지, 사랑하는 리지, 이렇게 떠나면 안 돼. 첫 번째 편지에서 네가 원한 것처럼 우리 친구로 지내자. 그럴 수 있지? 내가 너와 길버트를 보러 갈게…….”

“이제 길버트와 같이 살지 않을 거예요. 예전같이 살 수는 없어요. 미안해요, 안녕.”

“리지, 잠시 내 손을 잡아 봐.”

그녀는 힘없이 손을 내밀었다. 조그마한 손은 젖어 있었고 반응이 없었다. 나는 그녀를 품에 안을 수가 없었다. 그녀는 손을 빼내었고 핸드백 속을 만지작거렸다. 그리고 로시나가 발로 차서 깨진 거울 조각과 작은 흰 손수건을 꺼냈다. 손수건을 잡고 그녀는 조용히 울기 시작했다.

나의 체루비노이며, 내 에어리얼이며, 내 퍽이며, 내 아들이기도 했던 리지와 지낼 수 있었던 인생이 모두 공처럼 동그랗게 뭉쳐져 사라지는 것을 보았다. 나는 매우 동요했으며, 또 슬프기도 하였다. 한편으로는 아주 묘하게도 초연하고, 자랑스럽고, 지나칠 정도로 감상적인 감정도 느꼈다. 내가 다르게 행동했더라면, 그리고 그녀가 다르게 행동했더라면 우리는 같이 지낼 수도 있었을 것이다. 다음에 무슨 일이 일어나든지 간에 이제 그것은 사라졌고 세상은 변해 버렸다. 나는 슬프면서도 자책으로 인한 쾌감을 느끼며 말했다. “아니야, 리지. 사랑하는 리지, 용감한 리지, 그럴 수는 없어. 난 너에게 매우 감사해…….”

“이상해요.” 조용히 눈물을 흘리며 리지가 침착하게 말했다. “참 이상해요. 런던에서 오려면 정말 먼 길인데도 난 차를 빌렸어요. 길버트의 차를 타고 오지 않았어요. 오는 동안 내내 당신과 놀라운 사랑의 대화를 나누었어요. 오는 길이 그렇게 오래 걸리지 않았더라면 대관식처럼 멋진 절정에 이르렀을 텐데. 난 당신이 나를 보면 얼마나 놀라고 즐거워할까 생각했어요. 또 우리가 얼마나 행복할까, 예전처럼 얼마나 웃고 또 웃을까 생각했지요. 그런 상황을 마음에 그리며 무한한 사랑과 환희를 느꼈어요. 다시 실연으로 끝날지 모른다고, 그러면 이번에는 그것이 나를 죽게 할 것이라고 말하기도 했지만……. 그러나 난 우리 사랑이 어떻게 끝나든지, 혹은 내가 얼마나 고통을 받든지 상관없다고 생각했어요. 당신이 나를 원하고, 나를 품안에 안아 주기만 한다면……. 그런데 이제 그것이 시작하기도 전에 끝나 버렸네요. 나는 처음부터 실연하리라고는 상상도 못했어요. 지금 나는 가진 것이 아무것도 없어요. 당신을 향한 내 사랑을 제외하고는……. 모든 것이 다시 눈을 떴다가 거절당했어요. 영원히, 아주 영원히…….”

“리지, 그 감정은 곧 잠잠해질 거야. 전에 잠이 들었듯이 다시 잠이 들 거야.”

그녀는 손수건을 이로 물고 고개를 저었다.

“리지, 내가 편지를 보낼게.”

그녀의 눈물이 멎었다. 그녀는 손수건과 깨진 거울을 치우고 노란 스카프를 풀었다. “편지 쓰지 마요. 찰스, 안 쓰는 게 더 친절해요. 이상하지요. 그때 끝났는 줄 알았는데, 그때가 끝이 아니라 지금이 끝이네요. 내게 친절하고 싶으면 제발 편지 같은 건 보내지 마요. 더 이상 원치 않으니까…….”

그녀는 스카프를 구겨서 호주머니에 넣었다. 그러고는 몸을 돌려 급히 문을 밀고 나가려다 바로 바깥에 서 있던 로시나와 부딪칠 뻔했다. 로시나는 뒤로 물러섰고, 리지는 계단 난간에 몸을 기댄 채 하이힐을 딸각거리며 미끄러지듯 계단을 내려갔다. 그녀를 뒤따라가려 하자 로시나가 내 팔을 잡고 장화 신은 발로 굉장히 힘차게 내 발을 걸었다. 우리는 벽에 부딪쳐 비틀거렸다. "그녀를 가게 내버려 둬." 현관문이 탕 소리를 내며 닫혔다.

나는 구슬 커튼이 움직이고 짤랑거리는 것을 잠시 째려보며 서 있었다. 그런 뒤에 천천히 아래층으로 내려왔다. 로시나가 뒤따라왔다. 우리는 주방에 들어가서 탁자에 다시 앉았다.

"걱정 마. 찰스, 저 원기왕성한 작은 동물이 죽을 만큼 마음 상하지는 않았을 테니……."

나는 아무 말도 하지 않았다.

"이제 가엾은 리지에 대해 토론하고 싶지?"

"아니."

"가엾은 찰스, 당신은 신에서 지위를 강등당했어."

"좋아. 이제 제발 가 줘."

"만일 당신이 리지 셰러와 다시 시작하면 난 둘 다 죽여 버릴 거야."

"아, 로시나, 어리석고 천박하게 굴지 마. 제발 가 줘. 자, 런던에 돌아가서 리지가 다시 시작할 수 있게 당신이 도와주는 게 좋겠어."

"런던에 가지 않을 거야. 레이븐 호텔에서 혼자 근사한 점심을 먹을 거라고. 그러고 나서 영화를 찍으러 맨체스터로 갈 거야. 당신은 명상에 잠기도록 내버려 둘게. 여러 가지 생각들이 당신 마음을 실컷 아프게 했으면 좋겠어. 당신이 수염 난 숙녀를 희롱하는 것도 방해하지 않겠어. 한 가지 조건만 들어준다면!"

"무슨 조건이지?"

"그 일에 대해 모든 것을 말해 준다는 조건!"

"좋아."

"약속해?"

"그래."

"찰스, 일어나."

나는 기계적으로 몸을 일으켰다. 로시나는 탁자를 돌아 가까이 왔다. 순간적으로 나는 그녀가 나를 치려는 줄 알았다. 하지만 그녀는 젖은 입술로 내게 키스했다. "자, 잘 있어. 또 올게."

현관문이 다시 탕 하고 닫히고, 잠시 후 작고 빨간 차가 시끄러운 소음을 내며 움직였다. 아주 잠시 동안 나는 리지가 되돌아오기를 희망했다. 그러고는 리지가 첫 번째 내 편지를 받고 곧바로 달려오지 않은 것이 얼마나 다행이었는지 생각했다.

나는 옆방으로 가서 벽난로에 불을 지피려 했지만 실패했다. 불쏘시개가 충분치 않았다. 나는 리지의 울음과 로시나의 키스 때문에 마음이 몹시 불편했다. 리지 때문에 괴로웠지만 공허한 일이었으며, 그녀에 대하여 생각하기는 싫었다. 나는 그녀의 동정을 원했다. 이미 로시나와 나눈 천박한 대화를 철저하게 후회하고 있었다. 그 순간에는 하틀리에 대하여 로시나에게 말하는 것이 잘하는 짓 같아 보였지만, 지금은 불길한 예감에 사로잡혔다. 사실상 나는 로시나에게 또 하나의 무기를 준 셈이다. 잠시 뒤 나는 사촌 제임스가 왜 군대에서 쫓겨나게 되었는지 의아해했다. 동성애 때문인가? 아니면 군대가 미친 불교 신자는 보안상 위험하다고 결정한 것인가? 로시나의 붉은 손톱이 할퀴고 지나간 목 부분이 따끔거리기 시작했다. 열을 재고 싶었으나 체온계를 찾을 수가 없었다.

. . . .

이제 안개가 걷혔다. 황혼이 어둠으로 바뀌고, 밝고 투명한 작은 달이 빛나고 있었다. 달빛은 별빛을 흐리게 하였고, 바다 위에 금빛 광택을 뿌렸으며, 조용한 바위와 유령 같은 나무들이 있는 육지에 생동감을 불어넣고 있었다. 창공은 맑았고 거무스름한 푸른빛으로 달의 풍성한 빛을 한껏 돋보이게 해 주었으나 빛을 반사하지는 않았다. 땅과 땅 위의 사물들은 짙은 갈색이었다. 그림자는 뚜렷했다. 지나쳐 가는 모든 불쾌한 존재들이 너무나 강렬하여 나는 초조하게 자꾸 뒤를 돌아보았다. 밤의 고요함은 가끔씩 올빼미의 울음소리와 멀리서 들려오는 개 짖는 소리로 깨지기도 했지만 광대했고, 안개 낀 아침의 고요와는 질적으로 차이가 있었다.

나는 마을을 지나가지 않았다. 항구 쪽을 향해 뻗은 해변도로로 가기 위해 내가 '카이버 고개'라고 부르는 좁은 길을 따라갔다. 거기에는 커다란 누런 바위가 언덕 옆에 산더미처럼 쌓여 울퉁불퉁한 둔덕을 이루고 있었고, 그 사이에 좁은 협곡이 하나 있어서 사람이 지나갈 수 있었다. 달빛 아래 바위들은 짙은 갈색이었으나, 달빛을 받은 미세한 석영 때문에 반짝이는 수많은 점으로 뒤덮여 있는 것 같았다. 나는 어두운 협곡을 통해 항구를 지나쳐 조금 더 멀리 갔다. 거기에는 숲을 둘러 언덕으로 올라가는 오솔길이 포장도로와 연결되어 있었다. 포장도로는 방갈로들 너머로 점점 좁아져서 사라졌다. 나는 니블레츠의 정원에 어떻게 침입할 것인가를 연구하면서 이 모든 것을 낮에 답사해 두었다. 침입은 어려운 일이 아니었다. 정원에서 지대가 낮은 쪽은 느슨한 철망으로 연결된 울타리로 길게 비탈진 들판과 경계를 이루고 있었다. 그리고 들판은 가시금작화 덤불과 튀어나온 바위로 가득했는데, 마을 쪽 내리막길에 접해 있었다. 들킬지도 모른다는 악몽 같은 상황뿐만 아니라, 정원에 들키지 않고 침입할 만한 늦은 밤이면 결혼한 부부가 침대에 들었을 만큼 늦은 시간이라는 점이 걱정스러웠다. 물론 그들이 조용히 텔레비전을 보고 있을 가능성도 있었다.

이전에는 하틀리와 벤을 몰래 숨어서 지켜볼 생각은 하지 않았다. 도덕적 이유에서가 아니라 내 감정과 공포심에 북받쳐 구토증을 일으킬 것 같아서였다. 결혼이란 지독히 내밀한 것이다. 그 커튼을 불법으로 열어 보는 사람은 누구든지 그가 예측하지 못하는 순간에 복수의 신에 의해 두들겨맞을 것이다. 아주 무섭고 예기치 못했던 비밀이 드러나면 앞으로 영원히 외설스러운 유령이 나타나 죄인을 성가시게 괴롭힐 것이다. 그리고 결혼에 대한 미신적인 공포, 즉 그들이 상상할 수 없을 만큼 친밀한 관계이며 서로 분명하게 속박되어 있다는 것과 맞붙어 싸워야 했다. 그러나 지금은 상황의 합리성이 이 위험하고 혐오스러운 모험을 감행하게 했다. 이것은 다음 단계, 즉 다음 질문의 해답을 얻기 위한 것이었다. 이 결혼이 과연 어떤 것이며, 두 사람이 서로에게 어떤 존재인가를 발견해야 하는 것이었다.

바다로부터 빛나는 달은 나무 기둥의 그림자를 니블레츠의 비탈진 정원에 드리웠다. 잔디는 서리로 덮여 있는 것 같았다. 나는 이미 커튼을 친 거실의 '전망창'이 전등 불빛에 내비치고 있는 것을 알아보았다. 느슨한 철망을 넘어 집 쪽으로 매우 빠르게 잔디 위를 걸어갔다. 이슬이 내린 잔디 위를 실제로 소리 없이 걸으면서도 내 발소리에 귀를 기울였고, 내 깊은 숨소리와 아프게 뛰고 있는 내 심장 박동 소리를 들었다. 조금 전에 비가 왔음에도 뜨거운 날씨에 땅이 굳어 있었으므로 눈에 띌 만한 발자국은 남기지 않을 것 같았다. 집에서 10미터쯤 떨어진 곳에서 나는 발을 멈추었다. 맨 위쪽에 있는 조그만 통풍구만 남기고 창문은 닫혀 있었다. 커튼은 안감을 대지 않아서 집 내부의 전등불이 레몬 나무에 앉은 초록색 앵무새의 그림을 스테인드글라스처럼 밝게 내비치고 있었다. 두 개의 커튼이 만나는 한가운데에 약간 가느다란 틈이 있었다. 나는 몸을 움직였다. 그리고 귀를 기울였다. 사람의 목소리가 들렸다. 텔레비전인가? 나는 들킬 위험이 있는 커튼 틈새를 피해서 마치 우주로 돌진하려는 듯이 조심스럽고 침착하게, 그리고 조용히 창문까지 다가섰다. 그리고 벽돌 벽을 더듬어 무릎을 꿇고는 창문틀 아래에 머리를 대고 앉았다.

나는 이슬을 예측하지는 못했지만 장미 넝쿨에 맞닥뜨릴 것을 예상하여 레인코트를 입고 왔다. 달빛은 여러 가지 꽃밭을 내게 보여 주었다. 그러나 집에 접근했을 때 나는 불 켜진

창에 눈이 부셨는지, 혹은 겁을 먹었는지 앞을 보지 못하고 나도 모르게 장미 넝쿨 위에 주저앉아 버렸다. 뭔가가 부러지는 소리가 났고, 조그맣고 날카로운 가시가 내 정강이를 찔렀다. 나는 엉거주춤하게 앉은 자세로 눈과 입을 크게 벌린 채 벽에 몸을 기대었다. 그리고 내 아래쪽에 보이는 달빛 비친 광활한 바다를 노려보며 갑자기 "거기 누구요?"라는 무서운 소리가 들리지 않는지 공포에 떨며 기다리고 있었다.

그러나 집 안의 목소리는 계속되었으며, 이제는 상당히 명확히 들려왔다. 의심하지 않는 사람들을 몰래 지켜보는 것은 얼마나 쉬운 일인가! 잠시 뒤에 경험한 일은 너무도 괴상하고 말 그대로 너무도 나를 화나게 하였으므로 내 감정을 묘사하고 싶지 않다. 연극에서처럼 그냥 대화체로 알려 주겠다. 누가 말하는지는 분명할 것이다.

"왜 그가 여기 온 거지?"

"나도 몰라요."

"당신은 '나도 몰라요, 나도 몰라요.'라고만 되풀이하고 있는데 다른 말은 할 수 없나? 아니면 정신적으로 어디 모자란 건가? 물론 당신은 알고 있어. 분명히 알고 있을 거야. 내가 바보인 줄 아나? 난 그렇게 둔하지 않아."

"당신은 그걸 믿지 않아요."

"무얼 믿지 않는다는 거야?"

"당신이 한 말이요."

"도대체 무슨 뜻이야? 무슨 뜻이지? 내가 무슨 말을 했기에 당신 생각에 내가 믿지 않는다는 거야? 그럼 내가 거짓말쟁이란 말인가?"

"당신은 내가 안다고 하지만 미치지 않고서야 어떻게 그런 생각을 하지요?"

"그럼 내가 미쳤거나 거짓말쟁이로군. 그래? 그거야?"

"아니요, 아니에요."

"당신을 이해하지 못하겠어. 당신은 횡설수설하고 있어. 그가 왜 여기 온 거야?"

"모르겠어요. 우연이에요. 어쩌다가 그렇게 된 거예요."

"이상한 우연이군. 아, 당신은 정말 영리해. 무엇보다 나를 괴롭히는 일이 바로 이거야. 가끔은 당신이 내 정신을 뽑아 나를 정말로 미치게 하고 싶어 한다는 생각이 들어……."

"여보, 사랑하는 빙키, 제발 그러지 마요……. 내가 잘못했어요. 미안해요."

"미안하다거나 모른다고 말해도 소용없어. 당신은 그 말만 자꾸 되풀이하잖아. 당신 머리를 열어서 당신이 아는 것이 무엇인지 보고 싶어. 왜 설명하지 않아? 왜 인정하지 않아? 이 일은 오랫동안 계속되어 왔어. 당신이 내게 털어놓는다면 차라리 내 마음이 편하겠어."

"아무것도 말할 게 없어요!"

"그 말을 나보고 믿으라고?"

"당신은 믿었어요."

"한 번도 믿은 적이 없어. 그저 믿는 척한 거지. 맙소사, 잊고 싶었어. 이 사실을 알고 살아가는 데 지쳤어. 당신 꿈과 같이 사는 데 지쳤다고."

"꿈은 없었어요."

"아, 당신이?"

"아무 꿈도 없었어요."

"거짓말하지도 말고 내게 소리 지르지도 마. 제기랄! 당신이 내게 한 거짓말들! 난 처음부터 거짓말 속에서 살아왔어. 그리고 그 아들 녀석……."

"아니에요, 아니에요."

"그래, 모든 것을 내가 둔해서 몰랐지. 그러나 믿을 수가 없었어……."

"아니에요!"

"맙소사! 아내와 아이들을 가진 다른 운 좋은 남자들과 그들의 단순하면서도 안락한 생활, 그리고 평범한 사랑과 친절을 생각하면……. 그런데 나는……."

"우리도 평범한 사랑과 친절을 누리고 살았어요."

"그건 그냥 우리가 둘 다 지쳐서 그런 척한 거야. 정직하기엔 너무도 지쳐 있었어. 우리가 살고 있는 이 지옥 같은 감옥에 대하여 서로에게 진실을 말하기엔 너무 지쳐 있었던 거야. 가끔은 우리도 휴식이 필요했기에 만사가 잘 안될 때도 잘되어 가는 척했고, 이 치욕, 당신이 결혼이라고 부르는 이 치욕을 참아야 했어. 우리는 무서운 진실로 서로에게 칼질하기를 멈추어야 했어. 그래서 우리 둘 다 거짓말 속에 가라앉았지. 거짓은 악취 나는 습지처럼 사방에 널려 있어. 우리는 그 거짓 수렁에 깊이 빠져든 거야. 멀리 바닷가로 떠나 오면 좀 나아지리라고 생각했지. 적어도 나는 정원이 있으니, 내 생각에……. 그런데 이게 웬일이야! 여기 그놈이 와 있으니! 그것 이상하지. 그렇지 않아?"

"아, 여보, 그러지 마요……. 당신은 여기를 좋아하잖아요. 당신은 여기를 좋아했어요……."

"이제 그런 말은 하지 마. 당신 얼굴에 내가 침이라도 뱉기를 원하나? 우린 그저 점잖고 조용한 사람인 척 행동한 것뿐이야……."

"당신은 별로 그러지도 않았어요."

"그 말은 꺼내지 마."

"그럼 당신도 그러지 마요."

"말 조심해. 당신에게 화가 난 또 하나의 이유는 당신이 나를 이렇게 나쁜 놈으로 만들었기 때문이야. 아주 나쁜 놈으로……. 아, 제기랄, 왜 우린 떠날 수 없는 거지? 당신이 한 번이라도 진실을 말해 준다면 좋겠어. 내가 어떤 처지인지 알고 싶어. 왜 그 녀석이 여기를 찾아온 거야? 이 마을에, 바로 이 장소에?"

"자꾸 같은 질문을 되풀이하는군요. 난 몰라요. 그가 이곳으로 오기를 원한 건 내가 아니에요."

"거짓말쟁이! 얼마나 자주 그 녀석을 만났지?"

"딱 한 번요."

"거짓말쟁이! 당신이 그 녀석과 함께 있는 것을 내 두 눈으로 두 번이나 보았어. 몇 번이나 더 그 녀석과 함께 있었는지는 하느님만이 알아. 왜 그렇게 어리석은 거짓말을 지껄이는 거야? 당신은 그가 여기를 방문하게 내버려 두었어."

"안 그랬어요."

"이젠 다시 그 녀석을 만날 수 없을 거야."

"만나고 싶지 않아요!"

"과거, 과거, 그 빌어먹을 과거……. 우리에게는 결코 아무것도 없었어. 모든 게 수포로 돌아갔어. 당신이 망쳐 놓았어. 당신과 그 녀석이……."

"여보, 사랑하는 빙키, 제발 그러지 마요."

"그렇게 애칭으로 부르지 마. 조롱하는 것 같으니까."

"조금만 내게 친절할 수 없어요? 나를 동정하려고 조금만 노력할 수 없어요?"

"왜? 당신이 노력하지그래! 당신이야말로 어떻게 내게 이토록 잔인할 수가 있지?"

"내가 잔인한 게 아니에요. 당신이 미쳤어요. 당신은 제정신이 아니에요."

"내게 소리 지르지 마. 당신이 소리 지르는 것도 신물이 나. 당신은 평생을 소리 지르며 살아왔어. 이제 막바지에 거의 도달했군. 맙소사, 내 인생이 빨리 끝나 버렸으면 좋았을 텐데. 당신이 기도한 것도 바로 그거지? 내가 심장마비라도 걸리기를! 그런 뒤에 그놈과 도망갈 수 있으니까……."

"미안해요. 미안해요. 미안해요……."

"그 말도 그만해. 지긋지긋해. 그건 아무 의미도 없는 앵무새 말일 뿐이야. 제기랄, 난 정말로 피곤해. 모든 것이 망가졌어. 당신 때문에 시작도 못 해 봤어. 그리고 말로도 옮길 수 없는 속임수들을 나는……."

"속임수는 없었어요!"

"망할, 입 닥쳐! 전에도 이 말을 수백만 번이나 했어. 마치 태엽을 감으면 움직이는 인형처럼……. 하지만 난 항상 그 생각에 매여 있어서 가끔 그 말을 하지 않고는 못 배겨. 난 어쩔 수 없이 그 거짓말을 받아들였어. 나는 행복하고 싶었어. 아니, 행복이 아니라, 어차피 그것은 불가능하니까, 적어도 내 썩어 빠진 실패한 인생에서 약간의 평화를 누리고 싶었어. 잠시라도 쉬고 싶었다고. 그러나 아니야, 아니야! 당신은 내 휴식마저도 허락지 않았어."

"그건 사실이 아니에요……."

"조심해, 조심해. 당신과 당신의 거짓말을 참는 것 이외에는 다른 도리가 없다고 생각했는데……. 아, 내가 미쳤지……. 당신을 떠났어야 했는데……."

"아니에요!"

"당신은 기뻐했을 거야. 게다가 이제 그가 용감하게 나타나서 우리 집 초인종을 누르니 오죽하겠어? 그가 오도록 계획하고 즐거워했겠지."

"생각에도 없는 말은 하지 마요."

"난 정말 그렇게 생각해. 어떻게 다른 생각을 하겠어? 당신이 거짓말하는 것을 난 알 수 있어. 당신이 나를 속일 수 있다고 생각해? 그 녀석의 편지를 어디다 숨겼지? 응? 도대체 어디다 숨겼어?"

"편지는 한 장도 없어요."

"모두 없애 버렸군. 당신은 현명해! 하지만 내 말 잘 들어. 자, 잘 들어!"

"듣고 있어요."

"당신의 약삭빠른 계획은 성공할 수 없어."

"무슨 계획 말인가요?"

"당신은 내가 '좋아, 나가. 당신이 어디로 가든 상관없어.'라고 말해 주었으면 좋겠지? 당신은 내가 당신을 보내 줄 때까지 고통을 줄 생각이야. 그래, 그거야."

"아니에요."

"그런 표정 짓지 마. 아니면 내가……. 하지만 그렇게 할 수는 없어. 알겠어? 당신을 떠나게 두지 않아. 결코 당신을 놓아주지 않을 거야. 알겠어? 우리가 서로 말 한 마디 건네지 않아도 당신은 여기 남아서 나를 돌봐야 해. 알겠어? 당신을 사슬로 꽁꽁 묶어 둔다고 해도……."

"제발 용서해요. 나를 용서하고 화내지 마요. 견딜 수가 없어요. 제발 화를 풀어요. 너무 괴로워요. 당신은 나를 너무 두렵게 하고 있어요……."

"아, 제발 울지 마. 당신 눈물에 신물이 나. 왜 그가 여기 왔어? 그게 무슨 뜻이야? 내가 알고 싶은 건 그거야. 제발 이제 내게 진실을 말할 수 없어? 아무렇지도 않은 체하면서 악몽 속에서 살 순 없어. 지겹다고. 우리가 정성 들여 가꾼 이 빌어먹을 집, 빌어먹을 가구, 정원, 장미들, 모두 거짓이야, 거짓. 모든 것을 두들겨 박살 내고 싶어. 왜 내게 진실을 말할 수 없지? 왜 그 녀석이 여기 나타난 거야? 무슨 뜻이야?"

"제발, 놔줘요. 날 아프게 하고 있잖아요. 제발, 제발, 정말 미안해요. 미안해요."

"무슨 뜻이냐고?"

"그만해요. 미안해요……."

· · · · · · · ·

나는 기억나는 대로 되풀이하면서 이 글을 써 내려왔다. 나는 그의 억양이나 귀에 거슬리는 외침, 그리고 그녀의 울음 섞이고 눈물 어린 사과를 묘사하려고는 하지 않았으며, 그러지도 않을 것이다. 결코 그것을 잊어버리지 않을 것이다. 엿듣는 자는 원하는 것을 얻었다.

나는 더 일찍 그 자리를 떠나고 싶었다. 그러나 공포와 더불어 거북하고 불편한 자세로 앉아 오래 움직이지 않고 있었기 때문에 다리에 쥐가 나서 몸을 움직일 수 없는 상태였다. 마침내 나는 몸을 굴려 이슬에 젖은 잔디로 기어 내려갔다. 잔디는 달빛을 받아 회색빛이었다. 겨우 몸을 일으켜 정원을 빠져나온 나는 저물어 가는 달빛을 받으며 좁은 길을 뛰어가기 시작했다. 집까지 쉬지 않고 뛰어와서는 위스키와 수면제를 먹은 후 잠자리에 들었다. 그러고는 곧 정신 없이 잠에 빠져들었다. 꿈에서 슈러프엔드의 새로운 밀실을 발견했는데 그 안에 한 여자가 죽어 누워 있었다.

다음 날 나는 실성한 사람 같았다. 나는 집 주위를, 잔디밭 위를, 바위 위를, 둑길 위를, 탑 위를 정처 없이 거의 뛰다시피 거닐었다. 마치 우리에 갇힌 동물이 쇠창살에 계속 부딪히며 고통스럽게 자학하듯 나는 처량하게 겅중겅중 뛰고 빙글빙글 맴을 돌았다. 황금빛 안개가 차츰 걷히고 있었다. 더운 날이 될 것 같다. 내가 수영하던 낯익은 장소와 고요한 바다가 누런 바위에 조용하고 교활하게 부딪히는 모습을 놀라서 바라보았다. 주방으로 다시 뛰어갔다. 그러나 차 한 잔도 끓여 마실 수 가 없었다. "어쩌면 좋지? 내가 어떡해야 좋을까?" 나는 혼자 소리 내어 중얼거렸다. 이상한 것은 내가 원하던 완전하고 충만하게 넘치는 증거를 얻었는데도, 막상 그런 증거를 얻고 보니 슬픔과 공포와 일종의 현기증이 나를 엄습해 왔다.

나는 그 대화를 전부 이해하지는 못했다. 그 순간에는 그것이 무서울 정도로 분명한 증거라는 사실을 제외하고는 거의 아무것도 이해하지 못했다. 그들의 목소리 톤은 끔찍했고, 그 모든 일이 전에도 여러 번 일어났다는 느낌이 들었다. 죄책감과 고통으로 울부짖는 영혼의 울음소리. 서로를 미워하면서도 서로에게 얽매여 있어야 하다니! 결혼이라는 연옥. 나는 그들이 나눈 대화의 의미와 연관성을 이해할 수도 없었고 이해하려고 노력하지도 않았다. 분명히 그 신사(나는 갑자기 그를 '신사'로 생각하기 시작했다.)는 이곳에 내가 나타난 것을 불쾌해했다. 글쎄, 참 안됐다. 나는 니블레츠에 올라가 그가 문을 여는 순간 그의 목덜미를 잡고 얼굴을 내려치는 상상을 골똘히 했다. 하지만 소용없는 일이었다. 뿐만 아니라 그는 로시나가 상상한 것처럼 '재미없고 나이 든 소중한 남편'이 아니었다. 한쪽 다리가 불편하다지만 그럼에도 그는 건장하고 위험한 상대였다. 혹은 그렇게 보였다. 그는 위협만 해도 쓰러져 버리는 전형적인 건달일지도 모른다. 그러나 위협을 하려는 사람들 입장에서는 그런 편리한 성향의 사람들이 실제로 존재하는지 의심스러울 뿐이다. 그런 실험을 할 필요는 없었다. 그저 단순히 하틀리를 데려오면 되는 것이고, 어떻게 데려올지만 생각해야 했다. 방법이 떠오르지 않았다.

이전에는 하틀리의 결혼이 실패한 게 분명하다면 그 결혼을 끝장내고 그녀를 데려오는 것이 어렵지 않을 것이라고 어렴풋이 생각했다. 그런 상황이라면 그녀가 내게 오기를 원할 것이고, 내게 오는 것이 축복이자 기쁜 도피가 되며, 오랫동안 간직해 온 꿈이 이루어지는 것이 틀림없다. 이런 추측은 지나치게 순진하게 보일는지도 모르겠다. 그러나 이런 순진함이 나를 난처하게 한 것은 아니다. 행동으로 옮겨야겠다는 강박관념 때문에 어떻게 행동해야 할지 정확히 생각나지 않았으며, 세부적인 사항들이 굉장히 중요하게 되었다. 니블레츠, 그곳의 장미꽃, 흉측한 새 양탄자, 청동제 장식품, 끔찍한 커튼, 초인종 등은 더 이상 내 머리에 남아 있지 않았다. 이것들은 이제 희미한 환영과 같았다. 그가 말했듯이 겉모습에 불과했다. 내게 깊은 인상을 남긴 것은 그 무서운 대화, 그것이 오랜 세월 계속되었다는 느낌, 그리고 그 감옥의 힘과 구조였다. 아직도 내가 하틀리에게 '오라'고 하면 그녀가 올 것 같았다. 언제 어떻게 그녀에게 이 말을 할 것인가는 아직 결정하지 않았다. 그 결심은 또다시 막연한 어려움을 불러일으킬 것 같았다. 내가 벤을 두려워하고 있기 때문일까?

11시경에 나는 뛰기를 멈추고 차를 만들었다. 그들의 대화를 듣고 나는 어떤 생각이 떠올랐지만 아주 잠깐뿐이었고, 그것을 끄집어내어 구체화하거나 정리할 수는 없었다. 그것은 그 신사가 나에게 준 생각이었다. 그가 과연 그녀를 내쫓고 그녀를 거절할 수밖에 없게 되면 어찌 될까 하는 것이었다. 그러면 정의 내리기가 매우 어려웠던 그 새장(감옥)의 문제도 쉽게 해결되지 않겠는가? 그 신사는 그녀를 결코 내쫓지 않겠다고 말했지만 그가 그것을 언급했다는 것 자체가 그 일이 가능하다는 뜻이다. 자기의 고약한 성질이나 못된 질투심 때문인지 혹은 다른 무엇 때문인지는 알 수 없지만(정말 나는 무엇 때문인지 몰랐다.) 그는 걷잡을 수 없는 광증이 난 사람 같았다. 옛 학창 시절 친구가 이제 유명 인사가 되어 문을 두드리는 것은 틀림없이 환영할 만한 일은 아니지만, 이것은 꼭 내가 나타났기 때문만은 아닌 것 같았다. 만일 그가 극도로 흥분하여 모두 끝장내 버린다면 그녀에게는 피신처도 없고 새장도 없어지므로 내 품 안으로 곧장 달려올 것이다. 그러나…… 만일 그가 진짜 미쳐 버리면…… 그의 세계가 흔들리기 시작한다면…… 그가 그녀를 불구로 만들거나 살인을 할 수도 있지 않나? 이런 생각 때문에 나는 바위를 빙 돌아서 미친 표범처럼 뛰어갔던 것이다. 그녀의 마지막 외침……. "그만해요. 미안해요." 그동안 얼마나 자주 이 지긋지긋한 외침이 터져 나왔을까? 나는 견딜 수가 없었다. 나는 자리에서 벌떡 일어나 찻잔을 엎지르고는 큰 소리로 중얼거리며 다시 잔디밭으로 뛰쳐나갔다. 어떻게 하지? 많은 일이 이제 분명해졌다. 그러나 나는 생각을 할 수 없었다. 그 끔찍한 대화를 마음에서 지울 수가 없어서 마지막 책략을 생각해 낼 수가 없었다. 그 대화는 두껍게 뒤덮은 끈적거리는 찌꺼기처럼 내 생각을 방해하였다. 나는 하틀리를 구원해야만 했다. '구원'이라는 말이 정말 딱 들어맞는 말이고, 내가 오랫동안 갈망해 온 말이다. 그러나 이제 어떻게 할 것인지가 문제다.

시간이 지나자 마치 하틀리가 스스로 나를 도와주러 온 것 같았다. 나는 그녀의 부드럽고 창백하고 불행한 얼굴이 나를 응시하고 있는 것을 보았다. 마치 그녀의 존재가 가볍게 바람처럼 다가온 것 같아서 유령이 나올 것 같은 고요함마저 느꼈다. 나는 어떤 노골적인 행동을 하기 전에 가능한 한 그녀와 다시 이야기를 나누어야 한다는 것을 알았다. 당장 그 혐오스러운 방갈로로 달려가서 무작정 그녀를 데려오고 싶은 충동을 느꼈다. 그리고 결국 그렇게 할 것이다. 그러나 그전에 그녀를 준비시켜야 한다. 불의의 습격을 하려면 서투르거나 실수를 해서는 안 된다. 그녀가 모르는 너무나 많은 일들이 내 마음속에서 일어나고 있었다. 내가 어떤 생각을 하고 있는지 그녀에게 꼭 알려 줘야 했다. 현재는 마을에서 만나는 것도 그다지 소용없다고 생각했다. 그녀가 너무나 동요하고 놀라서 곧바로 나에게 올 수 없기 때문이다. 중대한 설명은 편지로 써야 한다. 그녀가 두려워하는 것은 내 의도가 무엇인지 모르기 때문일 것이라고 추측했다. 그녀는 내가 다른 감상적인 부분에 묶여 있다고 생각할는지 모른다. 틀림없이 그녀는 어리석게 거절한 옛사랑을 후회하고, 조용히 슬퍼했을 것이다. 그러나 이제 나는 또 다른, 더 다급한 공포를 눈치챌 수 있었다. 그래서 그 '어린애 같은' 질투 많은 남자가 망원경을 들고 앉아서 그녀가 귀가하기를 기다리고 있다는 생각에 토할 것 같았고, 불안과 함께 분노를 느꼈다. 곧 방법은 나왔고, 그것이 내 마음을 안심시켜 주었다. 그러니까 장문의 편지를 써서 그녀가 이해하고 대답할 시간을 준 뒤, 그때……. 급히 서두를 필요가 없다고 생각하니 충격으로 놀란 마음이 조금 안심이 되었다. 오늘 당장 언덕을 올라가 질투심 많은 폭군과 어떻게 대면할지 결정하지 않아도 되었다. 문제는 그녀에게 어떻게 편지를 전달하느냐 하는 것이다. 그러나 그것은 쉽게 해결할 수 있을 것이다. 사실상 나는 이미 어떻게 할 것인가를 마음속에 그리고 있었다.

나는 콘비프와 붉은 양배추와 절인 호두, 그리고 남은 살구와 체더치즈를 먹었다. 마음이 너무 산란하여 장을 보러 갈 수가 없었기 때문에 빵과 버터와 우유는 없었다. 식사를 마친 뒤에는 휴식을 취했다. 그다음에는 이 글을 오늘에 이르기까지 썼다. 그러고 나서 하틀리에게 편지를 썼다. 그 내용은 잠시 후에 옮겨 적겠다. 그다음에는 빨래를 잔뜩 해서 햇볕에 내다 말렸다. 그러고 나서 탑 계단으로 내려가 수영을 했다. 그다음엔 탑 옆에 앉아 늦은 오후의 태양이 레이븐 만에 있는 둥근 바위 뒤에 커다란 그림자를 얼룩얼룩 만드는 것을 바라보았다. 그 뒤에 관광객들이 오는 것을 보았다. 나는 벌거벗고 있었으므로 얼른 옷을 입고 집으로 돌아와 마른 빨래를 걷었다. 그러고 나서 런던에서 가져온 하틀리의 사진을 가져다가 바위 그릇 옆에 있는 바위 위에 앉아 천천히 보면서 곰곰히 생각하였다.

우리 둘이 같이 찍은 사진도 있었다. 이것들은 누가 찍었을까? 기억이 나지 않았다. 갈색으로 바래고 가장자리가 말린 사진의 죄 없는 세계에서는 밝고 부드럽고 미숙한 얼굴들이 나를 보고 있었다. 그것은 순결하고 진정으로 소박하며 순수한 즐거움의 세계, 행복한 세계였다. 그녀를 향한 내 믿음은 완전무결했고, 우리는 어린 데다 보수적인 사고방식으로 순결을 중요하게 여겼으므로 잠자리를 하지는 않았다. 이 점에 있어서는 요즘 아이들보다 우리가 더 행복했다고 생각한다. 우리는 순수한 사랑과 걱정 없는 로맨스로 낮에는 함께 지냈으며 밤에는 떨어져서 지냈다. 이것은 청년기 아르카디아*의 바보 같은 이상화가 아니었다. 우리는 순진한 세계 속의 순진한 아이들이었고, 부모님과 선생님을 사랑했으며, 그들에게 복종했다. 인생 여로의 고통과 곤란한 선택, 피할 수 없는 죄악은 미래에 있었다. 우리는 자유롭게 사랑할 수 있었다.

그러던 것이 언제 끝났을까? 아마 내가 런던에 갔을 때였을 것이다. 그래도 그때까지는 우리의 사랑은 계속 지속되었다. 나는 마지막까지 그녀를 의심하지 않았다. 얼마나 오랫동안, 얼마나 많이 그녀가 나를 속였을까? 아마도 내가 너무도 이기적으로 그녀를 필요로 했고, 그것이 만족되지 못하리란 생각을 하지 못했는지도 모른다. 그 필요에 대하여 돌이켜 생각해 보니 그 당시에 하틀리가 얼마나 많이 제임스에게서 나를 옹호해 주었는지가 생각났다. 그들이 실제로 전혀 알지 못하는 것이 이상스럽다. 내가 제임스에 대하여 그녀에게 말한 적은 거의 없었다. 그리고 하틀리에 대해서도 제임스에게 거의 아무 말도 하지 않았다. 하틀리는 그녀의 사랑이 내 자존심이 무너지지 않도록 얼마나 강하게 옹호해 주었는지를 결코 알지 못했다.

▪ ▪ ▪ ▪ ▪ ▪ ▪ ▪

이제 하틀리에게 쓴 편지를 옮겨 적겠다. 나는 다음 날 그녀에게 갖다 줄 방법을 어떻게든 찾기로 했다.

---

* 축복과 풍요의 땅으로 일컬어지는 목가적인 이상향.

사랑하는 하틀리, 내 사랑, 너를 사랑해. 그리고 네가 나에게 오기를 원해. 이 편지의 내용은 이것뿐이야. 그러나 너에게 먼저 설명할 게 있어. 너를 내게 다시 돌려 준 기회가 내 인생에 거대한 폭풍처럼 닥쳐 왔어. 할 말이 너무나 많아. 너에게는 내가 다른 세계, 네가 전혀 알지 못하는 어떤 '위대한 세계'에 속해 있는 것처럼 보일지도 모르겠어. 그리고 그 세계에서는 친구도 많고 아는 사람도 많으리라고 여길 수 있어. 그렇지 않아. 여러 면으로 볼 때 연극계에서 내 인생은 꿈과 같고, 너와 같이 지냈던 옛날만이 현실이야. 난 친구도 몇 명 안 되고 '깊은 애정 관계'도 없어. 난 혼자고 자유로운 몸이야. 우리가 마을에서 만났을 때는 이런 이야기를 정확히 말해 줄 수 없었어. 내 인생은 성공적이었지만 공허할 뿐이었어. 내가 결혼하고 싶고 결혼할 수 있는 여자는 단 한 사람뿐이었으므로 난 결혼할 생각 같은 건 하지도 않았어. 하틀리, 이 점을 믿어 줘. 너를 다시 만나리라고는 감히 꿈꿔 보지도 못했지만 난 내내 너를 기다렸어. 그리고 이제 세속적인 허영으로부터 도피하여 바다로, 너에게로 왔어. 예전에도 항상 그랬듯이 여전히 너를 사랑하고 있어. 내 옛 사랑은 조금도 변함없어. 사랑의 미세한 섬유 조직과 촉수는 조금도 변함없이 예민하게 살아 있지. 물론 내가 늙었으니 그런 의미에서는 다른 남자의 사랑이겠지만 사랑은 동일해. 왜냐하면 그것은 그 본질을 간직하고 있고 나와 함께 이 길을 여행했으며 기적적으로 살아남았으니까. 아, 내 사랑, 네가 아무것도 모르고 내가 '위대한 세계'로 멀리 떠나 버렸다고 생각했을 때, 나는 혼자서 아픈 가슴을 안고 얼마나 오랫동안 밤낮으로 너를 그리워하고 떠올리고, 또 네가 어디에 있는지 얼마나 궁금해했는지 아니? 어떻게 사람들은 어디 있는지조차 모르게 갑자기 사라질 수 있을까? 하틀리, 난 언제나 너를 원했고 지금도 너를 원해.

난 네가 불행한 결혼을 했다는 사실을 알게 되었어. 어떻게 알았는지는 묻지 마. 어쨌든 난 알아. 네가 매우 불행한 결혼 생활을 하는 것을 알고, 네가 포악하고 잔인한 남자와 사는 것도 알아. 과거에 얼마나 자주 네가 도망치고 싶어 했는지, 또 절망으로 얼마나 비참했는지, 그럼에도 도망갈 곳이 없어서 다시 주저앉았다는 것도 짐작이 가. 하틀리, 지금 나는 너에게 내 집, 내 이름, 내 영원한 사랑을 바치려고 해. 난 아직 너를 기다려. 내 단 하나의 사랑인 너를. 내게로 오지 않겠어? 내게로 도망 와. 나머지 생을 나와 함께 지내지 않겠어? 아, 하틀리, 난 너를 정말로 행복하게 해 줄 수 있어. 난 그렇게 할 수 있어! 그러나 이 말도 들어 줘. 만일 네가 결혼해서 이미 행복하게 살고 있다면 이렇게 끊임없이 사랑을 말함으로써 너를 괴롭히진 않았을 거야. 내 사랑을 묵묵히 참고 견디며, 아마도 숨기고 떠나 버렸을지도 몰라. 이 말을 언급하는 것을 용서해. 아마도 내가 '흥미진진한 인생'을 사는 것을 보고 넌 나를 완전히 잃어버렸다고 생각하고는 여러 번 후회했을지도 몰라. 그러나 그럼에도 네가 비교적 만족스럽고 이성적으로 참을 만한 인생을 살고 있었다면 나는 끼어들지 않았을 것이고, 거리를 두고 너를 바라보다가 고개를 돌렸을 거야. 그러나 네가 너무도 불행한 것을 알고 있기에 그냥 지나칠 수도 없고, 그냥 지나치지도 않을 거야. 하틀리, 네가 계속 고통 받도록 내버려 둘 수는 없어. 내가 이렇게 사랑하고 있으니까. 하틀리, 네가 마땅히 있어야 했던 곳으로 꼭 오길 바라.

이 편지를 어떻게 해야 할지 걱정하면서 당황하거나 겁내지는 마. 당장 네가 어떤 일을 할 필요는 없어. 답장할 필요도 없고. 난 그냥 내 사랑을 너에게 알리고 내가 준비되었다는 걸 알리는 것뿐이야. 언제 어떻게 반응을 보일지는 네가 자유롭게 생각할 문제야. 네가 당장 우리 집으로 달려오리라고는 기대하지 않아. 그러나 네가 숙고해 보고 나에게로 돌아오겠다는 생각이 확실해지면……. 내 가장 사랑하는 소녀…… 그때 어떻게 내게 돌아올지 생각해 보자. 그때는…… 서로 얘기할 준비가 되어 있을 것이고…… 얘기할 방법을 찾겠지. 천천히 한 번에 한 단계씩 조용히 행동하자. 한 번에 한 단계씩. 너를 영원히 돌봐 달라고 어떤 표시를 해 주면 그때 우리가 해야 할 일을 생각할게. 그리고 네가 원한다면 내가 책임을 지고 처리할게. 나의 하틀리, 걱정하지 마. 모든 것이 잘될 거야. 두고 봐. 만사가 다 잘될 거야.

하루나 이틀 동안, 혹은 며칠 동안 너 좋은 대로 내가 한 말을 생각해 봐. 그리고…… 원한다면…… 편지를 써서 우편으로 보내 줘. 현재로서는 그것이 가장 좋은 방법이야. 걱정하지도 말고 두려워하지도 마. 너와 연락할 방법을 찾아낼 테니까. 나는 너를 사랑하고 아껴 주고 행복하게 해 주기 위해서 최선을 다할 거야.

옛날에도, 지금도, 그리고 앞으로도
영원히 너에게 충실한 찰스가

추신 — 아무튼 내게로 와. 물론 아무 조건도 없이 그냥 내가 너를 돕고 너에게 봉사할 수 있도록. 그러고 나서 네가 마음 놓고 자유롭게 어디서 어떻게 살 것인지를 결정해.

이 편지를 나는 급히, 정열적으로 쓴 뒤 전혀 수정하지 않았다. 처음에는 편지를 읽어 보고 고쳐 쓰고 싶은 생각이 났다. 왜냐하면 어떤 곳은 약간 잘난 체하는 것처럼 들렸고, 약간은 거만하고 연극조인 것도 같았기 때문이다. 그러나 다시 생각했다. 아니다. 이것이 진정한 내 목소리니까 그녀가 들어야 한다. 이 편지를 읽을 때 그녀는 비판적으로 굴 기분은 아닐 것이다. 만일 편지를 수정하고 다듬는다면 불성실하게 들릴 것이고 그 힘을 잃을 것이다. 다소 자기중심적인 면은 나란 사람이 본래 자기중심적이기 때문이다. 여기서 나는 나 자신의 이익을 추구하며, 이타적으로 그녀의 이익만을 추구하지 않는다는 것을 그녀에게 확신시켜야 한다! 그녀가 스스로에게 자유를 줌으로써 나에게 행복을 줄 수 있다는 것을 알려야 한다.

편지를 끝내고 만족스러운 기분으로 봉투에 넣고 그녀의 이름과 주소를 타이핑했다. 나는 타이핑을 잘 하지 못하기 때문에 편지는 손으로 썼다. 그리고 잠시 앉아서 희망적이라고, 아니 행복하다고까지 생각했다. 그 뒤에 전에 기록했듯이 수영을 했다. 바다는 차가웠고 내 뜨거운 팔다리를 얇은 막으로 시원하게 감싸 주었다. 조용히 출렁거리는 파도는 마치 과일 껍질처럼 해면에서 부드럽게 빛났다. 장난꾸러기 바다가 다시 풀어 버린 '커튼 밧줄'이 없어도 나는 쉽사리 바위 위로 올라갈 수가 있었다. 이 글을 쓰는 지금은 그다음 날이다. 하틀리에게 쓴 편지는 봉투에 두툼하게 담긴 채로 아직도 응접실의 바다 쪽 탁자 위에 놓여 있다. 이 일기는 오전에 쓰고 있다. 곧 삶은 양파와 남은 콘비프로 점심 식사를 할 것이다. (아무것도 가미하지 않은 삶은 양파는 맛이 최고다.) 어젯밤에 스크램블드에그와 볶은 양배추를 다 먹어 치우고, 레이븐 호텔에서 구입한 백포도주를 실컷 마셨다. (어리석은 짓이었다.) 과일과 버터 바른 토스트와 함께 우유를 넣은 차를 먹고 싶다. 곧 다시 장을 봐야겠다. 상점 여주인이 이번 주일에는 체리가 들어올지도 모른다고 했다.

왜 나는 계획을 늦추고 기다리고 있을까? 왜 나는 예전과 같은 일상을 가장하고 있는 것일까? 나는 여전히 성취감에, 적당한 잠정적 조치를 잘 취한 것에 들떠 있다. 나는 결정적인 증거를 알아내려고 노력했고 발견했다. 무엇을 어떻게 할 것인지도 결심했다. 아직 그녀에게 내 말을 전하지는 않았으나, 나는 그녀에게 유창히 결정적인 의사 표시를 했다. 내 말이 공중을 날아 그녀의 가슴으로 가는 듯하다. 나는 두려운 것인가? 그래서 기다리는 것인가? 안전하게 그녀에게 편지를 주는 것은 어려울지도 모른다. 서투른 실수로 인한 결과는 생각할 수도 없다. 그러나 내가 두려워하는 것은 이런 어려움이 아니다. 편지를 그녀에게 빨리 전하면 전할수록 그녀의 반응도 빨리 알 수 있을 것이다. 어떤 반응을 보일까? 만일 그녀가 '안 된다'라고 하거나 답장을 하지 않으면 나는 그녀가 두려움 때문에 감정을 억누르고 있다고 추측할 것이다. 그러나 그렇게 된다면 나는 어떻게 할 것이며, 다른 행동을 하기 전에 얼마나 더 오래 기다려야 할 것인가? 기다리는 동안 도대체 무얼 한단 말인가? 그 기다리는 시간은 고요하지 않을 것이다. 차라리 지금 이렇게 기다리는 상황이 더 낫다. 그들의 대화를 듣고 난 후 나는 그들에게 더욱더 깊이 관여된 느낌이다. 마치 그들의 가족 구성원이라도 된 느낌이다. 그 느낌과 함께 증오와 질투라는 낯익은 악마들이 따라왔다. 만일 그녀가 다시 자유를 위해서 나를 이용만 하고 버린다면? 그런 일을 상상할 수 있을까? 내가 그녀를 두 번이나 잃을 수 있을까? 그녀가 다시 사라져 버릴까? 나는 미쳐 버릴 것이다. 편지를 읽어 보고 나서 추신을 써야겠다고 생각했고 그렇게 하는 것이 점잖은 것처럼 보였다. 그러나 그것이 현명한 짓인가? 지워 버리는 것이 나을지도 모른다. 그녀가 내게 달려오면 스스로 약속하는 것이라고 여기게 하는 게 낫겠다.

이런 추측들이 시기상조이고 아무런 의미가 없다는 것을 알아차리고 깨닫도록 노력해야 한다. 그러나 나는 여기 앉아 편지를 보면서 왜 내가 이것을 아직 전하지 않았는지 너무나 잘 알고 있다.

....

이제 그후에 무슨 일이 일어났는지를 기술하겠다. 대부분의 사건은 전혀 기대하지 않은 것이었다. 나는 사실 위의 글을 쓰고 나서 그날 저녁때까지 편지 보내기를 미루고 있었다. 이미 설명했던 느긋한 마음의 고요는 갑자기 내 운명에 대하여 알고 싶은 참을 수 없는 충동으로 단번에 변했다. 그래서 편지 배달 작전을 폈다. 나는 가벼운 레인코트를 입고 볼품없는 모자를 쓴 뒤 추신은 지우지 않은 편지를 호주머니에 넣고, 학창 시절에 제임스가 들새의 생태 관찰을 위해 내게 준 망원경을 목에 걸었다. 들새를 관찰하기 위해 망원경을 사용한 기억은 없었다. 제임스는 가끔 내게 상당히 비싼 선물을 주었지만 나는 그에게 아무것도 주지 않는 것이 우리 사이의 불문율이었다. 우리 부모는 그것이 부유한 자가 가난한 자에게 베푸는 불가피한 지원이라고 마지못해 받아들였다. 물론 나중에 안 일이지만 그 선물은 아벨 숙부와 에스텔 숙모가 보낸 것이었다. 망원경은 성능이 별로 좋지 않았다. 벤이 아내를 관찰하는 망원경과는 비교가 되지 않을 것이다. 그러나 나는 그마저도 도움이 되리라고 생각했다.

전처럼 나는 육지 쪽으로 돌아가는 길을 택했다. 습지를 지나 아몬 농장을 돌아 다른 방향에서 마을에 들어갔다. 내 목적지는 니블레츠의 정원과 인접한 들판 너머의 숲이었다. 나는 측량 지도를 보고 (교회 바로 앞) 마을 입구에서 오른쪽으로 벗어나는 작은 도로가 언덕을 빙 돌아 올라가서 방갈로 위쪽에 있는 숲의 고지대를 지난다는 것을 알았다. 그러면 어느 때이고 망원경의 시야를 벗어나서 돌아갈 수 있다. 나는 언덕을 올라갔다. 곧 덥고 피곤해졌으나 반갑게도 바다 쪽으로 가는 숲길을 찾아냈다. 짐작한 대로 그곳은 니블레츠를 지나는 도로의 끝을 조금 지난 곳이었다. 몇 분 뒤에 나는 탁 트인 들판을 볼 수 있었고, 나무 사이를 통하여 적당히 먼 거리에 있는 방갈로를 망원경으로 자세히 관찰할 수가 있었다.

나는 상당히 오랫동안 기다렸다. 햇빛이 있었지만 처음에는 서늘하더니 나중에는 꽤 추워졌다. 팔다리가 쑤시기 시작했다. 마침내 그 녀석이 나왔다. 갑자기 체온이 오르고 심장 박동도 훨씬 빨라졌다. 정원용 갈퀴를 든 그를 보니 반가웠다. 황혼 속에 그의 기다란 그림자가 잔디 쪽으로 움직이고 있었다. 그가 의심하지 않을 때 그를 몰래 지켜보는 것은 일종의 즐거움이었다. 나는 진짜 총은 만져 본 적이 없지만 무대 위에서 사용하는 총은 다루어 본 적이 많아서 그 기분이 어떤지 안다. 정원의 아래쪽 끝에서 그는 공들여 만든 꽃밭에 주의를 집중했다. 처음에는 아무 목적 없이 땅을 파는 것 같더니 갑자기 무엇인가를 갈퀴로 내려치기 시작했다. 땅을 파는 것이 아니라 내려치고 있었던 것이다. 무엇을 내려친 것일까? 달팽이일까? 야생화? 아무 죄 없는 작은 생명을 그처럼 무서운 집중력으로 파괴하면서 그는 무슨 생각을 할까? 흥미진진했지만 허비할 시간이 없었다. 나는 숲 속에 몸을 숨기면서 흘끔흘끔 그를 관찰하며 언덕을 올라가기 시작했다. 도로 끝의 건너편까지 왔다. 포장도로와 나 사이에는 약 200미터의 풀밭이 가로막고 있었다. 거기에서는 방갈로 때문에 벤이 내 시야에서 사라진다. 풀밭으로 나가면 몇 초 뒤 벤이 나를 알아차릴 수 있을 것이다. 마지막으로 그를 관찰했다. 그는 내게 등을 돌리고 꽃밭 옆에 쭈그리고 앉아 있었다. 나는 조심스럽게, 그리고 재빨리 풀밭을 성큼성큼 건너갔다. 그리고 전속력으로 달려 도로로 나온 뒤 대문을 통해 보도를 지나 현관문에 이르렀다.

나는 초인종을 누르지 않았다. 그 찌르릉거리는 유별나게 높은 소리가 저녁 공기에 울려 퍼질 것이다. 나는 어릴 적에 서로의 집을 찾아갈 때 쓰던 암호를 사용하여 손가락 마디로 현관문을 두드렸다. 그녀가 문을 열어 주었다. 내가 기대한 대로 그 소리에 대한 반응은 자동적이었다. 우리는 둘 다 공포에 질려 입을 벌린 채 서로를 응시했다. 나는 놀라서 동그랗게 뜬, 두려움에 가득 찬 그녀의 두 눈을 보았다. 나는 편지를 그녀에게 어색하게 건네주었다. 그녀의 손이 보이지 않아서 편지가 우리 사이에 떨어질 뻔했다. 그녀가 편지를 받아 치마로 감싸자 나는 돌아서서 본능적으로 언덕을 내려가는 길을 택해 마을로 달려갔다. 나는 돌아오는 길은 미리 계획하지 않았다. 편지를 전하는 것만으로 내 계획은 끝났다. 블랙라이언을 지날 때에야 나는 왔던 길을 택하는 것이 나을 뻔했다는 생각이 들었다. 그러나 마을 길거리를 떳떳하게 걸어 좁은 길로 들어서서 벤의 망원경의 시야를 벗어나게 되자, 위험에도 무심해지고 스스로 강하게 느껴져서 바로 전까지 조심하던 행동이 갑자기 비겁하게 여겨졌다. 벤은 아직 꽃밭에 몸을 구부리고 있을까? 아니면 집 안에 들어가서 하틀리의 손에 있는 내 편지를 빼앗아 찢고 있을까? 나는 상관하지 않았다. 그가 내 글을 읽고 질투심에 불타서 몸을 떠는 것이 차라리 더 나을지도 모른다고 생각했다. 그를 무서워하던 시대는 끝나고 있었다.

집으로 돌아올 때는 분명히 어둡지 않았지만 한여름의 황혼을 찬양하는 밝고도 아련한 온화함이 있었다. 이러한 황혼 때문에 한여름의 마지막 며칠 동안은 어둡지 않을 것이다. 금성이 반짝거렸고, 이제 긴 낮 동안 이 별은 홀로 눈부시게 빛날 것이다. 바다는 대야에 물을 담아 놓은 것처럼 아주 잔잔하고 조용히 넘실거렸다. 바닷물은 아주 연한 푸른 에나멜 색이었다. 바닷새(뱁새?) 두 마리가 중거리에서 낮게 날아 마치 볼록한 금속 표면에 비친 것처럼 희미하고 일그러진 그림자를 만들었다. 도로를 따라 걸어 '내로딘 1.6km'라고 쓰인 멋진 표지판을 지나자, 하루 종일 햇볕을 쬔 누런 바위로부터 따뜻한 온기가 전해져 왔다.

그와 반대로 집 내부는 추웠고 무슨 짓궂은 일이 일어날 것만 같았다. 바깥의 밝은 천연색 빛 속에 있다가 집 안에 들어오니 침침하고 공기가 답답했다. 열린 문으로 들어오는 바람 때문에 구슬 커튼이 서로 부딪쳤는지 희미한 소리가 들렸다. 나는 현관에서 잠시 동안 그 소리에 귀를 기울였다. 가증스러운 로시나가 다시 나타나서 나를 겁주려고 어디 숨어 있는 것이 아닌가 의심했다. 나는 혹시나 하는 마음에 위층, 아래층, 이상한 가운데 방들을 둘러보았다. 물론 아무도 없었다. 집 안을 돌면서 나는 모든 문과 창문을 활짝 열었다. 그리고 주위를 둘러싼 누런 바위로부터 불어오는 따뜻하고 바다 냄새 나는 신선한 바람이 집 안으로 들어오게 했다. 변장하려고 썼던 모자와 레인코트를 벗어던지고 셔츠를 바지 허리춤에서 바깥으로 꺼냈다. 달콤한 셰리주와 맥주를 큰 잔에 담아 잔디밭으로 들고 나갔다. 그리고 잠시 거기 서서 엄지발가락 끝으로 발돋움을 했다 말았다 하며 박쥐들을 관찰했다. 그리고 하틀리가 괜찮을지, 그녀가 긴 편지를 읽고 나서 어떻게 했을지 궁금했다. 태워 버렸을까? 변기에 흘려보냈을까? 스타킹 속에 말아 넣었을까?

나는 집 안에 들어와서 빈 잔에 백포도주를 채웠다. 그리고 올리브 통조림 한 통과 한국산 훈제 조개 통조림 한 통, 그리고 비스킷 한 봉지를 열었다. 물론 장을 보지 못했으므로 신선한 음식이 집에 없었다. 아직 손볼 곳이 더 있긴 해도 이제는 이 집의 독특한 분위기에도 적응이 되고, 친밀감을 더 느끼게 되었다. 그것이 기분 나쁘거나 위협적이지는 않았지만 이 집은 마치 감광판처럼 간헐적으로 과거에 일어났던 사건들을 기록하거나, 또 방금 떠오른 생각이긴 하지만 미래에 일어날 사건들을 기록하는 것 같았다. 예고일까? 추운 것 같아서 아일랜드산 하얀 털 스웨터를 입었다. 밖은 더욱 밝아지고 있는데 집 안은 더욱 어두워져서 나는 올리브를 씻어 말린 뒤 사발에 담아 그 위에 올리브기름을 부으면서 주의 깊게 봐야 했다. 잠시 뒤에 누군가가 현관문을 힘차게 두드리기 시작했다.

누군지는 모르지만 초인종의 놋쇠 손잡이가 검게 칠해져 있어서 초인종을 보지 못했음이 분명하다. 현관문에는 돌고래 형태의 오래되고 변색된 노커가 있었다. 그 돌고래의 무거운 머리가 문에 부딪히는 소리가 온 집 안을 뒤흔들어 놓았다. 급작스럽게 공포가 엄습하여 나는 벌떡 일어섰다. 로시나일까? 아니다. 벤이다. 화가 치민 남편. 그가 편지를 본 것이 틀림없다. 아, 하느님 맙소사! 내가 얼마나 바보였나. 나는 그를 들여보내지 않을 생각으로 빗장을 잠그려고 뛰어나갔다. 그러나 너무나 엄청난 공포 때문에 혼동하여 문을 잠그는 대신 최악의 경우를 대면하고 싶은 욕망으로 문을 열고 말았다. 하틀리가 겁먹은 새처럼 집 안으로 날아 들어왔다. 그녀는 혼자였다.

■ ■ ■

몇 초간 그녀는 나만큼 놀라고 당황한 것처럼 보였다. 갑자기 어두운 집 안으로 들어와 앞이 보이지 않았는지도 모른다. 그녀는 얼굴을 손으로 가리고 소리라도 지르려는 것처럼 거기서 있었다. 나도 정신없이 어색하게 서 있다가 문을 활짝 열어 놓은 걸 알고 닫으려고 허둥대다가 그녀와 부딪쳤다. 그리고 그 순간 그녀의 허벅지 온기를 느꼈다. 문을 닫고 나서 내가 "아…… 아…… 아……." 하고 중얼거리고 있다는 것을 알았다. 그녀도 뭔가 앞뒤가 맞지 않는 소리를 중얼거렸다. 그녀를 붙잡고 싶고, 찾고 싶었던 내 손이 그녀의 어깨를 어루만졌다. 그녀는 무슨 말을 하려는 듯한 몸짓을 보였다. 그러나 그때쯤에는 내가 그녀를 다시 어색하게, 그러나 힘 있게 잡고 그토록 오랫동안 꿈꿔 오던 포옹을 하고 있었다. 그녀가 온몸으로 내게 안겨 있는 동안 나는 그녀를 들어 올렸고, 그녀의 가쁜 숨소리를 들었다. 그런 뒤에 나는 침침하고 어두컴컴한 현관에 그녀를 내려놓았다. 위층 커튼이 명상하듯이 짤그랑거리고 있는 동안 우리는 꼼짝하지 않고 서서 침묵을 지켰다. 나는 그녀를 두 팔로 감싸 안고 있었고, 그녀는 두 손으로 내 셔츠를 거머쥐고 있었다.

그녀가 한숨을 쉬고 내 옆구리를 더듬으며 긴장을 풀었을 때 내가 물었다. "그가 밖에 있어?"

"아니."

"네가 여기 온 걸 알아?"

"아니."

"편지를 없애 버렸니?"

"뭐라고?"

"편지를 없앴느냐고?"

"그래."

"그가 못 봤니?"

"못 봤어."

"잘됐어. 들어와서 여기 앉아." 나는 주방으로 그녀를 끌어 탁자 곁에 있는 의자에 앉혔다. 그러고 나서 현관으로 가서 문을 잠갔다. 주방에 있는 램프에 불을 붙이려 했지만 손이 너무 떨리는 바람에 심지만 타고 불이 꺼졌다. 나는 촛불을 켜고 커튼을 닫았다. 그러고는 의자를 가져다가 그녀 곁에 다가앉아 두 팔로 그녀를 더욱 부드럽게 감싸 안았다. 그녀의 무릎이 내 무릎에 닿았다.

"아, 내 사랑, 드디어 왔구나. 아, 내 소중한 사랑!"

"찰스?"

"아직 아무 말도 하지 마. 네가 여기 있다는 것만이 중요해. 난 너무나 기뻐."

"내 말 들어 봐. 난……."

"제발, 내 사랑, 제발 아무 말도 하지 마……. 그리고 나를 이렇게 밀어내지 마."

"안 그럴게. 하지만 꼭 할 말이 있어……. 시간이 별로 없어……."

"시간은 얼마든지 있어. 충분해. 내 편지 읽었지?"

"물론이지."

"그래서 여기 온 거지?"

"그래……."

"그럼 됐어. 그게 중요한 거니까. 여기 머물러 있어. 여기 왔으니까, 그렇지?"

"그래, 하지만 난 단지 설명을 하려고……."

"하틀리, 하지 마. 설명할 게 뭐가 있니? 이미 모든 것을 설명했잖아. 난 너를 사랑해. 넌 나를 필요로 하고. 거부하지 마. 런던으로 가자. 내일 아침, 아니 오늘 밤에. 옷 걱정은 하지 마. 사 줄 테니까. 이제 넌 내 아내야."

나는 팔을 쭉 뻗어 한 손으로 그녀의 어깨를 잡고, 다른 손으로 촛불을 들어 그녀의 얼굴을 비추었다. 두 눈은 잔주름 속에 푹 파묻혀 있었고, 눈꺼풀은 갈색이었으며 움푹 들어가 있었다. 양 볼은 축 늘어져 흐물거렸고, 탱탱하지 않았으며, 흐린 분홍빛이었다. 아마 급히 분을 발랐기 때문이리라. 짧고 희끗희끗한 곱슬머리는 건조하고 부스스했다. 분명히 형편없는 미용실에 몇 년이나 무신경하게 다녔기 때문이리라. 이젠 머리 손질을 개의치 않는 나이가 된 것이다. 머리를 고정시켜 둔 머리핀 한 개가 아래로 늘어져 있었다. 립스틱을 바르지 않은, 침을 바른 맨입술과 신비롭고 영원한 연못 같은, 눈물이 가득 고인 푸른 두 눈을 제외하고 그녀의 얼굴은 건조하고 메말라 있었다. 그녀가 힘없이 어깨를 움직이자 나는 그녀를 놓아주었다. 우리가 다시 만난 이후로 그녀의 얼굴을 가까이 관찰한 것은 이번이 처음이다. 나는 그리운 그녀의 얼굴이 진정 변하지 않았다는 것을 알았고, 또 그녀가 늙었다는 것이 내 사랑에는 아무런 문제가 되지 않는다는 것을 알고 승리감에 도취되었다.

그녀의 얼굴에서 걱정스럽고 슬픈 모습이 드러나긴 해도 젊은 날의 생기가 도는 것을 볼 수 있었다. 내가 얼마나 많은 것을 잊어버리고 있었는지를 새삼 깨달았다. 그녀의 입술선이 립스틱을 바르지 않았을 때 더욱 아름답다는 것도 잊고 있었다. 난 우리가 예전에 그랬듯이 부드럽고 짧게 키스를 했다. 그녀는 소극적으로 조용히 키스에 응했으나 그것만으로도 그녀의 의사를 전달하기에 충분했다.

그녀가 말했다. "난 많이 변했어. 이제 전혀 다른 사람이야. 너는 편지에 매우 친절하게 썼지만 그럴 수는 없어……. 너는 옛날을 소중히 여기고 있지만 그건 지금의 내가 아니야……."

"그게 너야. 키스에서 그런 너를 느꼈어." 그것은 진실이었다. 그 키스는 동화 속의 키스처럼 그녀를 다른 사람으로 만들었다. 나는 그 입술의 감촉과 움직임을 기억해 내었다. 그러자 그 모든 어색함이 사라지고 교회 안에서 느꼈던, 그녀를 가질 수 없다는 불가능에 대한 생각이 사라졌다. 우리 몸은 갑자기 같은 공간에 긴장 속에 놓였고 같은 힘에 의해 움직였다. 이런 느낌이 들자 나는 기뻐서 소리라도 지르고 싶었다. 그러나 그녀가 말하도록 하기 위해 목소리를 낮추었다. 그녀를 놀라게 하고 싶지 않았다. "하틀리, 이건 기적이야. 난 연극을 버리고 여기에 고독을 찾아왔어. 그런데 너를 찾았어. 너를 찾으려고 여기 온 거야. 이제야 알겠어……."

"하지만 넌 내가 여기 있는 줄 몰랐잖아."

"그래, 몰랐어. 하지만 난 너를 찾아 헤매고 있었어. 항상 너를 찾아다니고 있었어."

그녀가 대답했다. "그럴 리가 없어." 그리고 얼굴을 가리려는 듯이 손을 올렸다. 그러더니 탁자 위에 손을 올려놓았다. 나는 그녀의 손 위에 내 손을 힘 있게 포개 놓았다. "찰스, 내 말 들어 봐. 꼭 할 말이 있어. 시간이 없어." 그녀가 손등으로 눈을 비비자 고여 있던 눈물이 흘러 떨어졌다. 그녀는 말을 이었다. "아, 찰스." 그러고는 머리를 숙여 강아지처럼 나에게 머리를 들이댔다. 나는 건조하고 부스스한 그녀의 머리카락을 쓰다듬어 주고, 옆으로 흘러내린 머리핀을 풀어 내 바지 주머니에 넣었다.

"하틀리, 이젠 나와 영원히 같이 지내는 거야."

그녀는 다시 고개를 들더니 이번에는 초록색 코트 소매로 눈물을 닦았다. 그녀는 내가 전에 본 노란 원피스 위에 초록색 코트를 입고 있었다.

"하틀리, 코트를 벗어. 널 자세히 보고 싶어. 너를 안고 싶어. 코트를 벗어."

"싫어. 여기는 추워."

내가 코트를 잡아당기자 그녀는 코트를 벗었다. 이런 행동에는 강한 마력이 있었다. 여인의 옷을 벗기는 것에 대한 가장 단순하고 순수하고 정신적인 상징 같았다. 천사들이 무엇인지도 모른 채 장난치는 것처럼. 나는 목 부분이 둥글게 파인 노란 원피스 아래로 따뜻하고 빵빵하게 부풀어 있는 그녀의 가슴을 더듬었다. 유혹하려는 아무런 시도가 없는 것이 나는 기뻤다. 이것은 내 인생에서 진기한 일이다. 그녀는 분을 아무렇게나 발랐고, 원피스는 단정치 못하고 형편없었다. 립스틱을 바르지 않은 입술만이 칭찬의 대상이었다. 외모에 대하여 신경 쓰기를 오래전에 멈춘 여자가 갑자기 매력적이고 맵시가 넘칠 수는 없다. 나는 있는 그대로의 하틀리가 내게 매력으로 다가온 것이 기뻤다. 마치 일생 동안 나를 괴롭힌 공포가 사라진 것처럼 나는 뿌듯하고, 소유욕에 넘치고, 마음이 놓였다. 그녀에게 아주 멋진 옷을 사 주어야겠다고 생각했다. 야하게 멋진 것 말고, 그녀에게 꼭 어울리는 옷으로. 내가 그녀를 돌보아 줄 것이다.

"찰스, 급히 꼭 말할 게 있어. 네 편지를 받고 말하러 온 거야. 그가 돌아오기 전에……."

"어디 갔는데?"

"목공 일을 하러 갔어."

"목공 일?"

"그래. 목공 강습을 받고 있어. 실제로는 보트를 만드는 강습이지만 그는 그저 목공 일을 배우는 거야. 보트를 만들지는 않을 거야. 이번 주에는 선반을 만든대. 그가 밖에 나가는 때는 강습이 있는 날 저녁뿐이야. 그래서 지금 온 거야. 꽤 늦게까지 일하고 난 뒤에 맥주를 한잔하거든."

"그에 대해 이야기하고 싶지 않아." 내가 말을 끊었다. 그리고 만일 내게 차가 있고 운전을 할 수 있다면 지금 이 순간 그녀를 데리고 떠날 수 있을 거라고 생각했다.

"찰스, 제발 들어 봐. 네가 생각하는 이유 때문에 내가 너한테 온 게 아니야. 편지에서 네가 원하는 것처럼 말이야. 그것은 불가능한 일이야. 그저 할 말이 있어서 온 거야. 아, 찰스, 너를 만난 것은 매우 놀라운 일이야. 난 우리가 다시 함께하리라고는 상상도 못 했어. 이 세상에서는 불가능한 일이라고 생각했어. 내가 다시 너를 만날 수 있으리라고는 생각지 못했어. 정말 꿈만 같아."

"그 말이 더 듣기 좋군. 하지만 이것은 꿈이 아니야. 지금까지 나 없이 지낸 너의 삶이 꿈이었지. 이제 꿈에서, 아니 악몽에서 깨어나고 있는 거야. 아, 애초에 왜 나를 떠났니? 어떻게 그럴 수가 있었어? 난 고통스러워 죽을 뻔했어……."

"지금은 그 얘기를 할 수 없어……."

"할 수 있어. 난 옛 이야기를 하고 싶어. 모든 것을 기억하고 싶어. 모든 것을 이해하고 싶고, 모든 것을 되살려서 우리가 하나인 것을 확인하고 싶고, 서로 떨어지지 말았어야 할 하나의 존재라는 것을 입증하고 싶어. 하틀리, 왜 나를 떠났지? 왜 도망을 갔지?"

"모르겠어. 기억이 나지 않아……."

"기억해 내야 해. 정말 수수께끼 같아. 꼭 기억해야 해."

"그럴 수 없어. 기억이 나지 않아."

"하틀리, 꼭 기억해야 해. 너는 내가 충실하지 않을 거라고 말했어. 정말 그것 때문이었어? 네가 그런 생각을 했을 리가 없어. 내가 얼마나 너를 사랑했는지 알잖아!"

"넌 런던으로 가 버렸잖아."

"그래, 그럴 수밖에 없었어. 하지만 너를 떠난 것이 아니었어. 항상 너를 생각했어. 너도 알지? 내가 매일 편지 쓴 거 말이야. 다른 사람이 있었어? 그 녀석 때문이 아니었어?" 이상하게도 괴로운 생각이 그 순간에 떠올랐다.

"아니야."

"하틀리, 그때부터 그를 알았니? 나를 떠나기 전에 이미 그를 알고 있었어?"

"기억이 나지 않아."

"넌 분명히 기억해!"

"제발 그만해."

이 말은 거의 기계적이고 동물적인 본능으로 뭔가를 피하려는 것 같았다. 그것은 최근에 내가 엿들은 말과 너무도 똑같아서 나는 고통과 분노와 그녀를 향한 연민으로 크게 소리치고 싶었다.

"그때 그를 알았어?"

"그건 상관없어."

"상관이 있어. 아주 사소한 작은 일이라도 상관이 있어. 그걸 다시 찾아내고 끄집어내서 회복해야 해. 과거를 다시 살려서 분명하고 깨끗하게 정화한 뒤 마침내 서로를 구원하고, 서로를 완전하게 만들어야 해. 알겠지?"

"그때 난 그를 알지 못했어. 그는 내 사촌 중 하나인 에드나와 약혼한 사이였어. 너도 기억하지? 아니, 기억하지 못하겠구나. 그 후 에드나가 그를 차 버렸고, 난 그를 가엾게 여기게 되었어."

"그를 어디서 만났어? 네가 도망간 후였어?"

"그래. 난 에드나가 사는 스토크온트렌트의 아주머니 집으로 갔었어. 우리가 사귈 때에는 그를 알지 못했어. 그건 이유가 아니야. 아무것도 없었어. 난 네가 배우가 되는 것이 싫었어. 그 때문은 아니니까 제발 그러지 마."

"하지만 하틀리, 나에게 침착하게 대답해 줘. 난 너에게 화나지 않았어. 그리고 이것은 아주 중요해. 내가 배우가 되는 것이 싫었다고? 그런 말은 한 적이 없잖아."

"말했어. 난 네가 대학에 진학하기를 바랐어."

"하지만 하틀리, 그것 때문만은 아니었잖아."

"그저 아무 이유 없어. 날 화나게 하지 마. 우리는 오누이 같았어. 너는 날 너무 휘두르려 했고 난 그걸 싫어했을 뿐이야." 눈물이 몇 방울 떨어졌다. "손수건 있어?"

나는 깨끗한 손수건을 갖다 주었고 그녀는 그것으로 눈과 얼굴과 목을 닦았다. 꽉 끼는 노란 원피스의 가슴팍에서 단추 하나가 떨어졌다. 나는 그녀를 잡아채서 원피스를 찢어 버리고 싶은 충동을 느꼈다.

나는 다시 자리에 앉았다. "하틀리, 만일 그런 불만들이 있었다면 왜 말을 하지 않았어? 우리는 어떻게든 해결할 수가 있었을 거야. 말 한마디 없이 사라진 것은 아주 나빴어. 너무 잔인했어."

"미안해, 정말 미안해. 나는 그렇게 가야만 했어. 쉽지 않았지만 그 길밖에 없었어. 아, 추워. 너무 춥다. 다시 코트를 입어야겠어." 그녀는 코트를 입고 깃을 세웠다.

"어떻게 그럴 수가 있어? 네가 그냥 결정했을 리가 없어. 다른 어떤 일이 있었을 거야. 나에게 말하지 않은 일이 있었을 거라고. 그날 기억하지?"

"찰스, 시간이 없어. 그리고 난 기억할 수가 없어. 너무 오래전 일이야. 수십 년 전의 일이라고."

"나에겐 바로 어제 일 같아. 난 그때 이후 그 생각만 하면서 살아왔어. 그때를 다시 살고 회고하며 몇 번씩이나 되풀이해 생각했어. 무엇이 잘못되었나, 너는 어떻게 되었나, 어디에 있나 궁금해했어. 그리고 여태까지 혼자 살았어. 너 때문에 자유롭게 혼자 지냈지. 어제 일 같아, 하틀리. 내가 살아온 진짜 시간은 어제야."

"혼자 지냈다고? 미안해."

그녀가 비웃지 않다는 것을 아는 데는 시간이 좀 걸렸다. 혼자 지냈다고? 그런 셈이다. 그녀의 말투는 그녀가 그런 상상이나 추측을 하지 않기로 암시했다.

"너는 날 원치 않기로 혼자 결정했다고 말하는데 그것으로는 설명이 안 돼. 난 알고 싶어……."

"아, 그만해. 그런 일은 없었어. 만일 내가 너를 충분히 사랑했다면 너와 결혼했을 것이고, 네가 나를 충분히 사랑했다면 나와 결혼했을 거야. 그 외엔 아무런 이유가 없어."

"'내가 너를 충분히 사랑했다면'이라고 말하는 거야? 날 미치게 하지 마! 난 당신을 죽을 만큼 사랑했고 아직도 사랑해. 끝까지 노력했고, 도망가지도 않았어. 아무하고도 결혼하지도 않았어. 모든 것은 네 잘못이야. 만일 네가 또 그런다면 나는 미치고 말 거야……."

"그런 말을 해선 안 돼……. 너무 부질없고, 지금은 아무 의미도 없어. 너에게 할 말이 있어. 하지만 넌 들으려 하지 않는구나……."

나는 감정에 북받쳐 화를 내서는 안 된다고, 그녀에게 질문을 해서는 안 된다고 생각했다. 물론 나중에 알아낼 것이다. 그럴 것이다. "하틀리, 포도주 좀 마셔." 나는 하틀리에게 스페인산 포도주를 한 잔 따라 주었다. 그녀는 기계적으로 조금씩 마시기 시작했다. "올리브도 먹어."

"올리브는 셔서 싫어해. 제발 내 말 좀 들어 봐……."

"여기가 너무 추워서 미안해. 이 집은 늘 추워. 그래, 얘기해 봐. 그러나 네가 이곳에 온 이상 여기 머물러야 해. 과거에 무슨 일이 일어났든 또는 안 일어났든 너는 지금 나에게 속해 있어. 그 전에 한 가지만 말해 줘. 길에서 자동차 전조등이 너를 비췄을 때 나를 만나러 오는 중이었어? 그날 밤에 말이야."

"아니, 난 그냥 네 집을 구경하고 싶었어. 남편이 목공 강습에 간 날이었거든."

"내 집을 구경하고 싶었다고? 길가에 서서 불이 켜진 유리창 안을 보기 위해서? 아, 내 사랑, 너는 정말 나를 사랑하는구나. 어쩔 수 없는 사실이야."

"찰스, 그건 정말 상관없어."

"무슨 뜻이야? 또 나를 화나게 할 거야?"

"어떤 곳도, 어떤 가능성도 없고, 어떤 종류의…… 뼈대도 없어……. 모든 것이 붕괴되었어. 내 말을 들으면 이해할 거야. 내가 무엇을 말하려고 왔는지……."

"좋아, 그럼 이제 들을게. 그러나 우선 키스하자. 그러면 만사가 잘될 거야. 평화의 키스." 나는 몸을 굽혀 내 마른 입술을 그녀의 촉촉한 입술에 부드럽게, 그러나 끈덕지게 포개었다. 키스는 각양각색이다. 이번 키스는 거룩한 키스였다. 우리는 둘 다 눈을 감았다. "자, 이제 말해 봐." 나는 그녀의 잔을 채웠다. 손이 떨려서 포도주가 탁자 위에 튀었다.

그녀가 다시 말했다. "시간이 정말 없는데, 이미 많은 시간을 써 버렸어." 그리고 다시 말을 이었다. "시계를 차고 오지 않았어. 몇 시야?"

손목시계를 보았다. 10시 15분 전이다. 나는 말했다. "9시 10분이야."

"찰스, 타이터스에 대한 이야기야."

"타이터스?" 타이터스라고? 나는 타이터스에 대하여는 심각하게 생각해 보지 않았다. 그래서 다소 실망했다.

"그래, 이제 너에게 말하고 싶어. 아, 벌써 취한 것 같아. 포도주에 익숙하지 않아서 그래. 꼭 말해야겠어. 난 너를 마을에서 만난 이후로 가끔 네가 날 도와줄 수 있을 거라고 생각했어. 그러나 실제로는 네가 내게 접근하지 않는 것이 나를 돕는 일일 거야."

"그건 말도 안 돼."

"타이터스는 입양아라고 내가 말했지?"

"그랬어."

"우리는 아이를 원했어. 벤도 원했고 나도 원했어. 그래서 우리는 기다렸지. 그런 뒤에 나는 아이를 입양하고 싶어 했고, 벤은 원치 않았어. 그는 계속 희망을 가지고 기다리고 있었어. 나는 슬슬 걱정이 되기 시작했어. 왜냐하면 양부모가 되려고 해도 나이 제한이 있으니까. 그때도 이미 나는 나이를 속여야 했어. 벤이 나보다 나이가 적으니까. 그리고 그는……."

"그가 더 젊어? 난 그가 전쟁에 나갔는 줄 알았어."

"참전했어. 하지만 후반에만 있었어."

"전쟁에서 어땠어?"

"그는 보병이었어. 전쟁 얘기는 별로 하지 않아. 붙잡혀서 포로 수용소에 있었대."

"난 영국군 위문 봉사단인 ENSA*에 근무했어……."

"내 생각에 벤은 전쟁을 즐긴 것 같아. 자신이 군인이었다는 사실에 대해 자부심이 대단해. 군대 시절 쓰던 권총을 아직도 간직하고 있어. 그걸 매우 좋아하지. 그래서는 안 되는데……. 사실은 일상적인 생활에도 전혀 적응하지 못했어. 가

---

* 2차 세계 대전 당시 영국군을 위하여 설립한 위문 기구.

끔 '다음 전쟁 때도 입대해야지.'라고 얘기하곤 해."

"하지만 그때 두 사람은 결혼했잖아. 그가 언제 포로가 된 거야? 너는 어디에 있었어?"

"난 레스터에 있는 주택 단지에 살고 있었어. 배급표 관리 사무원이었어. 외로운 시기였지."

그때는 외로운 시기였다고 한다. 그러니까 내가 클레멘트와 연애하면서 버스를 타고 이곳저곳 누비고 다니며 전쟁 위문 공연을 하고 다닐 때 하틀리는 불행하고 외로웠다. 나는 레스터에도 간 적이 있었다. "아, 하느님……."

"타이터스에 대해 들어 봐. 마침내 최후의 순간에 난 벤을 설득하여 입양을 결정했어. 그는 원하지 않았지만 말이야. 왜냐하면 내가…… 거의…… 거의…… 미치다시피 되었거든……. 내가 모든 준비를 했어……. 모든 절차와 서류를, 모든 것을 도맡아 했어. 벤은 서류도 보지 않고 그냥 서명만 했지. 꿈에서 한 거나 마찬가지야. 알고 싶어 하지 않았으니까. 그가 그 일로 힘들어하는 것을 알았지만 나는 아이가 오면 벤도 아이를 사랑하리라고 생각했어……. 모든 것이 달라지리라고……. 우리도 행복해질 거라고……."

"울지 마, 하틀리. 내 사랑, 자, 네 손을 잡아 줄게. 이제 내가 너를 돌봐주겠어."

"타이터스는 매우 왜소했고, 언청이였어. 그래서 수술을 해야 했지……."

"알았어. 꼭 하고 싶다면 울지 말고 이야기를 계속해."

"내가 큰 잘못을 저질렀어……."

"하틀리, 그렇게 괴로워하지 마. 내가 견딜 수 없어. 포도주 좀 더 마셔……."

"내가 너무나 엄청난 잘못을 저질렀어……. 그리고 그 대가를 단단히 치렀지……. 내가 더 잘 알았어야 했는데……."

"글쎄, 그게 뭐야?"

"벤에게 네 이야기를 한 번도 꺼내지 않았어. 처음에 말하지 않으니까 그다음엔 점점 더 할 수가 없더라고……."

"우리가 어떻게 자라 왔으며, 서로 얼마나 사랑했는지 그에게 얘기하지 않았단 말이야?"

"사정이 어떤지는 말하지 않았어. 그가 전에 다른 남자가 있었느냐고 물었을 때 난 없다고 했어. 물론 그것에 대해 그는 아무것도 몰랐어. 내 사촌들도 몰랐으니까. 우리가 어렸을 때 모든 걸 철저히 숨기고 다녔던 거 기억나?"

"그럼, 하틀리, 그건 매우 소중했으니까. 물론 우리는 숨기는 게 많았지. 우리 관계는 매우 은밀하고, 고귀하고, 성스러웠어."

"그 덕분에 어느 누구도 그에게 그 사실을 이를 위험은 없었지."

"위험이라고? 그러나 그것이 문제가 되나? 결국은 네가 나를 떠나 버렸잖아."

"벤은 질투심이 강했어. 그는 질투심이 엄청나게 많은 사람이야……. 처음에 나는 그의 질투를 이해할 수가 없었어. 난 그것이 거의 광기와 같다는 것을 몰랐던 거야."

그렇다. 미친 상태와 같다. 난 그걸 잘 알고 있었다.

"우리가 결혼하기 전에 그는 나를 거의 협박하다시피 했어. 내가 귀찮게 굴 때면 '결혼하면 다 갚아 주겠다!'라고 말하곤 했어. 나는 그 말이 농담인지 아닌지 확신하지 못했지. 으레 질투에 관한 것이었어. 내가 다른 남자를 쳐다보기만 하면, 그냥 말 그대로 보기만 해도 무척 화를 내고……. 그 버릇은 우리가 결혼한 뒤에도 계속되었어……. 그래서 마침내 내가 겁이 나서 제정신을 잃은 상태에서 그에게 말하고 말았지."

"네가 날 사랑했고, 그리고 내가 너를 사랑했다고 말했단 말이야?"

"그런 식으로 얘기했어. 그것이 중요한 것처럼 보이지 않기를 원했어. 그런데 내가 더 일찍 그에게 말하지 않은 것이 우리 관계를 훨씬 심각하게 보이게 했나 봐……."

"우리 관계는 중요하고 심각했어!"

"내가 처음부터 그에게 말할 지각과 용기를 가졌거나, 아니면 결코 그에게 말하지 않았어야 했어. 벤이 얼마나 질투가 심한지, 얼마나 크게 분노에 차고 질투심에 불타는 남자인지 알고 나서 나는 만일 언젠가 네가 나타나면 어쩌나 하고 공포에 휩싸이기 시작했어……."

"그런데 내가 나타났지!"

"나는 네 얘기를 한 것 때문에 나 자신을 보호해야 했어. 누가 무슨 말을 하지는 않을까, 혹은 내가 어디 있는지 네가 찾아내지는 않을까……. 다른 사람이 알지 못하도록 애썼어. 네게 말할 수 있는 어떤 사람과도 연락을 끊었어. 우리 부모는 이사를 갔으니까 네가 날 찾으려고 하더라도……."

"정말 모든 연락을 잘 끊었더군! 하지만 그가 그렇게 두려우면 왜 처음부터 그런 싫은 놈과 결혼을 했지?"

"난 항상 시간이 지나면 나아지리라고 생각했어."

"넌 나를 한 번도 두려워한 적이 없잖아?"

"그래, 그랬어. 하지만 내가 어디에 있는지 알아내어 편지를 보낼까 봐 두려웠어. 벤은 늘 내 편지를 조사했거든. 몇 년 동안 난 아침마다 먼저 일어나서 편지통을 뒤졌어. 혹시 네게서 온 편지가 있나 하고."

"아, 맙소사!"

"그에게 너에 대해 말을 하고 나서는 더 그랬어. 언제나 편지 오는 것이 두려웠어. 그가 트집을 잡고 오해할 것이 있지나 않을까 하고. 그가 언젠가는 알아낼 것이라는 위험을 안고 사는 게 고통스러워서 말했는데, 그러고 나니 더 무서웠어."

"그가 질투하면서 불같이 화를 냈어?"

"그는 무서웠어. 우리 관계가 순진했다는 것을 믿지 못했지."

"하틀리." 내가 말을 받았다. "물론 우리는 순진했어. 그리고 진지했어. 그 당시에는 우리의 평생을 좌우할 아주 중요한 일이 일어났던 거야. 벤이 큰 인상을 받은 것은 당연해. 네 스스로 모든 것이 달라졌다는 것을 그에게 말했을 테니까. 나는 이해할 수 있어."

"그는 우리가 애인 사이가 아니었다는 사실을 믿지 않았어. 내가 처녀라고 말했을 때도 그는 거짓말이라고 생각했지. 그가 생각하는 것이 진실이 아니라는 것을 확신시킬 수가 없었어. 아무리 여러 번 말해도 믿지 않는 것이 가장 힘들었어. 어느 때는 내가 인정만 하면 다 용서해 주겠다고 꼬드겼어. 하지만 난 그가 용서하지 않으리란 걸 알았지. 그는 계속해서 나에게 물어보고 압력을 넣었지. 물어보고 또 물어보고. 그는 결코 믿지를 못했어."

"내 사랑, 우리는 애인 사이였어. 비록 그런 육체 관계는 없었지만……."

"그는 끈덕지게 묻고 또 묻곤 했어. 매일같이, 어느 때는 매 시간마다. 내가 무슨 대답을 하든지 같은 질문을 되풀이하곤 했어. 그가 화를 낼수록 나는 더욱 부자연스럽고, 어리석게, 그리고 기가 죽어 말해서 마치 거짓말하는 것처럼 들렸을 거야."

"그놈을 죽여 버리고 싶어."

그녀는 포도주를 조금 더 마시고 몸을 떨면서 의자에 앉아 있었으나 이제는 울지 않았고, 커다란 검은 눈으로 촛불을 응시하고 있었다. 그러면서도 무의식적으로 손수건을 베일처럼 광대뼈에 갖다 대곤 하였다. 촛불에 비친 그녀의 넓은 이마는 하얗게 보였고, 주름살과 조그만 마마 자국도 보였다. 그러나 머리 뒤로 초록색 면직 코트의 깃을 세운 모습은 아직도 그녀를 소녀처럼 보이게 했다. 아마도 우리가 자전거를 같이 타고 다니던 시절에도 레인코트의 깃을 저렇게 하고 다녔을 것이다. 그녀의 말에 열심히 귀 기울이면서도 나는 내내 창조적 정열을 가지고 촛불에 비친 그녀의 얼굴을 물끄러미 바라봤다. 마치 어떤 여신이 나만을 위해서 그녀의 아름다움을 다시 모아 놓은 것처럼.

"기다려, 하틀리. 괜찮아." 그녀가 놀라서 갑자기 얼굴을 들고 쳐다보자 내가 말했다. "촛불을 더 켜 놓으려는 거야. 너를 자세히 보고 싶으니까." 밖은 점점 어두워져 가고 있었다. 초가 들어 있는 상자를 찾아 촛불을 네 개 더 켰다. 찻잔에다 촛농을 떨어뜨려 초를 바로 세운 뒤 제단 위의 불빛처럼 그녀의 주위에 놓았다. 그러고는 멀찍이 떨어져 그녀를 마주 보고 앉았다. 그녀가 미소 짓는 것을 너무나 보고 싶었다. 그것이 재창조의 과정을 도와줄 것이기에.

"하틀리, 그 베일을 치워. 날 보고 미소 지어 줘."

그녀가 손수건을 내리자, 아래로 처지고 비참해 보이는 그녀의 입이 보였다. "찰스, 지금 몇 시지?"

10시 25분이었다. "아, 9시 30분이야. 아직 일러. 자, 하틀리, 내 가장 사랑하는 이여, 이것은 아무 문제가 안 돼. 모든 것은 끝났어, 알겠지? 그래, 그는 질투심 많고 어리석은 남자야. 벌받아 마땅한 인간이지. 하지만 이젠 아무 상관없어. 그 지옥 같은 곳에 다시 돌아갈 필요 없어. 그런데 이 모든 것이 타이터스와 무슨 관계가 있지? 타이터스에 대하여 말하려고 했잖아."

"벤은 타이터스를 너의 아들이라고 생각해."

"뭐라고?"

"타이터스를 너의 아들이라고 생각한다고."

하틀리는 두 손을 탁자 위에 펴 놓았다. 촛불에 밝게 비친 그녀는 이제 심문을 받는 죄수처럼 보였다.

나는 놀라움과 충격으로 얼굴을 붉히면서 몸을 바로 세우고 앉았다. 나도 어느새 손을 탁자 위에 나란히 올려놓고 있었다. 우리는 서로를 바라보았다. "하틀리, 진심이 아니지? 그가 진심으로 그럴 수는 없어! 어떻게 타이터스가 내 아들일 수 있어? 네 남편 혹시 정신병자 아냐? 타이터스가 입양아라는 것을 알잖아. 타이터스가 어디서 왔는지 알면서……."

"아니, 그게 문제야. 그는 타이터스가 어디에서 왔는지 몰라. 내가 혼자서 타이터스를 집으로 데려왔으니까. 그것은 내 생각이었고, 내가 전부 도맡아 추진했어. 입양하는 내내 벤은 충격을 받은 상태였어. 서류를 읽어 보지도 않고 그냥 서명만 했지. 한번은 입양 협회 사무실에서 사람이 방문하기도 했는데 그 자리에서도 말은 내가 다 맡아 했고, 벤은 바보같이 앉아 있었어."

"하틀리, 잠깐! 하지만 그는 내가 과거지사란 걸 알았고, 타이터스는 네가 나를 떠난 후 몇 년이 지난 뒤에야 입양했잖아."

"그는 우리가 계속 만났다고 믿는 거야. 우리가 밀회를 했다고 믿어." 눈물을 거두고 앞을 똑바로 응시하던 하틀리는 이마에 비참한 마마 자국을 드러내 보이며 거의 비난하는 투로 말했다.

"하틀리, 누구도 그런 미친 말을 믿지 않아. 네가 나를 만나지 않았다는 것을 그도 분명히 알 거 아냐."

"어떻게 그가 그걸 알 수 있어? 난 하루 종일 혼자 있었어. 때로는 밤에도 혼자였어. 그는 출장을 가는 일이 많았거든."

"그래……. 이 일에 대하여 우리 정신을 차리고 생각해 보자. 그래, 그런 일은 절대로 불가능하다고 해 두자! 게다가…… 아, 어떻게 그는 너를 믿지 못하지? 어떻게 그런 미치광이 같은 상상으로 너를 괴롭힐 수가 있지?"

"한꺼번에 모든 일이 일어난 것은 아니야." 하틀리가 말했다. 그리고 포도주를 더 들이켰다. "그는 처음부터 타이터스를 거부했어. 그의 의지에 반해 내가 억지로 입양했으니까. 그는 그것을 거부했고 속으로 실패하기를 바랐어. 그는 그 당시에도 네가 내 애인이었고, 지금도 그렇다고 계속 우기고 있어. 나는 그렇지 않다고 지칠 때까지 부인했고, 마침내 우리 둘 다 모두 질리고 말았어. 그가 네 이야기를 꺼내면 나는 다른 주제를 생각해 내려고 애쓰곤 했어. 처음에는 나도 그가 속으로는 내가 너와 계속 만난다고 정말로 믿지는 않는다고 생각했어. 그저 나를 괴롭히려고 그러는 줄 알았어. 그도 처음에는 믿지 않았겠지만 우리가 깊은 관계였다고 생각한 것은 확실해. 우리는 너를 잊을 수가 없었어. 너는 항상 신문에 나오고 나중에는 텔레비전에도 나왔으니까……."

"맙소사……."

"그것이 그의 마음을 아프게 한 모양이야. 그런데 갑자기 마치 큰 비밀을 발견해 낸 것처럼 타이터스와 너를 결부시키지 뭐야. 그의 인생에 일어난 두 가지 나쁜 일에 대해 계속 곰곰이 생각해 오다가 둘이 틀림없이 연관이 있다고 느낀 모양이야. 그는 그게 모두 내 탓이라고 생각했어."

"그때 타이터스가 몇 살이었고, 무슨 증거가 있었다는 거야?"

"타이터스가 몇 살이었는지 기억이 안 나. 그리고 그렇게 갑자기 모든 일이 일어나지도 않았어. 그는 타이터스가 어렸을 때부터 언제나 못되게 굴었어. 시간이 갈수록 더욱 심해졌지. 나를 괴롭히기 위해서 아이에게 고약한 말을 했는지도 몰라. 그리고 내가 화를 내면 내가 말한 모든 것이 죄를 지은 증거라고 생각했어."

"하틀리, 이건 미친 짓이야. 그는 미쳤어, 의학적으로도 미친게 틀림없어……."

"미치지는 않았어."

"미친 사람들은 그런 짓을 해. 그들이 믿고 싶은 것은 모두 증거로 보는 거야."

"그는 타이터스가 너를 닮았다고 말해."

"그것 봐."

"그런데 이상하게도 타이터스가 정말로 너를 약간 닮은 것 같아……."

"그는 너를 닮았을 거야. 왜냐하면 네가 길렀으니까. 그리고 너는 나를 닮았어. 왜냐하면 우리는 서로를 그렇게 오랫동안 마주 보고 있었으니까. 사랑하면 서로 닮아 간다고 하잖아."

"정말? 어쩌면 네 말이 옳을지도 몰라. 이것은 이상하고 소름이 끼쳐." 내가 말한 것 중에서 이 생각이 하틀리에게 가장 깊은 인상을 주었고, 순간적으로 그녀를 즐겁게까지 한 것 같았다.

"타이터스의 출생과 그의 부모에 대한 다른 증거도 있을 거 아냐."

"그것이 문제야. 타이터스를 입양할 때 나는 그 애의 부모가 누구인지 알고 싶지 않았어. 타이터스가 전적으로 내 아이가 아니라는 것을 원치 않았거든. 입양 협회 측에서는 아기 어머니가 쓴 편지를 포함한 여러 가지 서류를 주었어. 그러나 나는 읽지도 않고 그 자리에서 없애 버렸어. 아기의 친부모에 대하여 아무 생각도 하고 싶지 않았던 거야. 타이터스를 집에 데려오기 전에 타이터스와 관련된 것은 아무것도 기억하고 싶지 않아서 내 머리에서도 지워 버렸고, 아무 기억도 남기지 않았어. 그래서 벤이 입양에 대해 궁금해하거나 의심스러워서 나를 심문할 때 어떻게 대답할지 몰랐어. 처음에는 입양 협회의 이름조차 정확히 기억할 수 없었어. 모든 것이 매우 어설프게 들리고 거짓처럼 들렸지……."

"하지만 어딘가에 공식 기록이 있을 거야."

"요즘에야 그런 것이 잘되어 있겠지. 그러나 그 당시는 절차가 그다지 공식적이지 않은 데다 친부모가 누구인지 알고 싶어 하는 아이들의 권리에 대해서도 심각하게 생각하지 않을 때였어. 물론 기록이 있었겠지. 그러나 벤이 자세한 것을 알고 싶어 했을 때에는 입양 협회가 제대로 존재하지 않았어. 사람들 말에 의하면 화재가 나서 많은 서류가 불에 타서 없어졌대. 벤은 믿지 않고 그들에게 편지를 보냈지만, 아무도 답장해 주지 않았지. 나는 기록을 찾으려고 모든 노력을 다했어. 런던에도 갔어. 그가 함께 가기 싫어해서 난 호텔에 묵었어……."

"아, 하틀리, 하틀리……." 나는 그 여행을, 그리고 그녀의 귀가를 마음속에 그렸다.

"난 노력했어. 그러나 찾을 수가 없었고, 어쩐지 그 후엔 찾고 싶지도 않았어."

"하지만 아직도 난 그가 무슨 일이 있었다고 생각하는지 이해하지 못하겠어. 우리가 무슨 짓을 했다고 생각하는 것일까?"

"그는 우리가 계속 만났고, 항상 그렇지는 않아도 가끔씩 비밀리에 만났을 거라고 생각해. 그래서 내가 임신을 했고, 그리고……."

"하지만 그는 너와 같이 살고 있었잖아!"

"또 하나 이상한 일이 있었어. 입양이 최종적으로 결정되기 직전에 나는 꽤 오랫동안 멀리 가 있었어. 내가 집을 떠난 것은 이때뿐이었어. 편찮으신 아버지를 보러 갔거든. 그 즈음에 아버지가 돌아가셨어. 벤은 내가 집에 없을 때 아이를 가졌다고 생각해. 나는 날씬하지 않았고, 임신을 했다고 믿을 정도였어. 그렇게 맞아 들어간 거야. 그래서 내가 입양 문제를 모두 꾸며 네 아이를 집으로 데려왔다는 거지."

"하지만 그도 서류를 보았을 텐데……."

"서류는 어떻게든 구해 올 수가 있었겠지. 하지만 그는 읽지 않았을 거야. 입양 협회 직원이 나랑 한패일 수도 있다고 생각했을 테니까."

"네 남편이란 작자는 가장 창의적인 사람이야. 악하고, 혐오스럽고, 잔인하고, 반미치광이인 데다 창의적이고, 고문까지 해."

하틀리는 촛불을 바라보며 그냥 머리를 흔들 뿐이었다.

"하지만 타이터스는 벤이 어떤 생각을 하는지 몰랐겠지?"

"아니, 그 애는 알고 있었어." 그녀가 말했다. "나중에, 그 애가 아홉 살인가 열 살 때쯤에. 물론 우리는 늘 그 애에게 입양한 사실을 말했어. 그렇게 하는 게 당연하거든. 하지만 나중에 벤이 그 애에게 너는 네 어머니가 정부에게서 낳은 자식이고 네 어머니는 창녀라고 말하기 시작했어."

"극악무도한 악담이군……."

"벤은 한참 동안 타이터스를 두들겨 팼어. 어떤 이웃은 아동 보호 협회 사람들에게 전화를 하기도 했어. 하지만 난 아무것도 할 수가 없었어. 그 애 편을 들기보다 벤의 편을 들 수밖에 없었어. 무서운 시기였어. 모든 곳을 다쳤어. 아직 일어설 수는 있었지만 모든 뼈마디가 부러진 것 같았어. 온전하지도 못하고, 사람이라고 할 수도 없었어." 그녀의 얼굴 위로 눈물이 천천히 흘러내렸다. 여전히 촛불을 바라보면서 그녀는 탁자 위에서 손수건을 찾았다. 나는 그녀 앞으로 손수건을 밀었다.

"그런데 왜 그 애 편을 들 수 없었어? 아, 바보 같은 질문이지. 하틀리, 난 이 이야기를 견딜 수가 없어……."

"그는 그것이 모두 내 잘못이라고 여겼어. 그리고 사실 내 잘못이었어. 내가 처음부터 말했어야 했어. 그가 나에게 다른 남자가 있었느냐고 물었을 때 말이야. 그런데 나는 거짓말을 했어. 깊은 사이는 아니었지만 그래도 네가 있었으니까. 나중에야 그 이야기를 하니 매우 수상쩍고 큰일처럼 느껴졌겠지. 나는 그가 가엾어서 그와 결혼을 했고, 그를 행복하게 해 주고 싶었어. 그런데 그 후에…… 그 후에……."

"아, 하틀리, 그만해."

"그런데 어찌 된 일인지 나는 하는 일마다 잘못을 저질렀지 뭐야. 모든 일을 그르쳤고, 그의 마음을 상하게 했어. 마치 그를 화나게 할 일만을 골라서 하는 것 같았지. 어느 날 밤 그가 야간 강습에 나갔을 때 그만 문고리를 잠가 놓은 채로 잠이 들었지 뭐야. 내가 3시에 깰 때까지 그는 비가 내리는 문밖에서 들어올 수가 없었어. 그래서 그는 잠도 못 자게 하면서 날 때리기 시작했지……."

"하틀리, 제발 그 무섭고 혐오스러운 이야기는 이제 그만해. 더 듣고 싶지 않아. 이제는 모든 것이 끝났으니까."

"아, 난 너무 어리석었어. 너무 바보였어. 물론 타이터스는 학교에서도 마음을 잡지 못했고, 모든 것이 잘못되었어. 하나부터 열까지 모든 것이. 난 벤이 처음부터 그걸 믿었는지 혹은 그 후에 믿었는지 확실히 알 수가 없어. 다만 내가 하는 모든 일이 상황을 더욱 악화시키는 것 같았어. 마치 그가 나에게 최면술을 걸어서 내가 죄를 짓도록 하는 듯했어. 타이터스가 무엇을 믿었는지 혹은 무엇을 믿는지도 모르겠어. 타이터스는 벤의 고집스러운 말과 내 대답이 반복되는 것을 듣고 있었어. 그것은 연 구분도 없는 아주 형편없는 시와 같았을 거야. 그 애는 어느 것이 진실인지 혹은 진실이 존재하는지조차 알 수 없었을 거야. 형편없이 무의미한 언쟁이었고, 시끄러운 말다툼이었으니까. 모든 것이 얽혀서 악몽이 되었고, 마지막에 그 애는 나를 탓했어. 어느 면으로는 그 애 말이 옳아. 가끔 그 애는 벤보다 나를 더 원망했어. 타이터스는 어릴 적에 언제나 겁에 질려 있었고, 저녁 내내 벽에 조용히 기대어 앉아 있곤 했지. 얼굴이 하얗게 질려 긴장한 채로 말 한마디 없이. 그 뒤에 열네 살이 되었을 때 그 애는 가끔 일부러 너의 아들인 척 가장하기도 했어. 언젠가 한두 번은 내가 그 애더러 너의 아들이라고 말했다고 벤에게 말하기도 했어. 그 애가 벤을 괴롭히기 위해 한 말이지. 그때는 타이터스도 너무 커서 벤도 더 이상 그를 때릴 수가 없었어."

"하틀리, 그만해. 이제 타이터스에 대한 이야기나 해 봐. 그 애가 언제 집을 떠났지? 지금 어디 있을 것 같아?"

"학교를 그만두고 그 애는 기술 전문 학교에 들어갔어. 우리가 전에 살던 곳에서 말이야. 그 애는 장학금을 받고 전기를 공부했는데, 같은 집에 살면서도 우리를 무시했어. 그래서 우리는 코번트리로 이사를 갔지. 가끔은 그 애가 정말로 우리를 미워한 것 같아. 우리 둘 다. 그 애가 어렸을 때 내가 보호해 주지 못한 것도 결코 용서하지 않았어. 그 뒤 우리가 여기로 이사 오기 전에 그 애는 하숙을 시작했는데, 곧 사라져 버렸어. 하숙집을 떠난 뒤 우리에게 주소를 알리지도 않고 소식을 보내지도 않았지. 하숙집에 가서 그 애에 대하여 물어보았지만 아무도 그 애가 어디로 갔는지 모르고 신경 쓰지도 않았어. 완전히 소식을 끊어 버린 거지. 우리가 여기 이사 온 것을 그 애는 알고 있어. 내 생각에 그 애는 친부모를 찾아다닌 것 같아. 늘 찾아보겠다고 말했거든. 가끔은 자기 친부모가 얼마나 부자일까 하고 얘기한 적도 있어. 하여튼 이제 그 애는 가고 없어. 아주 가 버렸어."

"하틀리, 너무 그렇게 슬퍼하지 마. 그 애는 다시 나타날 거야. 너희가 어디 사는지도 알잖아. 그 애는 돌아올 거야. 돈이 떨어지면 집으로 올 거야. 늘 그래."

그녀는 고개를 흔들었다. "가끔은 그 애가 돌아오지 말았으면 하고 바라기도 해. 가끔은 그 애가 죽었을 거라는 생각도 들어. 또 가끔은 그 애가 죽었다는 소식이 들려오기를 바라기도 해. 희망과 공포와 두려움의 고통이 끝나고 우리에게 마음의 평화가 찾아올 테니까. 만일 그 애가 돌아온다면…… 끔찍한 일이 일어날 거야."

"무슨 일?"

"끔찍한 일." 천천히 눈물이 솟아오르자 그녀는 눈꺼풀을 깜박거려 눈물이 양 볼에 흘러내리게 하였다. 그리고 말했다. "아이를 입양하지 말았어야 했는데……. 내 잘못이야. 벤의 말이 맞아. 아이가 없었으면 더 좋았을걸. 그럼 나도 잘해 나갈 수 있었고, 벤도 내가 원하는 것처럼……."

그녀가 들려주는 이야기는 너무나 고통스럽고 공포스러웠지만 그럼에도 내 마음은 밝은 나라로, 갑자기 닥친 희망적인 여러 가지 전망을 향해 줄달음치고 있었다. 하틀리를 데리고 우리 둘이서 타이터스를 찾으러 가는 것이다. 이상하고 형이상학적인 생각이지만 우리 옛 사랑의 결실인 타이터스는 내 아들이었다! 이것은 진실이었다. 내가 진실로 만들 것이다.

"하틀리, 내 귀여운 사랑, 울지 마. 그동안 너무 오래 공포에 시달렸어. 이제 그만해. 넌 이제 내 사람이야. 내가 돌봐 주고 보호할 거야."

그녀는 다시 고개를 흔들기 시작했다. "나는 벤을 행복하게 해 주기 위해서 그와 결혼했어! 하지만 내 결혼이 항상 불행했던 것은 아니야. 그렇지는 않아. 너에게 말한 것은 부정적인 일부분일 뿐이야. 아마 내가 상당히 옳지 않은 인상을 주었는지도 몰라."

"이제 네 결혼이 행복했다고 내게 말하려고 하는구나!"

"아니야. 하지만 내내 불행하지는 않았어. 벤이 타이터스에게 언제나 무섭게 군 것도 아니야. 벤은 지킬 박사와 하이드 같은 면이 좀 있어. 모든 남자가 그럴 거야. 그런데 네가 자꾸 나타나서 항상 그를 화나게 했어. 너는 너무 유명했기 때문에 우리는 널 잊고 지낼 수가 없었어. 하지만 우리도 괜찮은 시절이 있었어……."

"그때는 어땠는데?"

"아, 그냥 평범했지. 네가 보기에는 무료해 보이겠지만 우리는 조용한 생활을 했어……."

"조용한 생활!"

"벤은 자기 직업을 좋아하지는 않았지만 집 안에서 가구를 손수 만드는 것을 좋아했어."

"손수 만든다고?"

"자기 손으로 직접 가구를 만드는 거야. 한번은 런던 올림피아 전시장에도 갔었어. 그는 야간 강습을 가곤 했지."

"네가 대문을 잠근 그 조용한 밤에 그는 야간 강습소에서 무엇을 배우고 있었대?"

"깨진 도자기를 붙이는 것을 배웠지."

"아이고, 맙소사! 하틀리, 너는 그동안 무얼 하고 지냈지? 친구들을 초대해 재미나게 지냈나?"

"벤은 사교 생활을 즐기지 않아. 그래도 난 상관없어. 우리는 이곳 동네 사람들과도 전혀 친하지 않아."

"너도 야간 강습에 다녔어?"

"독일어를 배우기 시작했는데 내가 밤에 나가는 것을 벤이 싫어했어. 그와는 다른 날 밤에 나가야 했거든."

"아, 하틀리…… 그럼 여태까지 그는 너에게 충실했니? 다른 여자는 없었어?"

잠시 동안 그녀는 내 말뜻을 이해하지 못하는 것 같았다.

"그럼, 물론 없었지!"

"어떻게 그렇게 확신할 수 있는지 궁금해. 그럼 네게도 다른 남자가 없었어?"

"물론 없었지!"

"아주 가치 있는 인생을 산 것 같군."

"우리는 서로에게 매우 진실했어. 우린 매우……."

"진실했다고? 그래! 알겠어."

"아니, 너는 알지 못해." 그녀가 갑자기 나를 향해 몸을 돌리더니 눈을 깜박이고 손가락으로 얼굴을 가리며 말했다. "넌 알 수 없어. 아무도 결혼 생활을 이해할 수 없어. 난 벤을 계속 사랑할 수 있도록 기도하고 또 기도했어…….”

“그것은 서투른 연극이야, 하틀리. 결국 이 상황이 더 이상 견딜 수 없게, 불가능하게 된 것을 모르겠어? 그 고문하는 남자에게 예수님 노릇을 하는 건 그만둬. 만일 그렇게 하고 있다면 말이야.”

“그도 괴로워해. 그리고 내가 너무 잔인한 것 같아. 그의 잘못이 아니야. 처음엔 내가 잘못한 거야.”

“내게 그 잔인한 이야기를 잔뜩 들려주고는 나보고 그를 동정하라는 거야? 도대체 여기 왜 왔어? 왜 나에게 왔지? 왜 나에게 이런 이야기를 하는 거야?”

하틀리는 계속 나를 물끄러미 바라보면서 회상하듯 천천히 말했다. “아마 언젠가는 누구에겐가 이런 한심한 말을 하지 않으면 안 되었기 때문일 거야. 네가 끔찍한 일이라고 말하는 것을 누군가에게 꼭 말하고 싶었는지 몰라. 너에게 말했듯이 난 친구라고는 정말 하나도 없어. 벤과 나는 오랫동안 범죄자처럼 숨어서 은둔 생활을 하다시피 살아왔어. 이야기를 나누고 싶어도 나눌 만한 사람이 전혀 없지.”

“그러니까 내가 너의 유일한 친구로군!”

“그래. 이런 고통을 나눌 수 있는 사람은 너뿐이야.”

“고통을 나눈다고? 나와 고통을 나누고 싶다는 거야?”

“한편으로는 너에게도 책임이 있으니까…….”

“네 망쳐 버린 인생에 대하여? 네가 내 인생에 책임이 있듯이 말이지? 그러니까 이것이 너의 복수인 거야? 아니, 아니야. 이건 진심이 아니야…….”

“그런 뜻이 아니야. 너에 대한 벤의 생각은 우리 인생에서 악마와 같았어. 물론 이것을 누구에겐가 꼭 말하고 싶었기 때문만은 아니야. 너를 마을에서 처음 만났을 때 난 기절할 뻔했어. 방갈로의 모퉁이를 돌아 나오고 있을 때 넌 막 술집에 들어가고 있었어. 무릎에 힘이 빠져서 언덕을 조금 올라가 풀밭에 앉아야만 했어. 나는 분명히 꿈을 꾸고 있다고 생각했어. 미쳤다는 생각도 들었어. 난 어쩔 줄을 몰랐어. 다음 날 상점에서 네가 은퇴해서 여기 내려와 산다는 얘기를 들었어. 나는 잠시 벤에게 말할지 말지 생각했어. 왜냐하면 그가 너를 알아보지 못할 수도 있겠다는 생각이 들었거든. 너는 사진과 많이 달라 보였어. 하지만 언제고 강습소의 누군가는 알게 될 테니까 그도 네 소문을 듣게 될 거라고 생각했지. 그래서 벤에게 너를 보았다고 말했더니, 그가 미친 듯이 화를 내며 당장 집을 팔고 떠나야 한다지 뭐야. 당연히 그는 네가 나 때문에 여기 일부러 내려왔다고 믿었어. 물론 말도 안 되는 말이지……."

"그가 집을 팔겠다고 했어?"

"모르겠어. 부동산 중개인을 만나겠다고 했어. 물어보지 않았지만 벌써 가 봤는지도 모르겠어. 하지만 오늘 내가 여기 온 것은 타이터스에 대하여, 그리고 벤의 상상에 대하여 말하고 싶어서야. 그리고 너에게 도움을 청하기 위해서……."

"내 도움이라고? 아, 사랑하는 하틀리, 내가 처음부터 내내 너를 돕겠다고 말했잖아! 가자, 떠나자, 내일 런던으로 가자. 열차 편이 있으면 오늘 밤에라도 떠나자……."

"아니, 안 돼, 안 돼. 지금은 너무 혼란스러워 마음을 정할 수 없어. 처음에는 단순히 너에게 집을 팔고 떠나라고 부탁하려 했어. 네가 여기 있는 것이 나와 벤에게 얼마나 큰 영향을 끼치는지, 얼마나 악몽 같은지, 얼마나 고통스러운지를 이해한다면 아마 넌 당장 떠날 거야."

"하틀리, 우리가 같이 가는 거야. 너와 내가 함께 가는 거야. 그것이 해답이야."

"편지로 떠나 달라고 쓸까 했지만 편지에 이 모든 것을 설명하기가 어려웠어."

"하틀리, 올 거지? 오늘 밤? 내일? 그럴 거지?"

"난 또 생각했어. 아마 이것은 미친 짓일지 몰라. 네가 어떻게 해서든지 벤을 설득해서 내가 그동안 진실을 말했다는 것을 알려 주고, 그에게 확신을……."

"어떻게?"

"아, 모르겠어, 신성한 것에 손을 얹어 맹세하거나, 공증인이나 혹은……."

'공증인'이라는 단어에서 나는 그녀가 말하고 있는 것이 전적으로 미친 짓이라는 가늠을 하게 되었다. 그러니까 이제 우리가 공증인들과 어울려야 한단 말인가! 이것이 얼마나 벤을 감동시킬지 상상할 수 있었다. 동시에 나는 머릿속으로 급히 실질적인 계획을 세웠다. 물론 나는 아직도 하틀리가 마음을 정하여 오늘 밤 나와 함께 지내기를 희망하고 있었다. 그러나 그녀는 마음을 정하지 못할 수도 있고, 만일 정한다 해도 나중에 다시 감정의 격변을 느낄 수도 있을 것이다. 그런 갑작스러운 계획은 이롭기보다 더 해로울 수 있다. 그녀 자신이 조용히 나와의 결합을 돌이켜 생각하고 결론에 이르도록 하는 것이 나으리라. 그녀는 아직도 자신의 악몽에 갇힌 여인 같았다. 그녀가 꿈속에서 나오려면 시간이 오래 걸릴 수도 있다. 나는 오랫동안 노력해야 할지 모른다. 우선은 그녀에게 희망과 생명을 되찾아 주고, 여전히 그녀에게 자연스러울 자유의 본능을 그녀 안에 불어넣어야 한다. 그동안 나는 그녀와 연락을 계속하고, 그녀가 자신의 계획을 세우도록, 그리고 내가 포함된 그녀의 미래를 설계하도록 방법을 강구해야 한다. 일단 그녀가 행복을 상상할 수 있게 되면 틀림없이 그쪽으로 뛰어들 것이다. 하지만 당분간은 벤을 '설득'시키라는 그녀의 광적인 생각에 비위를 맞춰 주는 것이 현명할 것 같았다. 만일 그녀가 무작정 쌀쌀맞게 나더러 가 버리라고 했더라면, 결국에는 그 방법이 성공을 거둘 것이 확실하다고 해도 일이 더 어려웠을 것이다. 하틀리는 병적인 여자였다.

나는 말했다. "벤에 대한 네 생각은 좋은 것 같아. 지난날에 일어났던 일, 아니 일어나지 않았던 일에 대한 진실을 그에게 말해서 믿게 한다면 문제를 해결할 수 있을지도 몰라. 어떻게 할지 의논을 하자. 하지만 하틀리, 잘 들어. 중요한 것은 네가 벤을 떠나 나에게 오는 거야. 아주 영원히……."

그때까지 넋을 잃고 평소답지 않게 능변에 몰두하던 하틀리가 갑자기 공포에 질린 듯한 표정을 지었다. 그녀는 머리를 뒤로 젖히고 방 안을 둘러보기 시작했다. "찰스, 몇 시지?"

거의 11시였다. "아, 10시 10분 전. 내 사랑, 오늘 여기서 지내지 않을래? 제발."

"그렇게 이른 시간일 수가 없어. 집에 가는 데 30분은 걸릴 거야. 벤은 11시경에 귀가해." 그녀는 일어나며 말했다. "술에 취했나 봐. 포도주를 마시는 데 익숙하지 않아. 난 가야 해." 그녀는 몸을 돌려 갑자기 내 손을 잡고 손목시계를 들여다보왔다. 그리고 날카로운 고음으로 우는소리를 냈다. “11시잖아, 11시! 왜 그랬어? 왜 너를 믿었을까? 시계를 가져올걸! 어떻게 하면 좋지? 아, 이걸 어쩌면 좋아! 내가 어디 갔는지 분명히 눈치챌 그에게 뭐라고 말하지? 아, 그동안 무척 조심하고 거짓말도 하지 않았는데……. 이제 그는……. 최악의 경우가 되었어. 아, 내가 바보지! 이 일을 어쩌면 좋아?”

“여기 머물러. 돌아갈 필요 없어!”

그녀가 그렇게 슬픔과 공포를 보이자 나도 놀라고 약간 창피했다. 그러나 이런 생각도 했다. 재난 위에는 재난이 겹치기 마련이고, 위기 위에는 위기가 겹치기 마련이니 모두 파괴되어 빨리 아수라장이 되어 버려라. 그게 나에게 도움이 될 것이다. 그가 하틀리를 죽이지만 않는다면. 또 이런 생각도 했다. 그녀를 집으로 돌려보내지 말자. 그러면 이제 모든 것이 해결될 것이다. 그것이 해결책이다.

“집에 돌아갈 수도 없고, 여기 머무를 수도 없어. 내가 너와 같이 있었다고 그에게 말해야 하는데, 그 말을 어떻게 해? 예전처럼 끔찍한 밤이 될 거야. 아, 난 죽을 거야, 죽을 거야, 죽고 싶어. 왜 난 이렇게 고통을 겪고, 또 겪어야 하지? 아, 어떻게 하지? 난 어떻게 해?”

“하틀리, 정신 나간 듯이 행동하지 마. 마음을 정하고 여기에 있어.”

“여기 있을 수 없어. 빨리 뛰어가야, 뛰어야 해. 하지만 그래도 소용없을 거야. 그가 이미 집에 와 있을 테니까. 아마 굉장히 걱정하고, 굉장히 화나 있을 거야. 여기 남을 수도 없고, 돌아갈 수도 없어. 왜 난 이렇게 주책없는 바보일까? 일을 점점 더 악화시키고 있어. 시간을 알았어야 했는데……."

"자책하지 마. 이렇게 생각해. 나에게 너를 맡기려고 일부러 시계를 두고 왔고, 돌아갈 수 없게 되었으니 더 잘된 거라고!"

"여기 오지 말아야 했는데, 그런 말을 하지 말아야 했는데, 내가 너와 얘기한 것을 알면 무엇을 말했는지 모조리 말하라고 할 거야."

"넌 옛 친구를 보러 온 거야. 그게 무슨 잘못이야? 네가 그렇게 말했잖아. 네가 여기 온 게 나는 반가워. 친구들은 서로 도움을 주는 거잖아."

"아, 한 시간 전에만 돌아갔어도 만사가 좋았을걸! 뛰어가야겠어. 여기서 나가야 해……."

"하틀리, 침착해! 꼭 가야겠다면 나와 같이 가서……."

"아니, 날 내버려 둬. 우린 다시 만나서는 안 돼! 아, 차라리 죽고 싶어!"

"제발 그런 우는소리는 집어치워. 정말 못 견디겠어."

하틀리는 주방에서 소리 지르고 울면서 발광하는 동물처럼 문으로 몇 발짝 뛰어갔다가 다시 탁자 쪽으로 되돌아오곤 했다. 그녀는 흥분해서는 손수건을 집어 호주머니에 쑤셔 넣었다. 이렇게 무섭도록 고통스러워하는 광경이 나를 겁나게 했고 그녀만큼 나도 당황스럽고 두려웠다. 내 두려움을 가라앉히기 위하여 나는 달려가서 그녀를 감싸 안았다. "내 사랑, 그렇게 두려워하지 마. 그만해, 여기 머물도록 해. 너를 사랑해. 내가 널 돌보아 줄게……."

그러자 그녀는 말없이, 맹렬하게 그리고 놀라운 힘으로 내 발목을 걷어차고, 몸을 비틀더니 한 손으로 내 팔을 꼬집고,

다른 손으로는 내 목을 힘껏 눌렀다. 나는 그녀의 벌린 입속에서 거품과 번쩍이는 이를 얼핏 보았다. 나는 그녀를 들어 올리고 한 손을 잡으려고 했다. 그러나 꼬집고 발로 걷어차는 이 동물을 진압하고 복종시키는 것은 너무나 끔찍하고 어려운 일이었다. 그래서 나는 금세 그녀를 놓아주었고, 그 반동으로 탁자에 부딪히면서 촛불을 넘어뜨렸다. 그 순간 하틀리는 주방을 뛰쳐나가 현관문이 아닌 뒷문을 통해 풀밭을 지나 바위 쪽으로 줄행랑을 쳤다.

나도 번개처럼, 아니 충직한 견공처럼 그녀를 뒤쫓아 갔어야 했다. 그녀를 다시 완력으로라도 끌고 와서 붙잡아 두어야 했다. 하지만 그 대신 어리석은 본능에 이끌린 나는 먼저 촛불을 다시 집어 찻잔에 대충 꽂아 놓았다. 그런 뒤에 검푸른 어둠 속에 잠긴 조용하고 텅 빈 바위투성이 해변으로 나왔다. 밝은 촛불을 보고 있다가 밖으로 나오자 아무것도 보이지 않았다. 하틀리와 얘기하고 있는 동안에는 바다를, 바다가 거기 있다는 것을 잊고 있었다. 그런데 이제 나는 혼란스러워하며 무서운 바위들 틈에서 반쯤 장님이 되어 어찌할 바를 모르고 있다는 사실에 이상한 기분이 들었다.

하틀리의 흔적은 보이지 않았다. 그녀는 소녀 같은 기민함으로 잔디밭을 둘러싼 바위를 넘어 어딘가로 사라진 모양이다. 나는 "하틀리!" 하고 불렀다. 그 소리가 두렵고 위험하게 들렸다. 그녀는 어느 쪽으로 간 것일까? 마을 쪽이든지 탑 쪽이든지 양쪽 다 도로로 쉽게 갈 수 있는 방법은 없었다. 푸르스름하고 희미한 어둠 속에서는 주위에 있는 것들이 전혀 보이지 않았다. 보이는 것이라곤 겹겹이 쌓인 바위와 미끄러운 웅덩이,

그리고 깊고 갑작스레 나타나는 바위틈뿐이었다. 나는 그곳에 멈춰 서서 귀를 기울였다. 그녀가 나를 부르는 소리가 들리기를, 혹은 그녀가 기어올라오는 소리가 들리기를 바라면서.

아무 소리도 들리지 않는다고 생각했지만 사실은 여러 가지 작은 소리들이 섞여 들려온 것이었다. 그러나 어느 소리도 하틀리가 어느 방향으로 갔는지 알려 주진 않았다. 작은 파도가 절벽 밑을 치며 들어왔다 나갔다 조용히 찰랑대는 소리가 들렸다. 레이븐 호텔 근처 도로에서 자동차 발동 소리가 들려왔다. 포도주를 마신 탓인지 머릿속에서는 들릭락 말락 윙윙거리는 소리가 났다. 민의 가마솥에서 흘러나오는 물살이 규칙적으로 '쉬쉬' 하는 소리를 냈고, 조용한 메아리로 연결되었다.

가마솥 생각을 하자 또 하나의 무서운 공포가 나를 엄습했다. 하틀리가 수영을 할 줄 아나? 그때까지 나는 그녀가 집에서 나가 곧장 바다로 뛰어들었으리라는 생각은 해 보지 않았다. 그녀는 '죽고 싶다'고 소리쳤다. 그녀가 자살을 곰곰이 생각해 보았을까? 왜 안 그랬겠는가? 수영을 잘하는 사람은 조용한 바다에 죽으려고 뛰어들지 않는다. 그러나 수영을 하지 못하는 사람에게 바다는 안식을 주는 죽음 그 자체일 것이다. 그녀가 수영을 할 수 있었나? 옛날에 그녀는 수영을 배우지 않았다. 그 당시 바다는 우리에게 너무나 먼 꿈이었다. 맥도웰 선생님과 웨일스에 갔을 때 열네 살이었던 나는 수영에 별로 자신이 없었고 우리는 검은 운하에 같이 뛰어들 엄두도 못 내었다. 방갈로에서 처음 대화를 나누었을 때 그녀는 벤이 헤엄을 칠 줄 모른다고 했지만 그녀 자신에 대하여는 아무 말도 하지 않았다. 정말로 그녀가 이제 내 품으로부터, 내 속임수로부터 빠져나가 곧장 편안하고 평화로운 바다의 품으로 달려갔단 말인가?

이런 생각을 하면서 나는 오른쪽으로 마을을 향해 바위를 기어올라갔다. 그녀가 집으로 가려면 본능적으로 이 방향으로 돌아갈 것이라고 생각했기 때문이다. 도로로 가는 더 쉬운 길은 탑을 통해 가는 것이다. 왜냐하면 마을 쪽에는 도로와 바위 사이에 깊은 골이 있어서 낮에는 어렵지 않아도 밤에는 매우 위험하기 때문이다. 그러나 하틀리는 그것을 모를 것이다. 나는 손발로 기어올라가면서 그녀의 이름을 다시 불렀다. 어둠에 익숙해지자 조금 더 잘 볼 수 있게 되었다. 금성이 나타났고, 다른 별들과 창백한 달도 떴다. 나는 속으로 은근히 기도했다. 제발 그녀가 넘어져서 발목을 삐게 해 주세요. 그러면 내가 집으로 데리고 가서 지킬 겁니다. 그리고 그 악마가 무슨 일을 하는지 지켜보게 해 주십시오.

바위는 들쭉날쭉해서 바위 위를 걸어간다는 것은 매우 어려운 일이었다. 바위의 무감각함을 이렇게 뼈저리게 느껴 본 적이 없다. 나는 바닷가 쪽으로 가까이 가려고 애썼다. 악의가 있거나 재미로 그러는 것은 아니겠지만 바위가 너무 험해서 나는 계속 비탈에서 미끄러져 해초가 많은 웅덩이로 빠졌고, 검은 바위틈과 구멍과 미끄러워 올라갈 수 없는 표면때문에 애를 먹었다. 기분 탓인지 바다 위에서 어떤 빛이 반짝이는 것 같았다. 나는 물에 빠져 죽어 가는 여자의 검은 머리나 고요한 해면을 휘젓는 절망적인 두 팔이 보이지 않기를 원했다. 나는 신음을 내뱉으며 바위를 붙잡고 건너뛰면서 부엉이 울음소리처럼 가끔 그녀의 이름을 불렀다. 마침내 나는 가장 높은 바위의 둥근 꼭대기에 다다랐으며, 바로 밑은 수면임을 발견했다. 나는 가장 높은 지점에 서서 바다를 내려다보았다. 반짝거리며 고요히 잔물결을 일으키는 넓은 바다 위에는 금성과 낮게 뜬 달의 너울거리는 노란 복제품 외에는 아무것도 없었다. 하늘은 아직 흐릿한 푸른색이었고 한밤의 검푸른 빛이 아니었다. 금성의 반짝이는 빛 너머로 한두 개의 미세한 별들이 보였다. 나는 뭍을 돌아보았다. 이상하게 추운 우리 집에서 나온 뒤라 나는 밖의 따뜻한 공기와 따뜻한 바위를 새삼 의식할 수 있었다. 바위들은 검은 허공 위에 무색의 덩어리처럼 뻗어 있었다. 도로 너머로 마을과 아몬 농장의 불빛이 점점이 보였다. 나는 이제 더 큰 목소리로 외쳤다. "하틀리! 하틀리! 나를 부르면 내가 너한테 갈게." 그래, 바로 이거다. 그녀가 부르면 내가 갈 것이다. 그러나 대답이 없었다. 작은 소음뿐인 고요가 가득했다.

다음엔 무엇을 해야 할지 생각했다. 하틀리가 깊은 골을 건너 그럭저럭 도로에 닿았을까? 아마 나보다 더 바위들을 잘 알 수도 있다. 그녀와 벤이 이곳으로 소풍을 왔을 수도 있다. 결혼이란 비밀스러운 장소라는 말이 사실이니까. 결혼이란 어떤 것일까? 하틀리가 쏟아 놓은 말들은 신경질적인 여자의 과장된 꿈인가? 벤은 과연 무엇을 믿었을까? 도로로 돌아가서 탑 쪽으로 가기로 마음먹었다. 조심스레 골을 넘느라 약 5분 정도 허우적거려야 했다. 그러고는 집을 지나쳐 레이븐 호텔의 불빛을 볼 수 있는 도로의 모퉁이에 다다를 때까지 소리를 지르며 뛰어갔다. 아무것도, 아무도 없었다. 이제는 아주 어두워졌으므로 바위를 기어올라가는 것은 무모한 일이었다. 지금쯤 하틀리는 집에 도착했을까? 아니면 어두운 바위틈에서 의식을 잃고 누워 있을까? 혹은 더 나쁜 일이 일어났을까? 이제 어떻게 한담? 슈러프엔드로 돌아가서 촛불을 끄고 잠을 잔다는 것은 꿈도 꿀 수 없었다.

지금은 니블레츠로 가서 하틀리가 돌아왔는지를 엿듣고 확인해야 한다는 생각뿐이었다. 다른 대안은 없었다. 마을을 향해 발걸음을 급히 옮겼다. 아직도 아일랜드산 털 스웨터를 입고 있어서 매우 더웠다. 스웨터를 벗어 '내로딘' 표지판 뒤에 쑤셔 넣었다. 그리고 셔츠 자락을 허리춤에 넣으면서 계속 뛰어갔다. 더 멀긴 해도 처음에는 안전하게 항구를 돌아서 숲 옆쪽으로 올라간 뒤 그 집 뒤편으로 접근할 생각이었다. 그러나 나는 너무나 걱정이 된 나머지 마을로 향한 대각선 길을 택했다. 고요하고 어두운 상점과 뒷발로 일어선 사자 그림이 있는 블랙라이언 표지판 아래를 지날 때 세 개의 노란 가로등이 텅 빈 마을을 비추고 있었다. 술집도 문을 닫았고, 창문의 불빛도 거의 꺼져 있었다. 이 마을 사람들은 일찍 잠자리에 들었다. 뛰어가는 내 발소리는 다급함과 공포의 소리로 메아리쳤다. 교회에 다다른 나는 언덕을 헐떡거리며 올라갔다. 그곳은 가로등이 없어서 뒤쪽의 늘어진 나무 아래 길은 깜깜했다. 나는 걸음을 늦추었고 목적지에 거의 도달한 것을 알았다. 니블레츠의 불빛이 보였다. 방갈로의 문은 활짝 열려 있었고, 벤이 대문에 서서 내가 올라가는 도로를 내려다보고 있었다.

숨기에는 너무 늦었고, 또 그럴 생각도 없었다. 몸을 숨긴다는 치졸한 행동은 격에 맞지 않았으며, 과거와 달리 이제는 그런 행동을 할 필요가 없다는 생각이 불현듯 들었다. 나는 벤을 향해 급히 발길을 옮겼다. 벤은 나를 자세히 보려고 대문 밖으로 나왔다. 아마 어둠 속에서 다가오는 사람이 자기 아내인 줄 알았나 보다.

"하틀리가 돌아왔나요?"

벤은 나를 노려보았다. 나는 바보짓을 했다고 생각했다. 그는 그녀를 메리라고 부른다. 아마 그녀의 진짜 이름은 들어 보지도 못했을지 모른다.

"메리가 돌아왔나요?"

"아니요. 어디 있지요?"

창으로부터 그리고 열린 문으로부터 나오는 불빛 덕분에 남자애처럼 짧게 깎은 둥그런 머리와 푸른색 군복 같은 데님 재킷을 볼 수 있었다. 걱정 어린 표정의 그는 젊어 보였다. 그래서 나는 잠시 동안 그가 하틀리의 무서운 이야기 속에 나오는 '악마'가 아니라, 아내가 혹시 사고가 나지 않았나 걱정하는 젊은 남편으로 보였다.

"마을에서 그녀를 만나서 술을 한잔 마시자고 청했는데, 잠깐 같이 있다가 바위 길을 가로질러 지름길로 집에 가겠다고 떠났지요. 그녀가 떠난 후에 나는 그녀가 혹시 넘어져서 발목을 삐지나 않았나 갑자기 걱정이 되었어요." 이 말은 너무도 빈약한 거짓처럼 들렸다.

"바위 길을 가로질러 지름길로요?" 이것은 거의 생각 없이 내뱉은 착상이었다. 그러나 벤은 너무 걱정이 되었는지 이 말을 따지거나 악의를 나타내지 않았다. "당신 집 근처에 있는 바위 길 말인가요? 거기서 넘어졌을 수도 있겠군. 어서 가서 찾아봅시다. 손전등을 가져올게요."

그가 집 안으로 들어간 뒤 나는 창문과 불이 환한 보도에서 눈을 돌려 도로 쪽을 내려다보았다. 잠시 후에 나는 검은 형체를 목격했다. 하틀리였다. 그녀는 나를 향해 언덕을 천천히 올라오고 있었다.

순간적으로 나는 여러 가지 상념에 사로잡혔다. 그중 하나는 여기 내가 온 것이 미친 짓이었다는 것이었다. 왜냐하면 지금 나는 하틀리가 변명을 꾸며 댈 순간을 망쳐 버렸기 때문이다. 나는 그녀에게 당장 벤에게 그녀의 방문에 대해 말했다는 것을 귀띔해 주어야 했다. 그리고 이제는 그녀를 벤으로부터 보호하기 위하여 내가 같이 있어야 했다. 그러나 이것이 불가능하다는 사실도 뼈아프게 느꼈다. 언덕을 뛰어 내려가서 그녀의 손을 잡고 함께 도망가는 것도 생각해 보았다. 마을을 지나서 들판으로 가는 것은 어떨까? 아몬 농장에서 하룻밤을 지내고 내일 기차로 런던으로 가 버리자. 혹은 맨체스터, 요크, 브리스톨, 카디프, 글래스고, 칼라일 등 큰 트럭을 얻어 타고 아무 데나 가자. 이유는 확실히 알 수 없었지만 이것도 불가능할 것 같았다.(난 돈이 없었고, 벤도 우리를 뒤쫓아 올 것이고, 하틀리도 너무 놀라고 두려워할 것이고……) 아니면 둘이서 피 터지게 싸우게 내버려 두자. 그들이 여태까지 싸운 것 중에서 가장 심하게 싸우게 하자. 그녀는 한 번 나에게 도망 왔으니 또다시 나에게로 올 것이다. 나는 그냥 기다리기만 하면 되는 것이다.

약 4초 동안에 이 모든 것을 생각한 뒤 나는 최대한 언덕을 빨리 뛰어 내려가 하틀리를 만났다. 나는 그녀를 건드리지는 않았다. 그리고 매우 급히, 그러나 분명하고 낮은 목소리로 말했다. "미안해. 염려가 되어서 말이야. 그에게 우리가 마을에서 우연히 만났다고 말했어. 내가 너에게 술 한잔하자고 청했는데 나중에 네가 바위를 넘어 집으로 향했다고 했어. 난 더 머무를 수 없지만 곧 나에게로 와. 그리고 영원히 함께 있자. 너는 여기서 계속 살아서는 안 돼. 매일 너를 기다릴 거야."

나는 하틀리의 얼굴을 볼 수는 없었다. 그러나 그녀는 몸 전체로 두려움보다는 모든 것을 포기한 듯한 슬픔을 나타냈다. 그것은 공포를 넘어선 상태였다. 마치 물에 빠져 죽어서 흠뻑 젖은 유령이 서 있는 것 같았다.

벤이 대문으로 다시 나오자 나는 그에게 소리쳤다. "그녀가 여기 있어요!" 그리고 하틀리와 나는 그를 만나러 걸어갔다.

벤이 길로 나왔다. 우리가 다가가자 그가 말했다. "좋아요. 그럼 됐어요. 잘 가세요."

그러고는 돌아서서 집 안으로 들어갔다. 하틀리가 뒤따라 들어오는지를 돌아보지 않았다. 나는 대문을 열고 붙들어 주었다. 그녀는 넋 빠진 듯 젖은 머리에서 물을 뚝뚝 흘리며 나를 지나쳐 갔다.

나는 집 안으로 그녀를 밀어 따라 들어가 자리에 앉아서 대화를 나누고, 커피를 달라고 하고 싶은 충동을 받았다. 그러나 이것은 불가능했다. 그것은 일을 더 악화시킬 것이다. 모든 것이 잘못되었고, 문은 쾅 닫혔다.

나는 엿들을 의욕이 없어졌다. 정말이지 호기심도 없었다. 그 집과 그 결혼 생활이 무시무시하게 느껴졌고 도망가고 싶은 마음이었다. 나는 나 자신과 그와 그리고 그녀까지도 혐오스러웠다.

나는 빠르지도 느리지도 않게 집을 향해 걸어갔다. 스웨터를 가져와야겠다는 생각이 들었다. 스웨터는 이슬에 잔뜩 젖어 있었다. 집 안은 깜깜하였다. 촛불은 다시 넘어져 나무 탁자 위에서 다 타며 길고 검은 자국을 남겼다. 검은 얼룩은 그 뒤에도 거기 계속 남아 그 무서운 밤을 상기시켜 주었다.

(2권에서 계속)

세계문학전집 235

바다여, 바다여 1

1판 1쇄 펴냄 2009년 12월 31일
1판 14쇄 펴냄 2023년 3월 14일

지은이 아이리스 머독
옮긴이 최옥영
발행인 박근섭, 박상준
펴낸곳 (주)민음사

출판등록 1966. 5. 19. (제 16-490호)
서울특별시 강남구 도산대로1길 62(신사동) 강남출판문화센터 5층 (우편번호 06027)
대표전화 02-515-2000 팩시밀리 02-515-2007
www.minumsa.com

ISBN 978-89-374-6235-1 04800
ISBN 978-89-374-6000-5 (세트)

세계문학전집 목록

45 **젊은 예술가의 초상** 조이스·이상옥 옮김 서울대 권장도서 100선

46 **카탈로니아 찬가** 오웰·정영목 옮김

47 **호밀밭의 파수꾼** 샐린저·정영목 옮김 《타임》 선정 현대 100대 영문소설 | 미국대학위원회 선정 SAT 추천도서 | 《뉴스위크》 선정 100대 명저 | BBC 선정 꼭 읽어야 할 책

48·49 **파르마의 수도원** 스탕달·원윤수, 임미경 옮김

50 **수레바퀴 아래서** 헤세·김이섭 옮김 노벨 문학상 수상 작가 | 국립중앙도서관 선정 청소년 권장도서

51·52 **내 이름은 빨강** 파묵·이난아 옮김 노벨 문학상 수상 작가

53 **오셀로** 셰익스피어·최종철 옮김 서울대 권장도서 100선

54 **조서** 르 클레지오·김윤진 옮김 노벨 문학상 수상 작가

55 **모래의 여자** 아베 코보·김난주 옮김

56·57 **부덴브로크 가의 사람들** 토마스 만·홍성광 옮김 노벨 문학상 수상 작가

58 **싯다르타** 헤세·박병덕 옮김 노벨 문학상 수상 작가

59·60 **아들과 연인** 로렌스·정상준 옮김 《뉴스위크》 선정 100대 명저

61 **설국** 가와바타 야스나리·유숙자 옮김 노벨 문학상 수상 작가 | 서울대 권장도서 100선

62 **벨킨 이야기·스페이드 여왕** 푸슈킨·최선 옮김

63·64 **넙치** 그라스·김재혁 옮김 노벨 문학상 수상 작가

65 **소망 없는 불행** 한트케·윤용호 옮김 노벨 문학상 수상 작가

66 **나르치스와 골드문트** 헤세·임홍배 옮김 노벨 문학상 수상 작가

67 **황야의 이리** 헤세·김누리 옮김 노벨 문학상 수상 작가

68 **페테르부르크 이야기** 고골·조주관 옮김

69 **밤으로의 긴 여로** 오닐·민승남 옮김 노벨 문학상 수상 작가 | 미국대학위원회 선정 SAT 추천도서

70 **체호프 단편선** 체호프·박현섭 옮김

71 **버스 정류장** 가오싱젠·오수경 옮김 노벨 문학상 수상 작가

72 **구운몽** 김만중·송성욱 옮김 서울대 권장도서 100선 | 국립중앙도서관 선정 청소년 권장도서

73 **대머리 여가수** 이오네스코·오세곤 옮김

74 **이솝 우화집** 이솝·유종호 옮김 논술 및 수능에 출제된 책(1998~2005)

75 **위대한 개츠비** 피츠제럴드·김욱동 옮김 《타임》 선정 현대 100대 영문소설

76 **푸른 꽃** 노발리스·김재혁 옮김

77 **1984** 오웰·정회성 옮김 《타임》 선정 현대 100대 영문소설 | 《뉴스위크》 선정 100대 명저

78·79 **영혼의 집** 아옌데·권미선 옮김

80 **첫사랑** 투르게네프·이항재 옮김

81 **내가 죽어 누워 있을 때** 포크너·김명주 옮김 노벨 문학상 수상 작가

82 **런던 스케치** 레싱·서숙 옮김 노벨 문학상 수상 작가

83 **팡세** 파스칼·이환 옮김

84 **질투** 로브그리예·박이문, 박희원 옮김

85·86 **채털리 부인의 연인** 로렌스·이인규 옮김

87 **그 후** 나쓰메 소세키·윤상인 옮김

88 **오만과 편견** 오스틴·윤지관, 전승희 옮김 미국대학위원회 선정 SAT 추천도서

89·90 **부활** 톨스토이·연진희 옮김 논술 및 수능에 출제된 책(1998~2005)

91 **방드르디, 태평양의 끝** 투르니에·김화영 옮김

92 **미겔 스트리트** 나이폴·이상옥 옮김 노벨 문학상 수상 작가

93 **페드로 파라모** 룰포·정창 옮김

94 **차라투스트라는 이렇게 말했다** 니체 · 장희창 옮김 국립중앙도서관 선정 청소년 권장도서
95·96 **적과 흑** 스탕달 · 이동렬 옮김 국립중앙도서관 선정 청소년 권장도서
97·98 **콜레라 시대의 사랑** 마르케스 · 송병선 옮김 노벨 문학상 수상 작가 | BBC 선정 꼭 읽어야 할 책
99 **맥베스** 셰익스피어 · 최종철 옮김 서울대 권장도서 100선 | 미국대학위원회 선정 SAT 추천도서
100 **춘향전** 작자 미상 · 송성욱 풀어 옮김 서울대 권장도서 100선
101 **페르디두르케** 곰브로비치 · 윤진 옮김
102 **포르노그라피아** 곰브로비치 · 임미경 옮김
103 **인간 실격** 다자이 오사무 · 김춘미 옮김
104 **네루다의 우편배달부** 스카르메타 · 우석균 옮김
105·106 **이탈리아 기행** 괴테 · 박찬기 외 옮김
107 **나무 위의 남작** 칼비노 · 이현경 옮김
108 **달콤 쌉싸름한 초콜릿** 에스키벨 · 권미선 옮김
109·110 **제인 에어** C. 브론테 · 유종호 옮김 BBC 선정 꼭 읽어야 할 책
111 **크눌프** 헤세 · 이노은 옮김 노벨 문학상 수상 작가
112 **시계태엽 오렌지** 버지스 · 박시영 옮김 《타임》 선정 현대 100대 영문소설 | 《뉴스위크》 선정 100대 명저
113·114 **파리의 노트르담** 위고 · 정기수 옮김 미국대학위원회 선정 SAT 추천도서
115 **새로운 인생** 단테 · 박우수 옮김
116·117 **로드 짐** 콘래드 · 이상옥 옮김 《뉴스위크》 선정 100대 명저
118 **폭풍의 언덕** E. 브론테 · 김종길 옮김 미국대학위원회 선정 SAT 추천도서
119 **텔크테에서의 만남** 그라스 · 안삼환 옮김 노벨 문학상 수상 작가
120 **검찰관** 고골 · 조주관 옮김
121 **안개** 우나무노 · 조민현 옮김
122 **나사의 회전** 제임스 · 최경도 옮김 미국대학위원회 선정 SAT 추천도서
123 **피츠제럴드 단편선 1** 피츠제럴드 · 김욱동 옮김
124 **목화밭의 고독 속에서** 콜테스 · 임수현 옮김
125 **돼지꿈** 황석영
126 **라셀라스** 존슨 · 이인규 옮김
127 **리어 왕** 셰익스피어 · 최종철 옮김 서울대 권장도서 100선 | 《뉴스위크》 선정 100대 명저
128·129 **쿠오 바디스** 시엔키에비츠 · 최성은 옮김 노벨 문학상 수상 작가
130 **자기만의 방 · 3기니** 울프 · 이미애 옮김
131 **시르트의 바닷가** 그라크 · 송진석 옮김
132 **이성과 감성** 오스틴 · 윤지관 옮김
133 **바덴바덴에서의 여름** 치프킨 · 이장욱 옮김
134 **새로운 인생** 파묵 · 이난아 옮김 노벨 문학상 수상 작가
135·136 **무지개** 로렌스 · 김정매 옮김
137 **인생의 베일** 서머싯 몸 · 황소연 옮김
138 **보이지 않는 도시들** 칼비노 · 이현경 옮김
139·140·141 **연초 도매상** 바스 · 이운경 옮김 《타임》 선정 현대 100대 영문소설
142·143 **플로스 강의 물방앗간** 엘리엇 · 한애경, 이봉지 옮김 미국대학위원회 선정 SAT 추천도서
144 **연인** 뒤라스 · 김인환 옮김
145·146 **이름 없는 주드** 하디 · 정종화 옮김
147 **제49호 품목의 경매** 핀천 · 김성곤 옮김 《타임》 선정 현대 100대 영문소설

148 **성역** 포크너 · 이진준 옮김 노벨 문학상 수상 작가 | 퓰리처상 수상 작가
149 **무진기행** 김승옥
150·151·152 **신곡(지옥편 · 연옥편 · 천국편)** 단테 · 박상진 옮김 《뉴스위크》 선정 100대 명저
153 **구덩이** 플라토노프 · 정보라 옮김
154·155·156 **카라마조프가의 형제들** 도스토옙스키 · 김연경 옮김
157 **지상의 양식** 지드 · 김화영 옮김 노벨 문학상 수상 작가
158 **밤의 군대들** 메일러 · 권택영 옮김 퓰리처상 수상 작가
159 **주홍 글자** 호손 · 김욱동 옮김 서울대 권장도서 100선 | 미국대학위원회 선정 SAT 추천도서
160 **깊은 강** 엔도 슈사쿠 · 유숙자 옮김
161 **욕망이라는 이름의 전차** 윌리엄스 · 김소임 옮김
162 **마사 퀘스트** 레싱 · 나영균 옮김 노벨 문학상 수상 작가
163·164 **운명의 딸** 아옌데 · 권미선 옮김
165 **모렐의 발명** 비오이 카사레스 · 송병선 옮김
166 **삼국유사** 일연 · 김원중 옮김 서울대 권장도서 100선
167 **풀잎은 노래한다** 레싱 · 이태동 옮김 노벨 문학상 수상 작가
168 **파리의 우울** 보들레르 · 윤영애 옮김
169 **포스트맨은 벨을 두 번 울린다** 케인 · 이만식 옮김
170 **썩은 잎** 마르케스 · 송병선 옮김 노벨 문학상 수상 작가
171 **모든 것이 산산이 부서지다** 아체베 · 조규형 옮김 《타임》 선정 현대 100대 영문소설
172 **한여름 밤의 꿈** 셰익스피어 · 최종철 옮김 미국대학위원회 선정 SAT 추천도서
173 **로미오와 줄리엣** 셰익스피어 · 최종철 옮김 미국대학위원회 선정 SAT 추천도서
174·175 **분노의 포도** 스타인벡 · 김승욱 옮김 노벨 문학상 수상 작가 | 《타임》 선정 현대 100대 영문소설
176·177 **괴테와의 대화** 에커만 · 장희창 옮김
178 **그물을 헤치고** 머독 · 유종호 옮김 《타임》 선정 현대 100대 영문소설
179 **브람스를 좋아하세요...** 사강 · 김남주 옮김
180 **카타리나 블룸의 잃어버린 명예** 하인리히 뵐 · 김연수 옮김 노벨 문학상 수상 작가
181·182 **에덴의 동쪽** 스타인벡 · 정회성 옮김 노벨 문학상 수상 작가
183 **순수의 시대** 워튼 · 송은주 옮김 《뉴스위크》 선정 100대 명저 | 퓰리처상 수상작
184 **도둑 일기** 주네 · 박형섭 옮김
185 **나자** 브르통 · 오생근 옮김
186·187 **캐치-22** 헬러 · 안정효 옮김 《타임》 선정 현대 100대 영문소설 | 《뉴스위크》 선정 100대 명저 | BBC 선정 꼭 읽어야 할 책
188 **숄로호프 단편선** 숄로호프 · 이항재 옮김 노벨 문학상 수상 작가
189 **말** 사르트르 · 정명환 옮김
190·191 **보이지 않는 인간** 엘리슨 · 조영환 옮김 《타임》 선정 현대 100대 영문소설
192 **왑샷 가문 연대기** 치버 · 김승욱 옮김 퓰리처상 수상 작가
193 **왑샷 가문 몰락기** 치버 · 김승욱 옮김 퓰리처상 수상 작가
194 **필립과 다른 사람들** 노터봄 · 지명숙 옮김
195·196 **하드리아누스 황제의 회상록** 유르스나르 · 곽광수 옮김
197·198 **소피의 선택** 스타이런 · 한정아 옮김 퓰리처상 수상 작가
199 **피츠제럴드 단편선 2** 피츠제럴드 · 한은경 옮김
200 **홍길동전** 허균 · 김탁환 옮김

201 **요술 부지깽이** 쿠버 · 양윤희 옮김
202 **북호텔** 다비 · 원윤수 옮김
203 **톰 소여의 모험** 트웨인 · 김욱동 옮김
204 **금오신화** 김시습 · 이지하 옮김
205·206 **테스** 하디 · 정종화 옮김 미국대학위원회 선정 SAT 추천도서 | BBC 선정 꼭 읽어야 할 책
207 **브루스터플레이스의 여자들** 네일러 · 이소영 옮김
208 **더 이상 평안은 없다** 아체베 · 이소영 옮김
209 **그레인지 코플랜드의 세 번째 인생** 워커 · 김시현 옮김 퓰리처상 수상 작가
210 **어느 시골 신부의 일기** 베르나노스 · 정영란 옮김
211 **타라스 불바** 고골 · 조주관 옮김
212·213 **위대한 유산** 디킨스 · 이인규 옮김 서울대 권장도서 100선 | BBC 선정 꼭 읽어야 할 책
214 **면도날** 서머싯 몸 · 안진환 옮김
215·216 **성채** 크로닌 · 이은정 옮김
217 **오이디푸스 왕** 소포클레스 · 강대진 옮김 서울대 권장도서 100선
218 **세일즈맨의 죽음** 밀러 · 강유나 옮김
219·220·221 **안나 카레니나** 톨스토이 · 연진희 옮김 서울대 권장도서 100선
222 **오스카 와일드 작품선** 와일드 · 정영목 옮김
223 **벨아미** 모파상 · 송덕호 옮김
224 **파스쿠알 두아르테 가족** 호세 셀라 · 정동섭 옮김 노벨 문학상 수상 작가
225 **시칠리아에서의 대화** 비토리니 · 김운찬 옮김
226·227 **길 위에서** 케루악 · 이만식 옮김 《타임》 선정 현대 100대 영문소설 | 《뉴스위크》 선정 100대 명저
228 **우리 시대의 영웅** 레르몬토프 · 오정미 옮김
229 **아우라** 푸엔테스 · 송상기 옮김
230 **클링조어의 마지막 여름** 헤세 · 황승환 옮김 노벨 문학상 수상 작가
231 **리스본의 겨울** 무뇨스 몰리나 · 나송주 옮김
232 **뻐꾸기 둥지 위로 날아간 새** 키지 · 정회성 옮김 《타임》 선정 현대 100대 영문소설
233 **페널티킥 앞에 선 골키퍼의 불안** 한트케 · 윤용호 옮김 노벨 문학상 수상 작가
234 **참을 수 없는 존재의 가벼움** 쿤데라 · 이재룡 옮김
235·236 **바다여, 바다여** 머독 · 최옥영 옮김
237 **한 줌의 먼지** 에벌린 워 · 안진환 옮김 《타임》 선정 현대 100대 영문소설
238 **뜨거운 양철 지붕 위의 고양이 · 유리 동물원** 윌리엄스 · 김소임 옮김 퓰리처상 수상작
239 **지하로부터의 수기** 도스토옙스키 · 김연경 옮김
240 **키메라** 바스 · 이운경 옮김
241 **반쪼가리 자작** 칼비노 · 이현경 옮김
242 **벌집** 호세 셀라 · 남진희 옮김 노벨 문학상 수상 작가
243 **불멸** 쿤데라 · 김병욱 옮김
244·245 **파우스트 박사** 토마스 만 · 임홍배, 박병덕 옮김 노벨 문학상 수상 작가
246 **사랑할 때와 죽을 때** 레마르크 · 장희창 옮김
247 **누가 버지니아 울프를 두려워하랴?** 올비 · 강유나 옮김
248 **인형의 집** 입센 · 안미란 옮김
249 **위폐범들** 지드 · 원윤수 옮김 노벨 문학상 수상 작가
250 **무정** 이광수 · 정영훈 책임 편집 서울대 권장도서 100선

251·252 **의지와 운명** 푸엔테스 · 김현철 옮김
253 **폭력적인 삶** 파솔리니 · 이승수 옮김
254 **거장과 마르가리타** 불가코프 · 정보라 옮김
255·256 **경이로운 도시** 멘도사 · 김현철 옮김
257 **야콥을 둘러싼 추측들** 욘존 · 손대영 옮김
258 **왕자와 거지** 트웨인 · 김욱동 옮김
259 **존재하지 않는 기사** 칼비노 · 이현경 옮김
260·261 **눈먼 암살자** 애트우드 · 차은정 옮김 《타임》 선정 현대 100대 영문소설
262 **베니스의 상인** 셰익스피어 · 최종철 옮김
263 **말리나** 바흐만 · 남정애 옮김
264 **사볼타 사건의 진실** 멘도사 · 권미선 옮김
265 **뒤렌마트 희곡선** 뒤렌마트 · 김혜숙 옮김
266 **이방인** 카뮈 · 김화영 옮김 노벨 문학상 수상 작가 | 미국대학위원회 선정 SAT 추천도서
267 **페스트** 카뮈 · 김화영 옮김 노벨 문학상 수상 작가 | 국립중앙도서관 선정 청소년 권장도서
268 **검은 튤립** 뒤마 · 송진석 옮김
269·270 **베를린 알렉산더 광장** 되블린 · 김재혁 옮김
271 **하얀 성** 파묵 · 이난아 옮김 노벨 문학상 수상 작가
272 **푸슈킨 선집** 푸슈킨 · 최선 옮김
273·274 **유리알 유희** 헤세 · 이영임 옮김 노벨 문학상 수상 작가
275 **픽션들** 보르헤스 · 송병선 옮김 서울대 권장도서 100선
276 **신의 화살** 아체베 · 이소영 옮김
277 **빌헬름 텔 · 간계와 사랑** 실러 · 홍성광 옮김
278 **노인과 바다** 헤밍웨이 · 김욱동 옮김 노벨 문학상 수상 작가 | 퓰리처상 수상작
279 **무기여 잘 있어라** 헤밍웨이 · 김욱동 옮김 미국대학위원회 선정 SAT 추천도서
280 **태양은 다시 떠오른다** 헤밍웨이 · 김욱동 옮김 《타임》 선정 현대 100대 영문 소설
281 **알레프** 보르헤스 · 송병선 옮김
282 **일곱 박공의 집** 호손 · 정소영 옮김
283 **에마** 오스틴 · 윤지관, 김영희 옮김
284·285 **죄와 벌** 도스토옙스키 · 김연경 옮김 미국대학위원회 선정 SAT 추천도서
286 **시련** 밀러 · 최영 옮김
287 **모두가 나의 아들** 밀러 · 최영 옮김
288·289 **누구를 위하여 종은 울리나** 헤밍웨이 · 김욱동 옮김 노벨 문학상 수상 작가
290 **구르브 연락 없다** 멘도사 · 정창 옮김
291·292·293 **데카메론** 보카치오 · 박상진 옮김
294 **나누어진 하늘** 볼프 · 전영애 옮김
295·296 **제브데트 씨와 아들들** 파묵 · 이난아 옮김 노벨 문학상 수상 작가
297·298 **여인의 초상** 제임스 · 최경도 옮김 미국대학위원회 선정 SAT 추천도서
299 **압살롬, 압살롬!** 포크너 · 이태동 옮김 노벨 문학상 수상 작가
300 **이상 소설 전집** 이상 · 권영민 책임 편집
301·302·303·304·305 **레 미제라블** 위고 · 정기수 옮김
306 **관객모독** 한트케 · 윤용호 옮김 노벨 문학상 수상 작가
307 **더블린 사람들** 조이스 · 이종일 옮김

308 에드거 앨런 포 단편선 앨런 포 · 전승희 옮김 미국대학위원회 선정 SAT 추천도서
309 보이체크 · 당통의 죽음 뷔히너 · 홍성광 옮김
310 노르웨이의 숲 무라카미 하루키 · 양억관 옮김
311 운명론자 자크와 그의 주인 디드로 · 김희영 옮김
312·313 헤밍웨이 단편선 헤밍웨이 · 김욱동 옮김 노벨 문학상 수상 작가
314 피라미드 골딩 · 안지현 옮김 노벨 문학상 수상 작가
315 닫힌 방 · 악마와 선한 신 사르트르 · 지영래 옮김
316 등대로 울프 · 이미애 옮김 《타임》 선정 현대 100대 영문소설 | 《뉴스위크》 선정 100대 명저
317·318 한국 희곡선 송영 외 · 양승국 엮음
319 여자의 일생 모파상 · 이동렬 옮김
320 의식 노터봄 · 김영중 옮김
321 육체의 악마 라디게 · 원윤수 옮김
322·323 감정 교육 플로베르 · 지영화 옮김
324 불타는 평원 룰포 · 정창 옮김
325 위대한 몬느 알랭푸르니에 · 박영근 옮김
326 라쇼몬 아쿠타가와 류노스케 · 서은혜 옮김
327 반바지 당나귀 보스코 · 정영란 옮김
328 정복자들 말로 · 최윤주 옮김
329·330 우리 동네 아이들 마흐푸즈 · 배혜경 옮김 노벨 문학상 수상 작가
331·332 개선문 레마르크 · 장희창 옮김
333 사바나의 개미 언덕 아체베 · 이소영 옮김
334 게걸음으로 그라스 · 장희창 옮김 노벨 문학상 수상 작가
335 코스모스 곰브로비치 · 최성은 옮김
336 좁은 문 · 전원교향곡 · 배덕자 지드 · 동성식 옮김 노벨 문학상 수상 작가
337·338 암 병동 솔제니친 · 이영의 옮김 노벨 문학상 수상 작가
339 피의 꽃잎들 응구기 와 시옹오 · 왕은철 옮김
340 운명 케르테스 · 유진일 옮김 노벨 문학상 수상 작가
341·342 벌거벗은 자와 죽은 자 메일러 · 이운경 옮김 퓰리처상 수상 작가
343 시지프 신화 카뮈 · 김화영 옮김 노벨 문학상 수상 작가
344 뇌우 차오위 · 오수경 옮김
345 모옌 중단편선 모옌 · 심규호, 유소영 옮김 노벨 문학상 수상 작가
346 일야서 한사오궁 · 심규호, 유소영 옮김
347 상속자들 골딩 · 안지현 옮김 노벨 문학상 수상 작가
348 설득 오스틴 · 전승희 옮김
349 히로시마 내 사랑 뒤라스 · 방미경 옮김
350 오 헨리 단편선 오 헨리 · 김희용 옮김
351·352 올리버 트위스트 디킨스 · 이인규 옮김
353·354·355·356 전쟁과 평화 톨스토이 · 연진희 옮김
357 다시 찾은 브라이즈헤드 에벌린 워 · 백지민 옮김
358 아무도 대령에게 편지하지 않다 마르케스 · 송병선 옮김
359 사양 다자이 오사무 · 유숙자 옮김
360 좌절 케르테스 · 한경민 옮김 노벨 문학상 수상 작가

361·362 **닥터 지바고** 파스테르나크 · 김연경 옮김 노벨 문학상 수상 작가
363 **노생거 사원** 오스틴 · 윤지관 옮김
364 **개구리** 모옌 · 심규호, 유소영 옮김 노벨 문학상 수상 작가
365 **마왕** 투르니에 · 이원복 옮김 공쿠르상 수상 작가
366 **맨스필드 파크** 오스틴 · 김영희 옮김
367 **이선 프롬** 이디스 워튼 · 김욱동 옮김 퓰리처상 수상 작가
368 **여름** 이디스 워튼 · 김욱동 옮김 퓰리처상 수상 작가
369·370·371 **나는 고백한다** 자우메 카브레 · 권가람 옮김
372·373·374 **태엽 감는 새 연대기** 무라카미 하루키 · 김연경 옮김
375·376 **대사들** 제임스 · 정소영 옮김
377 **족장의 가을** 마르케스 · 송병선 옮김 노벨 문학상 수상 작가
378 **핏빛 자오선** 매카시 · 김시현 옮김
379 **모두 다 예쁜 말들** 매카시 · 김시현 옮김
380 **국경을 넘어** 매카시 · 김시현 옮김
381 **평원의 도시들** 매카시 · 김시현 옮김
382 **만년** 다자이 오사무 · 유숙자 옮김
383 **반항하는 인간** 카뮈 · 김화영 옮김 노벨 문학상 수상 작가
384·385·386 **악령** 도스토옙스키 · 김연경 옮김
387 **태평양을 막는 제방** 뒤라스 · 윤진 옮김
388 **남아 있는 나날** 가즈오 이시구로 · 송은경 옮김
389 **앙리 브륄라르의 생애** 스탕달 · 원윤수 옮김
390 **찻집** 라오서 · 오수경 옮김
391 **태어나지 않은 아이를 위한 기도** 케르테스 · 이상동 옮김 노벨 문학상 수상 작가
392·393 **서머싯 몸 단편선** 서머싯 몸 · 황소연 옮김
394 **케이크와 맥주** 서머싯 몸 · 황소연 옮김
395 **월든** 소로 · 정회성 옮김
396 **모래 사나이** E. T. A. 호프만 · 신동화 옮김
397·398 **검은 책** 오르한 파묵 · 이난아 옮김 노벨 문학상 수상 작가
399 **방랑자들** 올가 토카르추크 · 최성은 옮김 노벨 문학상 수상 작가
400 **시여, 침을 뱉어라** 김수영 · 이영준 엮음
401·402 **환락의 집** 이디스 워튼 · 전승희 옮김
403 **달려라 메로스** 다자이 오사무 · 유숙자 옮김
404 **아버지와 자식** 투르게네프 · 연진희 옮김
405 **청부 살인자의 성모** 바예호 · 송병선 옮김
406 **세피아빛 초상** 아옌데 · 조영실 옮김
407·408·409·410 **사기 열전** 사마천 · 김원중 옮김 서울대 권장도서 100선
411 **이상 시 전집** 이상 · 권영민 책임 편집
412 **어둠 속의 사건** 발자크 · 이동렬 옮김
413 **태평천하** 채만식 · 권영민 책임 편집
414·415 **노스트로모** 콘래드 · 이미애 옮김
416·417 **제르미날** 졸라 · 강충권 옮김
418 **명인** 가와바타 야스나리 · 유숙자 옮김 노벨 문학상 수상 작가
419 **핀처 마틴** 골딩 · 백지민 옮김 노벨 문학상 수상 작가

세계문학전집은 계속 간행됩니다.